A SOCIEDADE OCULTA DE LONDRES

SARAH PENNER

A SOCIEDADE OCULTA DE LONDRES

Tradução
Isadora Sinay

Rio de Janeiro, 2024

Copyright © 2023 by Sarah Penner. All rights reserved.
Título original: The London Séance Society

Todos os personagens neste livro são fictícios. Qualquer semelhança com pessoas vivas ou mortas é mera coincidência.

Direitos de edição da obra em língua portuguesa no Brasil adquiridos pela Editora HR Ltda. Todos os direitos reservados. Nenhuma parte desta obra pode ser apropriada e estocada em sistema de banco de dados ou processo similar, em qualquer forma ou meio, seja eletrônico, de fotocópia, gravação etc., sem a permissão do detentor do copyright.

Direitos exclusivos de publicação em língua portuguesa cedidos pela Harlequin Enterprises II B.V./S.À.R.L para Editora HR Ltda.

A Harlequin é um selo da HarperCollins Brasil.

Contatos: Rua da Quitanda, 86, sala 601A — Centro — 20091-005
Rio de Janeiro — RJ
Tel.: (21) 3175-1030

Edição: *Julia Barreto e Cristhiane Ruiz*
Copidesque: *Isadora Prospero*
Revisão: *Pedro Staite e Thais Entriel*
Design de capa: *Zero Werbeagentur*
Adaptação de capa: *Eduardo Okuno*
Diagramação: *Abreu's System*

Publisher: *Samuel Coto*
Editora-executiva: *Alice Mello*

CIP-Brasil. Catalogação na Publicação
Sindicato Nacional dos Editores de Livros, RJ

P464s

Penner, Sarah
  A sociedade oculta de Londres / Sarah Penner ; tradução Isadora Sinay. - 1. ed. - Rio de Janeiro : Harlequin, 2024.
  336 p. ; 21 cm.

  Tradução de: The London seance society
  ISBN 978-65-5970-340-1

  1. Romance americano. I. Sinay, Isadora. II. Título.

23-87267   CDD: 813
                   CDU: 82-31(73)

Gabriela Faray Ferreira Lopes – Bibliotecária – CRB-7/6643

Para minha irmã mais velha, Kellie.

(E para você, mãe. Afinal, você foi a primeira a dizer: "Vamos a uma reunião mediúnica...")

"Bocejai, soltai vossos mortos, ó sepulturas..."

WILLIAM SHAKESPEARE

AS SETE ETAPAS DE UMA REUNIÃO MEDIÚNICA

I
Encantamento Ancestral do Demônio
O médium recita um encantamento para proteger os participantes da reunião de intrusos e mal-intencionados.

II
Invocação
O médium faz uma convocação para que todos os espíritos próximos entrem no espaço da reunião.

III
Isolamento
O médium esvazia o espaço de todos os espíritos, exceto o espírito-alvo, a saber, a pessoa falecida que os participantes da reunião pretendem contatar.

IV
Convite
O médium provoca um estado de transe causado pelo espírito do falecido.

V
Transe
O médium entra em transe por meio do espírito do falecido.

VI

DESENVOLVIMENTO

O médium obtém a informação desejada.

VII

TÉRMINO

O médium expulsa o espírito do falecido do espaço, terminando o transe e concluindo a reunião.

1

LENNA

Paris, quinta-feira, 13 de fevereiro de 1873

Em um castelo abandonado nos arredores arborizados de Paris, uma obscura reunião mediúnica estava prestes a começar.

O relógio mostrava que tinham se passado trinta e dois minutos desde a meia-noite. Lenna Wickes, assistente da espiritualista, estava sentada a uma mesa oval coberta por linho negro. Um cavalheiro e sua esposa, os outros participantes da reunião, se sentavam à mesa com ela. Seus rostos eram solenes e sua respiração, agitada. Eles estavam no que tinha sido a sala de visitas do castelo dilapidado, que não era habitado havia uma centena de anos. Atrás de Lenna, o papel cor de sangue se descolava das paredes, revelando o bolor escondido por baixo.

Se tudo corresse bem naquela noite, o fantasma que eles buscavam — uma jovem mulher, assassinada ali, naquele exato local — logo apareceria.

Acima deles, algo se moveu rapidamente. Camundongos, sem dúvida. Quando entraram, Lenna tinha visto os grãozinhos escuros de suas fezes espalhados pelas tábuas do chão. Mas então o rumor se tornou o som de algo raspando e… era um baque o que ela tinha ouvido? Ela sentiu um arrepio, pensando que, se fantasmas de fato existissem, aquele castelo decrépito seria o lugar ideal para encontrá-los.

Olhou pela janela, para a escuridão lá fora. Flocos de neve grandes e úmidos, raros em Paris, flutuavam em volta da fortaleza. Eles tinham acendido alguns lampiões do lado de fora, e os olhos de Lenna caíram sobre o portão de metal na frente da propriedade, repleto de caules mortos de hera tremulando em sua base. Além dele ficava a floresta densa e escura, os pinheiros polvilhados de branco.

Os participantes da reunião, chamados de *atendentes,* haviam se reunido à meia-noite. Os pais da vítima — que Lenna conhecera dias antes do evento — chegaram primeiro. Eles logo foram seguidos por Lenna e sua professora, a renomada médium que lideraria a sessão naquela noite: Vaudeline D'Allaire.

Estavam todos vestidos de preto, e a energia da sala não era calorosa ou convidativa. Aguardando em seus lugares, os pais da jovem vítima faziam movimentos nervosos e abruptos: o homem derrubou um castiçal de bronze e se desculpou várias vezes. Do outro lado da mesa, enquanto abria seu caderno, Lenna não conseguia culpá-lo. A ansiedade era generalizada, e ela mesma já havia secado as palmas úmidas no vestido uma dezena de vezes.

Ninguém queria passar uma hora agoniante sob a orientação de Vaudeline. O preço de entrada era bem alto, sem contar os francos que ela exigia como adiantamento.

O espírito que pretendiam convocar naquela noite não era do tipo comum, mas esse nunca era o caso dos fantasmas que Vaudeline convidava a se apresentar. Não eram espíritos de velhas avós em camisolas brancas espreitando em corredores. Não eram vítimas de guerra, homens valentes que sabiam onde estavam se metendo. Não, os fantasmas invocados por Vaudeline eram vítimas de violência e tinham partido cedo demais. Haviam sido assassinados, todos eles. E pior, seus assassinos tinham escapado.

Era aí que entrava Vaudeline, e era por isso que as pessoas a procuravam. Pessoas como o casal trêmulo do outro lado da mesa agora. Pessoas como Lenna.

Vaudeline, aos 30 anos, era conhecida pelo mundo afora por sua habilidade em invocar os espíritos de vítimas de assassinato para desvendar a identidade de seus algozes. Uma espiritualista estimada, ela resolvera vários dos mistérios mais desconcertantes da Europa. Seu nome aparecera nas manchetes dos jornais dezenas de vezes, especialmente depois que Vaudeline partira de Londres no início do ano anterior, sob circunstâncias que seguiam obscuras. Ainda assim, isso não esfriara o fervor de seu séquito leal e global. No momento, ela vivia em Paris, sua cidade natal.

O castelo esquecido era um lugar peculiar para uma reunião; por outro lado, muita coisa era estranha nos métodos de Vaudeline, e ela afirmava que espíritos só podiam ser invocados no lugar em que haviam morrido.

Duas semanas antes, no dia 1º de fevereiro, Lenna cruzara o Canal da Mancha para começar a estudar com Vaudeline. Ela sabia que não era a aluna mais devotada de sua tutora. Hesitava em suas crenças com frequência e tinha dificuldade em aceitar a necessidade do *Encanto Ancestral do Demônio* ou do *palo santo*, ou da tigela cheia de cascas de ovos de passarinhos. Não era que ela não acreditava; só não conseguia ter *certeza*. Nada daquilo podia ser provado. Nada daquilo podia ser mensurado, analisado ou revirado nas mãos como pedras ou os espécimes que ela tinha em casa. Enquanto outros alunos aceitavam até mesmo as teorias mais absurdas a respeito do oculto, Lenna se via sempre se perguntando: *Como assim? Como você tem certeza?* E, embora tivesse ido a uma reunião mediúnica alguns anos antes, nada de convincente tinha acontecido ali. Decerto nenhum fantasma aparecera.

Era enlouquecedor, aquela coisa de verdade versus ilusão.

Em seus 23 anos, Lenna nunca vira uma aparição. Alguns afirmavam sentir uma presença gelada quando caminhavam por velhas propriedades e cemitérios, ou diziam ver um bruxulear na chama de uma vela ou uma sombra humana em uma parede. Lenna acenava com a cabeça, querendo muito acreditar. Mas tudo isso não teria uma explicação mais… razoável? Truques de luz existiam por toda parte, prismas e reflexos facilmente evidenciados pela ciência.

Se tivesse sido convidada alguns meses antes a ir a Paris para participar de uma sessão mediúnica, Lenna teria rido. E estudar a arte das reuniões mediúnicas? Bela perda de tempo, ainda mais com tantos espécimes de pedras esperando para serem coletados no Tâmisa. Mas então chegou a véspera da Noite de Todos os Santos — a noite na qual Lenna encontrou sua querida irmãzinha, Evie, morta a facadas no jardim da modesta hospedaria dos pais delas, a Hickway House, em Euston Road. Estava claro que houvera uma luta: o cabelo de Evie estava desarrumado e havia cortes e hematomas em várias partes do corpo. Sua bolsa, com o conteúdo esvaziado, fora jogada ao lado do cadáver.

Nos dias que se seguiram, a polícia dera à morte de Evie tanta atenção quanto ao assassinato de qualquer outra mulher de classe média, ou seja, nenhuma. Três meses se passaram sem resposta. Lenna estava desesperada — e o desespero suplantava a descrença; ela agora sabia disso. Amava Evie mais do que qualquer outra coisa no mundo. Magia, bruxaria, poltergeists: ela daria uma chance a tudo isso, se significasse uma forma de se reconectar com sua amada irmãzinha.

Além disso, embora não estivesse decidida a respeito dos fantasmas, Lenna considerava que seus preciosos fósseis eram prova de que resquícios da vida podiam existir depois da morte. Evie lhe apresentara essa ideia, e agora, mais do que nunca, Lenna desejava ver a verdade nela.

Evie fora uma médium iniciante, uma adepta determinada dos espíritos e uma aluna antiga e devota de Vaudeline. Se alguém ia achar uma brecha na barreira entre vida e morte, seria ela. Lenna precisava se comunicar com a irmã, descobrir o que havia acontecido. A polícia podia não estar disposta a buscar justiça, mas Lenna estava. Então decidira deixar de lado suas dúvidas e aprender — quem sabe até dominar — a estranha arte das reuniões mediúnicas.

Lenna estava tão consumida em desvendar o crime contra a irmã que nem sequer conseguia viver o luto por sua perda. Ela não queria viver o luto, ainda não. Antes disso, queria vingança.

Sabendo que Vaudeline não viajaria a Londres — ela não havia retornado desde sua partida abrupta um ano antes —, Lenna decidira ir a Paris. Estava determinada a esclarecer a morte de Evie de qualquer maneira. Mesmo que isso significasse passar um mês sob a tutela de uma estranha — embora uma estranha da qual ela tinha decidido que gostava bastante — e mesmo que isso significasse aprender as sutilezas sinistras de uma arte na qual ela não sabia bem se acreditava.

Além disso, talvez naquela noite isso mudasse.

Talvez naquela noite ela visse seu primeiro fantasma.

Lenna enfiou as mãos por entre as coxas: estava tremendo e não queria que ninguém notasse. Queria parecer uma assistente corajosa, uma aluna hábil. E precisava demonstrar seu autocontrole, pelo bem do casal do outro lado da mesa, que estava visivelmente aterrorizado pelo que poderia ocorrer naquela noite.

Ela estava feliz por tê-los conhecido alguns dias antes, em um lugar muito menos agourento. Tinham visitado o espaçoso apartamento de Vaudeline no centro de Paris, e os quatro se reuniram na sala de visitas para conversar a respeito das perguntas que seriam feitas na reunião mediúnica.

E dos riscos.

Lenna já conhecia os riscos de uma reunião mediúnica — ela e Vaudeline haviam discutido o tema quando ela se apresentara como uma aluna potencial —, mas, durante a reunião no apartamento, os perigos pareceram maiores.

— Vocês não vão encontrar tabuleiros Ouija ou pranchetas comigo — explicara Vaudeline aos pais da jovem. — Essas coisas são brinquedos de criança. Minhas reuniões podem tomar uma direção diferente, mais perigosa.

A porta da sala se abriu e uma criada trouxe chá para os quatro. Ela deixou a bandeja na mesa em frente ao grupo, do lado de um diagrama que Lenna e Vaudeline tinham estudado mais cedo e que marcava a arrumação apropriada para a mesa de uma reunião mediúnica, com seus muitos utensílios: velas negras de cera de abelha, opalas e ametistas, peles de cobra e tigelas de sal.

— Um estado de transe — sugeriu a mãe quando a criada saiu.

— Exato.

Sob a tutela de Vaudeline havia algumas semanas, Lenna não precisou pedir esclarecimentos. Sabia que na mediunidade um estado de transe ocorria quando o espírito assumia o controle do corpo do médium. Vaudeline descrevia o estado como uma espécie de existência dupla que permitia aos médiuns acessarem as memórias e os pensamentos do espírito do falecido ao mesmo tempo que mantinha os seus, os dois coexistindo no mesmo corpo.

A mãe deu um gole no chá e então se inclinou para a frente para puxar algo da bolsa: um recorte de jornal. Suas mãos tremiam, assim como quando chegou e ficou encarando Vaudeline por um bom tempo antes de conseguir falar alguma coisa.

Lenna reagira quase da mesma forma ao conhecer Vaudeline, mas não porque estivesse encantada pela reputação da médium. Fora mais por causa de seus olhos cor de nuvem e a maneira como eles se fixaram no olhar de Lenna por alguns segundos a mais do que as convenções recomendavam. Aquele breve momento revelara muita coisa: Vaudeline era segura de si. E, como Evie, ela não se importava muito com regras.

Ambos eram traços que Lenna achava fascinantes.

A mãe entregou o artigo. Lenna não conseguia entender a manchete em francês, mas a data indicava que a publicação tinha alguns anos.

— Aqui diz que um homem morreu em uma de suas reuniões — afirmou a mãe. — É verdade?

Vaudeline assentiu.

— Os espíritos são imprevisíveis — disse ela. — Especialmente aqueles que buscamos… as vítimas. O risco é maior no início da reunião, depois que eu recito a Invocação, que convida todos os espíritos próximos a entrar na sala. É como abrir uma torneira d'água. Para manifestar o espírito de uma vítima de assassinato e desvendar um crime, eu também preciso lidar com os mortos ao redor. Tento passar rápido por essa etapa, mas não consigo mantê-los totalmente afastados. — Ela apontou com a cabeça para o artigo.

— A polícia disse como o homem morreu? — perguntou a mãe.

— Ataque cardíaco no laudo oficial. Mas nós que estávamos na sala vimos a sombra de uma mão sobre a boca dele. — Vaudeline devolveu o artigo. — Em uma década de reuniões mediúnicas, apenas três pessoas morreram sob minha supervisão. É raro acontecer. Mais comum é o surgimento repentino de feridas, que se conectam aos traumas sofridos pela vítima antes da morte. Lacerações, ligamentos lesionados, hematomas.

O pai abaixou a cabeça e Lenna controlou uma vontade repentina de deixar o cômodo, talvez até de vomitar. A filha deles fora estrangulada. E se uma queimadura de corda aparecesse espontaneamente no pescoço de alguém durante a reunião? Só pensar nisso já era intolerável.

— Existem perigos menores também — continuou Vaudeline. Talvez tivesse sentido que era mais sensato seguir em frente. — As coisas que alguém pode... *fazer*, por exemplo. Em uma reunião alguns meses atrás, dois participantes, sob a influência dos espíritos, começaram a fornicar em cima da mesa.

Lenna soltou um sonzinho de espanto. Apesar de todas as histórias que Vaudeline compartilhara nas últimas duas semanas, ela ainda não tinha ouvido essa.

— Eram amantes? — perguntou ela, pensando que certamente o casal estava tão curioso quanto ela.

Vaudeline negou com a cabeça.

— Nunca tinham se visto.

Ela se virou e o olhar de Lenna caiu sobre a pequena sarda na ponta do seu nariz. Tão pequena que podia ser confundida com uma sombra.

— Apesar dos riscos — continuou Vaudeline, voltando a olhar para o casal —, transes são a forma mais rápida e eficiente de conseguir as informações necessárias para desvendar um caso. O objetivo não é entretenimento ou a busca da paz. Se é isso que desejam, eu os encaminharei para um bom número de confiáveis caçadores de fantasmas da cidade.

O homem pigarreou.

— Eu estou preocupado... — começou ele, pegando delicadamente na mão da mulher. — Bem, estou preocupado com o bem-estar de minha esposa se fizermos a reunião mediúnica no castelo, onde nossa filha morreu.

Onde nossa filha morreu, ele havia dito. Palavras mais fáceis de serem pronunciadas do que *onde nossa filha foi assassinada.* Isso era demais para se admitir, aspereza demais sobre a língua. Lenna sabia disso melhor do que ninguém.

Vaudeline olhou para a mulher.

— Você vai precisar encontrar uma forma de manter a compostura, ou sugiro que não esteja presente.

Ela se inclinou para trás e entrelaçou as mãos, encerrando a discussão. Aquela era, afinal, uma das crenças centrais de Vaudeline: um espírito só podia ser invocado próximo do lugar de sua morte. Se ela pudesse realizar uma reunião à distância, Lenna nem estaria em Paris. Teria escrito a Vaudeline e pedido para que fizesse a reunião de Evie na França e então lhe contasse os resultados.

Porém, como Vaudeline declarara publicamente, ela não voltaria a Londres tão cedo. Lenna precisaria aprender ela mesma a arte das reuniões mediúnicas em Paris e então voltar ao local da morte de Evie com a esperança de invocar sozinha o espírito da irmã.

— Muitos médiuns organizam reuniões mediúnicas em suas próprias casas — disse a mulher. — Distante do lugar onde a pessoa amada morreu.

— E muitos médiuns são fraudes. — Vaudeline mexeu sua xícara de chá e prosseguiu. — Entendo que seja difícil estar no lugar da morte de sua filha, mas não iremos até lá para cuidar de nossas emoções. Iremos até lá para resolver um crime.

Isso poderia soar frio, mas Vaudeline dissera a mesma coisa inúmeras vezes. Ela não podia se envolver com o luto da família. Luto era fraqueza e não havia nada mais perigoso na sala de uma reunião mediúnica do que qualquer tipo de fraqueza. Espíritos — os perigosos, errantes, dispostos a assombrar e provocar os atendentes mesmo sem terem sido invocados — gostavam de fraqueza.

— Serão apenas vocês dois, certo? — perguntou Vaudeline.

O homem assentiu.

— Sua filha era casada ou tinha algum pretendente? Se sim, seria útil estender o convite a ele. Quanto mais da energia latente de sua filha pudermos reunir, melhor.

— Não — disse o pai. — Não era casada e não tinha nenhum pretendente.

— Que saibamos, pelo menos — acrescentou a mãe, com um pequeno sorriso. — Nossa filha era bem… independente.

Lenna sorriu, contemplando a palavra delicada escolhida pela mulher. Talvez a filha dela tivesse sido um pouco como Evie. Um espírito livre. Indomável.

A mãe tossiu de leve.

— Eu posso perguntar — disse ela, olhando para Lenna — que papel você terá na reunião?

Lenna assentiu.

— Sou aluna de Vaudeline — respondeu ela. — Ainda estou memorizando os encantamentos, mas tomarei notas a respeito da sequência de sete etapas da reunião mediúnica.

— Ela não é parte do meu séquito tradicional — acrescentou Vaudeline —, que costuma ter de três a cinco estudantes. Lenna chegou algumas semanas atrás, entre um grupo e outro, e suas circunstâncias eram tais que optei por aceitá-la em um programa individual de treinamento.

Isso tudo era a verdade, ainda que bem resumida. Quando Lenna chegara a Paris e contara que Evie, sua antiga aluna, fora assassinada em Londres, Vaudeline ficou chocada com a notícia. Logo convidou Lenna a entrar, acomodou-a no quarto reservado para os estudantes e começou um programa acelerado de treinamento. Em geral os grupos passavam oito semanas estudando com Vaudeline, mas ela pretendia terminar o treinamento de Lenna em metade desse tempo.

— Não sabia que você ensinava mediunidade — disse a mãe para Vaudeline —, além de conduzir as reuniões você mesma.

— Sim. Eu sou médium há dez anos, professora há cinco. — Ela se inclinou para a frente, seu tom subitamente mais sério. — Quanto à reunião mediúnica, há coisas que podem ser feitas para diminuir os riscos que apresentei. O mais importante é nada de vinho ou destilados antes. Nem uma gota. E façam o melhor para controlar as lágrimas. Não se apeguem a memórias. Memórias são fraquezas. E, na sala de uma reunião mediúnica, fraqueza é tragédia.

O perigo apresentado pelas fraquezas fora uma das primeiras lições que Vaudeline ensinara a Lenna quando seus estudos começaram. O mundo fervilhava de fantasmas. Cada quarto, cada pradaria, cada porto. Ao longo dos milênios, desde que pessoas viviam, elas também haviam morrido — e não iam longe. Por causa disso, explicara Vaudeline, muitas reuniões mediúnicas resultavam na aparição de espíritos que não tinham sido convidados. A maior parte era benigna e apenas curiosa. Desejavam experimentar a sensação da encarnação mais uma vez ou queriam provocar os atendentes por brincadeira. Vaudeline não tinha problemas em afastar essas assombrações amigáveis.

Eram os espíritos malignos e poltergeists destrutivos que representavam perigo, e muita coisa podia dar errado durante a reunião por causa deles. Eles poderiam causar o transe de Vaudeline antes do espírito-alvo, ou provocar um transe em um dos atendentes, um fenômeno chamado de *absorptus.* Essas entidades eram inteligentes e sabiam exatamente quem buscar: os chorosos. Os jovens. Os inebriados. Os luxuriosos. Todas essas eram formas de fragilidade, uma espécie de porosidade que abria brecha ao ente diabólico.

Para evitar que tais inimigos interrompessem uma reunião, Vaudeline examinava com cautela os atendentes antes de começar. Ela não permitia que ninguém com menos de 16 anos participasse, nem ninguém com álcool no hálito. Familiares chorosos às vezes eram expulsos.

Essa diligência, aliada ao encantamento ancestral poderoso que Vaudeline lia no início de cada evento e às duas injunções expulsivas que poderiam ser usadas como último recurso, mantinham as reuniões seguras.

Na maior parte das vezes.

Nada era garantido. Essa era uma *arte*, como Vaudeline sempre repetia. E os espíritos eram terrivelmente imprevisíveis.

No castelo, Lenna levantou os olhos de seu caderno e observou de novo o casal, estudando suas expressões. O rosto do pai estava rígido, as mãos firmes sobre a mesa. Ele parecia pronto para a batalha. A mãe, por outro lado, tinha um olhar sombrio e atordoado, e uma trilha de lágrimas secas entalhara um sulco no ruge de suas bochechas.

Lenna tinha orgulho dela. Orgulho dos dois. Mas a força deles poderia colocá-la em uma posição vulnerável. Estremeceu, se perguntando se um espírito poderia pensar que *ela* era a pessoa mais fraca da sala, ou se alguma outra coisa poderia sair do controle. Ela se lembrou de algumas das histórias de Vaudeline, relatos de pessoas puxando armas para ameaçar outras em um estado de transe, ou lustres voando pela sala como se por vontade própria. Olhou em volta, grata por não haver nenhum lustre ali.

Vaudeline destrancou uma mala de couro e tirou alguns itens dela. Todos os outros haviam assumido seus lugares e um silêncio tenso recaiu sobre a sala. Lenna se perguntou o que aconteceria nos próximos minutos. Roía as unhas distraída, um vício antigo, e observava Vaudeline com atenção em busca de algum sinal de que a mulher armava um truque. Não conseguiu encontrar nenhum.

Vaudeline puxou dois pedaços de linho preto da mala e os pendurou com delicadeza por cima da lareira de tijolos e da janela com treliça de chumbo na frente da sala, com vista para a entrada do castelo dilapidado. A parte de baixo do vidro da janela estava quebrada, então o tecido evitaria correntes de ar. Mas Lenna conhecia o outro motivo pelo qual Vaudeline a estava cobrindo, pois elas tinham revisado isso em seus estudos. Janelas eram portais de luz e incentivavam a entrada e o movimento de espíritos que haviam morrido por perto, mas não tinham sido convidados. Lareiras também. Um espírito traiçoeiro poderia descer por uma chaminé com a mesma facilidade com que entraria por uma janela. Portanto, era melhor selar a sala se possível. *Fechada e escura.*

Bem, tudo parecia estar fechado. Vaudeline então se sentou, puxando sua cadeira para mais perto de Lenna e virando as pernas na direção dela. Lenna se perguntou se o movimento havia sido inconsciente. Esperava que não.

Quando Vaudeline abriu seu livro de encantamentos, seus longos cílios projetaram sombras sobre as faces. Uma mecha de cabelo solta ondulava diante de seu rosto, mas ela não notou e seguiu virando as páginas, o tecido de seu vestido de seda deslizando confortável sobre os braços pálidos.

Lenna notou o pai observando Vaudeline. Suas pupilas tinham se tornado largas e negras e seus lábios estavam entreabertos. Lenna reconheceu a expressão — desejo — e não o culpou nem um pouco. Alguns chamariam o homem de inapropriado, até mesmo depravado, por ter a capacidade de sentir atração enquanto ainda se via tomado pelo luto da perda da filha. Mas não Lenna. Ela conhecia bem essa mistura de sensações.

A verdade é que os dois poderiam formar um feio casal, luto e desejo. Mas Lenna não conseguia culpar o homem do outro lado da mesa, pois ela mesma vinha sofrendo das duas agonias nos últimos tempos.

A sala ficou muito quieta. A vela não tremeluzia; a cobertura da janela não farfalhava. A reunião mediúnica ainda não tinha começado, mas era inegável: Vaudeline estabelecera um controle completo e total do cômodo. Os participantes fariam qualquer coisa que ela pedisse.

Lenna ficou feliz com isso, reconfortada pela habilidade firme de Vaudeline, um forte contraste com a sensação sinistra na sala. Ela se lembrou da promessa feita pela professora a caminho do castelo. *Nenhum mal vai lhe acontecer,* dissera Vaudeline com suavidade. *Você seria a primeira que eu protegeria, se necessário. Ma promesse à toi.*

Lenna repetia essas palavras, essa promessa, na mente. Seu próprio encantamento.

Vaudeline puxou um reloginho de um bolso interno da capa. Estudou sua face, então o devolveu ao mesmo lugar.

— Começaremos em quarenta segundos — disse ela.

Do outro lado da mesa, a mãe da vítima fungou e o pai pigarreou, endireitando as costas. Lenna não conseguia imaginar a emoção que os tomava, a tentação sutil e o terror pelo que estavam prestes a experienciar. Como seria a sensação de se aproximar de um encontro com uma filha morta?

Igual, provavelmente, à sensação de se aproximar de um encontro com uma irmã morta.

Essa ideia abalou Lenna. Aquela noite, e na verdade todo o seu estudo até ali, não eram para que ela aprendesse a arte das reuniões mediúnicas. Tudo aquilo, afinal, era para que se comunicasse com Evie e descobrisse a verdade sobre seu assassinato.

Lenna ofereceu um sorriso caloroso para a mulher do outro lado da mesa. A luz das velas reluzia nos olhos daquela mãe, que controlava as lágrimas. Lenna queria sussurrar algumas palavras de conforto para ela, mas o momento para isso tinha ficado muito para trás.

Os atendentes mantiveram os olhos baixos enquanto os quarenta segundos passavam lentamente. Lenna conseguia ouvir o relógio dentro da capa de Vaudeline, o movimento do minúsculo mecanismo guardado em seu invólucro de metal. Sabia que Vaudeline estava contando os tiques para começar seu primeiro encantamento, o *exordium* protetor, o prelúdio, extraído de um texto em latim com mais de mil anos sobre demônios. Lenna já havia memorizado as primeiras quatro estrofes, mas eram doze no total.

Ela esperou a longa inspiração de Vaudeline: o encantamento precisava ser recitado em um único fôlego ininterrupto. O controle da respiração era outra coisa que Lenna precisava praticar. Ao ler o encantamento em seu caderno nos últimos dias, ela só conseguia completar metade antes de se sentir fraca e voltar a respirar.

A vela mais perto da lareira tremeluziu, e em algum lugar próximo — fora do cômodo ou acima dele? — soou um baque.

Lenna congelou, erguendo os olhos do caderno. Não eram camundongos sobre as tábuas, isso estava claro. O lápis caiu de seus dedos. Por instinto, ela se inclinou para mais perto de Vaudeline, pronta para agarrar sua mão, se necessário. Que se danasse o decoro.

— Algo se aproxima — disse Vaudeline de repente. Sua voz permanecia baixa e constante. Ela mantinha a cabeça abaixada, os olhos fechados.

O baque soou de novo. Lenna ficou tensa, inclinando a cabeça na direção do casal. Do outro lado da mesa, os olhos da mulher estavam arregalados e o homem se inclinava para a frente, parecendo esperançoso. Com certeza pensavam que essa batida significava que o espírito da filha estava quase ali. Mas Vaudeline não havia explicado a sequência de sete etapas em detalhes para eles, portanto não poderiam saber que era cedo demais para uma manifestação, que a reunião mediúnica ainda não havia sequer começado.

Lenna poderia ser a única a saber, mas algo não ia bem. A sequência estava errada: Vaudeline nunca começaria uma reunião mediúnica sem o Ecantamento Ancestral do Demônio, que deveria proteger a todos eles. Por um momento, o terror a dominou. Haveria algum demônio entrando na sala naquele momento? Algo sinistro o suficiente para ter atrapalhado o ritual de Vaudeline? Um arrepio desceu pelos braços dela, enquanto esperava que a médium agisse.

Ainda assim, Vaudeline não se movia. Munida de coragem, Lenna se virou para ela.

— Algo está… vindo? Um espírito? — sussurrou.

Vaudeline exalou, a frustração clara no rosto. Ela balançou a cabeça e ergueu um dedo como se dissesse: *quieta*.

Nesse momento, a porta da sala se escancarou.

**MUITOS DIAS ANTES,
DO OUTRO LADO DO CANAL DA MANCHA,
EM LONDRES.**

2

SR. MORLEY

Londres, segunda-feira, 10 de fevereiro de 1873

No segundo andar da Sociedade Mediúnica de Londres, um estabelecimento exclusivo para cavalheiros localizado no West End, eu me curvava sobre uma escrivaninha de mogno em meu escritório particular. Diante de mim um lampião tremulava, seu brilho azul-alaranjado iluminando os itens espalhados pela mesa: algumas folhas do papel de carta da Sociedade em branco, um monóculo com corrente prateada, um tinteiro em formato de sino.

Passei algum tempo massageando as meias-luas inchadas sob os olhos, evidências de cansaço e preocupações. Eu não dormia bem havia muitos meses e meu maxilar estava constantemente tensionado.

Estávamos enfrentando alguns problemas na Sociedade.

Não no Departamento de Clarividência — não, essa unidade funcionava como um relógio. Na verdade, os problemas estavam no Departamento de Espiritualismo, onde eu havia servido como vice-presidente desde que me juntara à Sociedade uma década antes.

Como qualquer bom cavalheiro de autoridade, eu sabia tudo que havia para se saber sobre meu departamento. Sabia quais reuniões tínhamos realizado na semana anterior — na verdade, era eu quem designava os membros — e sabia o lugar de cada guia de referência em nossa biblioteca, cada volume a respeito do oculto. Sabia o rendimento do departamento, o nome das esposas dos membros e o que serviríamos para o café da manhã na assembleia do departamento dali a três dias.

Por mais pessoal ou trivial que fosse uma informação, eu a saberia.

Então, no caso da confusão que estávamos enfrentando no Departamento de Espiritualismo, a responsabilidade de pôr ordem nas coisas recaía sobre mim, e apenas sobre mim.

Uma taça vazia de conhaque estava a minha direita; meus lábios ainda ardiam do último gole insatisfatório que tomara. Eu me servi de outra, olhando à frente, para a pequena moldura fixada na parede. Dentro da moldura estava a missão da Sociedade. *Estabelecida em 1860, a missão da Sociedade Mediúnica de Londres é oferecer serviços de clarividência e mediunidade a toda a cidade de Londres, com o intuito de proporcionar paz aos enlutados e satisfazer a crescente curiosidade da população em relação à vida após a morte.*

Cruzei os braços, refletindo a respeito disso. Proporcionar paz e satisfazer a curiosidade eram de fato serviços nos quais éramos excelentes.

A Sociedade contava com mais de duzentos membros. Cerca de dois terços deles pertenciam ao Departamento de Clarividência, liderado por seu vice-presidente, meu colega, o sr. T. Shaw. O departamento de Shaw realizava centenas de leituras por Londres inteira a cada mês. Sua reputação era impecável e seu rendimento, consistente.

O processo de veto de Shaw tinha algo a ver com isso. Antes de serem admitidos à Sociedade, potenciais membros de seu departamento precisavam demonstrar suas habilidades em clariaudiência, numerologia, adivinhação ou qualquer que fosse o talento que possuíssem.

As coisas eram feitas de forma um tanto diferente na minha área, o Departamento de Espiritualismo. Para começar, tínhamos menos clientes. Realizávamos apenas cerca de uma dezena de reuniões mediúnicas por mês. (Ainda assim, o rendimento por agendamento era maior — muito maior — do que qualquer coisa que o departamento de Shaw ganhasse com uma leitura de mão na esquina.) Além disso, os membros de nosso departamento eram todos convidados e meu processo de veto era menos... preciso. Diferente dos clarividentes de Shaw, que podiam identificar a data de uma moeda no meu bolso, eu não poderia esperar que meus potenciais membros invocassem um fantasma em uma sala de reuniões.

Isso significava que a afiliação ao meu departamento era determinada com base em referências confiáveis, o bom e velho "quem indica" Mas não tenha dúvidas: meu processo de veto poderia ser menos rigoroso, mas eu não era menos seletivo. Meus padrões eram altos.

Tanto Shaw quanto eu respondíamos ao presidente, o sr. Volckman. Volckman fundara a Sociedade doze anos antes, assim que a noção de fantasmas começou a ganhar espaço na cidade. Reuniões mediúnicas, almas, assombrações: tudo isso estava *en vogue*, e Londres não se cansava. Vendo uma oportunidade financeira, Volckman começou a trabalhar, trazendo-me junto com Shaw para o projeto desde o início.

Ele fora um líder admirável.

Antes de sua morte, no caso.

No canto da minha escrivaninha havia mais um artigo a respeito daquela noite infeliz, publicado no jornal da manhã. Dei uma olhada na manchete — NENHUMA RESPOSTA PARA O ASSASSINATO DE CAVALHEIRO LONDRINO EM FESTA NOTURNA — e li o breve relato mais uma vez.

O Serviço Policial Metropolitano continua a investigar as circunstâncias em torno do assassinato do sr. Volckman, residente de Mayfair, que ocorreu há mais de três meses. Volckman era um cavalheiro estimado: pai, marido e presidente do renomado clube de cavalheiros do West End, a Sociedade Mediúnica de Londres.

O corpo de Volckman, bastante ferido, foi descoberto no dia 31 de outubro em uma adega privada perto da Grosvenor

Square, sob o comando do sr. Morley de Londres, vice-presidente do Departamento de Espiritualismo da Sociedade.

Uma festa para a véspera da Noite de Todos os Santos ocorrera na adega naquela noite. O corpo de Volckman foi encontrado no porão da adega pelo próprio sr. Morley. Ao menos cem convivas compareceram ao evento na ocasião, um fato que a polícia afirma ser um complicador significativo para a investigação.

O sr. Volckman era um estimado homem de família. Seus amigos insistem que ele não acumulara dívidas de jogo e nunca antagonizara ninguém. Um cavalheiro exemplar, relatam seus entes queridos, o que nos deixa especulando: quem poderia desejar sua morte?

Deixei de lado o artigo, agitado, e me levantei da minha gasta cadeira de couro. Comecei a andar de um lado para o outro da pequena sala e me aproximei de um espelho pendurado na parede ao lado do documento com a missão da Sociedade. Eu o fitei por um longo tempo e franzi o cenho, como sempre fazia, para o reflexo que me olhava nos olhos. Trinta e seis anos com uma bela cabeleira — que não afinava, nem falhava —, um maxilar afiado e um nariz reto.

Mas minha tez — eu a detestava. Uma marca de nascença, de cor vermelho vivo e com manchas, se esticava de baixo do olho esquerdo por todo o meu rosto, até chegar à orelha. Não era uma pequena imperfeição, coberta com facilidade por um pouco de ruge: ela tinha a largura da minha palma e, embora já tivesse sido macia, com o tempo esse pedaço da pele havia engrossado. Estava com uma aparência elevada e áspera.

Durante a infância, esse traço causava compaixão nos adultos. Ela desapareceria um dia, todos me garantiam. Mas não tinha desaparecido, e como ainda me deixava envergonhado... Nenhum dos meus amigos era amaldiçoado com tal defeito. Dentre os melhores cavalheiros de Londres, eu me destacava, e não de um jeito bom.

Se ao menos a marca pudesse ser arrancada ou lavada. Quando adolescente, uma vez a esfreguei com areia e limão até ficar em carne viva. Como isso não resultou em nada além de lesões melecadas por todo o lado esquerdo do rosto, tentei uma poção caseira — vinagre misturado com um creme clareador que encontrei entre as coisas de minha mãe — e a apliquei na pele durante a noite. Semana após semana, eu tentava essas táticas absurdas. Nenhuma delas funcionou. Se houve mudança, acho que a marca só ficou mais escura, talvez ainda maior.

E a pior parte disso? A forma como as mulheres me olhavam por um segundo a mais, como se eu fosse um espécime estranho e desconhecido. Ter uma marca dessas também não ajudava minhas perspectivas de casamento. Não apenas era um empecilho à atração das mulheres, mas ninguém sabia explicar o que exatamente causara a imperfeição. Meus pais não tinham marcas de nascença enormes no rosto. Que mulher arriscaria algo assim afligindo seus filhos também?

Passei a mão pela bochecha. Meu pelo facial escondia uma pequena porção da marca, mas eu considerava o resto uma visão patética. Desviei o olhar. A vergonha pela minha aparência era algo com que eu acabara fazendo as pazes, mas ainda odiava espelhos.

O sr. Volckman sempre havia ignorado minha aparência. Durante todos os anos em que convivemos, ele nunca parecera notar a marca.

Eu sentia uma falta terrível dele. Apesar de ser uma década mais velho que eu e um homem de exigências extraordinárias, ele havia sido um mentor, um confidente. Um parceiro.

Fora um homem generoso também — o único motivo para minha mãe e eu não termos afundado financeiramente uma década antes, depois que meu pai, um bem-sucedido comerciante de tecidos, morrera de pneumonia. Nós dois tentamos com afinco manter a fábrica têxtil de meu pai funcionando, mas nenhum de nós tinha o talento ou o carisma para vendas. Em questão de meses, um verniz de poeira se acumulou sobre nosso inventário: as peças de seda cortadas para fazer cortinas, a lã para vestidos de inverno, o algodão rosa-vivo para vestimentas chamativas. Tudo isso saiu de moda, uma vez que não possuíamos fundos para comprar as estampas mais recentes ou renovar nossos produtos. Nossa clientela abastada não perdeu tempo em fechar suas contas e comprar em outro lugar.

O sr. Volckman, um cliente antigo da loja, ficou com pena de nós. Já me perguntei se ele se compadeceu de mim, um cavalheiro de 26 anos com classe e boas maneiras, mas solteiro e incumbido de um negócio fracassado e uma mãe que envelhecia. O sr. Volckman acabara de fundar a Sociedade Mediúnica de Londres e buscava alguém confiável — alguém *leal* — para estabelecer e liderar o Departamento de Espiritualismo. Ele me colocou sob sua proteção e me pagou um salário polpudo, o suficiente para sustentar minha mãe. Ela fechou a loja de tecidos, vendendo o pouco que pôde, enquanto eu enfiava a cara em incontáveis textos a respeito do espiritualismo: a natureza das almas, as formas através das quais os espíritos passam informações, as ferramentas que facilitam essas comunicações. Volckman me deu bastante liberdade para comandar o departamento como eu quisesse. Quando o rendimento começou a crescer, notei que ele ficou satisfeito. Satisfeito e talvez até um tanto surpreso.

Eu estaria para sempre em dívida com o sr. Volckman. Sua generosidade havia não apenas salvado minha família da ruína financeira, mas renovado minha posição social e me dado um círculo de amigos elegantes.

Eu queria fazer justiça por ele.

Volckman fora um homem de altas expectativas e baixa tolerância a erros, preocupado especialmente com a reputação de credibilidade e autenticidade da Sociedade. Ele não perdoava quando uma delas era ameaçada. Não ficou nada feliz, portanto, quando uma onda de rumores começou a ser sussurrada em salões no início de 1872, alegando que as reuniões mediúnicas da Sociedade eram temperadas por peças e truques de mágica. A informação chegou a ele por um de seus associados mais próximos, alguém que conhecia muito bem os círculos de ocultismo londrinos.

Esses rumores, específicos ao meu departamento, passaram uma imagem ruim de toda a organização. Implicavam que todo o trabalho da Sociedade consistia em farsas e enganos e que não passávamos de ilusionistas. Homens de mágica teatral.

Apesar de toda a boa vontade entre nós, o sr. Volckman ficou enraivecido, especialmente comigo. Era meu departamento que estava causando problemas, afinal. E eu não podia discordar dele. Pensar na reputação impecável da Sociedade maculada por rumores de má conduta me deixava enjoado.

Embaixo do espelho havia outra moldura, essa contendo recortes de jornais, todos eles escritos por clientes satisfeitos. *Estou encantado com o resultado da reunião mediúnica realizada duas semanas atrás,* dizia um deles. *Os cavalheiros da Sociedade Mediúnica de Londres manifestaram meu marido morto e, quando perguntaram ao seu fantasma se eu deveria ser livre para amar de novo, uma batida violenta começou dentro da chaminé...*

Eu me lembrava bem dessa reunião — a expressão de encanto no rosto da viúva, a expressão de alívio. Era melhor do que o dinheiro.

Não que o dinheiro também não fosse muito bom.

A reputação distinta que a Sociedade manteve durante a última década significava muita demanda de trabalho para a organização e, ao final de cada trimestre, os lucros eram somados e distribuídos via dividendos para os membros da Sociedade. Para muitos, esses dividendos eram o benefício mais atraente da afiliação. Eles os incentivavam a melhorar suas habilidades em clarividência ou manifestação de espíritos, de forma a manter os negócios mais prósperos.

Para outros, não era o dinheiro que importava, mas a camaradagem entre cavalheiros. A sede da Sociedade era um lugar para escapar da monotonia da vida doméstica e participar de conversas estimulantes, festas exclusivas e refeições extravagantes.

E, para uns poucos, o benefício mais atrativo da afiliação não era nem a renda, nem a exclusividade. Eram as mulheres com quem costumávamos trabalhar.

A natureza dos nossos serviços implicava um acesso sem empecilhos a muitas residências da cidade. A Sociedade era bastante sagaz e, especialmente no meu departamento, não era coincidência que quase todos os nossos clientes fossem viúvas ricas e herdeiras. Eu monitorava os obituários e conhecia bem todas as linhagens sanguíneas da aristocracia e os sobrenomes associados à posse de terras ou política — em outras palavras, o tipo de mulher que não hesitaria em pagar por reuniões mediúnicas caras.

Embora trabalhássemos com elas com frequência, a entrada de mulheres na sede da Sociedade não era permitida e nunca havia sido — desde a sua fundação. Durante a última reunião da liderança com a presença de Volckman, no final de outubro, um membro havia sugerido remover essa regra. As mulheres não deveriam ter permissão de frequentar a sede ao menos como convidadas especiais nos jantares?

Apesar de ser ele mesmo um homem de família, Volckman riu da ideia.

— Os cavalheiros buscam a Sociedade para escapar de suas esposas — dissera ele —, não para passar mais tempo com elas. Não convidaríamos nossas esposas para as festas na adega de Morley na Grosvenor Square, convidaríamos?

Todos rimos disso. Havia muitos anos, eu organizava grandes festas naquele espaço subterrâneo, que era grande o suficiente para receber cem convidados. Eu cuidava da adega fazia anos, como forma de ganhar uma renda extra. Ela continha cerca de duzentos barris — gim, vermute, uísque — e uma boa quantidade de vinho. Minha responsabilidade era virar os barris, transportá-los e espantar os ratos. As barricas e garrafas eram de uma distribuidora no norte de Londres.

Nenhum dos membros contava à esposa a respeito das minhas festas na adega. Éramos bons em guardar segredo, todos nós, e sobretudo Volckman. Ele era muito leal a tudo que valorizava.

Durante uma década tínhamos nos dado bem na Sociedade, fazendo as coisas da forma como fazíamos.

Até aqueles rumores começarem.

Como consequência da fofoca, os negócios começaram a afundar. No meu departamento, as comissões caíram catorze por cento de um trimestre para o outro. As de Shaw não ficaram atrás. O declínio do rendimento era alarmante, mas a redução dos dividendos era ainda mais problemática. Alguns membros — insatisfeitos com sua distribuição — ameaçaram sair. O falatório pela cidade era perigoso, mas membros abandonando o navio? Esses detratores não nos ajudariam em nada. As pessoas começariam a fazer perguntas, mais do que já estavam fazendo.

Não, eu não podia deixar que isso acontecesse. Não podia deixar a Sociedade implodir. A farra, o dinheiro, tudo isso era bom demais.

Volckman exigiu que eu esclarecesse as coisas: precisávamos identificar o problema e resolvê-lo o mais rápido possível. Ele também prometeu investigar.

Exceto que seus esforços o levaram à morte.

Em algum lugar lá fora, para além das paredes abafadas da sala, um rouxinol começou a cantar sua alegre canção. O pássaro vinha entoando essa canção noturna nos últimos dias. Um comportamento estranho para um animal que sempre cantava pela manhã, mas era assim que funcionava com as coisas selvagens.

Olhei mais uma vez para o artigo a respeito da morte de Volckman, batendo com o dedo na frase final: *Quem poderia desejar sua morte?*

O rouxinol cantou mais alto. Passei algum tempo escutando o pequenino vocalista, invejando sua alegria. Então baixei a cabeça e pressionei o osso do nariz.

Seria perigosa a tarefa que me aguardava.

3

LENNA

Paris, quinta-feira, 13 de fevereiro de 1873

No castelo, a porta da velha sala de visitas se abriu de repente.

A mãe da jovem assassinada soltou um grito horrorizado. Lenna se virou para olhar e conseguiu distinguir sombras escuras formando uma figura humana na porta. *Se isso é um fantasma,* pensou, *então eu estive terrivelmente errada a respeito de todas as coisas.*

A sombra deu um passo à frente, para dentro da sala. Com uma visão mais clara, Lenna notou um uniforme escuro e uma barba por fazer. Era a forma bastante corpórea de um jovem, com um lampião tremeluzindo nas mãos. Quatro botões de bronze em seu casaco refletiam o brilho das velas, e cruzando seu peito havia uma bolsa de couro. Ele ficou ali ofegante, o rosto corado do frio. Alguns flocos de neve grudados em seu casaco começaram a derreter quando entrou no cômodo.

— Quem é esse? — murmurou o pai, sua voz baixa e pesada na confusão.

Lançou um olhar para a esposa, com uma expressão incrédula no rosto, mas ela permaneceu em silêncio.

A ferocidade do pai, combinada com a docilidade da mãe, lembrava a Lenna seus próprios pais. Depois da morte de Evie, vários meses antes, a mãe delas havia partido para o interior com uma prima. Tentou ficar na cidade por algumas semanas, recebendo visitas na Hickway House, um véu de crepe por cima dos olhos vidrados. Mas, com a morte da filha não resolvida, todo mundo ganhava um ar de suspeita. Fossem estranhos ou velhos amigos, a mãe de Lenna não confiava em ninguém.

Com sua partida, o pai de Lenna ficou encarregado do hotel. Não era impossível — havia apenas vinte e quatro camas, na maioria para viajantes que vinham das estações de King's Cross e St. Pancras —, mas Lenna sabia que o esforço do pai era grande e estava ansiosa pelo dia em que a mãe se sentiria bem o suficiente para voltar à cidade.

No castelo, o pai enlutado do outro lado da mesa se remexeu.

— Esse homem é real? — perguntou em voz alta.

Lenna também tinha dúvidas. Apesar de tudo que ela e Vaudeline haviam discutido nas últimas duas semanas, ela não tinha feito a mais fundamental das perguntas: qual, exatamente, era a aparência de um fantasma? Ela se questionou se fantasmas se pareciam com as formas flutuantes e etéreas representadas em livros infantis, ou se eram tão tangíveis e realistas quanto o homem que esperava ali diante da porta.

Baixou os olhos para seu caderno, no qual tomara notas dedicadas durante os últimos dias. Correu os olhos pela página, buscando alguma pista que pudesse ter perdido.

A forma como ele ofega, pensou, *e o rubor em seu rosto. Ele parece real, mas como posso saber com certeza?*

Evie não teria se preocupado com tais questões. Suas crenças sempre tinham vindo sem esforço, nunca atormentadas por hesitações, ciência, razão.

Lenna, em contrapartida, gostava de se imaginar como uma mulher lógica e prática. Sempre se interessara pelo mundo natural, mas mais ainda depois que conheceu Stephen Heslop.

Stephen era o irmão gêmeo de Eloise, que tinha sido uma amiga próxima de Evie e Lenna. Stephen era só alguns meses mais velho que Lenna, e os dois se aproximaram quando ele voltou de seus estudos em Oxford para trabalhar no Museu de Geologia Prática, na Jermyn Street, estudando minerais e fósseis.

Ele ia regularmente à Hickway House para visitar Lenna e muitas vezes levava seu trabalho consigo, como cinzéis e pincéis que precisavam de reparos. Lenna se sentava ao seu lado enquanto ele cuidava das ferramentas no jardim, e o interesse dela no naturalismo cresceu conforme Stephen lhe explicava a ciência dos fósseis. Ela até o acompanhara ao museu algumas vezes, familiarizando-se com a ampla gama de coleções de rochas.

Um dia, Stephen lhe trouxe uma pedrinha redonda diferente de tudo que Lenna já tinha visto. Ela era translúcida, da cor de uísque, e se chamava âmbar. Ao lhe dar esse presente, Lenna sabia que Stephen estava tentando cortejá-la. Mas, embora gostasse de passar tempo com ele, seu interesse romântico não a empolgava. O que mais a animava era a resina da pedra em si e o que se encontrava lá dentro: o esqueleto de um minúsculo aracnídeo, do tamanho de uma unha da mão, e fios quase invisíveis de sua teia, ainda tecida em uma formação perfeita. Era uma pedra jovem, Stephen lhe dissera, com menos de cem mil anos de idade.

— É sua — disse ele, suor brilhando sobre o lábio superior.

Esticou a mão para tocar o braço de Lenna, mas ela se afastou suavemente do alcance dele, estudando mais de perto os pequenos pelos nas patas tortas da aranha.

Assim começou sua coleção de antigos espécimes em âmbar e seu desejo de saber mais de tais coisas: relíquias feitas de minerais ou aranhas fossilizadas descobertas em lugares longínquos por exploradores que se arriscavam a deixar aquela cidade nebulosa e úmida.

Algumas semanas depois, Stephen voltou do museu com sobras do laboratório, incluindo uma sacola de argila meio seca e algumas ferramentas quebradas. Ele deixou que Lenna experimentasse fazer ela mesma os moldes de fósseis, e ela foi pegar uma perca morta no

Tâmisa. Com sua barbatana dorsal cheia de espinhas, o peixe deixou uma marca bonita para Lenna. Era algo que ela podia tocar com a ponta dos dedos, o que a atraía. Era fascinada por qualquer coisa palpável, visível, *verificável*. Assim como a pequena aranha em sua teia encharcada de âmbar. Ela não mudava, não desaparecia.

Diferente dos assuntos com os quais Evie se ocupava.

Evie sempre havia preferido coisas de natureza etérea: aparições, premonições, sonhos. Todos os dias ela cumpria suas tarefas no hotel dos pais com dedicação e então mergulhava em seus estudos estranhos e vagos durante a noite. Acreditava que fantasmas existiam por toda parte, por baixo de alguma camada de vida ainda invisível para ela. Com a fórmula certa — o encanto certo, ou o amuleto certo —, imaginava que esse reino seria revelado.

Também acreditava que poderia ganhar um bom dinheiro com isso. Em Londres, fantasmas tinham entrado na moda alguns anos antes. Evie reconheceu a oportunidade: sua obsessão pessoal poderia lhe render uma bolada. Ela achava que poderia ficar rica — muito rica — se apenas conseguisse o treinamento necessário. Assim, alguns anos antes, em Londres, ficou exultante ao conseguir um lugar em uma das turmas de Vaudeline D'Allaire. Vaudeline era um nome valioso para se mencionar em salões obscuros e enfumaçados, e Evie sabia que essa experiência lhe daria uma vantagem.

Não era ganancioso, Lenna precisava admitir. Era brilhante.

As irmãs diferiam em mais do que seus interesses — também não tinham nenhuma semelhança física. Evie tinha cabelo curto e preto e olhos azuis aquosos, assim como a mãe delas, mas Lenna havia herdado as ondas cor de manteiga do pai e seus olhos cor de mel. Além disso, enquanto Lenna era muito feminina, Evie sempre havia sido um pouco desconjuntada e masculina. Comum, para não dizer sem graça. Na aparência, no caso; certamente não em seus modos. Ela era mais esperta e ousada do que qualquer pessoa que Lenna já tivesse conhecido. Esperta demais, se Lenna fosse honesta. Ardilosa, até.

Como todas as irmãs, as meninas discutiam com frequência. Na semana anterior à morte de Evie, elas tinham sentado juntas no quarto que compartilhavam no hotel. Enquanto Evie lia um livro, Lenna estudava seus moldes de fósseis. Erguera o molde da perca até a lamparina a óleo e observava os relevos intrincados que a carne do peixe marcara.

— Você acabou de provar que estou certa — dissera Evie, erguendo os olhos de seus papéis, a luz reluzindo em suas bochechas rosadas.

— Como é?

— Seu pequeno molde de perca, que você não para de olhar. O peixe já morreu. Porém, a forma dele está bem na sua frente e ficará assim na argila pela eternidade. É o mesmo com fantasmas. Nós podemos morrer, mas nunca desaparecemos totalmente.

Lenna passou o polegar pela barriga redonda da gravura. Ela não havia pensado dessa forma, mas não cederia tão fácil à irmã caçula.

— Você é cheia dos ideais.

Evie bufou.

— Uma coisa não pode ser uma ilusão se ainda existe depois que achamos que se foi. Isso inclui os fósseis e as pedras com os quais você é obcecada. Na semana passada, você ficou falando sobre um fóssil de folha que seu namorado trouxe do museu. Tinha o quê, mil anos de idade?

— Quatro mil. E ele não é meu namorado.

— Certo. — Evie cruzou as mãos sobre o colo. — Bem, a folha em si se foi há muito tempo. Decomposta. Mas ela deixou sua marca, não? Ainda existe algo dela deixado para trás. Ou você vai dizer que a folha em si era uma ilusão porque ela não existe mais?

Evie tinha um bom argumento. Mesmo a pedra de âmbar com a aranha era uma evidência que apoiava o argumento dela. A aranha estava preservada. Morta, mas não desaparecida. Ainda assim, Lenna não se renderia a Evie. Preferia ficar em silêncio a admitir que poderia estar errada.

— Você passa tempo demais com Stephen, se preocupando com coisas que podem ser *tocadas* — continuou Evie. — Devia vir comigo em uma caça a fantasmas algum dia desses. Talvez se surpreenda.

— Você não viu um único fantasma.

— Eles estão por aí, eu te garanto. — Ela dobrou uma perna sob o corpo e ergueu o livro de novo. — Assim como sua perca um dia esteve nessa argila.

Evie brincava distraída com a renda do sapato e voltou-se para os volumes espalhados ao seu redor: um manual a respeito de mesas girantes — o que quer que isso fosse — e outro sobre a identificação da natureza de anomalias visuais em fotografias. Havia também anúncios para o que pareciam ser frascos de óleo fosfórico, um diagrama sobre construção de gabinetes para reuniões mediúnicas e um livreto chamado *Catálogos de aportes*.

— O que são *aportes?* — perguntou Lenna. Nunca tinha ouvido essa palavra.

Os olhos de Evie se iluminaram.

— Ah, é fascinante. Aportes são pequenas lembranças que aparecem durante reuniões mediúnicas. Ou em qualquer lugar onde fantasmas possam estar. Moedas, conchas, flores e coisas assim.

— Eles só… aparecem? Do céu?

Evie deu de ombros.

— Às vezes. Ou você desvia os olhos e, quando olha de novo, encontra a lembrança bem na sua frente. — Ela pegou o catálogo e o abriu em uma página com o canto dobrado. — Esses aportes estão à venda em uma loja de adivinhação na Jermyn Street. Eu vou lá com frequência. Quero este aqui. — Ela ergueu a página para mostrar a ilustração de uma pena. — É de uma toutinegra. Elas são terrivelmente barulhentas.

— Você e seus pássaros — disse Lenna, sorrindo.

Evie amava passarinhos desde criança. Combinava com ela, dada sua natureza selvagem e independente.

— É o único aporte de pena na loja — disse Evie, virando outra página. — Há dezenas de conchas, no entanto.

Lenna voltou para seu fóssil, refletindo sobre a probabilidade de uma lembrança cair do céu. Ela não conseguia aceitar a ideia; conchas e plumas não apareciam espontaneamente. Era esse tipo de tópico fantástico que maculava o espiritualismo para ela, dificultando sua crença.

— Hum — murmurou Evie de repente, balançando a cabeça. Ela estava focada em seu jornal de novo.

— O que foi?

A irmã apontou com a cabeça para o jornal nas mãos.

— Um mecanismo para aplicar imagens de espíritos falsas em fotografias. — Ela seguiu lendo, a testa franzida. — Acusaram um tal de sr. Hudson, de um estúdio de fotografia em Holloway, de fazer dupla exposição dos negativos. — Ela virou a página. — O estúdio foi fechado mês passado.

— Bem feito para ele.

Evie mordeu o lábio inferior. Ela parecia prestes a responder, talvez até defender o homem, mas então pegou a caneta e o caderno preto ao lado e começou a anotar sem parar coisas que Lenna não conseguia ver.

A pequena discussão a respeito de fósseis e fantasmas não tinha sido a última entre as meninas. Na verdade, discutiram na manhã da morte de Evie. Fora a pior briga que as duas já tiveram.

Três meses haviam se passado desde o assassinato de Evie, mas a discussão daquela manhã ainda era dolorosa demais.

Na sala de visitas do castelo, o recém-chegado de uniforme pegou algo em sua bolsa. Com as mãos trêmulas, ele ergueu um envelope. Lenna não sabia o que pensar do sujeito, na dúvida se ele era desse mundo ou do de Evie.

— *Une lettre urgente de Londres* — disse o mensageiro, os olhos arregalados.

Ele estendeu um pequeno envelope. Na luz baixa, Lenna mal conseguiu distinguir um garrancho apressado na frente e um selo vermelho sangue no canto.

Não é um fantasma, ela concluiu — a menos que fantasmas pudessem interceptar o serviço postal e roubar envelopes tão reais quanto aquele. Ainda assim, o correio não aparecia em castelos abandonados à meia-noite. Mas não era um mensageiro qualquer. Ele devia ter ido até a hospedaria em Paris, perguntado a respeito de Vaudeline e então — dado o suor em sua testa — forçado seu cavalo a chegar até ali. Lenna estava menos preocupada com quem era o mensageiro e mais curiosa sobre quem o havia mandado. A carta deveria ser da maior importância.

Vaudeline esticou a mão devagar, mas se assustou com uma súbita comoção do outro lado da mesa.

— O que é isso? — gritou o pai, olhando para ela. Ele se levantou com tanta força que sua cadeira tombou para trás, o barulho da queda ecoando por toda a sala. — É alguma peça? — perguntou a ela.

As palavras estavam permeadas de hostilidade, mas, por baixo, Lenna sabia o que realmente era. Aquilo era *luto*. Feio, não resolvido, complicado, do tipo que a própria Lenna estava sofrendo. Aquele era um homem que temia nunca mais ver a filha de novo, quando a havia perdido da pior forma possível. Ele apontou um dedo gorducho para o mensageiro.

— Quanto ela te pagou para interromper? Me conte agora, menino.

Lenna lançou um olhar para o homem, os olhos arregalados. Era uma acusação corajosa; no entanto, o momento era mesmo estranho. O jovem havia chegado segundos antes do encantamento protetor...

Coincidência, ou essas coisas não existiam?

Ela se virou para Vaudeline, que se recompusera e mandava o mensageiro embora com um gesto. Pegou o envelope dele, murmurando uma palavra de agradecimento, e puxou a carta. Assim que desdobrou o papel, Lenna notou uma grossa margem preta.

A carta, portanto, era um aviso. Alguém morrera. Mas quem?

— Meu Deus — sussurrou Vaudeline enquanto lia. Uma expressão de horror cruzou seu rosto.

— O que é? — perguntou Lenna, fingindo não ter visto a moldura negra em volta das palavras.

Do outro lado da mesa, o pai seguia em pé, a cadeira derrubada ao seu lado.

Vaudeline dobrou a carta, guardou-a de volta no envelope e enfiou o envelope dentro de sua capa. Sua expressão era soturna. Seria luto ou medo? Ela fixou seu olhar em Lenna.

— Vamos terminar rápido com isso — disse ela, e se voltou para o pai. — Por favor, sente-se.

Enquanto os pais se acomodavam de novo, Vaudeline se ocupou com alguns dos *outils* na mesa. Pegou primeiro uma jarra com cascas de ovo de rouxinol — elas tornavam os espíritos mais comunicativos durante uma reunião, ou pelo menos era o que Vaudeline dizia —, mas derrubou a jarra, espalhando as cascas pela mesa. Lenna se inclinou para ajudá-la a pegar as partes desconjuntadas.

Enquanto isso, o mensageiro saiu depressa com uma expressão de alívio. Algum tempo depois, Lenna o viu do lado de fora, pela janela, montando seu cavalo negro. A neve havia parado de cair e a atmosfera na sala parecia mais sóbria do que alguns minutos antes.

Finalmente, Vaudeline começou o primeiro passo da reunião, o Encantamento Ancestral do Demônio. Ela o recitou facilmente, sem complicações, mas, quando estava prestes a recitar o segundo encantamento — a Invocação —, parou, abafando um soluço baixo.

— Sinto muito. — Ela se virou aos presentes. — Só preciso de um momento.

Lenna esticou o braço e apertou de leve a mão dela. Vaudeline tinha recomendado aos pais que controlassem as lágrimas, mas lá estava ela, controlando as suas também. Ela sabia muito bem os riscos de uma reunião e a importância de se manter estoica, então Lenna só podia imaginar quão intensas eram suas emoções nesse momento. A carta com a borda negra devia ter trazido notícias muito, muito ruins.

De repente, Lenna desejou que a reunião já tivesse acabado. Ela se lembrou que aquela noite era uma busca por justiça e paz para os pais sentados do outro lado da mesa. Mas, se fosse honesta consigo mesma, desejava saber quem mandara a carta e que notícia ela trazia.

— Posso ajudar? — sussurrou para Vaudeline.

Ela não havia memorizado os encantamentos, mas os tinha anotado no caderno e poderia facilmente lê-los em voz alta se fosse necessário.

Vaudeline lhe lançou um olhar grato.

— Sim, na verdade. — Ela secou os olhos de novo. — Vá em frente com a Invocação.

Lenna não tinha achado de verdade que Vaudeline concordaria e começou a virar as páginas do caderno com a mão trêmula. Elas só haviam praticado aquilo algumas vezes. Vaudeline sempre elogiara a forma como Lenna articulava as difíceis palavras em latim e o ritmo com que recitava os versos. Ainda assim, Lenna nunca tinha realizado um encantamento verdadeiro. Ainda mais em um lugar tão sombrio.

Seus dedos começaram a formigar, uma sensação como agulhas por baixo das unhas, e uma onda de luz safira piscou diversas vezes em sua visão periférica.

Nervos, com certeza. Mas ela seguiu em frente. Quanto mais rápido a reunião terminasse, mais rápido poderia perguntar da carta.

Ela localizou a Invocação e começou a ler.

4

SR. MORLEY

Londres, terça-feira, 11 de fevereiro de 1873

Na manhã seguinte, sozinho em meu escritório, eu passava os olhos distraído por um artigo sobre ectoplasma. Era um assunto que conhecia bem. Eu dera uma palestra fechada sobre ele, apenas para convidados, oito meses antes.

Naquele dia — o sexto de junho —, a discussão se centrara nas substâncias que às vezes permaneciam depois de ocorrências sobrenaturais. O ectoplasma — uma pasta ou gel, branco e viscoso, excretado de vez em quando por médiuns durante reuniões mediúnicas — era a mais conhecida delas.

Depois que a palestra terminou, exibi algumas amostras que havia preservado de nossas reuniões mais recentes. Enquanto arrumava as tigelas em uma fileira, notei um jovem que nunca tinha visto antes. Sua presença inesperada na sala me alarmou. Ele estava passando tempo demais em meio às amostras e até teve a audácia de enfiar os dedos numa das tigelas e brincar com o material.

Eu o abordei rapidamente.

— Bom dia, senhor — disse a ele, buscando manter a voz firme. — Quem lhe indicou para esta palestra? — Eu olhei em volta, em busca de um acompanhante.

O jovem virou o rosto, seu barrete torto. Quase caí para trás quando vi pela primeira vez seus olhos azuis, um cacho de cabelo negro caindo por cima deles.

De repente, houve uma batida na porta do meu estúdio. Ela me arrancou da lembrança e lancei um olhar breve para os papéis sobre a minha escrivaninha, virando para baixo alguns documentos confidenciais. Ainda não eram nem nove da manhã. Quem já precisava de mim?

— Entre.

Era o policial Beck, um membro do Departamento de Espiritualismo que também fazia parte da Polícia Metropolitana. Ele jogou o jornal do dia anterior na minha mesa com certo estardalhaço, apontando para a mesma matéria que eu lera na noite passada. Aquela que questionava quem poderia desejar a morte de Volckman.

— Três meses intermináveis dessa palhaçada — disse ele, cruzando os braços em frente ao corpo volumoso. Tinha duas vezes o meu tamanho, quase tudo músculos. — Não aguento mais isso. Por Deus, toda vez eles falam da polícia. Seremos crucificados por incompetência se não desvendarmos isso.

Beck sempre fora um tanto melodramático. Também saía da linha. Eu não conhecia os detalhes, mas tinha ouvido falar que a polícia ameaçara expulsá-lo diversas vezes. Subversão, no geral, e havia rumores de pequenos subornos.

Ele prosseguiu.

— Estou considerando pedir ao comissário que contrate uma nova equipe de investigadores particulares, ou talvez...

— Não. — Eu o interrompi. — Tenho uma ideia melhor.

Ele franziu o cenho.

— Qual?

Nervoso, fiz uns rabiscos no meu caderno, pensando em como poderia explicar minha ideia. Contaria apenas os detalhes imprescindíveis.

— Vaudeline D'Allaire — comecei.

Ele pigarreou.

— Ela não deixou a cidade do dia para a noite ano passado? Se bem me lembro, ela se recusa a voltar.

Eu conhecia as circunstâncias em torno do episódio.

— Suas preocupações eram... são... relacionadas a questões de segurança — respondi. — E...

— Segurança? — repetiu ele. — O que quer dizer com isso?

— Não estou autorizado a dar detalhes.

O policial Beck hesitou por um momento e então concordou:

— Está certo.

— Você aceitaria me ajudar se eu a convidasse para voltar à cidade e realizar uma reunião mediúnica para o sr. Volckman? Cuidaria da proteção pessoal dela enquanto estiver na cidade?

O uniforme da polícia e a arma de Beck seriam vantagens e haveria uma chance maior de Vaudeline concordar com uma convocação se soubesse que alguém estaria cuidando dela.

Ele ergueu as sobrancelhas.

— Você acha que ela voltaria?

— Ela e o sr. Volckman eram parceiros e gostavam um do outro. Suspeito que ela vai querer ajudar, se puder, mas só se sua segurança for garantida. Um membro da polícia como acompanhante lhe proveria um grande conforto, com certeza.

— Bem, é claro — disse ele, mais disposto do que eu teria imaginado. — Eu ficaria feliz em ajudar.

Melodramático ou não, ele agora servia a um propósito.

— Você entende que precisamos manter segredo sobre isso, certo? Ela estará disfarçada. Ninguém além de nós pode saber sobre sua presença. Preciso mantê-la em absoluta segurança. E precisarei que você assine um juramento, prometendo manter sigilo sobre o que descobrir.

— Ajudaria saber de quem, exatamente, ela está tentando se esconder — comentou o policial Beck.

Eu fiquei em silêncio, sem me sentir na obrigação de me aprofundar nas minúcias. Líderes têm esse luxo.

— Muito bem, então. — Ele fez uma pausa e prosseguiu: — Não deve ser muito difícil manter a discrição. Ela não faz as reuniões apenas no lugar onde a vítima morreu? Para nossa sorte, é na sua adega particular. Não teremos uma multidão de curiosos.

— Isso mesmo. A parte mais difícil, eu acho, será gerenciar os riscos. Você leu as notícias sobre ela?

— Explosões entre os presentes na sala — disse Beck, assentindo com a cabeça. — Violência. Fornicação. Convulsões. Incêndios espontâneos. Tetos que desabam. Algumas pessoas morreram. — Ele deu de ombros, como se achasse graça. — Nada que um policial não veja com frequência.

Concordei, mais otimista do que estava só um minuto antes. Fingi um pequeno bocejo e tentei parecer casual em relação àquela conversa, apesar das sérias implicações. Tudo aquilo seria muito perigoso.

— Certo, então. Se ela aceitar o convite, eu o avisarei da data em que ela planeja chegar.

Beck assentiu e deixou meu escritório. Fiquei imóvel por alguns minutos, ruminando como eu gostaria que as coisas acontecessem.

Olhei para o sofá. Embaixo dele, fora de vista, estava meu pequeno revólver.

Eu o manteria por perto nos próximos dias.

Voltei minha atenção para o artigo sobre ectoplasma, pensando mais uma vez na palestra do dia 6 de junho. Na verdade, o camarada que eu havia abordado no final da palestra não era nenhum jovem.

Era uma mulher, de 18, talvez 20 anos, bem disfarçada com roupas de homem: um suéter de lã típico de pescadores, calças cor de carvão e uma simples boina de lã, sob a qual o cabelo estava cuidadosamente escondido. Agora que podia ver melhor, notei como seu rosto era esguio, com belas sombras sob as bochechas e na covinha do queixo. Pensei, por um momento, que havia algo de familiar nela. Talvez eu já a tivesse visto pela cidade, mas não podia ter certeza.

— Eu lhe perguntarei de novo — declarei. — Quem convidou você aqui hoje? Tenho certeza de que conhece nossas regras… leigos e membros em potencial só podem frequentar nossas palestras se acompanhados por um membro da Sociedade.

— Quem me convidou? — repetiu a garota, parecendo subitamente nervosa. Ao nosso lado, havia uma tigela de ectoplasma solidificado e fedorento. — Ora, um… — Ela hesitou. — Um tal sr. Morley. — Ela olhou na direção da porta, a apreensão reluzindo em seus olhos. — Ele está logo ali, me esperando, tenho certeza.

Eu não pude deixar de rir. Uma mentirosa, por mais bonita que fosse. Ela devia ter entrado escondida no prédio e notado meu nome em um dos cartazes. Para o azar dela, era o nome errado.

— Na verdade, *eu* sou o sr. Morley, vice-presidente do departamento, e, como eu disse, essas palestras são apenas para convidados.

Observei deliciado seus olhos ovais ficarem arregalados e redondos. Aquele azul, como cobalto. Senti um desejo súbito de mergulhar de cabeça neles, de sorvê-los ou me afogar.

Por instinto, baixei os olhos, embora seria um tolo se achasse que ela já não tinha notado a marca de nascença espalhada pela minha face esquerda.

Então fiz algo muito estranho. Sempre me senti desconfortável com mulheres, mas talvez a aparência de menino dela tenha me dado coragem, fazendo parecer por um momento que ela era um de nós.

— Você teria interesse em dar um passeio? — perguntei.

— Um passeio? — Ela gaguejou por um momento, olhando de novo na direção da porta. Eu achei que ia fugir. — V-você disse que é o vice-presidente?

Assenti, dando um passo na direção dela.

— Isso mesmo.

Eu tive certeza de que ela diria não. Pensei rapidamente na minha tréplica. Eu a lembraria das repercussões de invadir a Sociedade e a informaria que, na verdade, havia vários membros da polícia espalhados pelo prédio naquele exato momento. Não que fosse denunciá-la. Só queria continuar a conversa. Porém, no final, nenhuma tréplica foi necessária.

— Um passeio parece ótimo — disse ela, e havia um lampejo de encanto em seus olhos que eu ainda não tinha visto.

Talvez ela tivesse me examinado naquele breve ínterim e decidido que eu não era tão desagradável aos olhos quanto acreditava ser.

Nós caminhamos por um parque próximo durante duas horas, quase sem pausa na conversa. Ela estava muito interessada no mundo espiritual; para sua sorte, eu podia falar de forma bastante inteligente sobre esse assunto. A certa altura minha voz ficou rouca, então eu a convidei para um novo encontro no dia seguinte.

Ela aceitou e concordamos em nos encontrar na Hickway House, na Euston Road, onde ela morava e trabalhava.

— Quando chegar, pergunte na recepção pela srta. Wickes — disse ela, antes de nos separarmos. Então ergueu uma das mãos e deu um sorrisinho. — Mas há duas de nós. Minha irmã é Lenna. Pergunte por mim, srta. Evie Wickes.

5

LENNA

Paris, sexta-feira, 14 de fevereiro de 1873

Depois da reunião no castelo, as mulheres voltaram para a hospedaria de Vaudeline em Paris. Era muito tarde, mas as duas estavam inquietas e Vaudeline decidiu fazer um chá. Enquanto isso, Lenna ficou em silêncio, ruminando sobre o ocorrido depois da interrupção do mensageiro.

Lenna prestara assistência com os encantamentos, mas, assim que Vaudeline se recompôs, ela tomou a frente do Transe até finalmente chegar ao Desenvolvimento. Identificara o assassino da mulher como um amante rejeitado, fornecendo seu nome completo e o local em Paris onde ele morava. Mas os pais da vítima quase não reagiram a essa revelação. Nunca tinham ouvido falar desse homem, disseram. O pai questionara a afirmação de Vaudeline a respeito da identidade do assassino, dizendo que ela poderia ter inventado qualquer nome. Ele prometeu seguir a pista com a polícia e, se não levasse a lugar algum, garantiu a Vaudeline que voltaria a bater em sua porta.

O impulso de Lenna foi defender o resultado da reunião — afinal, ela havia realizado alguns dos encantamentos —, mas ainda não podia culpar os pais pelo ceticismo. Seria possível que Vaudeline tivesse inventado um nome? Seu Desenvolvimento ocorrera com muita facilidade, especialmente considerando a comoção com a qual ela tinha lidado no início da noite.

Lenna não podia negar um sentimento de decepção depois que a reunião mediúnica terminou sem nenhuma evidência de fantasmas. Esperava que algo mais tangível fosse ocorrer, mas nada na sala havia se movido sequer um centímetro. Apesar de todos os avisos a respeito de atendentes entrando em transe, ou mesas virando, o evento da noite fora muito... organizado. Apenas uma médium fechando os olhos, e então anunciando um nome que ninguém tinha ouvido antes.

Sentada à mesa de Vaudeline, Lenna não conseguiu mais esperar.

— A carta — disse ela. — Eu vi a borda negra.

Vaudeline deu um passo na direção dela, uma xícara de chá em cada mão. Uma vela tremeluzia diante delas, além de algumas na cornija da saleta ao lado.

— Sim — respondeu ela, baixando as xícaras. — Fui informada de que uma pessoa que conheci bem durante o tempo que passei em Londres foi... — A voz dela falhou. — Bem, ele foi assassinado na mesma noite que Evie. A véspera do Dia de Todos os Santos.

— Ah — disse Lenna, cobrindo a boca com a mão. — Ele era seu amigo?

— Um amigo muito querido, sim. Nós nos conhecemos anos atrás, antes de a rede de praticantes do ocultismo em Londres ficar tão grande. Ele é... era... o presidente de uma organização conhecida como a Sociedade Mediúnica de Londres, um clube para cavalheiros no West End. Eles ganham bastante dinheiro organizando caçadas a fantasmas, reuniões mediúnicas e coisas assim.

— Sim — comentou Lenna. — Já ouvi falar deles.

Vaudeline ergueu os olhos, surpresa.

— Ah, é?

Ela assentiu.

— Alguns anos atrás eles organizaram duas reuniões mediúnicas para uma família da qual eu era próxima. Os Heslop. Eu fui à primeira reunião, cujo objetivo era contatar o espírito da minha boa amiga

Eloise. Ela e o pai morreram em um afogamento trágico. Nós que éramos mais próximos estávamos desesperados por uma chance de nos despedir. Eles permitiram que Evie e eu os acompanhássemos na reunião mediúnica.

— Sinto muito pela sua perda — disse Vaudeline. — E quanto à segunda reunião?

Lenna balançou de leve a cabeça.

— A segunda foi para o pai de Eloise, o sr. Heslop. Ele era um magnata das ferrovias, querido pela cidade. Mas o cavalheiro que realizou a reunião não permitiu que nenhum conhecido do sr. Heslop estivesse presente, exceto a viúva. — Nesse ponto, Lenna hesitou. — Foi tudo muito estranho, na verdade. A sra. Heslop estava delirante de sofrimento, mas, depois da reunião para o falecido marido, pareceu quase… recuperada. Muito melhor, pelo menos, e se apaixonou por um membro da Sociedade, um tal de sr. Cleland, que parece que participou da reunião para o sr. Heslop. — Ela fez uma pausa. — A sra. Heslop e o sr. Cleland se casaram pouco depois. Isso causou um belo escândalo por um tempo.

Vaudeline ergueu as sobrancelhas.

— É de fato escandaloso. Aconteceu algo na reunião para Eloise?

Nada além de uma série de ternas lembranças e uma página de imagens sem sentido que os homens desenharam em uma folha de papel durante a reunião, símbolos que eles insistiam que Eloise havia comunicado do mundo dos mortos. Evie acreditava que as imagens fariam sentido um dia, quando fossem interpretadas da maneira correta. Mas Lenna achou tudo uma farsa. Se fantasmas existissem, Eloise teria comunicado algo lógico. Havia muitas lembranças e muitos segredos que ela poderia ter utilizado.

— Não — respondeu com a voz baixa.

— Às vezes isso acontece, infelizmente. — Vaudeline envolveu as mãos em volta da xícara de chá e deu um gole. — Espero que isso não te faça questionar a habilidade do médium que liderou a reunião mediúnica. Com certeza, o sr. Volckman era um bom juiz de talentos. Você sabia que ele foi o fundador da Sociedade? Era um homem de negócios perspicaz, sem dúvidas, mas também um homem de princípios. Ele se importava com a verdade e reclamava com frequência que havia muitos impostores trabalhando em Londres, o que colocava todos nós em perigo. Seu intuito era que o trabalho da Sociedade desse credibilidade à arte da mediunidade, em vez de maculá-la. — Ela balançou a cabeça e esfregou os olhos. — Sentirei uma saudade terrível do sr. Volckman. Ele era um colega admirável, mas também um marido e pai maravilhoso. Coitada da sua esposa. Espero que tenham cuidado dela... — Vaudeline enfiou a mão dentro do bolso da capa e puxou a carta, colocando-a na mesa. — Eu não contei muita coisa a respeito da minha partida de Londres, não foi?

Antes de morrer, Evie seguira de perto o trabalho de Vaudeline. Comentara sobre a súbita partida dela, notando que, apesar de todas as declarações sinceras que Vaudeline fez sobre a arte do espiritualismo, ela manteve absoluto sigilo a respeito de sua partida.

— Antes de ir embora — explicou Vaudeline —, eu tinha começado a suspeitar que havia alguns homens fora da linha na Sociedade, organizando esquemas fraudulentos de mediunidade. Truques de salão, no geral, mas fraude ainda assim. Só sabia disso porque, dada minha posição entre os espiritualistas da cidade, os rumores tinham chegado a mim. Pretendia investigar com discrição, a fim de poder dar ao sr. Volckman o máximo de informações possível. Mas, quando contei minhas preocupações iniciais, ele levou os boatos muito a sério e prometeu desvendar toda a história. Acredito que pretendia entrevistar todas as viúvas e os enlutados de Londres que pediram ajuda da Sociedade nos últimos meses. A credibilidade e a boa reputação da Sociedade eram méritos dele. Volckman não tolerava contravenções.

Vaudeline se inclinou para trás na cadeira, uma expressão contrariada no rosto.

— Logo depois de nossa conversa, Volckman me disse que havia descoberto evidências de alguma trapaça dentro da organização, esquemas para arrancar dinheiro dos enlutados, e ele sabia até mesmo a identidade dos responsáveis. Precisava reunir mais provas antes de acusá-los, mas o que tinha apurado era alarmante.

Não apenas o esquema era ainda mais complexo do que podia imaginar, mas os envolvidos pareciam saber que eu conhecia os rumores, uma vez que eu frequentava os círculos de ocultismo de Londres. Sabiam que eu começara a fazer perguntas e que era amiga de Volckman. Segundo ele, esses homens tinham planos de impedir minha intromissão. E, dado o que ele descobriu em suas investigações, ele tinha certeza de que minha segurança estava em risco. Então o sr. Volckman sugeriu que eu voltasse a Paris, rapidamente e sem cerimônias, até que ele resolvesse as coisas na Sociedade — prosseguiu Vaudeline. — Eu levei os avisos dele muito a sério. Seria algo temporário, afinal. E essa não era a primeira vez que ele cuidava de meus interesses profissionais. Em anos anteriores, ele defendeu muitos dos meus artigos mais controversos e até sugeriu que eu entrasse em contato com seus advogados uma ou duas vezes. Ao longo dos anos, sua esposa, Ada, também se tornou minha amiga. Jantei com eles algumas vezes, conheci seus filhos. Por isso tudo me senti inclinada a seguir seu conselho. — Ela bateu com os dedos na mesa e balançou a cabeça. — Considerando que o sr. Volckman agora está morto, é evidente que ele me deu um sábio conselho. — Ela então passou a carta para Lenna. — Pode dar uma olhada, se quiser.

Lenna pegou o papel e o inclinou para a luz baixa.

Srta. D'Allaire,

Lamento lhe informar que circunstâncias lamentáveis recaíram sobre a Sociedade Mediúnica de Londres. Um amigo em comum, o sr. Volckman, foi encontrado morto na véspera da Noite de Todos os Santos, dia 31 de outubro. A polícia ainda não identificou o responsável pelo crime.

Como vice-presidente do Departamento de Espiritualismo, e amigo mais próximo e confidente do sr. Volckman, acredito que os homens — ou homem — que o mataram estão conectados com sua partida de Londres no início do ano passado. Depois que a senhorita partiu, o sr. Volckman compartilhou comigo o motivo de sua fuga da cidade e a ameaça que os membros desviados da Sociedade representavam, membros estes que ele acreditava estarem intervindo em nossas reuniões por toda a cidade. Para minha própria proteção, ele se recusou a revelar os nomes até ter terminado sua investigação. Acredito que esses homens descobriram a investigação de Volckman e buscaram impedi-lo antes que ele pudesse coletar provas irrefutáveis de seus erros. Eles, tanto quanto eu e você, sabiam que Volckman era um homem íntegro. Ele não toleraria nenhum membro que não estivesse alinhado aos seus objetivos para a Sociedade.

Estou determinado a descobrir os culpados dentro do meu departamento e levá-los à justiça. Contudo, sabendo da profundidade da investigação de Volckman e do perigo que esta lhe causou, estou inclinado a seguir com as coisas de outra maneira.

Dito isso, gostaria de convidá-la para vir a Londres a fim de realizar uma reunião mediúnica para o sr. Volckman, com o intuito de identificar os homens (ou homem) que o assassinaram. Lamento dizê-lo, mas suspeito que o assassino esteja conectado com a Sociedade. Pode ter sido alguém contratado para silenciar o sr. Volckman ou, pior, um dos membros que vêm realizando reuniões desonestas e causando os rumores que a senhorita ouviu no ano passado.

Devo lhe assegurar quanto a qualquer (justificada) preocupação com a sua segurança. O sr. Borden Beck, membro da Sociedade e do corpo da Polícia Metropolitana, prometeu acompanhá-la durante todo o seu tempo em Londres. Ademais, posso oferecer acomodações adequadas e disfarce para sua curta estadia na cidade.

Espero que a senhorita considere aceitar esse apelo, especialmente dada sua amizade e relação profissional com o sr. Volckman nos últimos anos. Ele era um homem bom; a senhorita sabe disso tão bem quanto eu. Sei que é uma vingadora, srta. D'Allaire, e eu lhe imploro que me ajude a identificar os homens que levaram nosso amado amigo cedo demais.

Se estiver interessada, envio neste envelope instruções de viagem. Todas as suas despesas serão reembolsadas. Por favor, me informe sua decisão pelo correio noturno, incluindo seu horário estimado de chegada.

Com saudações calorosas,
Sr. Morley
Vice-Presidente, Departamento de Espiritualismo
Sociedade Mediúnica de Londres

Depois de ler a carta, Lenna a devolveu a Vaudeline e foi até a janela. Ela espalmou as mãos no vidro, deixando que o frio penetrasse suas palmas suadas. Do lado de fora, uma camada fina de gelo derretia com o formato de sua mão. Voltou-se para Vaudeline.

— Você conhece esse sr. Morley?

— De passagem, sim, em diversos eventos de mediunidade pela cidade. Trocamos algumas palavras educadas, nada mais.

— O pedido dele parece muito perigoso — disse Lenna.

— Sim, mas não vejo como poderia recusar. Considerando tudo que o sr. Volckman fez por mim ao longo dos anos. — Vaudeline expirou devagar. Então foi até Lenna, juntando-se a ela diante da janela. — Você consegue entender por que essa carta me afetou tanto. Não só fiquei sabendo da morte de um amigo, mas parece que os rumores que compartilhei com ele podem tê-lo levado ao túmulo. O sr. Morley teve a gentileza de não dizer isso explicitamente, mas sou humilde o suficiente para admitir. Sou uma espiritualista que tenta resolver crimes, no entanto me sinto bem culpada por esse. — Ela fez uma pausa. — Concordo que o pedido é precário. Mas uma consciência pesada não é melhor.

Lenna mordeu o lábio inferior, sentindo pena de Vaudeline. Era uma história de partir o coração, e Lenna entendeu de repente por que Vaudeline ficara tão devastada com a notícia. Devastada o suficiente para lhe pedir ajuda com os encantamentos, até.

— Eu me pergunto se a Sociedade já tentou fazer a própria reunião mediúnica para o sr. Volckman — disse Lenna.

— Mesmo que tenham feito, as reuniões deles não são pensadas para resolver crimes. Não como as minhas. O objetivo deles é sustentar a crença no pós-morte. Eles fazem isso produzindo sinais tangíveis dos espíritos, sons do além, visões e por aí vai.

Sinais tangíveis dos espíritos. Isso fazia sentido, considerando as imagens estranhas que a Sociedade havia anotado em um papel durante a reunião para Eloise alguns anos antes. Por mais ambíguos que fossem, os rabiscos eram de fato algo visível.

Lenna notou seu reflexo embaçado na janela. De repente, uma ideia lhe ocorreu — tão óbvia, tão lógica, que ela ainda não havia considerado até o momento.

— Se você estiver em Londres, então talvez possa realizar uma reunião mediúnica para Evie.

— Sim — disse Vaudeline. — Se a reunião para Volckman der certo. Senão, precisarei sair da cidade de novo. E rápido. Por isso não podemos abandonar seu treinamento apenas por conta dessa carta. — Ela apalpou a capa. — Ainda mais considerando a habilidade natural que você continua exibindo. — Vaudeline uniu os lábios em um O e apagou com um sopro uma das velas sobre a lareira, que havia derretido e pingava cera sobre a cornija. — Eu lhe garanto, os encantamentos que você leu hoje não teriam sido tão eficazes se outro aluno os tivesse recitado. — Ela deu um pequeno sorriso, o primeiro que Lenna vira naquela noite. — Incluindo nossa amada Evie.

Lenna ergueu as sobrancelhas, surpresa.

— Evie sempre me disse que era uma das suas melhores alunas.

— Em termos de entusiasmo, sim. Mas de vez em quando confiava um pouco demais na própria habilidade.

— Impossível — brincou Lenna. — Confiar demais? Evie não era nada assim.

Vaudeline sorriu.

— Uma vez, nós trabalhamos juntas em um exercício muito simples de clarividência. Posicionei dez quadrados de madeira numa mesa, cada um deles com um número entalhado na parte de baixo. Peguei um aleatoriamente e o segurei firme na mão. Ela pensou nele por um tempo, passando metodicamente pelos exercícios de intuição que eu havia lhe ensinado. Declarou que o quadrado era um 9. Eu o virei, era um 6. — Vaudeline deu um sorriso nostálgico. — Eu tentei incentivá-la. Dificilmente se poderia culpar Evie por girar o número na mente. Mas ela se recusou a acreditar que era um 6. Ela se recusou a admitir seu erro, que aliás era mínimo. Eu mostrei o entalhe a ela, como as pequenas voltas dos números eram, na verdade, um pouco diferentes. Suas faces ficaram vermelhas, sua voz mais aguda. Ela me questionou, sua professora, dizendo que talvez *eu* estivesse errada. Bem, tenho os quadrados há anos. Posso garantir que sei bem qual é o 9 e qual é o 6. Mas foi impossível convencê-la, até que eu desisti.

Lenna não podia dizer que estava surpresa com a história. Essa teimosia era o jeito de Evie.

Vaudeline afastou uma nuvem de fumaça que flutuava perto delas.

— Não desperdicei seu tempo com clarividência porque a recitação dos encantamentos de uma reunião mediúnica é o mais importante para você. Ainda assim, sinto que você distinguiria o 9 do 6 com perfeição. Tem sido uma aluna maravilhosa, rápida em dominar o que contemplamos até agora. Um talento natural, como ficou claro nesta noite.

Ela pegou a mão de Lenna e apertou de leve, então soltou. No escuro, o aroma doce de seu hálito flutuava entre elas.

O toque fez Lenna sentir que tinha sido virada de cabeça para baixo e então endireitada de novo.

— Interessante — disse ela — que Evie acreditasse tão intensamente no oculto, mas tivesse dificuldades em dominar suas habilidades. Eu sou o exato oposto. Tenho dificuldades em crer, mas, segundo você, minha habilidade para reuniões mediúnicas é natural.

— Sim, vejo isso o tempo todo. Estou convencida de que o mundo espiritual adora erodir a relutância. Quando têm a chance, os fantasmas cooperam mais com os descrentes. — Ela inclinou a cabeça para o lado. — Você sentiu algo estranho nesta noite, quando realizou os encantamentos?

Lenna pensou por um momento. Ela tivera a sensação curiosa de formigamento nos dedos e o lampejo azul vibrante no canto do olho, mas já tinha experimentado coisas assim no passado e sempre as atribuíra à tensão e à ansiedade.

— Não — respondeu ela. — Não, nada estranho.

— Bem — falou Vaudeline, dando de ombros. — Não podemos esquecer seu treinamento. Na verdade — ela fez uma pausa —, acho que você deveria se juntar a mim na reunião para Volckman.

— Me juntar a você? — balbuciou Lenna, certa de que havia escutado errado.

Vaudeline assentiu.

— Parece uma oportunidade perdida uma estudante ficar em casa olhando para o teto enquanto sua professora está por aí resolvendo crimes. Com certeza haverá muito a aprender na reunião para esse cavalheiro.

Lenna balançou a cabeça.

— Eu não ficaria olhando para o teto. Praticaria os encantamentos de novo, até seu trabalho ter terminado.

O rosto de Vaudeline se suavizou.

— Admirável, mas praticar sozinha ainda não se compara a ver outra reunião na prática.

Outra reunião com nada que possa ser provado?, pensou Lenna. *Apenas suposições que não podem ser substanciadas? Nomes que ninguém nunca ouviu?*

A recompensa não parecia valer o risco.

De repente, ela estremeceu — gelada, cansada e exasperada não apenas com Vaudeline, mas com a ideia de espíritos como um todo. Ela queria ver um fantasma, não apenas ouvir que Vaudeline havia incorporado um.

Mas isso não aconteceria naquela noite, e, pela primeira vez desde que haviam se conhecido, Lenna se perguntou se sua simpatia por Vaudeline não poderia ter afetado sua capacidade de separar a verdade da ilusão. Agora, ela via a outra mulher com mais do que uma nota de ceticismo. Vaudeline era, afinal, uma caçadora de fantasmas de 30 anos com poucos amigos. Ela havia construído sua fama internacional com base em rumores, até mesmo fofocas.

E, como se isso não fosse suficiente, a reunião daquela noite havia se provado uma completa decepção.

Lenna cruzou os braços, sentindo a raiva subir e o calor em seu peito também.

— Depois de mais de duas semanas com você — disse ela —, eu ainda não tenho nenhuma prova de que tudo isso é real. Mesmo... — Ela secou uma lágrima inesperada, sabendo que não poderia voltar atrás do que estava prestes a dizer. — Mesmo a reunião de hoje. Eu não posso deixar de concordar com o pai daquela garota.

Ela sabia que estava sendo agressiva, deixando subentendido que sua própria descrença era culpa de Vaudeline, quando na verdade ela sempre fora assim, mas estava cansada de ser enrolada com aquela conversa de espíritos sem nunca ter uma prova da existência deles.

Vaudeline se afastou da janela e o lugar onde um pouco antes estivera o calor do seu corpo passou a ser ocupado pelo ar frio. A dor pelo comentário de Lenna estava estampada em seu rosto.

— Foi você que me procurou — disse ela —, não o contrário. — Sua voz havia se erguido além do volume normal e ela gaguejou por um momento. Lenna se perguntou se também estaria controlando as lágrimas. Mais uma vez. — Eu nunca pedi para acreditar em nada disso e não é minha culpa que sua mente fechada te impeça de conceber qualquer coisa que não seja feita de *pedra*.

Mente fechada. Era o tipo de acusação que Evie havia feito mais de uma vez, e Lenna se lembrava muito bem da frustração daquelas discussões sem fim a respeito de ilusão e truques de luz. Evie e Vaudeline eram muito parecidas nesse sentido.

Lenna sabia que sua mudança súbita de humor era desproporcional à situação. Vaudeline só tinha lhe feito um convite para se juntar à reunião para Volckman e a resposta áspera de Lenna havia deixado as duas em lágrimas. Mas sua raiva e seu luto pareciam estar à flor da pele naquela noite. Era a forma como Vaudeline falava da morte, como se não fosse um final, mas um interlúdio. Ela acreditava que, por trás dessa cortina, os espíritos eram tão reais, tão vivos, quanto tinham sido em vida. Era irritante pensar que Evie podia estar tão perto, mas tão fora de alcance. Todos esses véus, na vida e na morte... Lenna os detestava.

Ela conhecia o ritmo de seus humores. Precisava sair daquela sala abafada e mal iluminada. Uma porta dupla levava da sala de visitas para um pequeno jardim. Sem dizer uma palavra para Vaudeline, saiu.

Ficou sob a noite enluarada, sentando-se em um gelado banco de metal do lado de fora. Queria que a neve não tivesse parado de cair no início da noite. O que ela não daria para desaparecer nas ondulações e no silêncio dela.

Ficou sentada ali por um tempo, com os braços cruzados, observando um gato cor de creme caminhar pelo muro de pedras. O ar cortante e o cheiro de lenha eram um alívio bem-vindo e por fim a acalmaram.

Ainda assim, as lágrimas continuavam a cair. Ela nunca se sentira tão sozinha.

Depois de um tempo, ouviu passos atrás de si. Vaudeline. O que havia acontecido naquela noite? Parecia maior do que uma reunião mediúnica decepcionante: parecia um momento de acerto entre elas. Suas crenças eram muito diferentes, mas aquela noite poderia ter consertado isso. Poderia ter sido a noite em que as crenças de Lenna mudariam. Exceto que suas convicções estavam ainda mais fortes. E ela descobriu que de repente não confiava em nada a respeito de Vaudeline.

A convocação de Londres se erguia diante delas, uma bifurcação. Para onde iriam dali em diante?

Lenna não esperava terminar a noite sentada sozinha em meio à neve derretida, tão no escuro a respeito de fantasmas quanto antes. Sob o ar gélido, as lágrimas quentes continuavam a escorrer por suas faces e ela sentiu que congelariam em pequeninos cristais. *Só estou com saudades de Evie,* disse a si mesma. *Estou chorando porque estive segurando tudo isso. Não passei pelo luto direito.* Mas, sentada ali em silêncio, os braços ainda cruzados, sabia que essa não era toda a verdade. Havia mais coisas nesse pranto, e tinham a ver com a mulher cujos passos se aproximavam.

Vaudeline se sentou ao lado dela, embora Lenna mantivesse seu olhar voltado para a frente. De algum lugar da árvore que se arqueava acima delas, uma coruja alçou voo e mergulhou nos arbustos em busca de alguma presa invisível.

Um pouco depois, Lenna sentiu o toque de dedos nos seus. Poderia facilmente ser acidental, apenas um roçar de mãos. Ou talvez não fosse nenhum acidente. De qualquer forma, não importava. Lenna afastou o braço; não estava no espírito para uma reconciliação.

As duas ficaram em silêncio assim por um bom tempo, os corpos separados por meros centímetros. Mas, para Lenna, pareciam quilômetros.

6

LENNA

Paris, sexta-feira, 14 de fevereiro de 1873

Em certo momento, Vaudeline se levantou do banco e voltou para a casa.

Algumas nuvens pesadas surgiram, ofuscando a lua. O jardim estava completamente escuro e Lenna começou a tremer, sentindo muito frio. Por quanto tempo pretendia ficar sentada ali, afinal, emburrada e amargurada?

Ela se forçou a sair de seu mau humor. Vaudeline podia não ter provado nada naquela noite, mas não é como se ela tivesse feito algo errado. Era só a pessoa mais próxima na qual Lenna podia extravasar sua frustração.

Se ao menos eu pudesse me passar por uma peneira, pensou Lenna, *e separar os sentimentos para poder lidar melhor com cada um deles.*

O desespero daquela noite a lembrava da discussão que ela e Evie tiveram antes da morte da irmã. Havia sido a pior e a última.

Estavam sozinhas na sala de café da manhã do hotel. Logo ajudariam as criadas da cozinha a servir a refeição. O hotel estava cheio naquele dia, com um número mais alto que o comum de hóspedes em viagem de trabalho.

Nenhuma das irmãs sabia que a morte de Evie aconteceria em apenas algumas horas. Não naquela bela manhã de outono com um prato de tortinhas de pera diante delas. Mas Lenna estava sem apetite naquele dia. Mais uma vez acordara tonta, com lampejos de luz colorida — laranja, violeta — na visão periférica. A ponta dos dedos formigava e seu estômago estava embrulhado, apesar de não ter comido nada desde a noite anterior. E isso já vinha acontecendo havia muitos dias.

Ela encarou a torta no prato, os olhos vidrados, se sentindo de fato muito mal.

— Come uma — disse Evie. — Ou eu vou comer por você.

— Não estou com fome.

Evie ergueu as sobrancelhas.

— Mas é a sua favorita. — Ela cortou sua própria tortinha ao meio e deu uma mordida, estalando os lábios.

— De quem é esse chapéu? — perguntou Lenna, apontando para a aba de uma boina de feltro marrom-acinzentada que estava escapando da bolsa de Evie. Havia um pequeno nó na lateral. Ela já tinha visto essa boina algumas vezes, mas sempre imaginara que era de algum pretendente de Evie. Naquele momento, a curiosidade a venceu.

A boca de Evie se abriu, migalhas ainda grudadas nos cantos dos lábios. Ela deu uma olhada na bolsa.

— Perdão?

— Não é a primeira vez que vejo. — Ela olhou desconfiada para Evie. — É uma boina masculina. Da última vez você a deixou na cômoda. Tinha cheiro de tabaco.

Evie enfiou a boina mais para o fundo da bolsa e voltou a mastigar.

— Eu odeio quando você faz isso.

— Faço o quê?

— Enfia o nariz onde não é chamada.

Lenna exalou, revirando os olhos. Ergueu um pequeno floco de açúcar do prato e o colocou sobre a língua.

— Você sabe que dia é amanhã? — perguntou Evie. Era a cara dela mudar de assunto assim.

— Primeiro de novembro — disse Lenna, embora ela soubesse que não era disso que Evie estava falando.

— Aniversário de Stephen — disse Evie.

Lenna assentiu.

— E de Eloise.

Se fosse honesta consigo mesma, Lenna tinha se perguntado se isso poderia explicar por que vinha se sentindo tão mal nos últimos dias. Ela odiava o dia 1º de novembro, odiava que marcasse mais um ano que sua amada amiga não veria.

As circunstâncias em volta da morte de Eloise e seu pai, o sr. Heslop, ainda assombravam Lenna. Alguns anos antes, no meio do inverno, eles tinham saído para uma caminhada noturna em volta do lago navegável do Regent's Park. O sr. Heslop fazia esse percurso toda noite, mas naquela em particular Eloise o tinha acompanhado. Parte do lago havia congelado e, embora ninguém tivesse visto o acidente, a polícia acreditava que Eloise deslizara para dentro da água gelada e que o pai fora atrás dela. Os dois corpos foram encontrados na manhã seguinte.

Quase tão doloroso quanto o acidente foi a rapidez com que a sra. Heslop se casara com outro homem, o sr. Cleland, que era membro de vários clubes de cavalheiros no West End, entre eles a Sociedade Mediúnica de Londres. Ele era um novo membro da Sociedade e havia conhecido a sra. Heslop na reunião mediúnica para seu falecido marido.

Até aquele dia, Lenna não conseguia engolir que a mãe de Stephen e Eloise tivesse seguido em frente com outro homem tão rápido, especialmente com o sr. Cleland, cujo hábito de participar de jogos de aposta fora ridicularizado pelas colunas de fofoca mais de uma vez.

— Me pergunto como Eloise estaria hoje — refletiu Lenna em voz alta.

Evie cruzou as mãos na mesa diante de si.

— Estou tentando entrar em contato com ela.

Lenna afastou seu prato, pensando que ia vomitar. O cheiro adocicado da torta lhe causou repulsa. Ela pegou a jarra de água no centro da mesa e se serviu de um copo.

— Eu queria que você não a misturasse com as suas brincadeiras — disse ela, irritada.

Era uma coisa quando Evie brincava com uma agulha em um barbante, esperando movimento, ou quando falava da mais recente evidência fotográfica de aparições. Era bem diferente quando metia Eloise nisso. Mesmo agora, existindo apenas como memória, Eloise continuava sendo muito querida para Lenna.

— Não é uma *brincadeira* para mim — retrucou Evie. — É real. E eu acho que abri caminho até ela. Eu venho… vendo coisas. Desenhando-as.

— Como os homens da Sociedade Mediúnica de Londres disseram que viram? — retorquiu Lenna, a voz gélida.

Perto do fim da reunião para Eloise, o membro da Sociedade que liderara o evento, um homem chamando sr. Dankworth, puxara uma folha de papel e desenhara loucamente nela: ilustrações rudimentares de móveis e insetos, além de diversos símbolos estranhos, nenhum deles relacionado de forma alguma a Eloise ou aos seus interesses em vida.

— Escrita automática — disse o sr. Dankworth quando terminou. — Uma habilidade comum entre médiuns, com a qual agimos como condutor para que o espírito se comunique. Sem saber o que, exatamente, estamos anotando, transferimos por reflexo a mensagem que o espírito deseja para o papel. — Ele estendeu o papel para elas. — Eloise estabeleceu uma conexão conosco hoje e me pediu para produzir esses desenhos.

A mãe de Eloise, sofrendo como estava, acreditou que as imagens e palavras na página de fato vinham da filha. Evie também. Elas passaram os dias posteriores determinadas a traduzir o significado dos desenhos.

Lenna, por outro lado, achou que a reunião tinha sido uma fraude. Ninguém nunca conseguira dar sentido às imagens, o que provocou nela um estranho sentimento de satisfação.

Agora Evie olhava feio para Lenna.

— Não deixe que aquela experiência estrague tudo para você. Aqueles médiuns que a Sociedade mandou eram novatos. Além disso, ainda não sabemos se os desenhos eram uma farsa. Não podemos provar nem que eram, nem que não eram.

— É esse o meu ponto. Concordo que não podemos provar que não são reais, mas também não podemos provar que são.

— Então talvez você possa me ajudar a esclarecer uma coisa. Acho que um dos desenhos que fiz enquanto me comunicava com Eloise foi sobre você.

Lenna baixou o copo com tanta força que a água transbordou pela lateral.

— Como é?

Evie assentiu, dando outra mordida na tortinha de pera.

— Quando senti que tinha alcançado o espírito dela, fechei os olhos e comecei a desenhar, ciente de que estava fazendo linhas no papel, mas sem saber o que as linhas formavam, qual aspecto ou imagem. Então, me senti fazendo pequenos traços no papel, como se desenhasse letras. Alguns minutos depois, abri os olhos e vi o que eu tinha colocado na página.

— E?

Evie enfiou a mão no bolsinho do vestido e puxou uma folha de papel. Ela a passou para Lenna por cima da mesa, que logo a desdobrou.

Na página havia uma forma simples: um hexágono. E, dentro do hexágono, a letra L com um par de corações entrelaçados.

Lenna engasgou.

— Impossível — sussurrou ela.

Antes de morrer, Eloise havia escrito para Lenna um bilhete curto e íntimo. Ela havia dobrado o papel em um pequeno hexágono e dado a Lenna. Na frente do hexágono estava a primeira inicial de Lenna e dentro, ao lado do nome de Eloise, dois corações em miniatura. Quase igual à ilustração de Evie.

— Você sabe o que significa? — perguntou Evie, se inclinando para a frente animada. — O hexágono?

O hexágono dobrado com suas bordas macias, após ser aberto e fechado incontáveis vezes, estava guardado em uma caixa de quinquilharias sob a cama de Lenna.

— Sim — respondeu Lenna. — Eu sei. — Mas então franziu o cenho. Ela tinha pegado Evie revirando suas coisas alguns dias antes, com a desculpa de ter perdido seu par favorito de luvas. — Espere. Você... — Seu peito começou a queimar e ela se endireitou na cadeira, olhando com dureza nos olhos da irmã. — Você encontrou o bilhete que ela me deu?

— O quê? — Evie ficou imóvel. — Que bilhete?

Lenna a olhou desconfiada, sem saber o que era pior: a possibilidade de Evie estar tentando enganar a própria irmã para que acreditasse em fantasmas por meio de algo que ela encontrara entre suas coisas, ou Evie ter aberto o bilhete e lido o conteúdo dele.

No entanto, Evie devia ter lido, se sabia que o bilhete vinha de Eloise.

Aquilo não era apenas uma violação da privacidade de Lenna — o bilhete continha um sentimento muito estimado, e muito particular. Uma mensagem que devia ser compartilhada apenas entre Lenna e Eloise.

Lenna corou, sentindo-se envergonhada também.

— Eloise me deu um bilhete antes de morrer — explicou ela. — Ela o dobrou em forma de hexágono e escreveu minha inicial nele.

— Você está brincando! — Os olhos de Evie se arregalaram, encantados. — Isso significa... ah, meu Deus... significa... que eu tive sucesso. — Ela olhou para o desenho, feliz, tocando-o como se ele fosse feito de ouro. — Entende, Lenna? É real, muito disso...

— Não! — explodiu Lenna. Para ela, nada daquilo era fantástico ou esclarecedor. Ela não acreditava na irmã, nem por um segundo. — Não acredito que invadiu minha privacidade. E não acredito que você está usando isso agora para tentar me convencer de algo em que eu não creio.

Evie se levantou de súbito, batendo o quadril na mesa, e o garfo de Lenna caiu com um ruído no chão.

— Você acha que estou mentindo? — gritou Evie, os olhos se enchendo de lágrimas.

— Você estava revirando minhas coisas alguns dias atrás — disse Lenna, olhando-a nos olhos. — O momento do seu assim chamado "exercício de escrita automática" parece bem conveniente. Ainda mais tão perto do aniversário de Eloise.

De fora do quarto, no final do corredor, veio a voz da mãe delas, pedindo para ajudarem um hóspede com o itinerário que queria fazer. Evie olhou para a porta e deu um passo na direção dela.

— Já vou — disse ela, secando uma lágrima.

Aquela indiferença provocou Lenna; algo dentro dela estourou, uma bolha de exasperação com sua irmã insolente e desonesta. Ela agarrou o papel com a ilustração, segurou com força os lados dele e o rasgou bem no meio. Jogou as duas metades na mesa.

Evie ficou pálida, olhando para o papel rasgado como se não acreditasse no que via.

Depois de um longo momento de silêncio, Evie falou, afinal:

— Eu… eu… — gaguejou. — Eu não acredito que você fez isso.

Então, com muita delicadeza, ela pegou as duas metades, dobrou--as e as enfiou de volta no bolso. Evie não tinha mais lágrimas nos olhos. Em vez disso, parecia furiosa.

— Adeus — disse ela, saindo rápido da sala.

No mesmo instante, um lampejo de cor atingiu a visão de Lenna, vívido e desorientador. Ela não respondeu. Ficou ali, trêmula, o estômago ainda mais embrulhado do que antes.

Depois que Evie saiu, Lenna voltou para o quarto. Puxou a caixa de quinquilharias que ficava embaixo da cama e examinou seu conteúdo. Ali, no fundo da caixa, enfiada entre uma folha seca de samambaia e um desenho de criança, estava o hexágono. O bilhete de Eloise.

Ele parecia intocado, com as dobras complexas intactas. O bilhete estava como Lenna o havia deixado. E Evie, bem, ela era destrambelhada. Descuidada, muitas vezes. Lenna tinha certeza de que ela não saberia dobrar o hexágono de novo nem pensaria em recolocar o bilhete de volta na caixa do jeitinho como o tinha encontrado.

Lenna passou a ter certeza: Evie não havia mexido na caixa.

Desdobrando o papel, leu o bilhete pelo que devia ser a milésima vez.

Será sempre assim, não é? Coisas infinitas que sentiremos uma pela outra sem poder sussurrar uma palavra em voz alta. Eu encontro consolo em saber que uma amizade entre duas mulheres não encontra ameaças e que podemos seguir assim para sempre. Enquanto eu e você soubermos o que realmente existe entre nós, isso é suficiente para mim.

No final, Eloise assinara com dois corações, as laterais entrelaçadas.

Lenna apertou a página contra o peito, inspirando profundamente. Um ano antes, o papel ainda trazia o cheiro sutil de Eloise, mas agora havia desaparecido, embora Lenna levasse a folha ao nariz toda vez, torcendo para captar um resquício.

Podemos seguir assim para sempre, dissera Eloise. Como ela estava errada. Nada tinha durado para sempre — nem o disfarce da amizade, nem os afetos verdadeiros em segredo. Nem as longas caminhadas de braços dados que elas faziam, nem os olhares furtivos que compartilharam depois de seu primeiro beijo. Ou do segundo.

Sempre fora assim com Eloise. Uma hesitação existia entre elas, uma resistência nascida da timidez e do medo de quebrar as regras. Por mais que Lenna quisesse explorar esse território com ela, temia chegar perto demais, sabendo que elas não poderiam ficar juntas, não de verdade. Suas famílias não permitiriam. A sociedade londrina não permitiria. Por que, então, Lenna deixaria que tais sentimentos crescessem e se intensificassem? Melhor sufocá-los enquanto ainda era cedo e elas eram jovens.

Eloise sentia o mesmo. Daí a mensagem no bilhete. *Enquanto eu e você soubermos o que realmente existe entre nós, isso é suficiente para mim.*

Lenna dobrou de novo o papel em um hexágono perfeito. Não era possível que Evie tivesse visto o bilhete, não era possível que ela tivesse refeito as dobras corretamente. Com um suspiro de arrependimento, Lenna fechou a tampa, colocou a caixa de volta embaixo da cama e foi em busca de Evie. Ela pediria desculpas por sua frustração, suas falsas acusações. As duas metades do papel de Evie, as bordas rasgadas... ela queria poder fundi-las de volta. Como curar um corte.

Para não falar do que aquilo realmente dizia do exercício de Evie em se comunicar com os mortos. Lenna precisaria pensar mais sobre isso. Ela podia hesitar entre crença e ceticismo, mas o desenho de Evie era bastante preciso. As iniciais, os corações entrelaçados do lado de dentro. Se Evie não lera o bilhete, como poderia saber desses detalhes?

Lenna correu até o andar de baixo, em busca da irmã. Mas Evie havia saído; uma das criadas explicou que ela implorara para ser liberada mais cedo e saíra do prédio para ajudar um hóspede com um itinerário.

Lenna não pôde dizer *me desculpe*.

E nunca teve outra chance, porque ela nunca mais viu a irmã viva.

Lenna deixou o banco do jardim e seguiu até a sala de visitas. Vaudeline, com os olhos vermelhos e bocejando, estava acordada na sala de jantar, escrevendo uma carta. Eram quase três da manhã.

— Estou escrevendo minha resposta para o sr. Morley — explicou Vaudeline. — Eu a mandarei pelo correio da manhã. Não mencionei uma companheira de viagem. Partirei no sábado de manhã. — Ela dobrou a carta e selou o envelope. — Você pode ficar à vontade para arranjar a viagem de volta como quiser e nós... ou *eu* posso fazer a reunião para Evie assim que a de Volckman terminar.

— Obrigada — disse Lenna. Ela se sentou e pegou sua xícara de chá. Deu um gole e fez uma careta, pois tinha esfriado, e a colocou de volta na mesa. — E me d... — Ela entrelaçou os dedos, uma desculpa na ponta da língua, contida pelo orgulho. Mas conhecia bem demais as consequências de esperar para fazer tais coisas. — Me desculpe pelo que falei mais cedo. A respeito da reunião mediúnica e minha falta de crença. Você teve uma noite terrível e eu não fiz nada para te ajudar.

Ficou imóvel, esperando pela resposta de Vaudeline.

Vaudeline jogou a carta no centro da mesa, afastou a cadeira e se levantou. Ela lançou a Lenna um olhar longo e inescrutável.

— Eu de fato tive uma noite terrível — disse ela, com um aceno de cabeça. Então contornou a mesa na direção de Lenna e se ajoelhou bem diante dela. — Mas a pior parte não foi a carta que recebi, nem as acusações do pai daquela garota a respeito da minha reunião, nem mesmo as *suas* acusações a respeito da minha reunião. A pior parte da minha noite foi lá no jardim, quando eu busquei sua mão e você se afastou. — Ela baixou os olhos. — Consigo aguentar os rigores do meu trabalho, a natureza macabra das reuniões mediúnicas, as acusações de fraude. Mas não tenho muitas companhias e nunca me acostumei a entrar em conflito com pessoas que considero amigas.

Algo no tom de Vaudeline parecia... diferente. Grave. Na mesma hora, Lenna se arrependeu de seu chilique. Como tinha sido infantil.

— Tenha uma boa noite — sussurrou Vaudeline, a voz entremeada de tristeza.

Ela se inclinou para a frente e deu um beijo lento e terno na bochecha de Lenna.

A respiração de Lenna falhou. Nenhuma outra mulher, exceto Eloise, havia deixado seus lábios se demorarem por tanto tempo sobre a pele dela.

— Boa noite — respondeu, surpresa com aquele gesto.

Ela e Vaudeline sempre demonstraram de maneira singela afeto uma para a outra, mas nunca assim, transbordando de intimidade e frustração.

Lenna observou Vaudeline se afastar na direção de seu quarto. Então tocou a bochecha com a ponta dos dedos. A sensação dos lábios de Vaudeline sobre sua pele já tinha desaparecido.

Lenna ficou acordada na cama por muito tempo, os olhos fixos no teto claro.

Se Evie estivesse ali naquele momento, ficaria feliz por Lenna estar sentindo alguma coisa. Ela sempre provocava a irmã por sua aparente falta de interesse em romance, lembrando-a de que Stephen Heslop não era apenas bonito, mas apaixonado por ela.

O que Evie não sabia era que, alguns anos antes, Lenna tivera um interesse romântico. Só não era Stephen.

Ainda assim, ela o havia beijado uma vez, na rua atrás de um poste. Era um tipo de experimento. Esperava que o beijo despertasse algo nela, talvez a fizesse esquecer Eloise, mas isso não aconteceu.

Depois, ela correra para casa e fechara a porta do quarto que compartilhavam. Então contou todos os detalhes para Evie. Afinal, esse beijo não era algo a se esconder.

— Os dentes dele ficavam batendo nos meus — disse ela.

Evie fez uma careta.

— Melhora com o tempo.

De todas as pessoas, ela saberia. Vinha beijando garotos havia anos.

— E era molhado — continuou Lenna. — Os lábios dele eram só… — Ela tocou um arranhão no queixo, onde a barba dele havia raspado na sua pele. Ele fora mais insistente do que Lenna queria, seu hálito úmido e cheirando a café. — Ásperos e insistentes. Eu não gostei. Nem um pouco.

— Eu também não gostaria, pelo que você descreveu.

Lenna baixou a voz.

— As mãos, ele ficou passando as mãos pela minha cintura — sussurrou ela. — E meu pescoço. — Ela brincou com o cacho de cabelo atrás da orelha que ele havia soltado sem querer.

— Bem, isso não parece de todo mal. Eu gosto quando cavalheiros colocam as mãos na minha cintura. — Os olhos de Evie brilharam. — Talvez você gostasse se fosse outra pessoa.

— Eu não consigo pensar em nenhum homem com quem quero fazer isso de novo. Nenhum mesmo.

— Quem disse que precisa ser um homem?

O estômago de Lenna se apertou. Será que Evie tinha suspeitado de seu afeto secreto por Eloise? Ela logo mudou de assunto e nunca mais falaram disso. Mas agora, deitada sozinha em sua cama de beliche na hospedaria de Vaudeline, as palavras de Evie retornaram. *Quem disse que precisa ser um homem?*

Lenna pensou no beijo de Stephen, a pedra de âmbar que ele lhe dera, o toque ocasional de seus braços e suas mãos. Nada disso a havia excitado — na verdade, em alguns casos, só a deixara enjoada, até envergonhada. Infiel a si mesma, com certeza.

No entanto, com Eloise sempre foi diferente, e, nas duas últimas semanas, com Vaudeline também. Qualquer conversa trivial com Vaudeline a deixava sem fôlego. E o olhar tão intenso para Lenna assim que chegou a Paris... Arrepios percorreram todo o seu corpo. Embora tivesse deixado sua pele gelada, ela ainda assim puxou o corpete, sentindo-se maravilhosamente quente por dentro.

Nos últimos dias, Lenna vinha sentindo tudo aquilo que vivenciara quando estava com Eloise. O rosto quente, as axilas úmidas e um impulso inexplicável de abandonar as responsabilidades em troca de devaneios. Sem contar a curiosidade constante a respeito de Vaudeline: o que ela estava pensando, o que estava lendo, para quem escrevia cartas.

E aquele beijo no rosto, naquela noite... Lenna não se lembrava de um toque tão suave ou terno em toda a sua vida.

Deitada na cama, Lenna finalmente admitiu a verdade para si mesma. Um mero sussurro no escuro, ela disse em voz alta: *Eu a quero. Eu quero Vaudeline, como quis Eloise*. E ela não queria dizer como professora ou mesmo amiga. Ela queria mais de Vaudeline do que uma professora ou amiga ousariam dar.

Essa confissão fez uma onda de excitação atravessar seu corpo. Ela podia não ter compartilhado o segredo com mais ninguém, mas pelo menos o dissera em voz alta para si mesma. Era um começo corajoso.

E talvez dessa vez ela fosse mais ousada do que foi com Eloise. Elas só tinham mostrado sua amizade e ainda assim o tempo havia sido roubado delas. Seu *para sempre* nunca existiu.

Bem, Lenna já aprendera essa lição duas vezes. Nada era prometido. Nem uma irmã, nem uma amiga. Nem o próximo bilhete de amor, nem a próxima discussão. Tudo o que era prometido era o agora, esse momento solitário e fugidio, e Lenna estava cansada de perder a chance de fazer ou dizer o que lhe era mais verdadeiro.

Corajosa, ela esticou o braço e colocou a mão devagar na parede ao lado da cama. Sabia que, a apenas alguns centímetros de distância, através do gesso e da madeira, no quarto ao lado, Vaudeline estava deitada em sua cama. Talvez dormindo, talvez não.

Com uma das mãos ainda apoiada na parede, Lenna enfiou a outra por baixo da coberta de renda, encontrando a barra da camisola. Brigou com um pouco com o tecido, notando como a ponta dos dedos estava especialmente sensível, quase formigando.

Puxou a camisola para cima, traçando com a ponta do indicador o osso de seu quadril e então a dobra no topo da perna. Parou por um momento, sentindo alguma resistência em sua mente ao pensar em Londres, no sufocamento da cidade, em luvas de renda cobrindo mãos. Pensou em todas as coisas que as mulheres não podiam admitir que faziam, mas queriam. Regras assim a haviam impedido de revelar seus sentimentos românticos anos antes — não apenas para Eloise, mas para Evie, e até para si mesma.

Mas agora ela conhecia bem demais a maldição dessas regras. As possibilidades estranguladas, nunca exploradas. Ela continuou a descer os dedos, centímetro por centímetro, imaginando que talvez Vaudeline não estivesse dormindo do outro lado da parede, mas fazendo algo parecido.

De repente seu joelho se ergueu involuntariamente. Ela só fizera aquilo algumas vezes, sempre com o peso da vergonha e, depois, do remorso. Pressionou com mais força do que nunca, sem dar a mínima para o decoro, aproveitando a sensação, respirando no ritmo que criou. Com a outra mão, pressionava a palma contra a parede, desejando que houvesse algum encantamento que a fizesse desmoronar e sumir, para que ela pudesse se aproximar da mulher do outro lado.

Em sua imaginação, pelo menos, ela podia fazer a parede desaparecer. Ela se sentia imprudente, desapegada da decência, e tremia com cada volta que seu dedo fazia. Com uma das mãos na parede e outra entre as pernas, imaginou a cama de Vaudeline ao lado da sua, sem barreiras entre elas. Fantasiou que Vaudeline fazia o mesmo que ela, pensando nela, querendo não ser professora ou amiga, mas amante. Lenna se lembrou do calor suave dos lábios de Vaudeline contra seu rosto pouco tempo antes, a sensação do hálito dela ao dizer boa noite...

De repente, Lenna empurrou a cabeça de volta no travesseiro e ergueu os quadris em um reflexo que não poderia ter impedido nem se desejasse. Sua mão deslizou da parede. Ela a pressionou contra a boca e tremeu violentamente, quatro, cinco vezes.

Por baixo dos dedos, abriu um sorriso desavergonhado.

7

SR. MORLEY

Londres, sábado, 15 de fevereiro de 1873

Fiquei encantado ao receber a rápida resposta de Vaudeline. Ela informou que partiria de Paris bem cedo na manhã de sábado, o décimo quinto dia de fevereiro, com a chegada planejada para oito da noite.

Dei início aos preparativos, primeiro organizando o pequeno quarto de depósito no térreo da Sociedade, longe das áreas comuns nas quais os membros passavam o tempo. O cômodo estava cheio de caixas e móveis descartados: pódios, poltronas quebradas, uma estante pesada. Coloquei parte em frente ao quarto, no corredor não utilizado, e joguei o resto fora.

Depois de arrumar o quarto, trouxe uma cama de armar e coloquei lençóis limpos e algumas roupas em uma poltrona. Vaudeline não residiria ali por muito tempo, então não me preocupei demais com o conforto.

Terminados esses arranjos, fechei a porta e fui até a frente do prédio.

Enquanto caminhava, passei pela pouco usada porta dos criados que levava a um beco do lado de fora, nos fundos da sede da Sociedade.

Essa era a porta pela qual eu receberia Vaudeline, e dei um pequeno sorriso, lembrando-me da outra mulher que costumava entrar por essa passagem sem ser vista.

Evie Rebecca Wickes.

Em nosso quarto passeio, a obsessão dela pelo mundo espiritual já estava bastante óbvia. Era o único assunto sobre o qual ela queria falar: quais fantasmas tínhamos visto durante nossas reuniões mediúnicas, quais volumes de referência mantínhamos em nossa biblioteca, quais contatos com espiritualistas havíamos feito na cidade.

Em uma manhã particularmente memorável, ela mencionou uma mulher que idolatrava, a famosa médium Vaudeline D'Allaire.

— Eu a adoro — disse Evie, cheia de sorrisos. — Li tudo que ela escreveu e tive a sorte de fazer parte de uma de suas turmas de treinamento aqui em Londres. — Ela voltou seu olhar azul para mim. — Já ouviu falar da srta. D'Allaire? Com certeza sim, dado seus interesses em comum. Ela foi para Paris, sem explicação, mais ou menos seis meses atrás.

Eu tropecei de leve na calçada, amaldiçoando meu sapato arranhado.

— Sim, já ouvi falar dela — respondi. — Frequentávamos círculos parecidos.

Evie assentiu e, para meu alívio, não insistiu no assunto. A partida da srta. D'Allaire era um assunto confidencial, ligado a coisas que eu jamais poderia mencionar àquela jovem: rumores, desvios, reputações arruinadas.

— Eu gosto de quebrar algumas regras, sr. Morley — disse Evie de repente, olhando para mim por baixo dos cílios. Ela parou do nada, ali no meio do parque, e se virou para me encarar. — Gostaria de encontrá-lo em algum lugar privado da próxima vez.

Foi uma proposta inapropriada da parte dela, mas nada na srta. Wickes eu chamaria de *apropriado*. Quase escorria dela aquela juventude rebelde. Ela era muito espirituosa para uma mulher e totalmente indiferente às convenções. Eu havia tentado, em uma caminhada anterior, nos colocar em uma corte mais tradicional, mas, quando pedi permissão para visitar seu pai, ela riu.

Ah, mas assim é tão emocionante, dissera ela no dia. *Nós temos uma conexão especial, não temos? Eu gosto que ninguém saiba de nós... e nunca fui muito de etiqueta, de qualquer forma.*

Era impossível ficar bravo com ela por isso, apesar da rejeição velada. Eu estava sob o feitiço de Evie e creio que ela sabia.

Seu pedido para um compromisso privado me pegara desprevenido e me atrapalhei um pouco com a resposta. Eu seguia marcado por uma vida de embaraços por conta da marca de nascença em meu rosto e nunca havia sido tão abertamente procurado por uma mulher. Uma mulher atraente, ainda por cima, cuja pele tinha o cheiro doce de tangerina.

— Estou muito surpreso — disse finalmente, olhando para meus pés.

Por mais que tentasse, não conseguia invocar uma onda de autoconfiança naquele momento. Toquei meu rosto, desejando mais do que qualquer coisa que a mácula nele evaporasse ou desaparecesse de alguma outra maneira.

Ela se aproximou, seu olhar sério agora, e puxou minha mão para longe da minha face.

— Por que você sempre esconde seu rosto de mim? — perguntou ela. Acima de nós, alguns galhos de árvore ondulavam com a brisa e raios de sol reluziam erráticos ao nosso redor. — Eu acho extraordinárias — acrescentou, antes que eu pudesse responder — as maneiras pelas quais você é diferente dos outros cavalheiros.

Ninguém nunca havia dito algo assim para mim.

— *Extraordinárias* — repeti, arrastando as sílabas.

Por um brevíssimo momento, achei que iria chorar.

— Sim. — Ela arrastou de leve os pés, como se fosse começar a dançar, ali na luz do sol fragmentada. — Você tem algum compromisso hoje à noite? — perguntou, mais brincalhona.

Na verdade, eu tinha. Alguns de nós, membros da Sociedade, havíamos reservado um camarote para uma exibição de *O avarento,* no Teatro Real na Drury Lane.

— Nenhum — respondi apesar disso.

Ela abriu um sorrisinho.

— Excelente.

Concordamos em nos encontrar às dez da noite, depois de os membros irem embora. Eu a instruí a ir até a porta dos criados, nos fundos do prédio da Sociedade. Ninguém andava por ali, exceto caçadores de ratos e homens pela sarjeta, bêbados demais para se lembrarem do que viram.

Eu a aconselhei a se vestir com roupas de homem, como ela havia feito na palestra sobre ectoplasma. Nós teríamos bastante privacidade.

Sem me importar com as regras, eu estava muito ansioso para receber uma mulher pela entrada dos fundos da Sociedade naquela noite.

8

LENNA

Paris, sábado, 15 de fevereiro de 1873

Lenna optou por voltar a Londres com Vaudeline. No sábado, dois dias depois da reunião mediúnica no castelo, as mulheres se acomodaram em um pequeno compartimento de segunda classe no final do vagão e deixaram Paris a caminho de Boulogne. Lá embarcariam no barco a vapor que as levaria pelo rio Tâmisa até as docas da Ponte de Londres. Uma rota mais rápida do que a que Lenna fizera até Paris.

Quando o trem deixou a capital francesa, Lenna recostou a cabeça no assento, deixando que o movimento do trem a fizessem cair em um sono profundo.

Um tempo depois, o ruído de porcelana a acordou. Lenna piscou, desorientada. Por meio da névoa dos olhos sonolentos, ela conseguiu discernir a forma de Vaudeline diante dela no trem, virando as páginas de um livro com uma expressão satisfeita. Um bule de chá de porcelana estava em cima de uma pequena bandeja presa ao assento de Vaudeline.

— Você dormiu mais de duas horas — disse Vaudeline baixinho, sem erguer os olhos do livro.

Lenna checou seu relógio e assentiu, então fechou os olhos de novo. Tivera um sonho esquisito com Evie dançando alegre na chuva, usando aquela estranha boina de feltro. Ela estava cercada por velas de cabeça para baixo que não derretiam nem se apagavam, e a certa altura a chuva se transformara em moedas, conchas e plumas. *Aportes.*

Então a chuva se tornara luminescente e verde-vivo, como óleo de fósforo. Ela se lembrou da conversa que tivera com Vaudeline dias antes. Haviam saído para caminhar e discutiram o estranho comportamento de Evie antes de sua morte — incluindo quais pistas, se havia alguma, Lenna tinha descoberto depois do ocorrido.

— Evie foi a uma festa na noite em que morreu — explicara Lenna a Vaudeline. — Eu não sei onde nem com quem, a cidade estava cheia de festas naquela noite. Ela tinha vários amigos e todos eles acreditavam em fantasmas. Ela brincava de desaparecer com frequência, saindo escondida do hotel, dia ou noite, sem contar aos nossos pais. Não contava nem a mim o que estava aprontando. Imaginei que tivesse um namorado, talvez mais de um. — Lenna pisava com cuidado na calçada, cruzando os braços por cima do peito. — Quanto à festa daquela noite, nem sei se era uma festa, no sentido tradicional. Podia ser uma caça a fantasmas, ou uma reunião mediúnica, ou qualquer coisa assim.

— E você encontrou algo nos dias que se seguiram que pudesse dar alguma pista de com quem ela estava ou aonde foi? — perguntara Vaudeline.

Lenna balançou a cabeça. Na manhã após a morte de Evie, ela destruíra o quarto que compartilhavam. A instabilidade do luto a deixara descontrolada, violenta até. Rasgou o colchão de Evie com uma faca, procurando bilhetes de amor, dinheiro ou confissões manuscritas. Arrancou uma gaveta dos trilhos, procurando segredos colados dentro e embaixo dela. Qualquer coisa que pudesse partir em pedaços, ela partiu, trancada ou não. Foi catártico por um momento, a transferência da fúria para um pedaço de madeira, mas Lenna não encontrou respostas. Ela nem sequer conseguiu achar o caderno no qual vira Evie escrevendo tantas vezes. Antes de sair do quarto, chutou a lixeira só por garantia. Ela rolou pelo aposento, mas estava vazia, é claro. Nenhuma pista ali também.

— Examinei as coisas dela na manhã seguinte à sua morte, procurando qualquer pista ou informação. Não encontrei nada sobre a festa. Só consegui encontrar alguns... recortes de jornal. Artigos.

Isso chamou a atenção de Vaudeline.

— De que natureza?

— Muita coisa sobre você. — Lenna mordeu o lábio inferior. — Mas também encontrei artigos sobre piromancia, um frasco de óleo de fósforo, um livro sobre psicografia...

— Você encontrou um frasco de óleo de fósforo? — perguntou Vaudeline, parando de repente na calçada.

— Sim — disse Lenna. — Qual o problema com óleo de fósforo?

Vaudeline recomeçou a caminhar e então pigarreou.

— Não estou afirmando nada a respeito dos passatempos da sua irmã, ou das intenções que ela pudesse ter para seu negócio de mediunidade, mas preciso dizer que óleo de fósforo é uma das ferramentas favoritas dos espiritualistas farsantes, uma das formas mais descaradas de fraude nesse campo.

Lenna ficou boquiaberta.

— Como assim?

Vaudeline continuou:

— Óleo de fósforo é luminoso, isto é, ele brilha, e médiuns fraudulentos muitas vezes lambuzam objetos no óleo para dar a impressão de que foram tocados pelo além. Às vezes, os médiuns usam o óleo para pintar formas humanas na parede ou até mesmo em lençóis. Não há motivo para um espiritualista tê-lo entre suas coisas, exceto com a intenção de enganar.

Lenna ficou na defensiva por Evie. Se Vaudeline queria chamar a irmã de farsante, ela também podia jogar esse jogo.

— Bem, entre as coisas dela havia vários artigos a respeito das suas reuniões também.

— Eu não quis dar a impressão de que sua irmã estava envolvida em falsificações — explicou Vaudeline rapidamente. Então ela apertou os lábios e mudou de assunto.

Lenna franziu o cenho, perseguindo os resquícios de seu estranho sonho antes que ele escapasse da memória, mas de repente o trem fez uma curva fechada, desviando sua atenção. O sonho se dissipou, frágil como era.

Ela enfiou a mão na bolsa, procurando por sua lata de balas de menta. Sua mão acabou encostando em um saco de papel. Dentro dele, ela sabia, estava a pluma macia e suave de um rouxinol.

Depois de sua última terrível discussão com Evie na manhã da véspera do Dia de Todos os Santos, Lenna fora até a loja na Jermyn Street em busca do aporte de pluma que Evie havia lhe mostrado no catálogo. Parecia inadequado como oferenda de paz — qualquer coisa seria inadequada depois que ela rasgara o papel de Evie e a acusara de ler o bilhete de Eloise —, mas era alguma coisa.

Para seu grande alívio, a pluma ainda estava à venda. O dono da loja a embalou com cuidado e Lenna lhe passou algumas moedas. Ela guardou o pacote no quarto, esperando a chance de conversar com a irmã naquela noite e pedir desculpas. Por mais que ela considerasse aportes fantasiosos, imaginários ou simplesmente falsos. Tudo que importava era Evie. Ela queria a pluma — *aquela* pluma —, e, depois da discussão que tiveram, Lenna lhe teria dado o mundo.

Agora parecia que a pena de rouxinol seria de Lenna para sempre. Um lembrete do que havia feito e das desculpas que nunca pediria.

— Gostaria de um chá? — perguntou Vaudeline, apontando para uma segunda xícara sobre seu pires.

Lenna fez que sim, sua língua seca como algodão. Ela observou Vaudeline servir, impressionada, como ficara ao vê-la pela primeira vez, com seus longos cílios.

— Obrigada — disse Lenna, pegando a xícara antes de acrescentar: — Sonhei com a minha irmã.

Vaudeline deu um sorriso caloroso.

— Sonho de vez em quando com a minha irmã também. — O sorriso dela sumiu. — Mas não são sonhos felizes, como suspeito que sejam os seus.

Lenna sabia que Vaudeline tinha uma irmã, mas as duas não haviam conversado muito sobre ela.

— Por que não são sonhos felizes?

Vaudeline baixou o livro.

— Ela mora em Paris, assim como meus pais. Não vejo nenhum deles desde que fiz 19 anos, mais de uma década atrás. Foi quando me tornei médium e comecei a viajar pelo mundo. Meus pais e minha irmã me rejeitaram pouco depois. Eles foram entrevistados muitas vezes ao longo dos anos. Uma vez, minha mãe disse a um repórter que meu lugar era num hospício. Ela prefere se gabar da minha irmã mais nova, que é mãe de lindos filhos. — Vaudeline brincou com uma pulseira preta em seu braço. — Uma grande ironia que famílias estejam dispostas a me pagar para alcançar o reino dos mortos em busca de seus entes queridos enquanto a minha própria família não se interessa por mim.

Lenna se lembrou do que Vaudeline dissera duas noites antes: *Nunca me acostumei a entrar em conflito com pessoas que considero amigas.* Talvez a dor da rejeição da família também estivesse enterrada nessa afirmação. Lenna não conseguia imaginar tal exílio público e privado. Era um milagre que Vaudeline ainda tivesse alguma bondade no coração.

— Talvez seja por isso que me importo tanto com crimes sem solução — comentou Vaudeline. — Quem quer ser negligenciado ou ignorado, seja na vida ou na morte? Nenhum de nós. E, embora eu não vá buscar vingança contra minha própria família por me rejeitar, dirigi essas frustrações para o meu trabalho. Imagino que, de alguma maneira, a rejeição da minha família me preparou para o que estava por vir. Se reunir com os mortos é algo solitário. Como eu disse, não tenho muitas companhias nesse trabalho. — Ela apertou os lábios. — Você viu como preciso me manter estoica quando me sento a uma mesa diante de uma família enlutada. Essa atitude não atrai... amizade. Eu já fui chamada de fria, de apática. Indiferente.

— Seu estoicismo não é porque não sente nada pelos participantes — disse Lenna. — Você está tentando protegê-los. — Ela franziu o cenho, pensando em como a postura fria de Vaudeline era mera ilusão, uma fachada. — Só porque você esconde sua empatia não quer dizer que é insensível. A empatia está lá. Você só é muito habilidosa em deixá-la de lado.

Uma porta fina separava o compartimento delas do corredor central do trem; ali, um menino passou empurrando um carrinho com jornais, cigarros e croissants frescos. Lenna o parou, subitamente morta de fome.

Vaudeline olhou para as mãos no colo.

— Ninguém nunca encarou sob essa perspectiva. Obrigada por dizer isso.

Lenna podia ser apenas uma aluna, mas experimentou uma sensação singular de orgulho, sabendo que tinha acabado de expor algo sobre Vaudeline, algo que ela observara sozinha e ousara dizer em voz alta. Ela queria ir mais fundo, continuar explorando e revelando o que pensava que havia por baixo do exterior da célebre mulher. Com base no comentário de Vaudeline pouco antes, parecia que ninguém mais tinha tirado tempo para isso. Sua profissão fazia com que as pessoas a vissem como um condutor, um meio para fazer contato com os entes queridos. Como deveria ser para Vaudeline existir como um meio de conectar as pessoas sem nunca ser realmente vista? Sem nunca sentir tal conexão ela mesma?

— Por que você se tornou médium? — perguntou Lenna. — Se é uma vida que traz tanta solidão e ceticismo...

— Exatamente pelo mesmo motivo que te trouxe a Paris. Eu perdi alguém também. Um homem que amava muito. Seu nome era Léon. Nós nos conhecíamos havia apenas um ano, mas tenho certeza de que um dia teríamos nos casado.

Lenna deu uma pequena mordida em seu croissant, mastigando enquanto refletia sobre o que ouvira.

— Onde você o conheceu?

— Em Paris, em uma feira. Léon era um artista. Aquarelas. Eu passei pela barraca dele numa manhã, encantada pelo seu trabalho e o jeito que ele tinha com cores e movimento. Ele pintava de tudo, de retratos de crianças correndo às margens de um lago a lágrimas rolando por um rosto. Veleiros, narcisos, cachorros. Não havia nada que ele não pudesse reproduzir. Seu trabalho era vívido, como se pudéssemos enfiar a mão na tela e puxar uma pétala de flor dali. Visitei sua barraca todos os fins de semana até que, por fim, ele entendeu que eu não estava interessada apenas na sua arte. — Ela deu um sorriso malicioso, os olhos brilhando. — Não levou muito tempo para nos apaixonarmos.

— Ele era... — Lenna pigarreou. — Bem, você disse que o perdeu. Como ele morreu?

Vaudeline assentiu, como se esperasse a pergunta.

— Ele sofreu um ferimento na cabeça após uma queda feia das escadas atrás de sua casa. Numa hora estava vivo, sua mão criando paisagens e emoção a partir de nada além de pigmento e pincel, e então ele só... se foi. Um corpo frio, que seria enterrado. E as pinturas. Eu mal podia acreditar que elas deixariam de existir a partir dali. — Ela olhou pela janela. O trem passava por um campo repleto de flores de inverno, suas coroas humildes viradas para baixo. — Fiquei muito mal de pensar no que o mundo havia perdido. No que *eu* havia perdido. Desesperada para recuperar algo dele, estudei tudo que pude a respeito de espíritos, reuniões mediúnicas e transes. Eu me tornei muito boa nisso e encontrei bastante paz... por um tempo.

Vaudeline deu de ombros enquanto o trem seguia em frente. Um raio de sol entrou pela janela e refletiu em seu colo, e ela o traçou lentamente com os dedos.

— Enfim, fico feliz por você ter sonhado com sua irmã. Sonhos são uma cura. — Ela ergueu o livro que tinha no colo; claramente não estava interessada em continuar discutindo sobre Léon naquele momento. — Meus sonhos tendem a ser abstratos e estranhos — continuou —, mas suponho que meu gosto por livros não ajude. — Ela virou a lombada do livro para Lenna. *Os clarividentes da ilha.* — É um romance sobre seis ilhas no Ártico, cada uma habitada por uma princesa com algum tipo de poder clarissensorial. Logo mais devo sonhar com lindas mulheres cercadas de gelo ou pequenas focas...

A passagem do tempo podia ter acalmado o temperamento de Lenna, mas não seu ceticismo. Enquanto mastigava um pedaço de croissant, ela ficou feliz por ter a boca ocupada, qualquer coisa que a impedisse de pedir mais informações a respeito de ideias invisíveis e impossíveis de provar como habilidades clarissensoriais. Queria manter a paz, então, mesmo depois que terminou de comer, permaneceu em silêncio e olhou pela janela para um campo congelado e triste. Nessa paisagem ela podia acreditar: a formação do gelo, a medida do frio. Em algum lugar por baixo da superfície compacta havia camadas de sedimento, como arenito, calcário e giz. Ela poderia cavar até essas coisas, embora tivesse que ir fundo, e tirar amostras dali, deixar que o sedimento esfarelasse entre seus dedos. Talvez até conseguisse encontrar um fóssil.

Ela exalou, sua respiração embaçando um ponto da janela e obscurecendo a vista do lado de fora. Queria muito encontrar algum meio-termo com Vaudeline, qualquer um. Parecia urgente, se as duas quisessem manter a amizade intacta. Lenna fora teimosa e hostil duas noites antes, mas a falta de provas para tudo aquilo ainda era enlouquecedora. Ela queria acreditar, mas começava a sentir que as evidências do mundo espiritual estavam fugindo dela. Provocando-a.

Vida e morte não são tão preto no branco quanto eu quero que sejam, admitiu para si mesma. *Talvez minha resistência seja parte do problema. Como algo do mundo espiritual pode se mostrar para mim se eu só digo que é ilusão?* Ela resolveu ser menos teimosa, ver se conseguia permitir que ciência e espíritos coexistissem, mesmo de pequenas formas. Sem isso, considerava que suas frágeis crenças poderiam impedi-la de algum dia chegar a Evie, onde quer que ela estivesse.

Ela notou um olhar sobre si. Desviou os olhos da janela e encontrou Vaudeline examinando-a com curiosidade.

— Você sabia que seus lábios se movem quando está perdida em pensamentos?

Lenna corou.

— Não — respondeu ela, envergonhada. Ninguém nunca havia lhe dito isso, nem mesmo Evie.

— No que estava pensando?

Ela escolheu as palavras com cuidado, temendo causar algum atrito.

— Como é fácil acreditar nas coisas que podemos ver e tocar. Não podemos fazer nada disso com espíritos.

— Não fale por todos. O que quer dizer é que *você* não pode vê--los ou tocá-los. Por enquanto. — Ela fez uma pausa. — Clérigos e cientistas acreditam que nós, espiritualistas, imaginamos essas coisas, ou que somos atores talentosos em busca de atenção e fama. — Ela deu uma risadinha. — Acredite em mim, se eu buscasse fama, eu não teria embarcado em uma carreira que transborda dor. E cinismo.

O trem se moveu com agilidade sobre os trilhos, sacudindo de leve o vagão. Vaudeline deu um sorriso caloroso.

— Não me desculpei do modo correto duas noites atrás, como deveria ter feito. *Moi aussi, je suis désolée.* Encontrei céticos durante toda a minha vida, mas me ofendi mais com suas dúvidas do que o normal.

Lenna se perguntou o motivo disso. Seria por Vaudeline estar abalada com a carta que recebera? Ou por valorizar mais a opinião de Lenna do que a dos outros céticos que encontrara? Ela esperava que fosse a segunda opção, que Vaudeline fosse mais sensível às coisas nas quais Lenna acreditava, ou não acreditava, em comparação à média das pessoas. Lenna não queria ser uma pessoa comum aos olhos de Vaudeline, não mesmo.

— Eu não deveria ter te convidado para o caso do cavalheiro em Londres — continuou Vaudeline. — Não é seguro nem prático. Não posso te instruir adequadamente, não enquanto estou focada em algo com riscos tão altos para eles e para mim. — Ela cruzou as pernas, acomodando as mãos com cuidado no colo. — Quanto a Evie, manterei minha promessa. Depois que terminar com a Sociedade Mediúnica de Londres, farei a reunião para sua irmã.

— Obrigada. Eu espero… — Lenna não conseguiu esconder o tremor na voz. — Bem, espero que corra tudo com segurança.

Os olhos de Vaudeline reluziram com um brilho sombrio.

— Sim — assentiu ela. — Eu também. — O trem diminuiu a velocidade ao se aproximar da estação em Boulogne. — Até lá — ela apontou para a terra irregular em volta dos trilhos —, vamos nos separar e você pode voltar para seus fósseis e suas pedras. É a opção mais segura.

As palavras estavam entremeadas de uma gentil resignação. Enquanto nas últimas duas semanas Lenna se sentira pressionada por Vaudeline, como se sua nova amiga fosse continuar a erodir sua descrença, agora notava que Vaudeline desistira dessa briga. Que momento infeliz, considerando que Lenna acabara de decidir que abriria mão de parte de sua teimosia e estava determinada a encontrar a ilusão na vida cotidiana.

As duas haviam reavaliado suas posições. Ainda assim, enquanto Lenna pretendia caminhar na direção das crenças de Vaudeline, esta parecia pronta para libertar Lenna delas.

Lenna olhou para o rio Liane do lado de fora e, além dele, para o Canal da Mancha, que elas cruzariam em breve. A maré estava baixa e ela sabia que no leito rochoso do rio havia incontáveis objetos que seriam interessantes em museus: amonitas que podiam ser medidas, sílica que podia ser pesada, até mesmo resquícios de ossos que podiam ser localizados em uma tabela taxonômica.

Mas isso? Essa sensação de desamparo que despertava dentro dela por saber que se separaria de Vaudeline nas docas de Londres naquela noite... isso não podia ser identificado, nem tocado, e ainda assim era real.

Bem quando noto que minha teimosia pode ser o problema, pensou Lenna, *nós duas precisamos nos separar.* Parecia muito injusto. Lenna baixou os olhos, secando uma lágrima solitária antes que Vaudeline pudesse notá-la.

Naquela noite, o barco a vapor chegou quase uma hora mais cedo do que o esperado em Londres. As mulheres desembarcaram e desceram pela prancha até as docas no Cais da Ponte de Londres. Já passava das sete da noite e o sol baixara havia muito. Vaudeline puxou um lenço, cobrindo o nariz e secando os olhos. Como se o fedor do Tâmisa não fosse desagradável o suficiente, o manto da neblina que cobria a cidade naquela época do ano podia fazer os olhos arderem e lacrimejarem. Vaudeline não estava acostumada com isso, não como Lenna.

Ao pisar nas docas, Lenna não se lembrava da última vez que estivera tão cansada, exausta. Ainda assim, elas haviam desembarcado cedo. O sr. Morley ainda não devia ter chegado e Lenna não ia deixar Vaudeline sozinha em meio à multidão.

— Vou esperar ali — disse Vaudeline, apontando para um banco do outro lado das docas.

Em frente havia uma placa, iluminada por uma lâmpada a gás, com as palavras COMPANHIA GERAL DE NAVEGAÇÃO A VAPOR. Ela se virou, como se para se despedir de Lenna.

— Acha mesmo que vou te deixar aqui esperando sozinha?

— Está tarde.

Lenna ergueu as sobrancelhas. Elas haviam ficado acordadas até mais tarde que isso muitas vezes em Paris, conversando até a madrugada. Vaudeline sempre gostara dos longos discursos de Lenna a respeito das coleções de fósseis e técnicas de preservação que tinha aprendido em Londres. E Lenna gostava de ouvir sobre os muitos lugares para os quais Vaudeline viajara enquanto a mulher contava, animada, histórias de reuniões mediúnicas em Cape Breton, Túnis, Sérvia... Lenna não sabia o que pensar das partes mais estranhas — tigelas levitantes, cicatrizes espontâneas —, mas as partes sobre viagens, pelo menos, eram fascinantes. Os mercados de especiarias e climas ensolarados. Lenna esperava um dia ver tudo isso de perto.

— Nós já estivemos juntas conversando até bem depois deste horário — disse ela.

Vaudeline sorriu.

— Verdade. — Ela se sentou e enfiou a mão na bolsa. — Enquanto esperamos, podemos jogar um jogo. — Ela puxou seu livro sobre as ilhas Árticas e as mulheres clarividentes, e o virou na direção da lâmpada.

Lenna se sentou, aproximando-se dela.

— Um jogo de... ler uma para a outra?

— Não. Eu vou escolher uma palavra aleatória na página. Então você tenta adivinhar que palavra eu escolhi.

— Então não é jogo nenhum. É uma forma de você me coagir a praticar clarividência. — Lenna sorriu. — Sempre a professora.

— Eu te darei uma ou duas dicas. Nenhuma clarividência necessária. — Vaudeline lançou um olhar para ela. — Gostaria de pensar que não somos *apenas* professora e aluna. — Ela virou o livro para si mesma, franziu o cenho, então ergueu os olhos. — Eu tenho uma palavra. Sua pista é *flutuar*.

Lenna sorriu.

— *Iceberg*.

— Argh — disse Vaudeline com um sorriso. — Fácil demais. — Ela virou outra página e desceu o dedo pelas palavras. — Ahh, eu gosto muito dessa próxima. Sua pista é... *les seins*.

Lenna a cutucou de brincadeira na perna.

— Isso não passa de uma aula de francês, então. Eu não faço ideia do que isso significa.

— Muito bem, então. Uma pista em inglês: *colo*.

Lenna corou.

— *Peito?*

— Não.

— *Seios.*

— *Oui.*

Elas começaram a rir nesse momento, tão alto que vários carregadores se viraram para olhar. Em meio aos risos, Lenna baixou os olhos. Sua mão havia encontrado a de Vaudeline e seus dedos estavam entrelaçados.

Ela se lembrou do comentário feito por Vaudeline em Paris, depois da reunião mediúnica no castelo: *A pior parte da minha noite foi lá no jardim, quando eu busquei sua mão e você se afastou.*

No entanto, agora, sem pensar, a mão de Lenna buscara a dela. Quase que por vontade própria.

Vaudeline fechou o livro e o deixou de lado, e as duas mulheres se recostaram no banco, os quadris pressionados um contra o outro. Nenhuma delas fez um movimento para soltar as mãos entrelaçadas. Ficaram assim por um longo tempo, em silêncio, olhando para o rio Tâmisa, escuro e sombrio. Lenna não conseguiu deixar de se perguntar o que haveria por baixo da superfície, quanta vida existiria ali, acordada e vívida mesmo naquela hora lúgubre.

O tempo passou rápido demais. Logo antes das oito, Vaudeline ergueu a mão de Lenna até seus lábios e plantou nela um beijo terno.

— A natureza do meu trabalho é que ele não pode ser visto — disse ela, em voz baixa. — E isso é verdade para meu afeto também. Eu gosto muito de você, Lenna, mas afeto nem sempre é tangível. Espero que você ainda acredite que ele existe.

Muito devagar, ela desenlaçou sua mão da de Lenna e olhou na direção do toldo.

— O sr. Morley indicou em suas instruções que estaria esperando ali — disse Vaudeline, esticando o pescoço para olhar em volta da multidão. Então, se ergueu e se virou para Lenna. — Você me daria seu endereço? Eu seguirei para lá assim que puder.

Lenna agarrou o cabo de couro de sua mala de vime. *Eu gosto muito de você,* Vaudeline acabara de dizer. Mas o que ela poderia responder, especialmente naquele momento, fervilhando de perigo e incerteza? Tudo que conseguia pensar era no pior dos cenários: os homens desonestos da Sociedade descobrindo Vaudeline em Londres, ou do plano clandestino do sr. Morley.

— Por favor, fique bem — foi tudo que Lenna conseguiu falar.

— Sim — sussurrou Vaudeline. — Claro. Seu endereço? — Ela deu uma piscadela rápida na escuridão. — Se as coisas não correrem bem, eu posso precisar de asilo. Se você me receber, é claro.

A garganta de Lenna se apertou.

— Não sei como você consegue falar desse jeito. Não parece sentir metade da minha preocupação. — Ainda assim, suas angústias não tinham propósito, não agora. Elas estavam em Londres e, sob o toldo, a alguns metros de distância, um grupo de homens com aparência oficial havia acabado de chegar. O sr. Morley devia estar entre eles. Cedendo, ela se aproximou de Vaudeline. — Eu moro na Hickway House. Na Euston Road.

Vaudeline assentiu, então fez sinal para um homem que havia se destacado do grupo sob o toldo e caminhava na direção delas.

— Parece ser ele — declarou.

Lenna se atrapalhou com sua mala e puxou um pedacinho de papel, anotando rapidamente *Hickway House,* caso Vaudeline esquecesse. Seus dedos tremeram enquanto escrevia.

— Aqui — disse ela, passando o papel para Vaudeline. Então, controlando a vontade de chorar, se inclinou para abraçar a amiga, deixando que sua mão pousasse entre suas escápulas. Vaudeline apertou com mais força.

Com a cabeça apoiada no ombro de Vaudeline, Lenna podia ver o homem que se aproximava delas, o homem que deveria ser o sr. Morley. Ele não estava em trajes de cavalheiro, mas em roupas comuns de trabalhador, um casaco de lã marrom e calças — como se quisesse passar despercebido. O lado esquerdo de seu rosto trazia uma marca de nascença escura e sobre sua cabeça apoiava-se uma boina de feltro marrom-acinzentada. Ela estava amassada e gasta, com um nó roto acima da orelha esquerda.

De repente, Lenna tomou um susto.

Ela já vira essa boina antes.

Era a mesma que encontrara entre as coisas de Evie, várias vezes nos meses antes de sua morte.

9

LENNA

Londres, sábado, 15 de fevereiro de 1873

Lenna se afastou do abraço de Vaudeline, não mais preocupada com a difícil tarefa de se despedir. Pouco antes ela tinha pensado em voltar para casa e deixar Vaudeline ter o encontro sozinha. Agora sua pele formigava. Ela ainda não chamaria seu coche.

O sr. Morley estava a alguns passos de distância, o tempo exato para que Lenna afastasse uma mecha do cabelo de Vaudeline e sussurrasse em seu ouvido:

— O homem que está se aproximando está usando uma boina que Evie levou para casa mais de uma vez. Eu tenho certeza disso.

Assim que terminou de falar, o sr. Morley estava ao lado delas, fazendo uma pequena mesura para as mulheres.

— Srta. D'Allaire — disse ele baixando a voz, olhando em volta para garantir que ninguém estivesse ouvindo. Um cachimbo pendia dos seus lábios. — Bem-vinda e obrigado por aceitar meu convite. — De uma bolsa jogada por cima do ombro, ele puxou um sobretudo marrom-escuro e uma boina de lã. — Vista isso depressa.

Vaudeline atendeu ao comado enquanto mantinha os olhos fixos em Lenna, como se tentasse discernir o que ela estava pensando.

Evie mantivera contato com diversas sociedades de espiritualistas na cidade e até mesmo no exterior. Ela tinha conhecimento da Sociedade Mediúnica de Londres, dada a reunião que haviam realizado para Eloise. Não foi isso que Lenna achou chocante.

O que ela achou chocante foi a *boina*.

Mulheres não vestiam peças de roupa que pertenciam a homens estranhos, o que tornava a conexão entre Evie e aquele homem... pessoal. Ela examinou a boina de novo, pousada sobre a cabeça do sr. Morley. Se olhasse de perto, ela encontraria algum fio de cabelo preto que pertenceu à sua irmã? A possibilidade a deixou enjoada.

— Olá, sr. Morley — disse Vaudeline, falando baixo também. — Há quanto tempo não nos vemos. Mais de um ano.

— É verdade. — Ele lançou um olhar curioso para Lenna. — E quem é essa?

— Minha aluna — respondeu Vaudeline. — Ela veio comigo de Paris.

Os olhos dele se arregalaram.

— Bem perigoso trazer uma acompanhante. Espero que não tenha atraído mais atenção do que o necessário ou compartilhado qualquer detalhe confidencial. — Ele desviou os olhos na direção do toldo. — Eu entrei em uma animada discussão com o cocheiro mais cedo. Ficarei feliz em chamá-lo se sua aluna precisar de um coche.

Vaudeline ergueu as sobrancelhas. Antes ela teria dito simplesmente "é claro, obrigada". Mas agora se virou para Lenna.

— Você estava esperando até chegarmos em Londres para tomar uma decisão a respeito de seu treinamento e também se participaria de minha próxima reunião mediúnica.

Era um truque, uma mentira — ambas sabiam que a decisão de Lenna de se ausentar da reunião já fora tomada. Vaudeline havia desfeito o convite no trem naquela manhã, citando os perigos envolvidos e o que estava em jogo.

Entretanto, tudo tinha mudado nos últimos minutos.

Lenna olhou mais uma vez para a boina na cabeça do sr. Morley. Conseguia se lembrar bem dela sobre a cômoda de Evie — podia até recordar como Evie a enfiou mais fundo em sua bolsa na manhã de sua morte, como se não quisesse que ninguém a visse. *Eu odeio quando você faz isso*, dissera Evie, referindo-se à tendência de Lenna de se meter em seus assuntos pessoais.

Mas Evie estava morta. E Lenna se meteria até onde fosse preciso para descobrir a verdade.

— Eu participarei, sim — disse ela.

O sr. Morley riu, então olhou para Vaudeline.

— Ela é inglesa? Ora, imaginei que fosse francesa. De qualquer forma, srta. D'Allaire, esse não foi nosso combinado. — Ele se aproximou, colocando a mão de leve no braço dela. — Esse caso é altamente confidencial e para mim já foi trabalhoso coordenar a chegada discreta de uma mulher na Sociedade, que dirá duas. Não posso aprovar isso.

Um menino passou vendendo copos de vinho quente por meio *penny* e Vaudeline comprou dois.

— Sr. Morley, não quero que sejamos adversários. Nós dois fomos amigos próximos do sr. Volckman e sua carta não dizia que eu deveria chegar a Londres sozinha. — Ela passou um dos copos para Lenna. — Confio na minha aluna, e sua habilidade em reuniões mediúnicas é excepcional. — Ela virou o copo de vinho assim que terminou de falar.

O sr. Morley olhou hesitante para a prancha do navio, como se pesasse suas opções.

— Realmente, srta. D'Allaire, penso que seria melhor se ela não participasse. Há tantos riscos, a senhorita não pode…

— Ela vai me acompanhar ou precisarei cancelar a reunião.

Ele suspirou longamente, resignado.

— Muito bem, então — disse ele, o rosto contrariado. — Alguns termos. — Ele fez um gesto para Lenna. — Número um: ela não pode entrar e sair da Sociedade quando quiser. A reunião será amanhã, tarde da noite. Pensamos que a senhorita gostaria de passar o dia descansando depois de sua jornada.

Vaudeline olhou para Lenna em busca de uma resposta. Lenna não avisara ao pai que estava voltando para Londres, então, até onde ele sabia, ela ainda estava fora do país. Ninguém a esperava, e ela assentiu.

— Perfeitamente aceitável — disse Vaudeline ao sr. Morley.

— Muito bem. Preparei um pequeno quarto na sede da Sociedade. É bem pequeno, mas discreto. Pouco mais que um armário de vassouras. — Ele apontou para as duas. — Só há uma cama de armar, mas posso arranjar outra, tenho certeza. Segunda condição — prosseguiu ele. — Lembrem-se, essa é uma sociedade para cavalheiros e não é permitida a presença de mulheres, nem que elas tomem parte nos nossos assuntos, na sede ou fora dela. É uma das nossas regras mais rígidas, embora eu esteja disposto a abrir uma exceção para vocês, dadas as circunstâncias. Ainda assim, os outros membros não podem ficar sabendo, então peço que as duas se mantenham disfarçadas o tempo todo. Imagino que isso seja um alívio para você de qualquer forma, srta. D'Allaire, considerando o motivo para sua vinda. Não sei de quem suspeitar pela morte do sr. Volckman dentro da Sociedade, em quem posso confiar e em quem não posso. Mantê-la disfarçada é essencial para sua segurança.

Ela assentiu e ele continuou:

— Terceira condição. Precisamos ser muito cautelosos com nossos movimentos. Se houver algum motivo para sair, uma pequena caminhada, por exemplo, eu lhes acompanharei na entrada e na saída da sede pela porta de funcionários nos fundos do prédio, que fica bem próxima do quarto onde vocês dormirão. O policial Beck estava preparado apenas para sua chegada, srta. D'Allaire. Ele a aguarda na diligência.

Com isso, Vaudeline ergueu as sobrancelhas.

— Justo. Ela não tem nenhum inimigo na Sociedade, como eu pareço ter. Não vejo por que ela precisaria de proteção, de qualquer forma.

O sr. Morley, tendo terminado de relatar suas condições, fez um sinal para elas seguirem em frente. Mas então, subitamente, parou e se virou para Lenna.

— Posso perguntar seu nome?

Lenna ficou tensa. Ela sabia que ele tinha uma conexão ainda não determinada com Evie, mas ele não teria como saber que ela era a irmã mais velha dela. A menos que Evie tivesse mencionado o nome de Lenna em algum momento…

Não importava. O sr. Morley estava imóvel, esperando a resposta dela.

— Lenna — respondeu ela.

Ele franziu o cenho, parando pelo que pareceu um segundo a mais do que o apropriado.

— E você vive aqui em Londres?

— Sim. Minha família é dona da Hickway House.

Um apito baixo soou por trás deles. Um carregador estava manobrando uma grande caixa pela multidão. Vaudeline e Lenna se afastaram para deixá-lo passar, mas o sr. Morley permaneceu no lugar, de repente parecendo… o quê?

Não obstinado, mas chocado.

Finalmente, o carregador tocou-o no ombro e o sr. Morley deu um passo para o lado. Ele pigarreou como se forçasse a engolir o que quer que pretendesse dizer. Então, guiou as duas pelo fluxo de passageiros, passando por um portão lateral e entrando na cidade mal iluminada.

10

SR. MORLEY

Londres, sábado, 15 de fevereiro de 1873

Enquanto eu levava as mulheres para fora das docas e na direção da diligência, fiz meu melhor para parecer relaxado e indiferente.

Na verdade, estava muito alarmado pelo que havia acabado de descobrir: a companheira inesperada de Vaudeline era ninguém menos que a irmã mais velha de Evie. Suspeitei assim que ela disse que seu nome era Lenna, e ela confirmou logo depois ao afirmar que vivia na Hickway House.

Evie a havia mencionado algumas vezes, dizendo que as duas eram muito próximas. Para além disso, eu nunca tinha dado muita atenção à garota mais velha.

Que tonto eu fui. Era algo que eu deveria ter previsto — Lenna estudando com a mesma médium celebre com a qual Evie havia treinado.

Afinal, Lenna tinha um crime para resolver. Sua irmã tinha morrido fazia pouco tempo. Ela não revelara isso para mim quando nos encontramos nas docas, mas não havia necessidade.

Eu já sabia.

* * *

Evie e eu ficamos mais próximos ao longo daquele verão. Era um clássico arranjo de *quid pro quo,* do ponto de vista dela. Eu tinha acesso ao que ela queria, todo um repertório de conhecimento sobre mediunidade: os livros de difícil obtenção, os instrumentos, nossos registros confidenciais de reuniões mediúnicas e caças a fantasmas.

Quanto ao que eu desejava? Bem, apenas um tonto não teria descoberto. Evie Rebecca Wickes era a mais vivaz e adorável mulher de 20 anos que eu conhecera. E não apenas me via além da minha marca de nascença, mas a chamara de *extraordinária.* Havia algo entre nós… uma conexão. Ela mesma tinha dito isso em voz alta.

Como eu poderia não desejá-la?

Conforme o verão passava, acontecia assim: ela chegava pela porta dos criados no horário marcado, geralmente bem tarde. (Ao abrir a porta e ver a pessoa do outro lado, eu sempre me enganava por um breve momento, pensando que um carregador aparecera no lugar errado.) Então eu a guiava pelas escadas dos fundos até a biblioteca e meu escritório.

Naquelas primeiras noites, ela me permitia apenas um longo beijo, talvez uma carícia ou duas. Depois desses breves afagos, ela declarava o que gostaria de ver nas estantes da biblioteca, em geral algum método ou técnica sobre o qual ouvira falar por meio de algum amigo.

Nesses primeiros dias, nossos encontros eram mais uma troca intelectual do que romance, mas eu a senti ceder conforme as semanas passavam e ela deixava que minhas mãos passeassem pelo seu corpo por mais tempo.

Uma vez, Evie me perguntou se tínhamos volumes a respeito da construção de cornetas para espíritos, ou mesmo as próprias cornetas.

— Sim — respondi. — Mas vou admitir que tudo isso começa a parecer um pouco injusto.

Ela pareceu surpresa e inclinou a cabeça para o lado.

— Injusto?

Assenti. Ela sabia do que eu estava falando. Ainda assim, eu deixei claro para ela:

— Eu te deixo explorar bastante por aqui. Mais do que até agora me deixou explorar em você.

Ela deu uma risadinha e fez um bico com o lábio inferior. Devagar, abriu um botão de sua calça de menino, então o segundo e o terceiro. O tecido se soltou em torno de seus quadris e ela o puxou para baixo, revelando a pele do abdômen inferior e a curva da cintura, traços dela que eu nunca vira.

A calça foi descendo, um centímetro depois do outro, até ela revelar as meias e a cinta-liga que ela usava sob o vestido naquele dia. Fiquei desorientado por um momento, achando que talvez tivesse morrido, pensando que era isso, finalmente.

Ela me deixou olhar por um tempo, até estalar a tira elástica contra sua coxa. Por fim, deslizei as mãos por seu abdômen, querendo mais dela.

— As cornetas espirituais — disse ela, afastando minhas mãos. — Me deixe vê-las. Os diagramas de construção também.

Tirei as mãos do corpo dela.

— Evie.

Ela subiu a calça.

— Sinto muito por você pensar que nosso arranjo é injusto. Eu não penso assim. — Ela fechou os botões. — Ao contrário, acredito que mal arranhei a superfície do que há para se explorar ali. — Ela apontou com a cabeça para a porta, atrás da qual ficava a biblioteca.

Com um suspiro de resignação, eu a levei até a estante onde guardávamos vários livros sobre a construção de cornetas espirituais.

As estantes de mogno tinham o dobro do tamanho dela. Chegavam a três metros e meio de altura, com banquinhos por perto para quem precisasse de um volume em uma prateleira mais alta. Cada fileira tinha centenas de títulos. Havia livros sobre a história da paranormalidade, relatos antigos de reuniões mediúnicas, desenhos de fantasmas observados ao longo dos séculos e diversos guias técnicos.

Enquanto ela examinava a seção sobre barulhos espirituais, saí para buscar a meia dúzia de cornetas que tínhamos na sede. Enquanto as mostrava para ela, expliquei os sons que as cornetas fariam na presença de espíritos ou energia e então, juntos, examinamos os diagramas nos livros, que indicavam o que cada som significava, como a presença de um espírito animal, um demônio ou uma criança.

Ela pegou o que precisava, fazendo notas abundantes e algumas ilustrações em seu caderno preto.

Foi assim que nosso arranjo seguiu por semanas a fio, durante todo o verão abafado. Evie aos poucos me deixava ver seu corpo e tocá-lo, e, em retorno, eu era generoso com os documentos da Sociedade que lhe permitia examinar. Deixei que ela lesse as minutas de nossas reuniões, mostrei nossas ferramentas e implementos para caçar fantasmas e dei a ela acesso quase ilimitado às estantes da nossa biblioteca.

Ela estava faminta por tudo isso, eu comecei a notar. E gananciosa. Devorava tudo como um cachorro roendo um osso.

Em uma manhã no meio de julho, fui até meu escritório e me surpreendi ao descobrir um pequeno envelope branco sobre o tapete. Alguém devia tê-lo passado por baixo da porta.

Eu o abri, reconhecendo logo a caligrafia do sr. Volckman. *Temos algo sério a discutir. Conversaremos assim que lhe for conveniente.*

Meu estômago se contraiu. Olhei por cima do ombro, me sentindo observado. Seria por causa de Evie? Ele teria nos visto juntos, apesar do disfarce dela?

Na mesma hora fui até a sala de convivência da Sociedade, onde perguntei pelo paradeiro de Volckman. Alguém o tinha visto na sala de fumo havia pouco, então segui para lá e fiquei feliz ao encontrá-lo em sua poltrona de sempre, um cachimbo pendurado nos lábios. Não havia mais ninguém na sala. O sol da tarde entrava por uma janela redonda e uma neblina fumacenta pairava no ar, dando ao espaço uma atmosfera brilhante e onírica.

— Recebi seu bilhete — disse, respirando devagar. — Algo sério, você diz?

Volckman ergueu os olhos de seu jornal e cruzou uma perna sobre a outra. Ele apontou para uma folha de pergaminho diante dele com alguns números rabiscados.

— Os lucros caíram de novo.

O alívio tomou conta de mim. Era só uma questão de dinheiro, então. Sequei uma gota de suor de trás da orelha.

— Então, iremos atrás de mais clientes e...

— Não. — Volckman balançou a cabeça. — Precisamos tratar da raiz do problema, não apertar o torniquete em volta dele. — Ele fez uma pausa. — Precisamos descobrir o que está causando esses rumores, essas conversas, sobre reuniões mediúnicas fraudulentas.

Fechei os olhos por um momento. Esse maldito assunto de novo. Ele o tinha mencionado pela primeira vez no início do ano.

— Estou lidando com isso. Estou... buscando descobrir o que está acontecendo.

— Isso é importante, Morley. Pedi à srta. D'Allaire para deixar a cidade, pelo amor de Deus.

— Eu sei.

Ele baixou o cachimbo.

— É uma confusão. — Ele tocou o pergaminho com o dedo, com uma expressão de nojo. Então me encarou com severidade. — Resolva, Morley. Os números, a falação, tudo isso. Tenho mais do que alguns homens competentes dispostos a assumir sua posição no departamento.

Olhei firme para ele, quase sem acreditar no que acabara de dizer. Tínhamos construído juntos aquela organização. Agora ele estava ameaçando me dispensar?

Mordi o lábio inferior, querendo reagir à ameaça de Volckman, mas sabia que isso não me faria bem algum. Poderia até exacerbar as coisas. Eu era um subordinado, afinal. Tudo que valorizava eu adquirira por conta da generosidade dele uma década antes.

Desejei-lhe um bom dia, garantindo um prazo para resolver tudo. De um jeito ou de outro.

Enquanto saía da sala, algo roçou meu pescoço. Por instinto, levei a mão a ele. Na gola do meu casaco havia um fio comprido de cabelo liso e preto. Evie, é claro. Eu o afastei, como se uma ponta dele estivesse pegando fogo.

O fio flutuou até o chão, lentamente, como uma pena.

Mas, enquanto eu o observava, me ocorreu que havia uma solução muito boa para tudo aquilo.

11

 LENNA

Londres, sábado, 15 de fevereiro de 1873

Depois de deixar as docas, o sr. Morley ajudou as mulheres a erguer sua bagagem para o topo de uma diligência preta, grande o suficiente para oito ou dez pessoas. Um par de cavalos cor de ônix estavam amarrados na frente, com plumas negras na cabeça, como em uma procissão funerária. De um lado da diligência lia-se *Sociedade Mediúnica de Londres* em letra cinza. Tudo isso dava à carruagem uma aparência sombria, mas, se aqueles homens organizavam reuniões mediúnicas, seus clientes eram enlutados. Eles não ousariam chegar a uma casa em sofrimento com cavalos brancos e plumas coloridas.

Quando Lenna entrou na carruagem, ficou surpresa ao ver que já havia alguém lá dentro, perto do fundo, escondido pelas sombras. Então se lembrou: o policial. Enquanto o grupo passava pelas apresentações, o policial Beck, de ombros largos, com sobrancelhas grossas e uma cicatriz de vários centímetros na parte de baixo do queixo, evitou contato visual e falou o mínimo possível. Ele manteve os braços cruzados e não fez esforço algum para esconder seu exame lento, de cima a baixo, das mulheres. Supostamente estava ali para proteger Vaudeline, um meio de confortá-la, mas para Lenna seus modos causavam a impressão oposta. Na verdade, ela o achou bem perturbador.

Além disso, ela se perguntou até que ponto o policial sabia do caso Volckman. O sr. Morley havia lhe contado a respeito dos contraventores dentro da Sociedade?

Lenna sentou-se em um dos bancos que se estendiam pelo lado da carruagem, franzindo o cenho para um mar de barris de madeira no fundo da diligência.

— Eu cuido de uma destilaria — explicou o sr. Morley — e de vez em quando uso a diligência da Sociedade para entregas. — Ele apontou para os barris. — Esses serão entregues no final da semana.

O sr. Morley tocou no ombro do cocheiro. Era um jovem atraente em trajes pretos com uma gola alta e bem engomada. Lenna esperou que eles começassem a conversar, mas ficou surpresa quando o cocheiro passou ao sr. Morley uma pequena lousa e um pedaço de giz. O sr. Morley anotou algumas palavras na lousa e a devolveu para o cocheiro.

— Nosso cocheiro, Bennett, não ouve nem fala — explicou ele, ao notar a expressão confusa de Lenna. — A lousa é como nos comunicamos. Eu o informei de que iremos para a Sociedade Mediúnica de Londres. Imagino que vocês estejam exaustas.

Lenna ficou feliz com isso: não apenas estava cansada, mas desenvolvera uma dor de cabeça horrenda nos últimos minutos. O fedor no ar, talvez. Ela desamarrou o lenço que tinha em volta do pescoço — se sentia estranhamente quente, apesar da estação — e o deixou ao seu lado, pensando em silêncio na estratégia que poderia usar para ter algum vislumbre do envolvimento de Evie com o sr. Morley.

— Entendi por sua carta que o senhor e o sr. Volckman continuavam próximos como sempre — disse Vaudeline, inclinando-se para a frente de forma que o sr. Morley pudesse ouvi-la em meio ao ruído das ferraduras dos cavalos.

— Sim. — Ele pigarreou, passando uma das mãos pela nuca. — Muito próximos.

— E os homens da Sociedade Mediúnica de Londres tomaram alguma medida para contactar o espírito dele? — perguntou Vaudeline.

— De fato. O resultado foi… preocupante.

Ela franziu o cenho.

— Como assim?

O sr. Morley e o policial Beck trocaram um olhar apreensivo.

— Nós tentamos realizar uma reunião mediúnica — explicou o sr. Morley. — Duas, na verdade. Em ambas não conseguimos reunir nenhuma energia. A sala ficou tão imóvel e quieta quanto possível.

— Nenhuma agitação do ar ou calor? — perguntou Vaudeline.

— Nem sombra disso.

— E vocês realizaram esses encantamentos no lugar em que ele morreu? — perguntou Vaudeline.

O sr. Morley assentiu.

— Sim. Fizemos as reuniões mediúnicas em minha adega particular. Sei que foi onde ele morreu porque fui eu quem encontrou o corpo. — Ele franziu o cenho e esfregou o queixo. — Eu me pergunto, srta. D'Allaire, se existe algo como um contraencantamento. Os descrentes dentro da Sociedade…

— Antes de prosseguirmos — interrompeu Vaudeline —, até que ponto o policial Beck sabe?

Morley fez um gesto de aprovação com a cabeça.

— Muito escrupuloso da sua parte. Contei o suficiente a Beck, e ele também assinou um juramento de confidencialidade. — Ele pigarreou e prosseguiu. — É possível que os membros desonestos da Sociedade tenham feito algo para atrapalhar nossas reuniões, mesmo que não estivessem na sala conosco?

— É possível dispersar encantamentos dificultadores em uma sala, certamente. Contudo, eles são difíceis de se fazer com eficácia.

O sr. Morley deu de ombros.

— Bem, nossos membros são bastante habilidosos, como você sabe. Talvez um *encantamento dificultador,* como você chama, explique por que nossas reuniões não foram eficazes. De qualquer forma, tentamos algumas outras coisas. Até mesmo uma… — Ele baixou os olhos, brincando com os dedos. — Uma prancheta.

Vaudeline piscou, como se tivesse escutado mal.

— Uma prancheta?

— Sim. É uma tábua com rodinhas, com uma caneta que...

— Eu sei o que é, sr. Morley. — Ela deu uma risadinha. — Mas uma prancheta é um brinquedo de criança. Não uma ferramenta confiável para mediunidade.

— Estou desesperado — disse ele, baixando a voz. — Estou disposto a tentar qualquer coisa. Até mesmo um brinquedo de criança.

Sentindo-se repreendida, Vaudeline apertou o braço dele com ternura e se recostou de volta em seu lugar.

Por fim, eles viraram na York Street, na ponta norte da St. James Square. O cocheiro puxou as rédeas para a direita, conduzindo os cavalos rumo a uma passagem estreita por trás de uma fileira de prédios.

Eles aceleraram e o sr. Morley soltou uma risada.

— Quanto mais perto de casa eles chegam, mas rápido tendem a ir.

Ele apontou para a passagem, suja de palha em alguns pontos. Adiante, os estábulos estavam claramente visíveis, a entrada ladeada por lâmpadas a gás. Acima dela, no segundo andar, Lenna conseguiu distinguir um par de cortinas claras por trás de uma janela gradeada. Imaginou que era ali que o cocheiro morava e dormia.

Ela olhou de volta para o prédio da Sociedade, vários andares quase completamente nas sombras. A fachada era de calcário de Portland. Ela conseguia distingui-lo facilmente porque Stephen havia lhe ensinado qual era sua aparência: ele lhe apresentara amostras e explicara como a pedra era usada por toda a metrópole. O calcário era fácil de ser identificado por seu brilho pálido, embora em Londres muitas vezes manchasse por conta da neblina e da poluição. Lenna sabia que se olhasse a fachada com cuidado sob a luz do sol, encontraria pequenos fósseis em espiral e parafuso — gastrópodes — integrados à pedra, além das marcas de corais de um antigo recife.

Eles se aproximaram de uma porta nos fundos onde uma lâmpada a gás tremeluzia. Ali, Lenna notou uma inscrição discreta: *Sociedade Mediúnica de Londres, Fund. 1860*. Que ironia, pensou ela, a menção a *reuniões mediúnicas* entalhada em uma pedra repleta de fósseis. Dois lados da morte, o ilusório e o tangível.

Uma vez do lado de dentro, o sr. Morley e o policial Beck levaram as duas por um corredor curto. Empurrados contra uma ponta do corredor estavam alguns móveis velhos, incluindo uma estante pesada de mogno. Eles chegaram a uma porta fechada e o sr. Morley entrou no quarto e ergueu o lampião que tinha nas mãos, iluminando melhor o espaço à volta delas. Era de fato exíguo, com uma cama de armar e uma pilha de roupas. Embaixo de uma janela tinha uma cadeira, do tipo sólido de madeira que se via em salas de aula, junto a uma centena de outras. Havia uma mesa na altura da cintura em um canto, com uma bacia de cerâmica e uma jarra para água, além de alguns panos de flanela para que elas se limpassem. Uma mesa de toalete improvisada.

— Trarei outra cama de armar — disse ele. — Os membros às vezes passam a noite aqui, então temos algumas extras. — Ele apontou para uma sacola de papel ao lado da pilha de roupas. — Ali vocês encontrarão algumas sobras do almoço da Sociedade de hoje. Pão, geleias e pedaços de frango. Tudo muito bom. — Ele se virou para o policial Beck. — Creio que terminamos por hoje. Obrigado por sua assistência.

O policial Beck assentiu com rigidez.

— Chegarei amanhã, provavelmente por volta das sete, se precisar de mim. — Sem sequer um gesto para as mulheres, ele se virou e saiu.

Vaudeline pousou sua mala, observando o pequeno quarto.

— Você mencionou que amanhã é um dia de descanso para mim e a srta. Wickes, — disse ela. — Na verdade, há um uso melhor a ser feito do nosso tempo, se quisermos que a reunião mediúnica seja bem-sucedida.

O sr. Morley arregalou os olhos e até mesmo Lenna ficou imóvel, se perguntando aonde Vaudeline queria chegar.

— Sim? — questionou o sr. Morley, hesitante.

— O dia da morte do sr. Volckman… Você sabe quais foram seus movimentos, onde ele esteve? Precisaremos visitar esses lugares, se possível. — Ela enfiou a mão em sua bolsa de viagem e puxou um caderno e um lápis.

— Seus *movimentos*? Você soa como uma policial. — O sr. Morley sorriu e ajustou a iluminação do lampião, baixando a luz conforme os olhos deles se adaptavam ao escuro. — A polícia já exauriu todas as oportunidades forenses, eu lhe garanto. Não há pistas, ou evidências, a serem encontradas nos lugares aos quais o sr. Volckman foi na véspera do Dia de Todos os Santos.

Vaudeline balançou a cabeça.

— Ah, mas isso não é uma questão forense, sr. Morley. O senhor leu alguma das minhas publicações sobre claritangência? Era um dos assuntos que eu e o sr. Volckman mais gostávamos de discutir.

— Não li, mas estou intrigado. — Ele pegou a sacola com as sobras do almoço e a ofereceu a Vaudeline, mas ela recusou com um gesto.

— A claritangência está relacionada à energia transferida por uma pessoa para as coisas que ela toca — explicou ela. — Esse fenômeno é mais forte quando sentimos emoções poderosas como raiva, desejo, inveja... emoções com que as pessoas frequentemente lutam nas horas que antecedem sua morte, dependendo das circunstâncias. — Ela deslizou os dedos com cuidado pelas cortinas de veludo vermelho nas laterais da janela. — Sou capaz de absorver essa energia, o que por sua vez me permite manifestar com mais facilidade os espíritos durante uma reunião. Por isso gostaria de ter acesso a qualquer lugar a que o sr. Volckman tenha ido no dia de sua morte, para ver se consigo captar alguma energia latente de itens que ele possa ter tocado.

O sr. Morley piscou, sem se dar ao trabalho de esconder a descrença no rosto. Claramente, claritangência não era uma das técnicas usadas pela Sociedade Mediúnica de Londres. Ainda assim, Lenna conseguia simpatizar com a posição dele. O homem havia coordenado a chegada de Vaudeline a Londres e a instalado na sede da Sociedade. Independentemente do que ele pensasse a respeito da técnica de claritangência, Lenna podia imaginar a pressão que ele sentia para fazer aquilo dar certo e resolver o caso.

— Muito bem, então — disse o sr. Morley. — Algumas horas antes da morte do sr. Volckman, a Sociedade realizou uma reunião mediúnica para uma viúva que mora aqui perto, a sra. Gray. Eu não estava presente, mas o sr. Volckman estava.

— O senhor sabe onde ela mora?

Ele fez que sim.

— Eu cuido dos pedidos e contratos de todas as reuniões mediúnicas do departamento. Designo os membros participantes também. Ela mora na Albemarle Street.

Vaudeline fez algumas anotações em seu caderno.

— Visitaremos a sra. Gray, portanto, de manhã. Gostaria de visitar Ada Volckman também, na Bruton Street. Fica a apenas alguns minutos da Albemarle.

— Eu não imaginei que sairíamos resolvendo coisas pela cidade amanhã — disse ele suavemente. — Talvez a visita à sra. Volckman possa esperar até depois da reunião, quando tudo estiver resolvido.

— Nós éramos amigas, sr. Morley. Jantei com ela algumas vezes. Ora, até li histórias para os filhos dela na hora de dormir. — Ela fez uma pausa, seus olhos repletos de dor. — Gostaria de visitá-la amanhã, ainda que apenas por alguns minutos. — De repente, Vaudeline franziu o cenho. — Ela sabe que o senhor me contratou para a reunião de seu falecido marido?

O sr. Morley hesitou, pigarreando.

— Não. Eu não queria deixá-la nervosa com os detalhes de sua visita. Ela já tem preocupações suficientes. E é por isso que eu lhe peço para considerar, mais uma vez, se realmente há alguma vantagem em visitá-la de forma tão inesperada. — Ele alongou a palavra *vantagem*, como um comerciante ou vendedor faria.

Vaudeline o estudou com cuidado.

— Já perdeu alguém querido, sr. Morley?

— Sim. Meu pai.

— Há pouco tempo? Vocês eram próximos?

— Há mais de uma década. E, sim, muito próximos.

Vaudeline assentiu.

— Depois da morte dele, o senhor teve a sorte de contar com amigos que foram conferir se estava bem? Ou se sentiu cada vez mais solitário conforme as semanas passaram?

O sr. Morley piscou algumas vezes.

— A segunda opção, sem dúvida.

— Precisamente. Depois que algum tempo passa, apenas a família e os amigos mais próximos parecem... sofrer. Sente-se que todo mundo seguiu em frente. As visitas diminuem. As pessoas se encontram de novo, rindo tão alto quanto antes. O lugar vazio é preenchido por alguém novo. Portanto, eu concordo com o senhor — prosseguiu Vaudeline — que, no que concerne à investigação, há pouca *vantagem* em visitar a sra. Volckman amanhã. Mas consolar uma amiga que perdeu o marido há três meses? Ora, não consigo pensar em um motivo melhor para visitá-la.

Os três ficaram em silêncio por um momento. Então o sr. Morley entrelaçou os dedos.

— Muito bem. Nós a visitaremos de manhã.

Foi imaginação de Lenna ou um traço de derrota, frustração até, havia se infiltrado na voz dele?

— Excelente. — Vaudeline se voltou para seu caderno. — Agora, tem alguma outra ideia de onde o sr. Volckman esteve no dia em que morreu?

— Não sei dizer. Eu não cuidava da agenda dele. — Quando ele falou, Lenna baixou os olhos, desconfortável. O sr. Morley era a fonte de informação e proteção delas durante os próximos dias. Ela não gostaria de irritá-lo com tantos pedidos. — No final do dia, contudo, ele chegou a minha adega para a festa da véspera do Dia de Todos os Santos...

— Seu evento anual na cripta — interrompeu Vaudeline. — Estive em alguns, há muito tempo.

— Certo. Como sempre, muitos membros da Sociedade estavam lá. Assim como eu e o policial Beck.

— Considerando que o senhor descobriu o corpo na adega, é lá que faremos a reunião mediúnica. — Ela fez uma nota rápida. — Ele veio até aqui, à sede da Sociedade, no dia em que morreu?

— Sim. Ele sempre tomava o café da manhã aqui durante a semana. Depois examinava o livro de registros, respondia a pedidos e coisas assim.

— *Livro de registros?*

O sr. Morley assentiu.

— Nós mantemos um livro de registros no saguão de entrada que os membros assinam todos os dias. O sr. Volckman o examinava sempre para monitorar se algum membro não estava cumprindo sua meta de frequência.

— E o senhor está bem confiante de que ele folheou esse livro no dia em que morreu? — Quando ele confirmou, Vaudeline continuou: — Eu gostaria de vê-lo amanhã, então. E ele tinha algum escritório aqui na Sociedade onde poderia ter deixado uma caneta ou um cachimbo? Qualquer coisa que ele teria tocado naquele dia.

O sr. Morley balançou a cabeça.

— Alguns dos homens preferem trabalhar na biblioteca, logo acima de nós, no segundo andar. Eu também, meu escritório fica nos fundos. Mas o sr. Volckman era um homem sociável e era mais provável encontrá-lo em qualquer cadeira disponível na sala de jantar, no salão de jogos, ou mesmo na sala de fumo. Não faço ideia de onde ele passou seu tempo na véspera do Dia de Todos os Santos.

Enquanto Vaudeline tomava mais algumas notas, Lenna sentiu que ganhava coragem.

— Mais alguma coisa? — perguntou ela. Não havia se dirigido ao sr. Morley desde que saíram das docas. — Outros diários, livros ou jornais que ele pudesse ter tocado? — Ela queria ser útil de alguma maneira, afinal, ainda estava interpretando o papel de assistente.

O sr. Morley apertou os olhos.

— Não posso compartilhar tais documentos. Posso deixá-las examinar o registro público de entrada, mas os documentos da Sociedade são, de forma geral, confidenciais.

Vaudeline abriu um breve sorriso.

— Seu senso de dever é admirável, sr. Morley.

— Aliás, não poderei tirar o livro de registros do saguão amanhã — falou ele. — Teremos membros entrando e saindo durante todo o dia. Mas posso buscá-lo para a senhorita agora, já que todo mundo foi embora e os registros estarão completos. Pegarei a segunda cama também. Me deem alguns minutos, por favor.

Ele saiu, seus passos ecoando pelo corredor.

— Véspera do Dia de Todos os Santos — comentou Lenna, no momento em que ele se foi. — Mal posso acreditar que o sr. Volckman e Evie foram mortos na mesma noite.

Vaudeline assentiu, uma expressão pensativa no rosto.

— Na superfície, parece uma grande coincidência. Mas a última véspera do Dia de Todos os Santos foi uma noite de lua nova. Quando isso acontece, a cada dezenove anos, de acordo com o antigo ciclo metônico, a conjuntura pressagia mortes em números impressionantes. Muitos médiuns se recusam a sair de casa quando uma lua nova cai na véspera do Dia de Todos os Santos. A barreira que separa os mortos e os vivos é bem delicada nessa noite.

O antigo ciclo metônico. Lenna se lembrou de Evie mencionando algo assim no outono anterior, mas ela havia considerado a história só mais uma das teorias absurdas da irmã.

Logo depois, a porta se abriu e o sr. Morley entrou. Primeiro ele passou a Vaudeline um pesado livro com capa de couro.

— O livro de registros — disse ele.

Então, se ocupou em manobrar a segunda cama de armar e montá-la no lugar. Gotas de suor surgiam em sua testa, apesar de a cama parecer leve. Ele não era o homem mais em forma que ela já vira, refletiu Lenna.

Vaudeline se sentou na cadeira abaixo da janela, deixando que o livro de registros se abrisse em seu colo. Ela passou as mãos com delicadeza pelas páginas, fechando os olhos. Lenna queria perguntar o que ela pretendia fazer, sentir ou identificar, mas também não gostaria de interferir na técnica de Vaudeline.

Com os olhos fechados, Vaudeline virou mais algumas páginas aleatoriamente. Então parou, uma expressão curiosa no rosto. Abriu os olhos, e de repente um estrondo soou em algum lugar no corredor em frente ao quarto. Os três se sobressaltaram.

O barulho soou de novo. Parecia uma batida na porta de serviço que elas haviam usado para acessar o prédio. Lenna começou a se sentir mal. Será que alguém os vira entrar, alguém que não deveria saber da chegada de Vaudeline na cidade? Não fazia sentido, estavam protegidos pela escuridão quando entraram no prédio.

— Deixem-me ver quem é — disse o sr. Morley. Ele olhou com preocupação para o livro no colo de Vaudeline. — Volto logo.

Quando ele saiu, Lenna se ajoelhou ao lado de Vaudeline, que agora se voltava ao livro.

— Aqui — comentou Lenna, apontando para a metade da página. *Sr. Volckman,* dizia. *Entrada 10:14, saída 15:30.* Vaudeline passou os dedos pelo texto manuscrito, borrando de leve a tinta.

— O que você... sente? — perguntou Lenna.

— Para ser sincera, algo estranho... — Ela folheou mais algumas páginas.

— Espere — pediu Lenna. — Volte. — Como Vaudeline não o fez com rapidez suficiente, Lenna virou o livro para si e folheou as páginas com agilidade ela mesma.

Na mesma hora, ela soltou um som agudo. Então esticou a mão suada para apontar para a página em que tinha parado, uma entrada do verão anterior.

Ali estava, escrita a lápis.

E.R. W—.

Lenna conhecia aquela letra, a curva peculiar do R e as voltas distintas do W. Até mesmo o traço ocultando o sobrenome não era estranho: ela já tinha visto Evie assinar assim, era seu jeito de brincar com antigas tradições. *E.R. W—.*

Evie Rebecca Wickes.

Não havia possibilidade de engano: aqueles rabiscos a lápis eram inegáveis. Lenna poderia medir as letras se quisesse, ou pesar o pedaço de papel, ou correr os dedos pelos pequenos cristais de grafite depositados na página na forma de uma inicial.

Evie não apenas estava associada ao sr. Morley de alguma forma.

Ela tinha estado ali, *dentro* da sede da Sociedade Mediúnica de Londres.

Em um lugar no qual mulheres não eram permitidas, Evie de alguma forma dera um jeito de entrar.

12

LENNA

Londres, sábado, 15 de fevereiro de 1873

No pequeno quarto de depósito no térreo da Sociedade Mediúnica de Londres, o ar parecia ter desaparecido. *Evie esteve aqui*, pensou Lenna. *Aqui, neste mesmo prédio.*

A porta se abriu. O sr. Morley entrou, após interrogar quem quer que tivesse batido na porta. Em suas mãos havia algo que Lenna reconhecia. Ela levou uns segundos para lembrar: seu lenço.

— Você deixou isso na carruagem — disse ele. — Meu cocheiro fez a gentileza de devolver. Melhor não deixar que aconteça de novo. Imagine se outro membro saísse para um passeio matutino na diligência e encontrasse um lenço feminino no banco. — Ele ergueu as sobrancelhas. — Você se lembra do que eu disse a respeito de mulheres participando dos assuntos da Sociedade.

— É claro — replicou Lenna, ofegante.

Vaudeline fechou o livro com rapidez e o devolveu.

— Já tenho o que preciso, sr. Morley. — Ela passou a mão mais uma vez pela capa. — Penso que todos nós nos beneficiaríamos de uma noite de descanso. A que horas devemos esperá-lo amanhã?

Eles concordaram em se encontrar às oito horas, e o sr. Morley se retirou com o livro de registros. Enquanto Vaudeline desamarrava as botas, Lenna continuou em pé, escutando atenta os passos do sr. Morley ecoando pelo corredor. Quando já não era mais possível ouvi-lo, uniu as mãos trêmulas, sabendo o que faria em breve.

Vaudeline removeu sua segunda bota, então puxou uma das meias.

— Estou ansiosa para conversar com a sra. Gray amanhã. A meu ver, ela é nossa prioridade.

Prioridade? Para Vaudeline, talvez. Mas não para Lenna. Ela tinha acabado de ver as iniciais da irmã morta no livro de registros do prédio em que elas residiriam pelas próximas trinta e seis horas. A prioridade de Lenna era colocar as mãos naquele livro outra vez. Ela queria reunir todas as pistas possíveis a respeito das atividades de Evie nos meses que antecederam sua morte.

Não havia considerado isso até agora, mas talvez estivesse mais próxima da verdade ali dentro da Sociedade do que livre pela cidade.

Lenna leria todas as páginas daquele livro, se precisasse.

E ela pretendia fazer isso naquela noite.

Ela esperaria uma hora, pelo menos, tempo suficiente para o sr. Morley devolver o livro de registros ao saguão e sair do prédio. Nesse ínterim, Lenna pensou em trocar de roupa e achar algo para comer.

Revirou sua mala em busca de meias limpas. Ao remover um par, algo caiu no chão, bem perto dos pés de Vaudeline. Um envelope, já aberto. Lenna o reconheceu como uma carta que Stephen havia enviado para ela em Paris na semana anterior.

Lenna abrira o envelope assim que o recebera — quem sabe não era alguma descoberta do caso de Evie? —, mas a carta não trazia nada além de expressões de sentimento e afeição. Enquanto lia, ela temeu que Stephen pudesse fazer menção a um compromisso futuro, mas ficou aliviada ao chegar ao fim da carta sem encontrar nenhuma sugestão do tipo.

Vaudeline pegou o envelope e o entregou a Lenna, os nós de seus dedos se tocando.

— Essa é a carta que você recebeu semana passada? Não perguntei antes, mas era algo importante? — Vaudeline observou Lenna colocando a carta de volta na mala.

Lenna fez que não.

— Só um bilhete de um cavalheiro chamado Stephen Heslop, o irmão gêmeo de minha amiga Eloise. Ele trabalha no museu e me ensinou tudo sobre fósseis. Ele escreveu para dizer que está ansioso pela minha volta.

— Ele deve gostar muito de você. — O tom da voz de Vaudeline estava um pouco mais alto. — É um antigo pretendente? Ou atual?

Além da breve conversa a respeito de Léon no trem, as duas nunca haviam falado de seus romances — antigos ou atuais. Uma pergunta sobre pretendentes talvez não fosse apropriada alguns dias antes, mas Lenna se lembrou do toque dos lábios de Vaudeline no rosto depois da reunião mediúnica no castelo e da forma como elas tinham ficado de mãos dadas no início daquela noite, sentadas em silêncio nas docas.

— Ele está interessando em mim, mas não é recíproco. Para ser sincera, eu me sinto mais intrigada por seus fósseis e livros. — Ela ergueu os olhos. Podia ser sua imaginação, mas os olhos de Vaudeline pareceram se iluminar um pouco. — E quanto a você? Algum pretendente?

Ela se sentiu nervosa de repente e desejou poder suspender o momento para recuperar o fôlego, esfriar as bochechas. Nunca se sentira tão agitada perto de Eloise. Mas elas também nunca tinham se escondido juntas em um prédio.

— Eu tive vários — disse Vaudeline, sorrindo. — Homens e mulheres.

— *Mulheres* — repetiu Lenna, sentindo o calor subir para o pescoço. — Que original. Nesse caso, quem corteja quem?

— Ah, não existem regras. Além disso, não é tão original em Paris. É diferente em Londres, em que todos se preocupam com modos e aparências. Em Paris, nós não sufocamos nossos desejos.

Minutos depois, Lenna examinou as roupas deixadas pelo sr. Morley. Mas seu coração começou a martelar contra o peito: do outro lado do quarto, Vaudeline começara a se despir. Lenna se virou, olhando-a de soslaio. Ainda não tinha contado a Vaudeline que pretendia sair do quarto e ir em busca do livro de registros, mas o faria em breve.

A silhueta de Vaudeline estava iluminada pela luz baixa do lampião sobre a mesa. Ela havia afrouxado a saia na cintura e ergueu brevemente os olhos. Notou Lenna olhando, mas seguiu em frente sem qualquer sinal de inibição, abrindo alguns botões do corpete bem devagar. Lenna não conseguia tirar os olhos dela, e se perguntou como o quarto havia ficado tão quente e sem ar de repente.

Logo, apenas a camisola de algodão de Vaudeline restava no lugar. Lenna nunca vira tanto do corpo dela — nunca vira tanto do corpo de nenhuma outra mulher, exceto Evie, anos antes, quando ainda eram meninas. Essa era a primeira vez que colocava os olhos em uma mulher sem vestido, toda pele, curvas e sombras. Ela tentou engolir e notou que não conseguia.

— No castelo em Paris — começou Vaudeline —, você expressou frustração comigo dizendo que eu nunca lhe dei provas de fantasmas. — Ela fez uma pausa, arrumando uma mecha de cabelo solta. — Posso lhe mostrar algo agora, se você quiser. É a coisa mais real que tenho a oferecer como evidência, fora de uma reunião mediúnica.

Lenna piscou. Por que Vaudeline tinha levado tanto tempo para revelar isso?

— Claro — disse ela. — O que é? — Ela esperou, imaginando que Vaudeline fosse abrir sua mala de viagem e puxar um livro de encantamentos ou talvez uma ilustração. Em vez disso, Vaudeline continuou em pé e ergueu a barra da camisola, deslizando o tecido de algodão pelas pernas e parando apenas quando a peça estava alta e justa contra suas coxas.

Vaudeline mostrou a perna direita, exibindo a pele pálida e macia no alto da coxa. Lenna fez um som de espanto. Mesmo sob a luz baixa, era inconfundível: uma cicatriz em arco duplo. Uma marca de mordida cicatrizada havia muito tempo. Ela maculava a superfície suave da perna de Vaudeline, mas Lenna achou a imperfeição extraordinária.

Ainda assim, devia ter doído.

— Meu Deus! — exclamou ela, cobrindo a boca com a mão. — Como isso aconteceu?

— Como eu disse diversas vezes, espíritos podem ser muito voláteis.

Lenna franziu o cenho, examinando a cicatriz de novo. Ela estava dizendo que...

Vaudeline soltou a camisola, alisando-a com as mãos.

— Você lembra por que eu me tornei espiritualista?

Lenna ficou atordoada, emaranhada em confusão e desejo. Ela acabara de ver tanta pele. Um sentimento desagradável — decepção? — ganhou forma em seu peito.

— Sim — disse ela. — Léon. Ele caiu e bateu a cabeça.

— Certo. — Vaudeline fez uma pausa. — Eu lhe disse que, depois que ele morreu, aprendi sozinha a arte da mediunidade. Quando aprendi a manifestar Léon, passei a fazê-lo repetidas vezes. Muitas delas fui até a escada externa atrás da casa dele, o lugar onde ele tinha caído, e me sentei ali, incorporada por ele sob as estrelas. Foi assim que pratiquei a arte da reunião mediúnica. Experimentei encantamentos e aprendi a me recuperar rapidamente da fadiga do transe para poder voltar a ele. — Ela colocou a mão na coxa direita, onde a marca de mordida agora se escondia sob o tecido. — Você sabe que feridas muitas vezes aparecem no transe. É uma das formas pelas quais nós, médiuns, podemos saber que o espírito entrou em nós. Mas espíritos também podem agir *sobre* nós, podem fazer coisas conosco, nos fazer sentir coisas, que exigiriam carne ou toque fora de uma reunião mediúnica.

Parecia bastante claro que Vaudeline estava insinuando que fazia amor com Léon mesmo depois de sua morte. No mesmo instante, a imaginação de Lenna criou uma visão desagradável das costas de Vaudeline arqueadas contra os degraus duros da escada, enquanto sangue vermelho-cereja pingava de sua coxa.

Vaudeline continuou:

— Eu amava muito Léon e sempre amarei. Descobri que é impossível deixar de amar alguém, impossível extinguir completamente os sentimentos por qualquer um de meus amantes. Fica sempre um resquício de algo.

— Quando foi a última vez que você... — Lenna pigarreou. — Que você o manifestou?

Vaudeline esticou a mão e apertou o joelho de Lenna.

— Faz muitos, muitos anos. Invocar um espírito é como guiá-lo para uma meia existência. O oposto do amor. Os espíritos desejam a incorporação, eles não saem por contra própria. Então, invocá-los repetidas vezes é uma forma de tormento, como colocar um pardal em uma floresta verdejante, mas cortar suas asas para que ele não possa voar. — Ela se sentou na cama, enfiando uma perna embaixo do corpo. — As feridas deviam desaparecer quando a reunião mediúnica termina e o espírito é expulso. Mas eu não sabia expelir os espíritos no início... nem entendia como era egoísta manifestar repetidas vezes um espírito, tentá-lo com a existência. Essa cicatriz na coxa é o que eu tenho como sinal da minha ignorância. — Ela puxou o cobertor fino por cima do corpo. — Então, embora parte de mim sempre vá amar Léon, sou mais sábia agora e nunca mais vou invocá-lo, por causa desse amor.

Vaudeline se deitou de costas em sua cama de armar, acomodando a cabeça no travesseiro fino, e fechou os olhos. Lenna não sabia bem o que pensar da história que tinha acabado de ouvir. Havia a possibilidade de que Vaudeline tivesse acabado de contar uma mentira magnífica — que a cicatriz tivesse, na verdade, sido causada por alguém vivo, algum antigo pretendente em Londres ou Paris.

Vaudeline logo pegou no sono. Lenna ficou olhando para ela, observando o movimento constante de sua respiração, o declive da barriga entre os ossos do quadril. A camisola de algodão não escondia muita coisa.

Lenna removeu seu próprio vestido e o trocou pela primeira calça que encontrou na pilha. Era grande demais na cintura, mas ela deu um jeitinho até ficar no lugar. Não tinha a energia para procurar um tamanho melhor no saco.

Ela conferiu seu relógio, então se ajoelhou diante de Vaudeline, pronta para acordá-la e avisar o que pretendia fazer. Mas primeiro...

— Vaudeline — sussurrou ela no escuro.

— Hummm? — veio a resposta suave, os olhos dela ainda fechados.

— Sinto muito por Léon ter te machucado. — Lenna colocou a mão na coxa de Vaudeline. — A cicatriz, quero dizer. Imagino que tenha sido bem dolorido.

— Dolorido? — Os olhos de Vaudeline se abriram suavemente. — *Mais au contraire*. Ele sabia exatamente do que eu gostava. — Ela colocou a mão sobre a de Lenna devagar, entrelaçando seus dedos. Ficaram assim por algum tempo, Lenna ajoelhada ao lado da cama de Vaudeline, ambas sem dizer nada. Lenna só conseguia ouvir a respiração de Vaudeline e as batidas fortes do próprio coração.

Juntas, suas mãos entrelaçadas começaram a se mover na direção da coxa de Vaudeline e então subiram por sua pele, na direção da cicatriz. Quem estava empurrando e quem estava puxando? Não importava, nenhuma das duas resistia, nenhuma delas falava. O tendão que corria verticalmente pela coxa de Vaudeline estava rígido sob os dedos de Lenna, como as cordas de um instrumento, até que Lenna sentiu a pequena protuberância da cicatriz na ponta da marca de mordida.

Dolorido?, dissera Vaudeline momentos antes. *Mais au contraire*, pelo contrário. *Ele sabia exatamente do que eu gostava.*

Lembrando-se dessas palavras, Lenna traçou a cicatriz com o dedo, pressionando com força, mais força do que teria feito sem aquelas palavras. Ela observou atenta o rosto de Vaudeline, em busca de algum sinal de desconforto. Não havia nenhum. A outra fechou os olhos de novo, entreabriu os lábios, e enfiou a unha na mão de Lenna.

Em Paris, nós não sufocamos nossos desejos. Mas em Londres, anos antes, com Eloise, foi exatamente isso o que Lenna fez.

Bem, ela não faria de novo. Exerceu mais pressão sobre a cicatriz, sentindo tendão e músculo resistirem sob seus dedos. Aquilo causaria um hematoma, com certeza, mas, quanto mais ela pressionava, com mais força Vaudeline apertava sua mão.

Era inegável: Vaudeline gostava da dor. E, embora a ideia de tirar satisfação do desconforto de outra pessoa pudesse ser perturbadora, havia algo gratificante nisso também. Lenna se sentira impotente nos últimos meses, dados seus esforços fúteis contra a polícia, os segredos de Evie, até mesmo suas próprias crenças. Mas agora ela estava exercendo algum controle sobre algo, sobre alguém.

Além disso, ela se perguntou se essa reversão de papéis contribuía para a expressão excitada que Vaudeline tinha no rosto neste momento. Em seu trabalho, como mentora e médium, Vaudeline se posicionava como uma autoridade. Talvez ela gostasse de deixar outra pessoa tomar as rédeas? De deixar de lado seu estoicismo e se permitir *sentir*, até — especialmente — dor? Léon sabia disso, e Lenna queria também provocar essas sensações.

Ao longe, o dobrar dos sinos da igreja informou a hora. Lenna então puxou sua mão para longe, de debaixo da camisa de Vaudeline, longe da cicatriz, longe do aperto de Vaudeline.

Eu perdi completamente a cabeça?, se perguntou, plenamente ciente agora da passagem do tempo, de seus modos. *Esqueci por que estou aqui?*

Os olhos de Vaudeline se abriram de uma só vez.

— O que foi?

— Me desculpe — disse Lenna, se levantando. — Eu preciso... — Ela piscou algumas vezes, sem saber ao certo quanto tempo se passara desde que tocara pela primeira vez a cicatriz de Vaudeline. Fora um minuto ou uma hora? Balançou a cabeça e pigarreou. — Eu preciso ver o livro de registros de entrada de novo. Preciso saber mais sobre o que Evie queria desse lugar.

Ela olhou para a porta, então para Vaudeline. O que mais poderia ter acontecido entre elas naquela noite? Por instinto ela sabia que Vaudeline queria que ela subisse mais ainda a mão, o puxar e empurrar delas havia sido igual e simétrico. Alguns centímetros eram tudo que as separavam do que quer que fossem e do que quer que pudessem ser.

Não hoje, pensou Lenna. *Não aqui, enfiadas no quarto de depósito da Sociedade Mediúnica de Londres.*

Evie sempre viria primeiro.

13

 SR. MORLEY

Londres, 15 de fevereiro de 1873

Saí da Sociedade e corri pela escuridão até minha casa, escondendo o rosto para não ser reconhecido. Era tarde, quase onze da noite. Havia levado mais tempo para acomodar as mulheres do que planejara: a segunda cama de armar, o lenço esquecido, o pedido bizarro para ver o registro de visitantes…

Uma garoa gelada começara a cair. O asfalto estava escorregadio e eu apertei o casaco contra os ombros, grato por não precisar ir longe.

Entrei na saleta no segundo andar da casa onde morava com minha mãe. Joguei um pedaço de lenha no fogo, então pendurei meu casaco e minha boina no gancho de madeira ao lado da lareira. Eles levariam a noite inteira para secar.

Estava me sentindo inquieto, pensando nas duas mulheres no quarto de depósito da Sociedade. Elas deviam estar dormindo àquela altura.

Servi um conhaque, me acomodei na poltrona e escutei os estalos e ruídos suaves que vinham da lareira. A luz estava baixa, sedutora. Sombras se entremeavam pelas paredes, me lembrando da renda que Evie usou uma vez. Uma vez e nunca mais.

Ela empregara a vestimenta com sabedoria. Eu devia saber o que estava por vir, um pedido de natureza tão importante.

Naquela noite de verão, no início de agosto, Evie se despiu mais devagar do que de costume. Senti certa hesitação ou nervosismo da parte dela. Sob a luz do lampião, livre da calça e do suéter, vestindo não apenas aquelas malditas meias que tiravam o ar dos meus pulmões, mas outra coisa também, algo como um espatilho, uma espécie de corpete que se prendia às meias. Era feito de uma renda aberta, e quem quer que fosse o alquimista que desenhara o traje sabia muito bem onde posicionar as pequenas fendas. O quarto estava muito frio e ainda assim pensei que poderia entrar em combustão ali mesmo.

Comecei a me mover na direção dela, pensando que aquele poderia ser, finalmente, o encontro pelo qual eu esperara.

— Preciso te pedir algo — disse Evie de repente, estendendo a mão para me impedir de me aproximar.

Eu congelei, arrancando o olhar de sua cintura para encontrar seus olhos.

— Sim?

— Eu fui a uma única reunião mediúnica na vida. Para uma amiga querida, Eloise Heslop. A reunião foi realizada pela Sociedade Mediúnica de Londres.

— Sim — eu disse, me perguntando aonde ela queria chegar. — Eu não estava presente, mas participei da reunião para o pai dela, alguns dias depois.

Ela me lançou um olhar de surpresa.

— Não sabia disso.

Eu assenti.

— Foi um assunto particular.

— Certo, é claro — disse Evie, apressada. — De qualquer forma, eu queria ir a outra reunião, mas dessa vez quero estar com você. — Antes que eu pudesse responder, ela continuou: — Faz todo o sentido, considerando tudo o que me mostrou aqui na Sociedade. Aprendi muita coisa e quero ver colocarem em prática. Estarei lá apenas como observadora e usarei um disfarce melhor do que o que eu uso aqui. Ninguém vai saber, ninguém além de você. Não direi uma palavra. Você pode dizer que sou um primo, um amigo ou um membro em potencial.

Sorri, querendo fazer mais perguntas, mas isso complicaria a conversa e talvez desviasse o rumo em que estávamos.

— Vamos conversar sobre esse assunto mais tarde, sim? — pedi em uma voz rouca, dando um passo para a frente.

Ela deu um passo para trás.

Ela estava contra minha escrivaninha agora, suas nádegas acomodadas na beirada, meu par de tesouras de prata favoritas a centímetros de sua pele. Ela se inclinou para trás e separou as pernas alguns centímetros.

— Vamos falar disso agora — disse ela. — Me prometa. Você vai me deixar participar de uma reunião mediúnica. Em breve.

Maldita renda tão bem posicionada naquele corpete.

Então eu disse sim. *Sim*. E eu saberia que precisaria cumprir minha parte do trato ou nunca mais a teria naquela escrivaninha.

Eu me movi na direção dela de novo, e ela não resistiu. Finalmente, ali na minha mesa, ela me permitiu tomá-la por inteiro...

Na saleta da minha mãe, o fogo estalou, fazendo fagulhas voarem e me retirando do meu devaneio.

Não importava. Eu podia desenhar na mente cada centímetro de Evie. É assim com as memórias. Elas são tão vívidas, tão cheias de textura e fôlego. Covinhas na pele, pequenos pelos eriçados. Eu podia ver tudo, como se ela estivesse ali naquele exato momento, em pé diante da luz da lareira.

Depois de fazermos amor naquela noite — meu Deus, tanto tempo eu ansiava por isso! —, Evie ficou muito quieta. Ela não pediu para ver nada. Nenhum volume na biblioteca, nenhuma minuta de reunião. Uma sensação de desconforto pairava no ar enquanto nos vestíamos.

— Evie — arrisquei no silêncio, minha boca seca de repente.

Ela fechou um botão e ergueu os olhos.

— Hum?

— Você gostaria... — Minha voz falhou e eu pigarreei de leve. — Bem, há um festival em Cremorne Gardones na semana que vem. Você gostaria de me acompanhar?

— Que tipo de festival? — perguntou ela.

— Um festival de flores. Exposições extravagantes e diversas espécies raras de orquídeas, pelo que ouvi falar. — Eu mesmo não tinha interesse nisso, mas Evie certamente teria.

Seu rosto não se iluminou como eu esperava e ela voltou sua atenção para os botões que faltavam.

— Na verdade, flores não me inspiram em nada.

— Talvez um passeio no rio, então, ou posso lhe acompanhar quando...

— Você está tentando, mais uma vez, fazer uma corte tradicional?

Pisquei algumas vezes, impressionado como eu ficava muitas vezes ao ver como ela era direta. Meu convite não fora nenhuma manobra assim. Eu só queria passar mais tempo na companhia dela.

— Temo não compreender nada a seu respeito — comentei finalmente.

Ela me deu um sorriso melancólico.

— Sinto muito mesmo, mas não tenho interesse em flores, festivais ou passeios no rio.

Meu coração afundou, uma sensação fria e pesada tomando meu peito.

— Muito bem, então — falei, descobrindo que mal era capaz de olhá-la nos olhos.

Ela foi embora pouco depois, sem disposição para conversar. Apesar de tudo, eu senti sua falta imediatamente.

Notei só depois que ela tinha saído com minha boina e deixado a sua. Devia ter confundido as duas. Em sua defesa, elas tinham uma cor similar e eu sempre mantinha o lampião baixo.

Embora a conversa não tivesse ocorrido como eu queria e ela tivesse saído com tanta pressa, eu me forcei a ignorar a afronta e resolvi honrar nosso arranjo a partir daquele momento.

Afinal, ela tinha deixado bem claro: permissão para observar uma reunião mediúnica era tudo o que ela queria de mim naquela noite.

14

LENNA

Londres, sábado, 15 de fevereiro de 1873

Afastando-se de Vaudeline, Lenna andava de um lado para o outro do pequeno quarto, sentindo-se determinada e ao mesmo tempo imprudente.

— O livro de registro — disse ela. — Eu vou encontrá-lo. Vou examiná-lo de novo.

— Lenna. — Vaudeline se sentou na cama. O tom dela era firme, cauteloso. — Sair deste quarto seria um grande erro.

Lenna esperava por isso.

— Arriscado, sim. Um erro, não. — Ela dobrou seu vestido, deixando-o de lado por um momento.

Vaudeline se ergueu da cama e cruzou o quarto, pegando a mão de Lenna.

— Pare — disse ela. Quando conseguiu a atenção de Lenna, ela balançou a cabeça. — Você não pode fazer isso. Não sabe quem pode estar de vigia no prédio. E o que você espera encontrar, afinal?

Lenna puxou o braço com cuidado, considerando a pergunta de Vaudeline. *O que ela esperava encontrar?* Era pouco razoável pensar que a resposta para a morte de Evie estivesse em algum lugar das páginas do livro. Ainda assim, sua irmã havia se infiltrado com sucesso em uma proeminente sociedade masculina do West End e tinha se relacionado, ao que parecia, com pelo menos um de seus membros. Quem poderia dizer com quantos outros ela se envolvera?

— Evie morreu na mesma noite que o sr. Volckman. E se...? — Lenna parou, tentando entender o que aquilo poderia significar. — Eu sei que você acredita que a coincidência se deve à lua nova, mas e se o homem que matou o sr. Volckman também a matou? E se ela e o sr. Volckman tivessem algum tipo de relacionamento ou arranjo e alguém quisesse os dois mortos?

Vaudeline soltou a mão de Lenna, uma expressão exasperada no rosto.

— Tudo isso ficará claro quando eu fizer a reunião mediúnica para ela. Só precisamos esperar alguns dias.

— Isso só acontecerá se a reunião para o sr. Volckman tiver sucesso.

— Sim, é verdade. Mas, por mais perigoso que possa ser, ainda não é tão perigoso, ou imprudente, quanto sair escondida deste quarto esta noite. — A voz dela havia aumentado de volume. — Este prédio é enorme e, como o sr. Morley disse, às vezes os membros passam a noite aqui. É bem possível que você seja...

— Shhh — avisou Lenna. — Do jeito que você está falando alto, acho mais provável que *isto* nos faça ser pegas.

Lenna se virou na direção da porta, buscando a maçaneta. Ela não podia culpar Vaudeline por questioná-la, mas estava decidida. Ela iria, não importava a opinião de Vaudeline.

Colocou a mão na maçaneta.

— Talvez eu não encontre nada de novo no livro de registros — disse Lenna. — Mas se pretende me fazer desistir, não vai conseguir. Eu vou até o saguão.

Vaudeline franziu o cenho na luz baixa, examinando-a.

— Isso é um absurdo, Lenna. Pense no que está arriscando. Você estava tão preocupada com a minha segurança mais cedo, e com a possiblidade de a reunião mediúnica dar errado. E se nós nem pudermos fazê-la por causa da sua imprudência? Se alguém descobrir que estamos aqui, o plano do sr. Morley será arruinado...

Lenna abriu a porta e uma corrente de ar frio invadiu o quarto. Ela se virou para Vaudeline, sentindo-se de repente.... o quê?

Desconfiada. Assim como se sentira depois da reunião mediúnica no castelo.

— Eu lhe disse o que vou fazer, com ou sem sua ajuda — declarou Lenna com frieza. — Ainda assim, você continua contra mm. É quase como se não quisesse que eu olhasse o livro de registros de novo. Como se houvesse algo ali que eu não deveria ver.

Vaudeline fez uma careta.

— Isso não poderia estar mais longe da verdade.

— Bom. — Lenna olhou pelo corredor escuro. — Eu tomarei cuidado — disse ela, e foi sincera. Concordava com Vaudeline a respeito dos riscos. Mas não poderia passar aquela noite sem tentar achar o caminho até o saguão. — Eu só vou dar uma olhada — continuou ela, uma afirmação não totalmente honesta. Ela passou pelo batente.

Antes que pudesse dar mais um passo, a mão de Vaudeline apertou seu pulso.

— Você é uma tonta, Lenna — sussurrou ela. Vaudeline estava tentando segurá-la, puxá-la de volta para o quarto, e Lenna por um instante se deixou levar pela fantasia de se virar e recomeçar de onde elas haviam parado alguns minutos antes.

Não. Ela se soltou. E logo em seguida estava caminhando pelo corredor coberto por um carpete macio. Atrás dela, do quarto, Vaudeline fazia um último protesto ininteligível, algo sobre *sentinelas*. Então ela fechou a porta.

Lenna respirou fundo. Mesmo que houvesse homens postados pelo prédio, ela se sentia bem escondida pelos corredores sombrios, deslizando entre paredes cobertas de madeira escura. Ficou atenta a qualquer ruído: vozes, passos, o tilintar de chaves. Mas por sorte a noite estava silenciosa e ela passou algum tempo vagando pelo labirinto de corredores, decepcionada quando alguns deles terminavam em portas fechadas. Abriu uma das portas, mas, ao entrar no cômodo, bateu com força em um móvel pequeno e hexagonal — uma mesa de carteado. Enquanto esfregava o ponto dolorido no quadril, notou um conjunto de tacos de bilhar ali perto. Estava na sala de jogos. Fechou logo a porta e se afastou dela, feliz pelo carpete que abafava seus passos.

Ela seguiu em frente, virando em uma passagem que parecia mais larga que as outras. Com a luz que emanava de uma única lâmpada a gás em frente a uma das janelas, seu olhar conseguiu identificar uma parede repleta de pinturas, algumas poltronas de couro e, adiante, o que parecia ser um átrio. O saguão.

Uma mesa de mogno ficava no centro do cômodo. Em cima dela estava um tinteiro e ao seu lado um livro encapado em couro que ela reconheceu como o livro de registros que comprovava a presença de Evie naquele lugar.

Ela correu até lá, notando só então que sem uma vela não conseguiria ver o que havia nas páginas. Precisaria pegar o livro, levá-lo de volta ao quarto e devolvê-lo em segurança...

Seria uma noite insone, isso era certo.

Um estrondo ecoou pelo corredor atrás dela. Lenna congelou, espremendo-se contra a parede, mas não havia onde se esconder. Ela olhou em volta, em pânico, e quase vomitou quando notou que os passos estavam se aproximando pela escuridão, seguindo até o final do corredor.

Ela tremia, amaldiçoando a falta de luz. *Deve ser um guarda,* pensou. *Estou prestes a ser descoberta e isso o levará a Vaudeline e ao sr. Morley e tudo vai dar errado por minha causa.*

Ela podia ter gritado se não estivesse tão apavorada.

Os passos se aproximaram mais e Lenna se preparou para um confronto. Ela precisava pensar em uma desculpa, qualquer explicação plausível, e rápido.

Avistou uma vela ondulando na direção dela. Lenna ficou sem ar quando alguém entrou em seu campo de visão, vestindo calça escura e um casaco. Um membro da Sociedade, com certeza... mas então notou alguns cachos dourados refletindo a luz da chama.

Vaudeline.

— Encontrei você — sussurrou ela. Não tinha se dado ao trabalho de colocar um chapéu.

O coração de Lenna ainda martelava forte no peito.

— Você não precisava ter vindo — cochichou ela. — Cheguei muito bem sozinha.

— Não achei que teria coragem. Eu me assustei ao te ver pegar aquele corredor e desaparecer de vista.

Lenna apontou para a mesa no saguão, ciente dos minutos que passavam.

— O livro está ali — disse ela. — Venha, rápido.

Elas se aproximaram da mesa e Lenna deu outra olhada ao redor antes de abrir o livro. Vaudeline ergueu a vela sobre o papel e Lenna logo localizou a página onde, mais cedo, ela vira as iniciais de Evie. Apontou de novo para o nome, *E.R. W—*.

Não fora sua imaginação, seu cérebro não estava tecendo miragens após um longo dia de viagem.

— Vai levar um bom tempo para verificar tudo — murmurou consigo mesma.

Ao seu lado, Vaudeline abrira uma das gavetas da mesa. Ela puxou um segundo livro encadernado em couro que havia sido enfiado bem no fundo da gaveta. Sem hesitar, o abriu.

— DdE Palestras: Apenas para Convidados — leu ela em voz alta.

— DdE?

— *Departamento de Espiritualismo,* provavelmente. O departamento de Morley. — Ela continuou lendo. — Lampadomância e leitura de chamas, 31 de julho de 1872. — Ela contraiu os lábios. — É um outro livro de registros, eu acho, para os participantes das palestras.

— O que é *lampadomância,* aliás? — Lenna tropeçou na palavra, certa de que havia pronunciado errado.

— Uma técnica de adivinhação primitiva. A teoria diz que as chamas se movem de determinada forma quando um espírito está presente e deseja se comunicar. Uma chama se inclinando para a esquerda, por exemplo, pode ser interpretada como um *não* quando o médium faz uma pergunta. — Lenna deu uma olhada na vela na mão de Vaudeline: a chama estava bem imóvel. — Mas é estranho, porque, na minha opinião, a técnica é uma bobagem completa — prosseguiu Vaudeline. — Um médium pode soltar o ar de leve, ou até mesmo mover a mão, o que afeta a chama de certa forma. — Ela fez um pequeno movimento, levando a chama a se inclinar com força antes de se imobilizar de novo.

De repente, Vaudeline apontou novamente para o livro.

— Vamos ver se as datas que ela assinou se alinham com alguma dessas palestras.

Vaudeline manteve a vela firme enquanto Lenna trabalhava, passando o dedo por todas as listas de presença das palestras, começando no início do verão do ano anterior e comparando as assinaturas com as do livro de registros. As engrenagens de seu cérebro estavam trabalhando com eficiência agora, um pouco como quando ela se inclinava por sobre um molde de argila, estudando as impressões e bordas de um fóssil. Era uma estranha inversão de papéis, Lenna trabalhando enquanto sua professora observava.

Quando terminaram a inspeção, uma coisa estava clara: Evie assinara o livro de registros todos os dias em que acontecera uma palestra, o que significava que de alguma forma ela entrara escondida em todas as palestras organizadas pela Sociedade entre junho e outubro.

Lenna franziu o cenho.

— Por que ela assinava o livro? Se ela não devia estar aqui...

— Ela estava se escondendo à vista de todos. Imagine se alguém a visse passando pelo saguão sem assinar o livro. Isso chamaria atenção, com certeza. Lembre-se, a Sociedade tem centenas de membros, muitos dos quais podem trazer convidados para as áreas comuns. Se o disfarce dela era convincente, o que parecia ser, ela poderia transitar por aqui muito bem.

Lenna apontou para uma das palestras, chamada "Demonstração de Transfigurações Faciais", e então para outra chamada "Substâncias Sobrenaturais e Ectoplasma".

— O que é *ectoplasma*? — perguntou ela.

Vaudeline suspirou.

— Isso não faz sentido nenhum para mim. — Ela franziu o cenho, lendo o título de novo. — Ectoplasma é uma substância que algumas pessoas afirmam ser secretada durante o estado de transe — explicou. — Existem vários tipos de receitas caseiras. Bórax, cola, farinha de amido de milho. Os médiuns fingem vomitar ectoplasma, ou excretá-lo pelas orelhas, ou evacuá-lo pela... bem, pela genitália. Quando são realizadas por mulheres, demonstrações assim frequentemente atraem multidões enormes.

Lenna continuava folheando as páginas e balançando a cabeça, incrédula. Todas aquelas vezes que Lenna perguntara a Evie onde ela estivera e Evie se recusara a responder... Ela estivera ali, na Sociedade?

— Evie não perdeu uma única palestra — disse ela baixinho. — Que aluna devotada.

— Ela sempre foi — afirmou Vaudeline. Então, uma expressão consternada surgiu em seu rosto. — Leitura de chamas. Transfiguração. — Suas mãos começaram a tremer. — Essas são práticas de médiuns fraudulentos, não dos autênticos. Isso se alinha com os rumores que eu ouvi a respeito da Sociedade antes de deixar Londres, as afirmações que o sr. Volckman pretendia investigar. — Ela piscou várias vezes, como se quisesse que os registros se reescrevessem. — A Sociedade tem mais de duzentos membros, mas essas palestras eram bem pequenas. — Ela apontou para uma página. — Só nove ouvintes em uma, e o livro diz *apenas para convidados*. Parece que elas possuíam uma natureza particular. Eram frequentadas apenas por uns poucos selecionados.

— Não vejo o nome do sr. Morley em nenhuma dessas listas — apontou Lenna.

— Eu me pergunto se essas palestras estavam acontecendo bem debaixo do nariz dele.

Lenna passou os olhos por um dos registros, cheio de nomes abreviados e iniciais.

— Você acha que os homens envolvidos nas contravenções da Sociedade estão nessas listas?

— Parece que sim. — Vaudeline soltou um suspiro exasperado, então apontou para uma das listas. — O policial Beck está bem aqui.

A boca de Lenna se abriu.

— Ele me deixou nervosa desde que o conhecemos. Não gosto nada dele.

— Nem eu. E por mais que eu queira perguntar ao sr. Morley se ele examinou de perto essas palestras, isso exigiria que eu contasse a ele que nós saímos do quarto de depósito. — Ela tocou a página. — Isso é muito frustrante. Cientistas e teólogos já são ameaça suficiente para nós que tentamos ganhar a vida com a mediunidade. Não precisamos acrescentar ilusionistas.

Essa revelação perturbou Lenna. Se aquele setor de membros da Sociedade era uma fraude e sua irmã havia circulado entre eles, o que isso fazia de Evie?

Elas viraram mais algumas páginas. Houvera uma palestra a respeito de dermografia, ou escrita na pele — atribuída a fantasmas, disse Vaudeline, mas fácil de ser feita com tinta invisível barata — e outra a respeito da construção de cornetas espirituais, que eram apenas cones de madeira que se pensava amplificar as vozes espectrais.

— Evie era esperta demais — afirmou Lenna. — Ela teria percebido que isso era uma farsa. — Ela fechou os olhos e disse o que não queria admitir em voz alta: — Evie queria que seu negócio de mediunidade prosperasse. Ela acreditava que havia um bom dinheiro a ser ganho com isso. Não consigo não me perguntar se ela pretendia aprender com esses homens. Aprender os truques deles, se era isso de fato que eles estavam ensinando a alguns membros.

— Sim — disse Vaudeline, sombria. — Você se lembra de quando eu mencionei minha apreensão com o óleo de fósforo que você encontrou nas coisas dela?

Lenna assentiu. Ela se lembrava bem demais. *Uma das ferramentas favoritas dos espiritualistas farsantes,* dissera Vaudeline.

Lenna afastou o livro, irritada. Evie teria sido vítima das alegações desses homens, acreditando em seus golpes, ou sabia que eles eram mentirosos e pretendia aprender alguns métodos lucrativos para usar ela mesma?

Se a segunda opção fosse verdade, isso levantava outra questão perturbadora. Evie ao menos acreditava em fantasmas? Talvez tudo aquilo fosse um negócio para ela, oportunidade e dinheiro. Quanto mais técnicas pudesse aprender, mais poderia usar em seu próprio negócio de mediunidade. Isso fez Lenna reconsiderar as discussões despretensiosas que ela e a irmã tiveram a respeito do mundo espiritual... Fora tudo uma encenação, com Evie sabendo que uma vez que começasse seu empreendimento ela precisaria parecer a mais fervorosa das crentes, mesmo para a própria irmã? Parecia impensável, mas as iniciais de Evie naquele livro também eram.

— Eu estou muito brava com ela — disse Lenna. — Estou me perguntando agora se ela sequer acreditava em fantasmas ou se era tudo encenação porque ela sabia que poderia construir um negócio a partir disso. — Ela cruzou os braços, sentindo muito frio de repente.

— Eu lhe garanto, Evie acreditava em fantasmas. Eu a encontrei acordada diversas noites, muito depois de meus outros alunos terem ido para a cama, praticando respiração e encantamentos. Se ela pretendia construir um negócio de fraudes, por que teria se dado ao trabalho de aprender as técnicas e usos com tanto cuidado?

Isso deu a Lenna algum conforto. Ainda assim, por que Evie havia guardado segredo sobre tudo?

— Ela nunca me deixava olhar seu caderno — declarou Lenna — e muitas vezes dava desculpas sobre aonde ia. Eu pensei... — Ela fez uma careta. — Bem, achei que tinha algo a ver com um homem. Um amante. Queria ter feito mais perguntas.

— Não se culpe por isso — aconselhou Vaudeline. — Eu sei bem como é se culpar pelas escolhas feitas pela família. Por mais que você amasse Evie, ela era uma mulher adulta capaz de tomar as próprias decisões.

Era estranho ouvir alguém chamar Evie de *uma mulher adulta*. Para Lenna, a memória da irmã sempre evocaria uma sensação de juventude. Ela afastou as mãos, frustrada, olhando para o livro de registros.

— Nada disso é autêntico? Você tem certeza?

Vaudeline balançou a cabeça.

— Muito do que eu acredito, do que eu pratico, não pode ser observado. Transes durante uma reunião mediúnica, energia absorvida por claritangência... são coisas que eu experimento internamente, de forma invisível. — Ela apoiou o quadril contra a mesa. — Mas, pensando nas palestras que vimos nesse livro, o que todas elas têm em comum?

Lenna franziu o cenho. Leitura de chamas, transfiguração facial, ectoplasma, cornetas espirituais. Segundo as explicações de Vaudeline, todas essas técnicas resultavam em algo que poderia ser visto, ouvido ou tocado.

— Todas essas técnicas resultam em algo físico — respondeu Lenna. — Algo… observável.

— Exato — concluiu Vaudeline. — Lembre-se do que eu disse em Paris. A missão dessa sociedade é fornecer sinais tangíveis do pós-morte.

Lenna não deixou de notar a ironia. Aquelas palestras ensinavam a fabricar provas para pessoas que se recusavam a acreditar em espíritos. Pessoas como ela.

— Mas o que é interessante — prosseguiu Vaudeline — é a palestra no final de agosto. — Ela voltou algumas páginas e apontou para o título. — Estudo de Caso: Revisão da Reunião Mediúnica feita na Casa de Tolerância na Bow Street, 22. — Evie assinara como visitante nesse dia também. — Não parece ser uma demonstração, mas uma discussão de uma reunião mediúnica que já havia acontecido.

— Em um bordel, inclusive. — Lenna ergueu as sobrancelhas, surpresa. — Evie sempre adorou o escandaloso.

Elas fecharam o livro e Lenna o recolocou com cuidado no centro da mesa, assim como o tinha encontrado. Um nó havia se formado em sua garganta, a verdade a respeito das atividades de Evie pesando em seu peito agora. Ela não perdera uma única palestra durante cinco meses. Vira uma dezena, ao todo, e quem sabe quais outras visitas tinha feito à Sociedade?

Aquilo não eram só uma ou duas aventuras clandestinas. O propósito de Evie estava agora obscurecido — sua obsessão, seus planos, suas buscas.

Quem Evie era de verdade?

15

SR. MORLEY

Londres, domingo, 16 de fevereiro de 1873

Na manhã seguinte à chegada da srta. D'Allaire e da srta. Wickes, eu voltei à Sociedade logo após o nascer do sol. Um menino estava diante dos degraus de entrada com sua pequena palma suja estendida. Me perguntando quando ele teria comido pela última vez, enfiei a mão no bolso e lhe dei tudo o que eu tinha.

Entrei na casa. Seguindo pelo saguão iluminado de sol, assinei meu nome no livro de registro de visitantes e fui em frente. Mas de repente parei, apertando os olhos para uma mancha translúcida no chão.

Eu me ajoelhei, para raspar a superfície com a unha.

— Cera de abelha — sussurrei, erguendo os olhos. Mas não fazia sentido. Não havia candelabros ou lustres nessa parte do saguão. Como uma esfera branca de cera, parecida com uma pequena moeda, fora parar no centro dessa entrada? Retirei um fragmento da cera de baixo da unha, pensando que a situação era curiosa, mas não valia uma investigação mais profunda. Eu já tinha o suficiente com que me preocupar, com as mulheres trancadas ali e a reunião mediúnica planejada para aquela noite.

Nesse momento, o membro júnior da sociedade, sr. Armstrong, me chamou do outro lado do saguão, seus olhos arregalados.

— Morley. Você por acaso esteve na sala de jogos ontem à noite?

Franzi o cenho, algo no tom dele me deixando... inquieto.

— Não — respondi.

Ele assentiu e me chamou para o corredor sudeste.

Isso, pensei, *certamente vale uma investigação mais profunda*.

— Não consigo entender — disse Armstrong quando entramos na sala de jogos. — Nós jogamos cartas ontem à noite. Terminamos tarde, depois das nove. Quando acabamos, eu arrumei as cartas em três pilhas como sempre faço. — Ele apontou para a mesa de carteado de jacarandá diante de nós. Onde uma pilha organizada de cartas deveria estar, havia uma bagunça: cartas desarrumadas, algumas deslizaram para o outro lado. — É quase como se alguém tivesse empurrado a mesa ou tentado movê-la... — disse Armstrong.

Uma charada peculiar, cuja resposta eu soube de imediato. Mas Armstrong não estava inteirado das coisas — não fazia ideia de que duas mulheres estavam escondidas no prédio.

Coloquei uma das mãos sobre a testa, fingindo uma expressão de esquecimento. Senti o desejo súbito de atirar um vaso contra a parede.

— Na verdade, *eu estive* aqui — menti. — Ontem à noite, bem tarde, eu perdi meu monóculo e vim procurá-lo. Quase esqueci que, quando conferi a sala de jogos, trombei com a mesa. — E então comecei a reunir algumas das cartas e as organizei em suas pilhas.

Armstrong soltou uma risada sonora.

— Faz todo o sentido — disse ele antes de me ajudar a arrumar o resto das cartas.

Não perdi tempo. Fui direto para a biblioteca, o coração martelando no peito. O que encontraria ali... ou, bom Deus, no meu escritório?

Parado na frente da porta da biblioteca, mexendo na maçaneta, soltei um suspiro de alívio. Tudo parecia certo, trancado e intocado. Nenhuma pegada fresca nas fibras do carpete. Até onde eu sabia, ninguém tinha estado ali durante a noite.

Eu me perguntei o que as mulheres estariam procurando. Algo a respeito de Evie, ou sobre o sr. Volckman, ou...

Balancei a cabeça. Mulheres e sua ousadia. Pingos de cera no saguão, cartas bagunçadas na sala de jogos.

Secando as palmas suadas na calça, destranquei a biblioteca e entrei, então segui para meu escritório. Em breve, eu teria muito a dizer às damas a respeito dessa quebra de protocolo. Outra excursão pelo prédio colocaria tudo em risco.

Elas não faziam ideia do perigo que atraíam para elas, para todos nós, ao circularem pelo prédio?

16

LENNA

Londres, domingo, 16 de fevereiro de 1873

Nenhuma das mulheres conseguiu dormir, ambas atormentadas pelas descobertas desconcertantes que fizeram durante a noite.

— Estou inclinada a dar a Evie o benefício da dúvida — sussurrou Lenna. — Talvez exista mais a ser descoberto aqui. — Contudo, mesmo antes de terminar de falar, a afirmação parecia falsa. A confiança de Lenna na irmã já havia começado a ruir.

Existiam poucas maneiras de passar o resto da noite insone, portanto Lenna ergueu uma vela sobre o caderno de encantamentos e praticou seu controle respiratório e as injunções expulsivas *Expelle* e *Transveni*, ambas excepcionalmente desafiadoras. Às vezes, Vaudeline sussurrava uma ou duas palavras suaves de correção, mas em geral ela apontava a facilidade de Lenna para o que sempre se mostrava difícil para seus outros alunos.

Finalmente, a luz do início da manhã atingiu o quarto e então puderam ver melhor as roupas que o sr. Morley deixara para elas. Na noite anterior, elas vestiram qualquer peça que alcançaram, o que servisse para substituir seus vestidos. Agora separavam as poucas opções que tinham.

Era um pouco como se fantasiar, pensou Lenna, embora as roupas as rebaixassem um tanto. Não havia os sobretudos xadrez ou lenços de seda que podiam ser vistos nos cavalheiros que frequentavam a St. James's Square. Eram roupas de trabalhadores, manchadas de fuligem, comuns e esquecíveis.

Vaudeline ergueu um par de roupas de baixo de lã, então contorceu o rosto em uma expressão de nojo.

— Como se a cintura áspera não fosse ruim o suficiente, imagine por onde isso passou. — Ela soltou as roupas de baixo. — Manterei minhas calçolas de algodão. Não é como se o sr. Morley fosse saber.

Lenna sorriu.

— Farei o mesmo, então. Nosso segredinho.

Assim como o segredinho de ontem à noite, pensou ela de repente, lembrando-se da cicatriz arqueada na coxa de Vaudeline. Do outro lado do quarto, Vaudeline tossiu de leve e Lenna jurou que a pegou sorrindo. Talvez ela estivesse se lembrando da mesma coisa.

Por fim, Vaudeline escolheu uma blusa de lã feltrada e uma calça escura, enquanto Lenna encontrou um suéter de tricô e uma calça de lona que vestiram melhor do que as que ela usara na noite anterior. Experimentaram alguns chapéus, casacos e pares de luva. Não havia espelho no quarto, então Lenna confiou na aprovação de Vaudeline.

— Muito convincente — disse ela, olhando Lenna de cima a baixo —, se você mantiver o cachecol em volta do rosto. Sem isso, seu queixo e as maçãs do rosto vão te entregar. — Ela puxou um cachecol cinza da pilha e o enrolou com suavidade em torno do pescoço de Lenna, puxando-o para cima e cobrindo as orelhas. — Pronto. Perfeito. — Ela olhou para seu relógio, então baixou a voz. — São quase oito da manhã. Ele vai chegar a qualquer momento. — Ela afastou os braços. — Agora, como estou? Passo por um homem?

Lenna não conseguiu suprimir seu sorriso.

— Infelizmente, sim. Muito bem.

Alguns minutos depois, uma batida soou na porta. O sr. Morley entrou, a cartola limpa como nova enfiada sob o braço e uma bengala a postos.

— Noite agradável? — perguntou ele.

— Bastante — respondeu Vaudeline.

Ele pigarreou.

— A sala de jogos — começou ele. Crispou os lábios e esperou, dando a impressão de um pai desapontado.

Vaudeline ergueu as sobrancelhas.

— O que tem a sala de jogos? — Enquanto isso, Lenna manteve os olhos baixos; era ela quem tinha entrado lá, não Vaudeline.

— Eu vi as cartas. A mesa desarrumada, como se alguém tivesse trombado com ela após entrar no cômodo. — A voz do sr. Morley era baixa, calma. Gentil, até. — Não a colocarei na posição desconfortável de confirmar ou negar suas atividades de ontem à noite. Direi apenas isso: eu lhe imploro para não deixar esse quarto sem mim outra vez. — Ele deu um passo na direção de Vaudeline e colocou uma mão afetuosa em seu pulso. — Se suas intenções forem descobertas pelos homens que buscamos identificar, srta. D'Allaire... — Ele desviou os olhos, balançou a cabeça. — Bem, eu estremeço só de pensar.

Vaudeline assentiu.

— Sim. Sim, é claro. — Ela estava protegendo Lenna, mesmo agora.

Com isso, o sr. Morley abriu a porta um centímetro, espiou pelo corredor, então fez um gesto para que as mulheres disfarçadas passassem.

Fora do prédio, a diligência da Sociedade esperava. O mesmo cocheiro da noite anterior estava em pé ao lado de um dos cavalos, passando a mão por seu focinho. Em silêncio, ele deu um sorriso caloroso para as duas e inclinou seu chapéu.

As ruas estavam escorregadias, o céu de um azul-claro. O policial Beck esperava ao lado do coche, apoiado contra ele com os tornozelos cruzados casualmente e uma leve expressão de desdém no rosto.

Acomodado na diligência, o sr. Morley pegou a lousa e, com um pequeno pedaço de giz, anotou *Albemarle Street* e a mostrou a Bennett. O cocheiro bateu com as rédeas contra os cavalos e o coche partiu.

A rua ficava a poucos minutos de distância. Quando o cocheiro fez sua última curva, Lenna enxergou adiante um bloco de casas de tijolo, quase idênticas com suas portas de madeira escura sob claraboias. Ao longo da rua havia pilhas de esterco de cavalo, amolecidos pela chuva da noite. A visão deixou Lenna enjoada, o que era estranho, considerado que ela tinha visto esse tipo de sujeira na rua durante toda a sua vida.

— Um lembrete — disse o sr. Morley. — O nome da mulher que encontraremos é sra. Gray. A Sociedade fez uma reunião mediúnica aqui na tarde da morte do sr. Volckman. Esse deve ter sido um dos últimos lugares que ele visitou.

Os cavalos foram parando em frente a uma das casas. Espiando pela janela, Lenna pôde ver uma fita de crepe preta grossa pendurada na porta, um símbolo do luto dentro do lar. A fita ondulava errática no vento frio.

— Sempre me impressiona — comentou o sr. Morley — que os cavalos saibam onde parar com exatidão. Esse par está conosco há bastante tempo. Quando eles veem a fita na porta, sabem que chegamos.

O grupo saiu da carruagem e seguiu na direção da casa. Um pequeno gato de cor cinza saiu de trás de um arbusto de azevinho e se aproximou do grupo. O sr. Morley sorriu e se abaixou, acariciando-o com ternura sob o queixo.

As janelas da casa estavam fechadas. O sr. Morley bateu duas vezes e a porta se abriu. Do outro lado estava uma jovem usando um vestido preto de gola alta. Ela não parecia muito mais velha do que Lenna. Um véu de renda cobria seu rosto e cabelo, e um broche com uma pedra negra, ônix ou azeviche, estava no meio do seu pescoço. Seu cabelo estava preso em um coque baixo e apertado. A aparência geral era perturbadora, até mesmo agourenta.

A viúva parecia cansada, pensou Lenna, mais cansada do que melancólica. Ela conseguia se identificar, já que o luto não era feito apenas de tristeza, mas de muito mais. O desejo de ouvir uma voz que tinha desaparecido para sempre. Reverência a itens triviais, como uma carteira gasta ou um pente cheio de cabelo. Escrutínio dos últimos dias, se perguntando se você deu abraços suficientes, mostrou amor suficiente. Tudo isso era uma forma exaustiva de passar os dias.

— Sra. Gray — disse o sr. Morley, baixando os olhos e fazendo uma pequena mesura.

— Basta de perguntas a respeito da morte do meu marido. Eu já vi policiais demais. Não tenho mais nada a dizer. — Ela adotou uma expressão de contrariedade e começou a fechar a porta, mas o sr. Morley estendeu a mão.

— Por favor, escute por que estamos aqui. — Ele mudou o peso dos pés, bateu com a bengala no chão e prosseguiu com rapidez. — Sou o vice-presidente da Sociedade Mediúnica de Londres. Nós planejamos realizar uma reunião e precisamos da sua ajuda.

Debaixo do véu, a sra. Gray ergueu uma sobrancelha e soltou a mão da porta.

— A primeira reunião da Sociedade não foi bem-sucedida.

Lenna e Vaudeline trocaram um olhar rápido e cheio de significado. Considerando tudo que haviam descoberto no livro de presença das palestras na noite anterior, a notícia de uma reunião mediúnica malsucedida não era uma surpresa completa.

A viúva olhou para Lenna, estudando-a com atenção. Elas estavam a apenas alguns centímetros de distância. Ela conseguia ver através do disfarce de menino de Lenna?

— Quem são esses dois? — perguntou ela.

— Explicarei tudo quando entrarmos — respondeu o sr. Morley. — Eu lhe garanto que há um motivo muito bom para nossa visita.

A viúva olhou para o policial Beck, seu olhar pousando no revólver no quadril dele.

— Esta é a última vez que deixo qualquer um de vocês entrar. Vou pedir chá.

Alguns minutos depois, o grupo estava acomodado na sala. Lenna se sentou em um sofá e olhou em volta. Diversas fotos emolduradas estavam viradas para baixo e viam-se vários metros de linho preto pendurados na parede — cobrindo os espelhos, imaginou Lenna. Sua mãe havia tomado as mesmas medidas na casa de tia

Irene antes do funeral de Evie, cobrindo fotos e espelhos para que a maldição da morte não perseguisse mais ninguém.

Lenna passara muitas horas em vigília na casa de tia Irene durante os dois dias do funeral de Evie, e as lembranças ainda a assombravam. A visão do corpo pálido e sem vida da irmã sobre a mesa. A ferida à faca no lado esquerdo de seu pescoço, coberta de forma pouco eficiente com um ruge bege e pastoso. O cheiro doce e enjoativo dos lírios brancos espalhados pelo cômodo, colocados para mascarar o odor de decomposição.

Lenna nunca mais queria colocar os olhos em lírios brancos.

Vaudeline estava do outro lado da sala, tendo se instalado em uma poltrona alta perto da janela, distante do grupo.

— Vaudeline D'Allaire é uma médium de Paris — explicou o sr. Morley, apontando na sua direção.

Ela tinha acabado de pegar um pequeno bibelô da mesa ao seu lado, um ornamento de vidro entre uma dezena de outros: cachorros em miniatura de várias raças e cores.

A sra. Gray ergueu a sobrancelha.

— Eu me lembro de quando você deixou a cidade. Houve bastante especulação. Durante meses.

— É uma história muito complicada — replicou Vaudeline.

— Bem, chega de médiuns — disse a sra. Gray. — Eu perdi a fé em todos vocês.

O sr. Morley ergueu as mãos.

— Ah, a senhora me entendeu mal, sra. Gray. — Ele parecia arrependido, falando em tom de desculpas. — Eu não quis dizer que Vaudeline veio para contactar seu falecido marido. Ao contrário, imagino que a senhora tenha ouvido a respeito da morte do presidente de nossa Sociedade, o sr. Volckman, a quem a senhora — ele torceu as mãos, visivelmente desconfortável —, bem, a quem a senhora conheceu na véspera do Dia de Todos os Santos, durante a reunião mediúnica.

— Claro que ouvi falar de sua morte. Os jornais falam dela quase todos os dias. O assassino ainda está solto pela cidade. E a polícia? Nenhuma pista.

Ao ouvir isso, o policial Beck tossiu, parecendo constrangido. O sr. Morley seguiu em frente com rapidez.

— Na verdade, Vaudeline está aqui para refazer os passos do sr. Volckman no dia de sua morte.

— Com que propósito? — A sra. Gray baixou sua xícara.

Vaudeline ergueu os olhos, recolocando o bibelô na mesa.

— Eu…

— Não podemos entrar em detalhes — cortou o sr. Morley. Ele lançou um olhar frio para Vaudeline.

Vaudeline franziu o cenho.

— Ia apenas dizer que não estou autorizada a compartilhar informações. — Ela se voltou para a sra. Gray. — Espero absorver a energia que o sr. Volckman deixou para trás antes de morrer, visitando os lugares em que ele esteve e tocando coisas que ele tocou.

A sra. Gray pegou sua xícara de novo, com delicadeza.

— Minha experiência de meses atrás me deixou cética a respeito de médiuns e espiritualismo no geral — declarou ela. — Dito isso, srta. D'Allaire, preciso admitir que das oito cadeiras nesta sala você foi diretamente para aquela em que o sr. Volckman estava sentado na noite da reunião mediúnica. Além disso, ele passou algum tempo brincando com o mesmo ornamento que você tocou. Esse pequeno *spaniel*… todo o conjunto é uma herança que me foi dada pela minha avó.

Vaudeline assentiu, sem parecer surpresa, enquanto a boca de Lenna se abriu. A escolha de cadeira e bibelô de Vaudeline podia ser apenas coincidência? Ou teria ela… sentido algo?

— A reunião ocorreu aqui nesta sala? — perguntou Vaudeline.

— Sim. Nós arranjamos as cadeiras em um círculo em volta da mesa. O sr. Volckman se sentou aí onde está e continuou aí até… — Mais uma vez, a sra. Gray hesitou. — Bem, um dos outros homens da Sociedade disse que tinha um detector magnético que queria usar no lugar onde meu marido dormira pela última vez. Isso foi no quarto, no andar de cima, é claro, e, contrariando meus instintos, eu me ofereci para mostrar a ele. Só vi o sr. Volckman de novo uns dez minutos depois, quando ele veio checar como estávamos.

Vaudeline estava com as mãos firmes nos apoios de braços da cadeira e os apertou suavemente. Isso lembrou Lenna da noite anterior, de pele e hematomas. Corando, ela desviou o olhar.

Vaudeline se levantou, assentindo para a sra. Gray.

— A senhora nos mostraria esse quarto?

O sr. Morley se ergueu de sua cadeira, mas Vaudeline esticou a mão.

— Eu me referi a mim e à srta. Wickes. — Então, antes que ele pudesse protestar: — Não revelarei nada confidencial, sr. Morley. Meu objetivo é conseguir informações, não compartilhar.

Resignado, ele voltou a se sentar.

As mulheres deixaram a sala. No corredor, os olhos de Lenna caíram sobre um relógio de parede, que mostrava ser três e meia. Ela franziu o cenho, imaginando que estivesse quebrado. Então, lembrou que sua mãe e tia Irene haviam feito isso também: o costume de ajustar os relógios para a hora da morte do falecido. Dez e meia para Evie. Foi o melhor palpite da polícia para a hora em que ela havia morrido.

Vaudeline fez uma pausa.

— O sr. Volckman subiu, mas não usou a escada principal. Ele usou a escada de serviço, ali.

Os olhos da sra. Gray se arregalaram.

— Sim, é verdade. A escada principal acabara de ser pintada. Nós a tínhamos isolado naquele dia. — Elas seguiram para os fundos da casa e subiram os degraus.

No caminho, Vaudeline tocou algumas coisas: um arranhão no corrimão, a estante em uma alcova.

— Um detector magnético — disse ela para Lenna em um sussurro. — Que farsa.

No segundo andar, elas passaram por um corredor estreito, virando à direita em um quarto de tamanho médio. As cortinas estavam fechadas ali também. Vaudeline parou diante da porta, tocando uma pequena mácula no batente de madeira.

A sra. Gray balançou a cabeça, incrédula.

— Quando o sr. Volckman subiu atrás de nós, ele tocou essa mesma marca na madeira. Até comentou sobre ela.

— Eu estou seguindo a energia dele — disse Vaudeline, sombria. — Ela é muito forte aqui.

Lenna não conseguia negar a cena que se desenrolava diante dela. De fato, desde que chegaram na casa, parecia que Vaudeline sabia de coisas, ou percebia coisas, que eram invisíveis aos outros. E não parecia ser atuação ou performance de forma alguma.

— Por que a energia dele estaria tão forte? — questionou ela, a primeira coisa que falou desde que tinham chegado.

— As energias ficam mais poderosas quando alguém está em dificuldades, sob a força de alguma paixão ou mesmo com muita raiva — respondeu Vaudeline.

Isso deu a Lenna muito em que pensar. O que Evie sentira nos minutos antes de sua morte? Será que seu estado mental no momento atrapalharia ou ajudaria sua futura reunião mediúnica?

— Pensando naquela noite — disse Vaudeline para a sra. Gray, —, o sr. Volckman parecia temperamental ou agitado?

— Perturbado, eu diria. — A sra. Gray se sentou na borda da cama de dossel, curvando-se de leve para a frente. — Veja, quando ficou claro que a reunião mediúnica estava terminando e não tínhamos contactado meu falecido marido, o membro da Sociedade que liderou o evento, um tal sr. Dankworth, me informou que sua monstruosidade magnética funcionava melhor no quarto do falecido.

Lenna sentiu um aperto no estômago. *Sr. Dankworth?* Esse era o mesmo homem que liderara a reunião para Eloise.

— Lá embaixo, eu conseguia ouvir os outros homens saindo de casa e fazendo planos de se encontrar mais tarde, em uma festa — relatou a sra. Gray. — Enquanto isso, o sr. Dankworth parecia revitalizado, até mesmo frenético, ao tirar seu instrumento da caixa. Ele o colocou nesse gabinete e mexeu nele por um tempo.

— Lenna se aproximou da cômoda de jacarandá perto da entrada. Ali, flores murchas, amores-perfeitos e miosótis, se penduravam flácidas por cima da borda de um vaso cheio de água putrefata. Ao lado do vaso estava uma pilha de cartões de visita, com as bordas pretas. — Finalmente, — continuou a viúva —, a agulha começou a se mover e apontar para certas letras, e ele alegou interpretar seus movimentos. Insistiu que o espírito do meu falecido marido estava presente e, embora estivesse em paz, estava muito apreensivo com a minha solidão.

Lenna não conseguia acreditar no que estava ouvindo. Era absurdo pensar que qualquer dispositivo de metal pudesse comunicar algo assim. E o dispositivo havia feito uma declaração muito conveniente, ao menos para o sr. Dankworth.

A sra. Gray permaneceu na beirada da cama, o rosto entre as mãos.

— Ele continuou falando, alegando que essas palavras estavam se soletrando sozinhas no instrumento. Por fim, aquela coisa ficou quieta e o sr. Dankworth se sentou aqui, ao meu lado. "Você não quer que ele se preocupe com sua solidão, quer?", perguntou ele. E eu estava em tal estado, tão sobrecarregada e tão triste, e eles tinham me dado vinho demais no andar de baixo.

Ela ergueu os olhos, seu rosto vermelho e úmido.

— Ele se inclinou e me beijou e, embora eu tenha tentado empurrá-lo, não era páreo para ele. Eu me senti tão desorientada, e ele colocou suas mãos em mim, na minha cintura, e tentou me empurrar para a cama. Logo depois, escutei alguém vindo pela escada de serviço. Graças a Deus, era o sr. Volckman, perguntando se estava tudo bem. O sr. Dankworth num instante se afastou de mim. Quando o sr. Volckman passou pela porta, ele e o sr. Dankworth trocaram um olhar. Eu me pergunto agora se o sr. Volckman suspeitava que algo estava errado. De qualquer forma, ele estalou os dedos, disse que era hora de irem, e então eles se foram.

Enquanto a sra. Gray falava, Lenna contorceu o rosto, enojada, mas a expressão de Vaudeline era inescrutável. Ela tinha prática naquilo, fosse numa sala de reunião mediúnica ou conduzindo interrogatórios, parecia capaz de aguentar até a mais angustiante das revelações.

— Antes do sr. Dankworth deixar o quarto — prosseguiu a sra. Gray —, ele pediu uma gorjeta de dez por cento em cima do que já era uma soma exorbitante, considerando a reunião fracassada.

Quando me recusei a dar, ele me ameaçou, disse que alguns homens da Sociedade que trabalhavam como colunistas de jornal gostariam de saber disso, da minha natureza avarenta e do meu desejo de levá--lo para o quarto... — Ela balançou a cabeça. — Com que facilidade ele poderia ter distorcido tudo isso contra mim. Então eu dei o que ele pediu e lhe ordenei que nunca mais chegasse perto de mim.

Ela foi mais gentil do que Lenna teria sido. O sr. Dankworth havia se aproveitado da vulnerabilidade de uma mulher, lhe dado vinho demais e a forçado sobre a cama. Ele podia ir para o inferno, na opinião de Lenna. Toda essa bobagem a respeito de ímãs, agulhas e solidão... Malditos fossem esses homens, esses predadores gananciosos.

— O homem lá embaixo, o sr. Morley — disse Vaudeline. — Você o reconhece? Ele estava na reunião mediúnica?

— Não, estou certa de que ele não estava. — No andar de baixo, um cachorro soltou alguns latidos. — Ah, ele voltou de seu passeio. — Ela deu um pequeno sorriso, o primeiro que Lenna via. — É Winkle. Um momento, eu vou acomodá-lo. — Ela saiu do quarto e o som de seus passos reverberou pela escada de serviço.

— Foi o sr. Dankworth quem liderou a reunião mediúnica para minha amiga Eloise, anos atrás — sussurrou Lenna. — Não deu em nada. E, considerando tudo que a sra. Gray acabou de revelar não consigo não me perguntar se ele não é um dos trapaceiros da Sociedade.

— Sem dúvida. — Vaudeline fechou os olhos por um momento. — Estou horrorizada. Simplesmente horrorizada. Os rumores que ouvi ano passado eram uma coisa. O livro de presença das palestras, também, só indicava que os homens estavam aprendendo táticas fraudulentas. Mas o relato da sra. Gray? Ela é uma das vítimas, evidência do que eles fizeram com esses golpes. — Ela colocou uma das mãos sobre o estômago. — Está claro que o sr. Volckman suspeitava disso e estava tentando pegar os homens em flagrante. E graças a Deus a história do sr. Morley continua limpa também. Ele não estava nessa reunião, ou nas questionáveis palestras.

A sra. Gray voltou pouco depois com um pequeno pug preto enfiado embaixo do braço. Acariciando entre suas orelhas, disse:

— Me diga por que está fazendo isso, srta. D'Allaire. Por que resolver o assassinato de um homem que supervisiona uma organização tão lamentável? Por que lhe fazer qualquer favor?

Vaudeline deu um sorriso triste.

— É uma pergunta justa. Há pouco tempo eu descobri que a Sociedade não é tão correta quanto acreditava que fosse.

— Nisso, eu concordo com você. As mulheres estão comentando, sabe?

Vaudeline ergueu os olhos.

— Elas vêm comentando há um tempo.

A sra. Gray assentiu com dureza.

— A Sociedade foi uma organização de ótima reputação por muitos anos... caso contrário, eu não os teria contratado... mas, depois da reunião fracassada e do comportamento do sr. Dankworth, falei com a minha prima e algumas amigas. Embora nenhuma delas houvesse encomendado sessões, todas tinham ouvido histórias, rumores a respeito da Sociedade Mediúnica de Londres. Nada que pudesse ser provado, mas parece que eu não sou a única mulher de Londres de quem esses homens abusaram, financeiramente ou de outras formas. E é por isso, srta. D'Allaire, que preciso admitir que não estou nada triste de saber da morte do presidente deles. Espero que não tome minha frieza como indicativo de que eu estava envolvida na morte. É apenas evidência do mal que a Sociedade me causou.

— Claro que não — respondeu Vaudeline, sacudindo a cabeça. — Mas entenda, o sr. Volckman buscava livrar a organização desses malfeitores.

— Você acredita que um dos membros da Sociedade pode ser o culpado de sua morte, então?

— Possivelmente — afirmou Vaudeline —, mas é perigoso presumir coisas. A reunião mediúnica para ele acontecerá hoje mais tarde. Saberemos a verdade a respeito da sua morte em breve.

— Muito bem — disse a sra. Gray, levando as mulheres até a porta. O cachorro estava se agitando em seus braços, tentando se libertar. — Eu lhe desejo sucesso em sua reunião mediúnica e faço votos de que vocês duas cuidem uma da outra. Esses homens, eles não são confiáveis. Quem sabe o que estão dispostos a fazer? Minha prima diz que há rumores de que recrutaram uma cúmplice feminina, então quem sabe o...

— Uma cúmplice feminina? — interrompeu Lenna. Seu sangue gelou.

— É o que as pessoas dizem, sim. Ela é jovem, com olhos azuis impressionantes. Dizem que foi vista em alguns velórios, alguns funerais, e até apareceu disfarçada de rapaz em algumas reuniões mediúnicas. — A sra. Gray ergueu as mãos, então as deixou cair de novo. — Mesmo que seja verdade, eu não posso confirmar. Tenho certeza de que ela não estava aqui na véspera do Dia de Todos os Santos. Eu me lembro de todo mundo em volta da mesa. Eram todos homens, guardem minhas palavras.

Lenna se apoiou na cômoda. *Olhos azuis impressionantes.*

Evie. Só podia ser Evie.

Evie aprendendo os esquemas da Sociedade já era ruim. Mas isso? Isso era apavorante, a ideia de que ela vinha agindo como cúmplice e estava envolvida naquele comportamento manipulador e desonesto. E se alguém na Sociedade estava lhe dando acesso à organização, parecia plausível que a jovem e atrevida Evie estivesse dando algo em troca. Lenna levou os dedos aos lábios, sentindo-se tonta. Ela estava descobrindo mais coisas sobre Evie — após sua morte — do que desejara.

Talvez o pior de tudo fosse que a informação aumentava a rede de pessoas que podiam ser culpadas por sua morte. Se outros sabiam dela, se os rumores estavam se espalhando por Londres a respeito dessa cúmplice, então qualquer um podia tê-la matado. Qualquer um que quisesse vingança contra a Sociedade.

Afinal, Evie parecia ser uma vilã e tanto agora.

17

LENNA

Londres, domingo, 16 de fevereiro de 1873

O grupo se acomodou na diligência depois da visita à sra. Gray. Solene, Lenna olhou pela janela para o brilhante céu azul, ruminando a conversa que tinham acabado de ter com a jovem viúva. Fora alarmante de diversas formas e Lenna se pegou desejando mais do que qualquer coisa deitar em um quarto escuro e fresco.

O policial Beck passou um dedo pela cicatriz em seu queixo. Então resmungou algo a respeito de um café da manhã tardio na sede da Sociedade. O sr. Morley balançou a cabeça.

— Temos outro compromisso. A srta. D'Allaire gostaria de visitar a sra. Volckman — disse ele.

O policial Beck fez uma expressão de desgosto, os olhos arregalados.

— Estou faminto — reclamou. — E ficarei surpreso se os criados dela saírem para nos receber.

Vaudeline franziu o cenho.

— Por quê?

Beck hesitou por um momento.

— Ah, a polícia já foi bastante inconveniente com os interrogatórios. Ela sabe que a Sociedade tem feito seus próprios esforços também. Nós a incomodamos bastante. Ela mesma me disse, algumas semanas atrás, que está exausta dos nossos esforços e não tem nada mais a oferecer.

Qual o problema desses homens?, pensou Lenna. O policial Beck e o sr. Morley pareciam ignorar a ideia de que uma visita a uma viúva enlutada poderia servir para qualquer propósito além de um interrogatório.

— Eu não tenho nada para *pedir* dela — contrapôs Vaudeline. — Só quero transmitir minhas condolências a uma amiga. Você e o sr. Morley não precisam sair do coche, levarei apenas alguns minutos.

O policial Beck deu a ela um olhar cínico, então pegou a lousa.

— Muito bem — disse ele, pegando um pedaço de giz e rabiscando *Bruton Street, 14*. Ele empurrou a lousa para Bennett, sem fazer nenhum esforço para esconder sua irritação.

Eles chegaram à residência Volckman, uma casa de quatro andares do período Georgiano cuja fachada e entrada eram mantidas impecáveis. Vaudeline e Lenna saíram da carruagem, aproximando-se do pórtico flanqueado por enormes colunas brancas.

Parada diante da porta, Vaudeline tirou o chapéu e arrumou o cabelo. Ela bateu e, logo depois, a porta se abriu.

Uma criada usando um avental azul-claro abriu a porta. No mesmo minuto, ela exclamou:

— Srta. D'Allaire!

Vaudeline deu um sorriso caloroso.

— Srta. Bradley — disse ela, assentindo.

— Por favor, entre. — A srta. Bradley abriu a porta, examinando Vaudeline de cima a baixo como se não conseguisse acreditar que as duas estavam ali no mesmo espaço. — Você está em Londres. Eu… — Ela balançou a cabeça, visivelmente desorientada e encantada. — Deixe-me chamar a sra. Volckman. Um momento.

Menos de um minuto depois, uma mulher veio correndo sem fôlego pelo corredor. Usava um vestido de lã preta sem adornos.

Lã de merino, chutou Lenna, muito melhor do que qualquer coisa que ela própria possuía.

Ao ver Vaudeline, a sra. Volckman irrompeu em lágrimas. Ela esticou os braços e as duas se abraçaram por um longo tempo, ali na entrada. Vaudeline sussurrou algumas coisas no ouvido dela, mas Lenna só conseguiu ouvir poucas palavras: *Sinto muito... Enlouquecedor... Eu queria.*

Lenna aguardou ao lado, desconfortável, estudando a claraboia de vitral acima da porta e o papel com padronagem amarela nas paredes. Era um espaço arejado e alegre que contrastava com o encontro doloroso que acontecia diante dela.

Depois que as duas mulheres se separaram, Vaudeline apresentou Lenna e resumiu brevemente seu motivo para estar em Londres. Ela explicou que o sr. Morley e o policial Beck estavam do lado de fora, esperando no coche, e que ela os ajudaria com uma reunião mediúnica que iria, ela esperava, elucidar a morte do sr. Volckman.

— Não fazia ideia de que você tinha se envolvido — disse a sra. Volckman, seus olhos se enchendo de lágrimas de novo. — Que esperança terrível isso me dá... — Ela puxou um lenço, secou os olhos e se recompôs. Então perguntou a respeito dos trajes de Vaudeline e Lenna, obviamente disfarces.

Vaudeline hesitou, mas não disse nada sobre estar se escondendo de homens desonestos e perigosos da Sociedade. Em vez disso, apenas tocou a superfície da verdade.

— Como você bem sabe, eles não permitem que mulheres se envolvam nos assuntos da Sociedade. Nossa assistência ao sr. Morley, mesmo circulando pela cidade na diligência, não seria bem recebida.

— Entendo — disse a sra. Volckman. — Estou tocada, de verdade, por você assumir um risco desses para buscar vingança pelo meu marido. — Vaudeline baixou os olhos em silêncio. Lenna pensou mais uma vez no que Vaudeline dissera em Paris, após ler a carta do sr. Morley: *Não só fiquei sabendo da morte de um amigo, mas parece que os rumores que compartilhei com ele podem tê-lo levado ao túmulo.* Ela se perguntou se Vaudeline sofria desse remorso agora e, na verdade, se isso explicava sua insistência em visitar a sra. Volckman o mais rápido possível.

— Você gostaria de estar na reunião mediúnica? — perguntou Vaudeline.

A sra. Volckman pensou com cuidado por um momento.

— O sr. Morley e o policial Beck estarão lá, imagino?

— Sim, claro.

— E é hoje a noite? — Vaudeline confirmou e a sra. Volckman cruzou os braços, calando-se por um instante. Finalmente, ela respondeu: — Não. Não, devo recusar.

Isso surpreendeu Lenna. Ela temia o que poderia acontecer na reunião mediúnica ou quais informações seriam descobertas? Ou desgostava tanto daqueles homens que preferia abrir mão da reunião para o próprio marido a participar na companhia deles?

Não valia a pena se demorar nisso agora, Lenna sabia, e era injusto presumir os motivos da recusa. Era uma decisão da sra. Volckman, e apenas dela.

— Você não gosta dos homens, pelo que vejo — disse Vaudeline.

A sra. Volckman assentiu.

— O sr. Morley é irritante, mais do que qualquer coisa, especialmente quando está bêbado. Eu uma vez o peguei urinando em um vaso de plantas lá fora. Outra vez, ele pregou uma peça insensível em uma das crianças. — Ela deu um pequeno sorriso. — Perdoável, eu imagino. Mas o policial Beck? Até mesmo meu marido o achava perturbador. O que quer dizer alguma coisa, já que ele cuidava de uma organização cheia de homens peculiares.

— *Perturbador* em que sentido? — perguntou Vaudeline.

A sra. Volckman baixou a voz, olhando por cima dos dois ombros.

— Bem, sei que a polícia quase demitiu o policial Beck várias vezes. Ele foi pego aceitando propinas, falsificando relatórios. Ano passado foi investigado por agredir um colega.

Lenna se perguntou se a cicatriz escura no queixo dele tinha a ver com o conflito que a sra. Volckman acabara de mencionar.

Ela continuou:

— Como se isso não fosse suficiente, o policial Beck anda por aí com outro membro da Sociedade, um tal de sr. Dankworth...

—Ah! — exclamou Lenna, incapaz de esconder sua expressão de horror.

— O homem que a sra. Gray... — afirmou Vaudeline.

Lenna fez que sim.

— Farinha do mesmo saco, Beck e Dankworth — afirmou a sra. Volckman.

— É o que estamos vendo — comentou Vaudeline, com uma expressão perturbada. — Fico surpresa por sua criada ter nos deixado entrar. Fiquei preocupada que chegar na diligência da Sociedade não nos ajudaria. Pelo que ouvi, você está exausta dos infinitos interrogatórios.

A sra. Volckman inclinou a cabeça, franzindo o cenho.

— Como?

— O policial Beck informou que você já respondeu diversas perguntas a respeito da morte do seu marido tanto para a polícia quanto para a Sociedade — explicou Vaudeline.

— Isso não poderia estar mais longe da verdade. — A sra. Volckman afastou as mãos. — Respondi a algumas perguntas, sim, logo depois da morte do meu marido. Mas nem a polícia, nem a Sociedade vieram aqui desde então. Para ser sincera, achei que eles mostrariam mais preocupação do que mostraram.

Uma expressão de choque tomou o rosto de Vaudeline.

— Nem a polícia, nem a Sociedade vêm aqui há... meses?

— Correto.

Lenna e Vaudeline trocaram um olhar, essa informação contradizia o que o policial Beck relatara no caminho até ali. Ele havia dito a elas que falara com a sra. Volckman algumas semanas antes.

De repente, as três mulheres se sobressaltaram. Acima da cômoda alta ao lado delas, um relógio de parede soou a hora. O badalar era baixo e longo, e, quando terminou, Vaudeline dava um passo na direção da porta.

— Eles já devem estar impacientes a essa altura, estou certa — disse ela. Virou-se para a amiga e a abraçou uma última vez. — Eu voltarei logo, prometo.

A sra. Volckman assentiu com a cabeça.

— Foi muito bom te ver. E conhecê-la, srta. Wickes. — Ela deu um tapinha caloroso no braço de Lenna. Mas, enquanto elas caminhavam até a porta, a viúva pigarreou. — Só mais uma coisa, se me permitem.

— Claro — disse Vaudeline.

— Só queria dizer que estou preocupada com vocês duas. — Ela girou a aliança em volta do dedo, a ametista incrustada na joia refletindo a luz. — Prometam que serão cautelosas e cuidarão uma da outra.

— Prometemos — declarou Vaudeline. Ela arrumou o cabelo, o enfiou embaixo do chapéu e levou Lenna para fora.

A porta se fechou atrás delas.

— Cautelosas, de fato — disse Lenna, mantendo o rosto baixo. — Já pegamos o policial Beck em uma mentira. E o nome dele na lista de presença das palestras… — apontou ela. Vaudeline concordou com a cabeça. Ele parecia cada vez pior. Ele e Dankworth.

— Não consigo entender — comentou Vaudeline. — A Sociedade manteve uma reputação impecável durante anos. — Ela exalou com força. — Mas parece que existem mais máculas do que eu temia.

18

LENNA

Londres, domingo, 16 de fevereiro de 1873

Em frente à casa da sra. Volckman, o grupo se acomodou na diligência. Lenna mexia nos botões de seu casaco com certa agitação, pensando que agora voltariam para a Sociedade. Com as rédeas em mãos, o cocheiro esperava que um dos homens lhe passasse a lousa.

No banco entre o sr. Morley e o policial Beck havia uma pequena sacola de papel, a parte de baixo ensopada de gordura. O sr. Morley apontou pela janela: um vendedor com um carrinho de mão descia devagar pela rua, afastando-se deles e gritando para os passantes.

— Tortas de carne — explicou o sr. Morley. — Enquanto vocês estavam lá dentro, compramos meia dúzia, se quiserem uma.

— Um pouco duras — acrescentou o policial Beck, limpando uma mancha de molho marrom-claro dos lábios. — Mas ainda bem boas. — Ele estendeu a sacola, parecendo muito mais animado do que pouco antes.

As duas mulheres recusaram e Vaudeline pigarreou.

— Sr. Morley, um ponto a considerarmos. Volckman morreu em sua adega particular perto de Grosvenor Square.

Ele ficou imóvel.

— Sim, correto.

— O que quer dizer que, depois de ter deixado essa parte da cidade, seria de esperar que tivesse ido para o norte ou o oeste. Mas eu posso lhe garantir, com tanta confiança quanto senti refazendo os passos dele na casa da sra. Gray, que ele não foi para o norte ou o oeste. *Croyez-moi,* ele seguiu para o sul. Na direção de Picadilly.

Mais cedo, no final da visita, a sra. Gray havia elogiado muito a clarividência de Vaudeline, informando aos homens que a médium tinha de fato refeito o caminho de Volckman pela casa, passo por passo. Agora, o sr. Morley piscava atordoado, visivelmente surpreso com a sugestão de Vaudeline.

O policial Beck arrotou. Então enfiou a mão no saco de papel e pegou outra torta.

— Melhor irmos naquela direção, então, rumo ao Circus.

— Nós já nos arriscamos o suficiente — disse o sr. Morley, a mão pairando de forma protetora em volta do ombro de Vaudeline. — Não vou desfilar com ela em nossa diligência pela parte mais movimentada da cidade.

— A polícia questionou repetidas vezes o paradeiro de Volckman naquele dia. Isso poderia ajudar na investigação. — Com as mãos engorduradas, o policial Beck pegou a lousa, escreveu *Picadilly Circus* e então a passou para Bennett. — E ela está disfarçada, Morley. Não precisa ser melodramático.

O sr. Morley podia ser vice-presidente da Sociedade, mas o policial Beck era membro da polícia metropolitana. A tensão entre os dois homens era palpável, e Lenna desviou os olhos, desconfortável. O sr. Morley torceu as mãos, parecendo pronto para discutir mais, mas então a carruagem começou a se mover.

Enquanto seguiam, Vaudeline se inclinou para a frente com uma expressão de concentração. Um cílio longo caíra e estava pousado em sua bochecha, e Lenna precisou de um grande esforço para manter as mãos no colo e não limpá-lo.

Indo para leste, o sr. Morley ouviu mais algumas orientações de Vaudeline e as anotou na lousa. Eles passaram pelo Haymarket, então Leicester Square, e logo chegaram à agitada ponta norte de Covent Garden.

— Informe ao cocheiro que viraremos aqui — disse Vaudeline de repente.

Ao ouvir isso, os dois homens trocaram um longo olhar.

A diligência diminuiu de velocidade e virou. Então, os cavalos pararam. Lenna espiou pela janela, o coração martelando de repente. Na noite anterior, ao examinar o livro de registro, ela e Vaudeline haviam encontrado o nome de Evie no dia em que houvera uma palestra a respeito do estudo de caso da casa de tolerância.

E, para surpresa de Lenna, Bow Street, 22 era o endereço exato a que elas tinham chegado.

O policial Beck jogou a cabeça para trás e riu.

— Meu Deus, ele veio ao bordel — disse ele. — Que tolice nossa não ter considerado isso.

— Todos temos nossos vícios — acrescentou o sr. Morley, embora até ele parecesse surpreso.

Lenna hesitou ao sair da carruagem, perguntando-se que tipo de informação poderia ser obtida ali. A Sociedade havia não apenas feito uma reunião mediúnica em um bordel, mas o presidente aparentemente fizera uma visita ali no dia de sua morte.

— Vamos entrar — disse Vaudeline aos homens —, para um breve exame, como fizemos na casa da sra. Gray.

Qualquer que fosse o mistério que cercava aquele lugar, Lenna sabia que sua oportunidade de investigação seria curta. Era urgente que ela jogasse o jogo, fingindo nunca ter ouvido falar do lugar. Enquanto eles se afastavam do coche, ela assumiu uma expressão de curiosidade, como uma criança.

Elas se aproximaram da frente do bordel e Lenna deu uma olhada no prédio modesto. Tijolo escurecido por fuligem, cortado por diversas janelas arqueadas de painel único, finalizadas com um trabalho desinteressante de marcenaria. Um pássaro estava empoleirado em um peitoril, observando.

Um homem de meia-idade, o proprietário, imaginou Lenna, abriu a porta quando o sr. Morley bateu.

— Morley — disse o homem. Suas bochechas eram marcadas de cicatrizes, seu cabelo, oleoso e fino. — Já de volta?

O sr. Morley corou, apontando para as mulheres atrás de si.

— Peter, eu tenho um pequeno favor para lhe pedir — falou ele, antes de explicar que a visita estava relacionada à morte de Volckman e a algumas novas técnicas comunicativas que a Sociedade pretendia testar.

Peter franziu o cenho.

— Eu não tenho problema com elas dando uma olhada, mas o sr. Volckman não…

Vaudeline deu um passo à frente.

— Por favor, seremos breves — interveio ela, colocando a mão no braço de Peter com delicadeza.

Ele olhou para os dedos dela como se uma mulher não o tocasse havia anos. Assentiu, tenso, e deixou que o grupo passasse, cruzando os braços por cima de seu colete das cores de um pavão que parecia ter sido descartado por algum criado. Quando Lenna passou por ele, seus olhos passearam por ela.

— Por que elas estão vestindo roupas de homens? — resmungou ele.

— Deixe para lá, Peter — pediu o sr. Morley. — Não importa.

Uma vez lá dentro, os olhos de Lenna precisaram de um momento para se ajustar. Apesar do sol brilhante da manhã lá fora, o saguão onde agora se encontravam estava terrivelmente escuro. A hora poderia passar pelo crepúsculo: alguns lampiões estavam acesos na sala de visitas e na sala de estar, enquanto cortinas pesadas e descombinadas haviam sido fechadas em ambos os cômodos. O chão de madeira estalou sob os pés de Lenna quando ela avançou.

Na sala de visitas, uma pintura a óleo empoeirada estava pendurada torta na parede. Manchas escuras maculavam o encosto estofado de um divã próximo, e um inseto, achatado e cor de ferrugem, se arrastava para dentro de uma costura. Lenna desviou o olhar com uma careta. Chamar o lugar de pouco convidativo seria um elogio; era decrépito, repulsivo.

Mas não para Vaudeline, ao que parecia. Ela começara a correr as mãos por uma das paredes, ignorando o gesso que se soltava em alguns lugares, enquanto olhava curiosa para a escada que dava acesso ao segundo andar. O sr. Morley e o policial Beck observavam atentos os movimentos dela. Era como ela agira na casa da sra. Gray.

Um movimento na sala de estar chamou a atenção de Lenna, assustando-a. Sentada em um sofá de dois lugares, uma jovem usando um vestido preto desbotado segurava uma taça, girando-a levemente. Seu corpete tinha um decote baixo e ela não usava sapatos ou meias. A barra do vestido ficava acima de seus tornozelos pálidos e grossos. Ela notou Lenna olhando-a e sorriu.

— Eu sou a Mel — disse ela, olhando nos olhos de Lenna. — E você?

— L-Lenna. — A palavra saiu balbuciada, hesitante e cheia de desdém por aquele lugar.

Sabendo que Evie havia assistido a um estudo de caso a respeito de uma reunião mediúnica da Sociedade feita naquele bordel, Lenna se perguntou como poderia pedir mais detalhes sem atrair atenção. Ela foi na direção do sofá e sentou-se bem na beirada dele, apesar de seu desdém.

No outro cômodo, Peter havia chamado o sr. Morley e o policial Beck até um aparador, onde agora oferecia aos visitantes um decantador com um líquido cor de urina.

— Eu reconheço o mais baixo — disse Mel. — Sr. Mott-alguma--coisa?

— Sr. Morley — corrigiu Lenna, presumindo que ela o reconhecia porque era um cliente habitual. Mas o que Mel revelou em seguida a pegou de surpresa.

— Ele esteve em uma reunião mediúnica aqui, no verão passado. — Mel girou sua taça de novo e deu um gole. — Embora a expressão *reunião mediúnica* não seja justa. Uma farsa, a coisa toda. Cheia de truques.

As sobrancelhas de Lenna se ergueram. Ela aproveitou a oportunidade, por mais breve que fosse.

— Deixe-me adivinhar. — Ela pensou na visita à casa da viúva. — Eles não encontraram nenhum fantasma e em vez disso tentaram seduzir as mulheres daqui?

— Precisamente. — Mel manteve a voz baixa. No outro cômodo, os homens ficaram animados e começaram a rir enquanto folheavam o catálogo que Peter puxara de uma gaveta.

Mel se inclinou para a frente e apoiou sua taça no chão ao lado dos pés descalços.

— Nossa velha madame, Betty, faleceu no verão passado... em julho. Uma das garotas a encontrou morta no jardim dos fundos. Ela estava separando bulbos de lírios. Achamos que ela tropeçou e bateu a cabeça em uma pedra. Ela amava flores. — Mel remexeu na barra do vestido, passando a unha pelo tecido. — Nós contratamos a Sociedade Mediúnica de Londres para dar um último adeus. No final, nenhuma de nós pode fazer isso. Ainda não fizemos. — Ela se recompôs, se endireitando no lugar. — Peter é o filho da Betty. Você nem imagina o quanto ele é horrendo.

— E você disse que o sr. Morley estava nessa reunião mediúnica? — Lenna pensou no que Mel dissera um momento antes: *Uma farsa, a coisa toda. Cheia de truques.* Ela se perguntou que papel ele tivera na reunião mediúnica. Fora um observador? Estivera na mesa da reunião ou só acompanhando de fora?

— Ah, sim — respondeu Mel, decidida. — Mas ele não estava só presente. — Ela baixou a voz ainda mais. — O sr. Morley conduziu a coisa toda.

19

 SR. MORLEY

Londres, domingo, 16 de fevereiro de 1873

Parado com o policial Beck e Peter perto do aparador, eu espiava o outro cômodo. A srta. Wickes estava conversando com uma das meninas do bordel.

Subitamente, ela olhou na minha direção.

Nossos olhares se cruzaram. Eu dei um gole no conhaque, examinando-a por cima do copo. Vinha vigiando a srta. Wickes e a srta. D'Allaire ao longo de toda a manhã, mesmo que elas não estivessem cientes disso.

Na casa da sra. Gray, por exemplo. Depois que subiram pelas escadas dos fundos, eu fui logo atrás. Não peguei a escada de madeira dos criados, mas os degraus acarpetados que saíam do saguão, o que me permitiu subir sem ser notado. O policial Beck me viu fazer isso com uma expressão inescrutável no rosto — achando graça, talvez, ou nervoso? Não importava. Eu me escondi no corredor em frente ao quarto em que as mulheres estavam, enquanto toda a maldita conversa acontecia. Ouvi pedaços do que a sra. Gray compartilhou com as outras duas: alguns detalhes a respeito do instrumento magnético de Dankworth. *Quem sabe o que estão dispostos a fazer?*, dissera ela.

Agora eu me pergunto o que a menina pode estar dizendo para a srta. Wickes. Que suspeitas ela também pode estar relevando.

Todas essas conversas a respeito de trapaceiros e truques. A srta. Wickes e a srta. D'Allaire já montaram o quebra-cabeça?

Tinham alguma ideia de que o ilusionista da Sociedade era... eu?

O Departamento de Espiritualismo era minha responsabilidade, afinal, e a missão da Sociedade dizia *paz* e *satisfazer a curiosidade*.

Ninguém dissera nada sobre *verdade*.

E ilusão? Era suficiente, fazia o serviço.

Eu era muito bom com minhas fraudes. Estudei as miragens teatrais, as formas pelas quais a luz podia enganar o olho. Mantinha os amigos certos também: limpadores de chaminé que pegavam uma moeda e escondiam atrás das paredes; ventríloquos que sussurravam do outro lado da mesa da reunião mediúnica; artistas de vaudeville que agiam como se enfeitiçados.

Os outros membros do departamento estavam cientes desses artifícios, claro. Mas cada um deles assinara um juramento, concordando em nunca revelar o que viram nas reuniões ou o que poderiam suspeitar. Não lhes era permitido discutir nada, nem entre eles, nem na presença do sr. Volckman, e certamente não perto de qualquer pessoa do Departamento de Clarividência.

Foi por isso que contratei Bennett para dirigir nossa diligência. Um cocheiro inevitavelmente escuta algumas coisas intrigantes ou peculiares. Eu aprendera isso da pior maneira e não cometeria o mesmo erro de novo.

Caso os membros do meu departamento quebrassem seu juramento de discrição, eles conheciam o poder que eu possuía. Eu podia fabricar uma dívida não paga, difamá-los nos jornais, expulsá-los da Sociedade. E, se fossem expulsos, pense em tudo que perderiam. As festas exclusivas, os camarotes no teatro, os dividendos.

Tudo que eles precisavam fazer era *cooperar*. Não era algo tão terrível de se pedir.

Dos membros do meu departamento, havia uns poucos — como o sr. Dankworth — que eu considerava hábeis e confiáveis o suficiente para executar os esquemas por conta própria. Comecei a dar palestras particulares para esses membros, ensinando meus métodos e técnicas. Mais fraudadores significava mais dinheiro, dividendos melhores. E eu não tinha tempo para estar em todas as reuniões mediúnicas, de qualquer forma. Se um compromisso mais atrativo aparecesse para a noite, eu ficava satisfeito em deixar um membro como o sr. Dankworth liderar a reunião.

Mas aqueles rumores enfadonhos começaram a borbulhar e houve aquela conversa com Volckman, em que ele ameaçou me expulsar se eu não resolvesse o problema no meu departamento.

Minhas técnicas, imagino, ficaram descuidadas com os anos. Deixei que meus homens se tornassem descarados demais nos flertes após as reuniões mediúnicas. Fui rápido demais ao declarar o significado de um tremeluzir de chama em uma reunião. Confiante demais ao ler a mensagem em uma folha de papel para truques.

A raiz do problema, a mácula na reputação impecável da sociedade, era *eu*.

20

LENNA

Londres, domingo, 16 de fevereiro de 1873

*E**le conduziu a coisa toda.*
   Sentada no sofá da Bow Street, 22, Lenna ficou boquiaberta com o que Mel acabara de lhe revelar. Ela se empertigou, pronta para fazer mais perguntas, incluindo se alguém de estatura baixa e olhos azuis havia participado da reunião fraudulenta liderada pelo sr. Morley, mas o som de passos as interrompeu. Lenna se virou e viu duas pessoas descendo as escadas: uma mulher saltitando suavemente pelos degraus e, atrás dela, um cavalheiro corado se atrapalhando com o fecho das calças. Peter correu até eles e houve uma rápida movimentação de dedos enquanto o dinheiro trocava de mãos. Peter embolsou tudo.
   — Como pode ver, estamos todas de luto. — Mel apontou com a cabeça para a garota que acabara de descer. Ela também usava um vestido preto, embora não estivesse nem de longe tão desbotado quanto o de Mel. — Peter implorou para tirarmos os vestidos coloridos do armário. Ele insiste que as regras do luto não se aplicam a um prostíbulo. Ele usa aquele colete para *animar o lugar,* como ele diz. Horrível, não é?

A garota que descera viu Mel e sorriu. Então foi até lá e se sentou de pernas cruzadas no chão à frente delas. Apresentou-se como Bea. Do outro lado do corredor, na sala de visitas, Vaudeline estava se inclinando para a lareira, estudando a madeira e inspecionando os restos de carvão. Que estranhos, os métodos e as técnicas dela. E ali no bordel ela parecia estar se movendo especialmente devagar...

— Pão-duro, aquele ali — sussurrou Bea, apontando para o homem com quem estivera lá em cima. Ele estava pegando o casaco, pronto para sair. — Me passou só metade da gorjeta que prometeu.

Mel apertou a mão de Bea.

— De quanto você precisa?

Bea apertou os lábios.

— Três xelins. — Ela se virou para Lenna. — Minha mãe ficou doente há pouco tempo e não tem fundos para comprar o remédio de que precisa. Eu mando para casa o que posso. — Ela se virou para olhar os recém-chegados conversando com Peter. — Eles já encontraram uma garota?

— Ah, não é para isso que estamos aqui — gaguejou Lenna. Que constrangedor ter Bea pensando que elas acompanhariam aqueles homens em uma visita a um bordel.

Mas Bea já estava se levantando do chão e examinando os homens.

— Ela é determinada — disse Mel com tristeza enquanto a garota se aproximava dos homens. — Ela e a mãe são muito próximas.

Lenna admirava o foco de Bea, mas nunca iria funcionar. Não havia a menor chance de o policial Beck ou o sr. Morley tirarem os olhos de Vaudeline e Lenna.

Bea se aproximou dos homens ao lado do aparador e removeu o xale preto desbotado que cobria seus ombros. Eles, por sua vez, a encararam, parecendo hipnotizados pela pele pálida e nua de seus ombros. Até mesmo Peter pareceu surpreso: talvez não esperasse que aquela estranha visita lhe rendesse algum dinheiro.

Bea tinha outras ideias, pelo visto. Ela deu uma longa olhada para o policial Beck. Então pegou o copo dele — parecia que tinha rejeitado o conhaque e aceitado apenas água — e deu um gole longo e demorado. Ela colocou os lábios suavemente sobre os dele. Lenna, lembrando-se de como o policial devorara com gulodice as tortas de carne no caminho, conteve uma careta.

Bea se afastou do beijo e se virou para o sr. Morley como se estivesse prestes a repetir o gesto. Ele estendeu uma das mãos.

— Não — disse ele. Ele se virou, dando um olhar de esguelha para Lenna. — Não na frente delas.

O rosto de Peter se contorceu em uma expressão de nojo.

— Não acredito que vai rejeitá-la. — Ele enfiou a mão no bolso, brincando com as moedas ali dentro.

De repente, a porta da frente se abriu. Dois homens amarrotados, entraram cambaleando na casa. Peter os examinou com cautela.

— Cristo — resmungou. — Esses dois costumam causar problemas. — Ele foi na direção deles, endireitando os ombros.

O policial Beck nem os notou.

— Não vou rejeitar a garota — gritou ele para Peter antes de subir e descer os olhos pelo torso de Bea. Ela sorriu para ele. Então o pegou pela mão e começou a puxá-lo.

— Beck — disse o sr. Morley, espalmando as mãos. — Na frente das damas, meu Deus… — Ele fez um gesto na direção de Vaudeline e Lenna.

— As srtas. D'Allaire e Wickes não são tontas — respondeu Beck, sua voz frustrada. Parou no pé da escada, seu corpo virado para o grupo. — Elas sabem o que acontece aqui. Peter te cumprimentou como um velho amigo, de qualquer forma.

— Qual o problema? — interrompeu um dos recém-chegados, sua voz arrastada. Ele estava bêbado, muito bêbado.

— Nada que seja da sua conta — respondeu Peter, colocando a mão no ombro do homem. — Escute, que tal voltar mais tarde? Daqui uma hora mais ou menos?

— Que tal não? — respondeu o homem, passando por Peter. Ele esfregou as mãos. — Vai ter briga? Eu aposto nele. — Ele apontou para o policial Beck. — Vamos lá, cavalheiros. Me deixem ver.

A sala ficou silenciosa, todos os homens se olhando. Finalmente, Peter quebrou a tensão fazendo um gesto de cabeça para o policial Beck.

— Vá em frente. O resto de nós, cavalheiros, vamos sair, tomar um ar, beber alguma coisa.

Dessa vez, o sr. Morley não recusou. Ele seguiu Peter e os dois recém-chegados por um corredor que levava aos fundos do prédio. Lenna ouviu uma porta se abrir e fechar no andar de cima.

Com os homens fora, o ar na sala pareceu mais leve e fresco.

Vaudeline se afastou da lareira e se juntou a Lenna.

— Conseguiu o que precisava? — perguntou Lenna.

— Depende. E você?

— Não, eu… — Lenna parou de falar, com o cenho franzido. — O que quer dizer com *depende*?

Mas Vaudeline só olhou para ela. De repente, a boca de Lenna se abriu.

— Certo — prosseguiu Vaudeline, com um pequeno sorriso. Ela baixou a voz até um sussurro. — Eu inventei toda essa história do sr. Volckman ter vindo até aqui. Quem disse que não temos nossos próprios truques?

Vaudeline armando uma farsa: a maior das ironias. Lenna sentiu um impulso súbito de puxá-la pela gola do casaco e beijá-la com força.

Embora impressionada por sua ousadia, Lenna agora sentia que tinha o dever de usar aquele tempo com sabedoria. Ela se virou para Mel, falando com rapidez.

— A reunião mediúnica. Pode nos contar mais sobre ela?

— Venham aqui — pediu Mel, fazendo um gesto para chamar as mulheres. Elas foram até onde os homens estavam alguns minutos antes e Mel abriu a gaveta do meio do aparador. Passou para Lena uma vela gasta, já parcialmente queimada. — Eles deixaram as velas aqui. Dê uma olhada nessa.

Lenna girou a vela cor de creme nas mãos, franzindo o cenho.

— Eu deveria estar procurando por alguma coisa? — perguntou ela.

— Me deixe ver — disse Vaudeline. Ela pegou a vela, então passou a unha por cima de uma linha sutilmente desbotada na cera, que descia por um dos lados. — Uma vela para truques — concluiu.

— Certo — concordou Mel. — Nós suspeitamos da mesma coisa quando, no meio da reunião, fomos cercadas por um aroma forte de tulipas.

— Eu não entendo — disse Lenna, olhando de novo para a vela. — Tulipas? Vela para truques?

— Odores podem sugerir uma manifestação bem-sucedida — explicou Vaudeline. — Mas são fáceis de falsificar em uma reunião mediúnica. Só é preciso fabricar ou comprar o tipo certo de vela. Normalmente elas vêm com uma camada de cera de abelha e então uma camada de cera perfumada. Para as pessoas na sala parece que nada mudou, que a vela está apenas derretendo, mas a mudança súbita no aroma do espaço é um truque convincente. Fraudadores hábeis empregam um perfume que o falecido usava. Uma fragrância favorita, por exemplo. Imagine estar em uma sala de reunião e ela de repente é preenchida com o cheiro do perfume de seu falecido marido.

— Ah — disse Lenna. — Sim, seria bem convincente. — Ela examinou Vaudeline com cuidado, maravilhada com o quanto ela sabia a respeito de todos aqueles esquemas. Ela parecia conhecer todas as cartadas existentes. Sem falar que acabara de dar seu próprio golpe nos homens, e a atuação fora boa. Um pouco boa demais, se Lenna fosse ser honesta consigo mesma. Ela ignorou o nó de apreensão que começara a deixá-la nervosa.

Vaudeline se virou para Mel.

— Mais alguma coisa?

Mel fez que sim.

— Havia um fotógrafo aqui durante a reunião e os homens nos trouxeram a fotografia revelada na semana seguinte. Eles disseram que era prova de que eles tinham invocado Betty, mas pediram mais dinheiro antes de mostrá-la para nós.

Os olhos de Vaudeline se estreitaram.

— Você tem a fotografia?

Mel fez que sim outra vez, colocando a vela de volta no aparador.

— Vou encontrá-la, só um momento.

Quando ela saiu, Vaudeline se virou para Lenna.

— Uma verdadeira liga de ilusionistas — concluiu ela em voz baixa. — Como Volckman não sabia o que estava acontecendo bem debaixo do seu nariz?

Mel voltou, segurando algo junto ao peito. Ela estendeu a foto e Vaudeline pegou a impressão quadrada. Nela, várias meninas do bordel estavam em volta de uma mesa. Lenna reconheceu as pinturas nas paredes: a foto havia sido tirada na sala de estar, onde ela estivera sentada antes. Na imagem, as meninas pareciam solenes e chorosas, além de ansiosas. A expressão lembrou Lenna daquela no rosto da mãe da garota assassinada na reunião mediúnica no castelo, em luto com uma sombra de esperança.

De um lado da imagem, flutuando um pouco acima do chão, estava a forma embaçada e diáfana de uma mulher. Seu cabelo parecia claro e ela usava um vestido de renda fino e pálido.

— Não dá para ver muito bem o rosto dela — disse Mel, — mas Betty tinha cabelo preto. Sem falar que nunca usaria um vestido tão feio. A fotografia é falsa, sem dúvidas.

Lenna pediu para ver a fotografia, então a virou. Ela leu o carimbo do fotógrafo no verso: *Estúdio do Sr. Hudson, Holloway.* Tocou o carimbo com o dedo, pensando que o nome era vagamente familiar. De repente, ela se lembrou. Era o estúdio que Evie mencionara enquanto lia a revista *O Espiritualista* no ano anterior.

— O estúdio foi fechado — afirmou Lenna, lembrando-se de sua conversa com Evie. — O proprietário tinha sido acusado de sobrepor imagens nas fotografias. — Ela devolveu a foto, lembrando-se de como Evie falara desse sr. Hudson quase de maneira defensiva. Será que estava em conluio com ele também? Ou com o fabricante de velas ou qualquer outro trambiqueiro contratado pela Sociedade Mediúnica de Londres? Ela passou a mão pela nuca, exausta de repente.

Vaudeline apontou com a cabeça para a fotografia.

— Você disse que eles pediram mais dinheiro por ela?

Mel fez que sim.

— A gente já tinha juntado nosso dinheiro para a reunião mediúnica. Ainda assim, faltou. Na noite da reunião, os homens disseram que podíamos compensar o que faltava com outro tipo de… pagamento. É o que fazemos aqui, afinal. — Um lampejo de vergonha cruzou o rosto de Mel. — Na semana seguinte, eles voltaram com a fotografia. Mas só mostraram quando algumas das meninas concordaram com outro encontro.

Lenna ouviu passos vindo dos fundos do prédio. Ela precisava perguntar a respeito de Evie, rápido.

— Mel — começou ela —, preciso de sua ajuda com uma coisa, por favor. Minha irmã, bem, acredito que ela estava envolvida com a Sociedade de alguma maneira. Aprendendo com eles, ou talvez até mesmo ajudando-os. Será que não havia ninguém na reunião que te pareceu deslocado? Uma jovem disfarçada com roupas de homens?

Mel ergueu as sobrancelhas.

— Evie, você quer dizer?

Um tremor invisível correu pelo ar e os joelhos de Lenna fraquejaram. Vagamente, ela sentiu Vaudeline segurar seu cotovelo.

—S-sim — gaguejou ela. — Evie. Você a conhece?

— Claro. Ela estava aqui durante a reunião, usando roupas de homem como vocês. Olhos inconfundíveis, porém. Uma das garotas a reconheceu, elas tinham se encontrado em uma loja mística na Jermyn Street.

— Sim — disse Lenna. — Evie estava sempre lá.

Mel balançou a cabeça, como se lembrando de algo ruim.

— Manipuladora, aquela lá.

Lenna se firmou no aparador. Evie estivera ali, no bordel, disfarçada. Em uma reunião mediúnica cheia de truques. Era exatamente como a viúva, a sra. Gray, dissera.

— Evie é minha irmã — disse Lenna, sua voz mais urgente agora. — Ela voltou com os homens quando eles trouxeram a fotografia?

Mel inclinou a cabeça para um lado, sua expressão perplexa.

— Se ela é sua irmã, você mesma não pode perguntar a ela?

Lenna mordeu o lábio inferior e balançou a cabeça.

— Evie foi morta na véspera do Dia de Todos os Santos.

A fotografia na mão de Mel flutuou para o chão e ela cobriu a boca com as mãos.

— Ah, ah, nossa... — Ela piscou diversas vezes, uma expressão atordoada no rosto. — Eu sinto muito mesmo. Embora, considerando sua conexão com a Sociedade, eu não posso dizer que esteja tão surpresa assim.

21

SR. MORLEY

Londres, domingo, 16 de fevereiro de 1873

Peter e eu levamos os dois bêbados pela porta dos fundos, até o jardim. Foi preciso um grande esforço para mantê-los tranquilos, estavam inebriados demais para aquela hora do dia, ávidos por qualquer briga, não importava com quem.

Uma vez que os ânimos se acalmaram, Peter conversou com os homens em uma mesa sob a treliça de heras, enquanto eu fazia o pequeno circuito do jardim, sem admirar nada nele. Havia lembranças demais pairando sobre aquele lugar.

Lembranças e erros.

Conforme meu verão com Evie progredia, notei algo peculiar. Por mais documentos ou assim chamados implementos para caça de fantasmas que eu colocasse diante dela — e por mais absurdos que fossem —, ela sempre os examinava com cuidado, sem julgamento ou acusação. A palestra sobre ectoplasmas, por exemplo. Era óbvio que a substância que eu deixara na mesa era uma mistura de fécula de batata e clara de ovo. Dava para sentir o cheiro de ovo podre, pelo amor de Deus, porém Evie não havia sequer estreitado os olhos.

As cornetas espirituais que ela pedira para ver não possuíam mais capacidade de transmitir sons do que o cachimbo de cerâmica pendurado na minha boca, e quaisquer sons que viessem delas se deviam aos barulhos ambientes que ecoavam pelo quarto, a rua e por aí vai. Evie devia saber disso. A garota era esperta demais.

Ainda assim, ela continuava voltando em busca de mais. As palestras, especialmente. Eu a deixava sentar nos bastidores, onde ela não seria vista pelos outros participantes. Ela se maravilhava com essas horas de discussão, sempre me perseguindo com diversas perguntas inteligentes a respeito dos instrumentos e se qualquer coisa dita poderia ser corroborada. Eu a lembrei uma vez que, embora minhas técnicas não fossem comprováveis, elas não eram *improváveis*. Era tudo que importava, não era?

Ela concordava com a cabeça.

Sua avidez por informação se tornou uma espécie de jogo para mim. Eu desvelava técnicas e mais técnicas, algumas bastante disparatadas, e, maldição, ela entrava magnificamente no jogo.

No início eu me perguntei o que ela buscava. Ela deixara claro que só tinha um pouco a ver comigo. Então, no meio do verão, ela me contou a respeito do negócio de mediunidade que pretendia abrir no ano seguinte. Tudo fez sentido, então. Ela deveria ter visto a vantagem da fraude — não apenas o dinheiro envolvido nisso, mas a facilidade com que podia ser feito. Os enlutados *queriam* acreditar no que se desdobrava em uma reunião mediúnica. O desespero tornava meu trabalho muito fácil.

E eu nunca me esqueci da vez que ela dissera: *Eu gosto de quebrar algumas regras, sr. Morley.*

Em certo momento, uma ideia se formou na minha mente. Com os rumores circulando, as comissões caindo e o sr. Volckman no meu pescoço, achei que Evie seria útil. Ela poderia atrair uma clientela nova. Poderia dissipar rumores em funerais e criar histórias de satisfação com nossos serviços. Mais importante, ela poderia questionar a difamação que ocorria nas salas de velório — convencer os enlutados de que o luto havia cegado seus sentidos, atrapalhado sua racionalidade.

Evie era o que eu precisava para secar a fonte de fofocas. Viúvas ricas acreditariam em uma pessoa vulnerável, uma pessoa acessível. Alguém como Evie. Ela poderia abafar os rumores, com certeza.

Imagine os truques que poderiam ser executados nas salas de viúvas com uma cúmplice como Evie ao meu lado!

Então chegou a ocasião tão esperada, a noite em que Evie e eu fizemos amor pela primeira vez. A noite em que ela implorou para que eu a deixasse ir a uma reunião mediúnica.

Depois de concordar com seu pedido, passei um tempo considerável examinando os compromissos futuros do Departamento de Espiritualismo. Eu me decidira pela reunião na casa de tolerância, achando certa graça no fato de que meu departamento trabalhava em ambientes muito mais interessantes do que qualquer coisa que Shaw fizesse no Departamento de Clarividência. Tão limpo o lado dele das coisas. Aqueles membros preferiam festas e feiras a prostíbulos.

O evento na casa da Bow Street, 22 estaria bastante movimentado. Haveria muitas garotas, vários membros da Sociedade. Isso era importante, para distrair a atenção do rapaz disfarçado.

Contei a Evie do plano vários dias antes e usei a oportunidade para fazer a pergunta sobre a qual vinha ruminando havia algumas semanas: o que Evie pensava a respeito do que realmente acontecia no Departamento de Espiritualismo. Antes de propor qualquer coisa a respeito de ela se tornar uma cúmplice, eu precisava que admitisse que sabia, e aceitava, nossas técnicas alternativas.

Comecei de forma bastante vaga:

— Evie, me diga o que você imagina para seu negócio de mediunidade.

Nós estávamos em nosso lugar de costume, meu escritório. Eu folheava alguns recibos antigos enquanto ela examinava seu caderno com uma expressão pensativa. Ela sempre protegia aquela coisa de forma especial, mantendo-o virado para que eu não pudesse ter sequer um vislumbre do que havia ali. Não que eu me importasse com as reflexões insignificantes de uma mulher.

Ela ergueu os olhos e inclinou a cabeça de lado.

— Ora, reuniões mediúnicas uma atrás da outra. Eu gostaria de levantar meu negócio nos moldes do de Vaudeline D'Allaire. Exceto que não limitarei minhas sessões a vítimas de assassinatos.

— Ela tem uma bela reputação — comentei. — Mas não tem sequer um gabinete, ouvi dizer.

— Nenhum truque na manga. — Evie me olhou nos olhos ao dizer isso, seu rosto inescrutável.

— Você não acha que ela usou um ou dois? Em todos esses anos? — Minhas palmas começaram a suar. Estávamos cada vez mais perto do tema.

— Imagino que não há como ter certeza, mas ela ganhou bastante dinheiro sem precisar de trapaças.

Dinheiro. Ali estava, minha pequena e gananciosa Evie.

— O que você faria — perguntei então — se suas habilidades não conquistassem tanto sucesso? Recorreria a trapaças?

Ela fez uma pausa, batendo com a caneta em seu caderno.

— Sim — respondeu ela. — Com certeza.

Quase bati nos joelhos, de tão encantado.

— E como você estudaria e praticaria tais trapaças?

Ela fechou seu caderno e se inclinou para a frente.

— Provavelmente, eu daria um jeito de aprender com o melhor. — Um dos cantos de sua boca se virou para cima.

Eu podia trabalhar com essas insinuações. Conhecia esse jogo melhor do que ninguém.

— E se tivesse a oportunidade de se juntar ao melhor? Não apenas para aprender, mas para trabalhar em conjunto? — Eu fiz uma pausa, observando-a com atenção. — Por uma boa soma de dinheiro, até.

A boca dela se abriu de leve, deixando a língua rosada visível.

— Que tipo de trabalho?

Dei de ombros.

— Alguém para espalhar comentários a respeito de nossa competência, para se gabar de tudo que conseguimos fazer em reuniões mediúnicas por Londres inteira. Alguém para visitar funerais e questionar insultos a nosso respeito.

Uma expressão pensativa tomou o rosto dela.

— Você precisa de uma atriz, então.

Aí estava.

— Uma atriz, sim, mas acima de tudo uma cúmplice.

Os olhos dela brilharam, cheios de malícia e juventude.

— E você continuaria a me dar acesso aos materiais de referência do departamento? Deixaria que eu frequentasse as reuniões mediúnicas?

Que corajoso da parte dela, virar a conversa como acabara de fazer. Agora não era mais hipotético. Não eram mais insinuações. Ela tinha trazido a questão para nós. Para *ela*.

— Sim, isso mesmo.

— E como eu saberia a quais funerais ir? Perguntaria por aí por minha conta, ou…

— Ah, não, de forma alguma. — Eu fiz um gesto com a mão, enfatizando o próximo ponto. — Eu te direi exatamente a quais eventos ir.

— E me *pagaria* por isso?

— Sim. E muito bem.

Ela começou a rir, balançando a cabeça como se não pudesse acreditar no que estava ouvindo. Eu a observei de braços cruzados, com a ligeira sensação de que havia deixado algo passar ali.

— Feito — disse ela finalmente. Então enfiou o caderno na bolsa e declarou que era hora de ir para casa.

A reunião mediúnica no bordel aconteceu no final de agosto. Quando a diligência deixou a sede, informei aos outros homens que um membro em potencial se juntaria a nós, um jovem estrangeiro com o qual eu fizera amizade em um bar de gim. Disse que ele quase não falava inglês, portanto não faria sentido envolvê-lo na conversa. Os outros membros não me questionaram. Meu papel como vice-presidente, e o juramento que eles haviam assinado, funcionaram ao meu favor naquele dia.

Evie, em um disfarce impecável, estava esperando em frente ao bordel, assim como o ventríloquo que havíamos contratado para a noite. Tudo correu bem lá dentro. Como tende a ocorrer com reuniões mediúnicas, começamos com uma discussão solene a respeito da forma como a falecida morrera. Nesse caso, a falecida era Betty, a antiga cortesã. Fomos informados que ela morrera no jardim nos fundos da casa, no dia 16 de julho, pouco depois do pôr do sol. A causa da morte era uma ferida indeterminada na cabeça: as garotas disseram que Betty tropeçara e caíra em cima de uma pedra próxima a seus pés.

Então seguimos para o jardim e montamos uma mesa com uma dezena de cadeiras ao lado da treliça de hera, mas nossas velas não se mantinham acesas por conta da brisa noturna — e, por Deus, eu precisava que elas ficassem acesas! Assim, passamos para a sala e depois disso as coisas seguiram bem.

Soltamos nossos murmúrios, demos as mãos, fizemos perguntas. Mantivemos o cômodo muito escuro, exceto pelas velas, e algumas das garotas ficaram bastante chorosas quando sussurros fracos começaram a emanar de um canto do cômodo — não por acaso, do lugar onde eu situara meu ventríloquo. O fotógrafo, o sr. Hudson, se manteve ao lado de seu tripé, tirando fotos.

Foi assim por vários minutos. Circulamos a mesa, então, e quem quisesse perguntar algo para o espírito estava livre para fazê-lo.

As garotas ficaram muito emocionadas, preocupadas apenas com a paz e o bem-estar de Betty. Os cavalheiros foram mais práticos, colocando questões a respeito do futuro do bordel. Eu perguntei a Betty se ela gostaria que o bordel permanecesse aberto e fiquei satisfeito quando ela respondeu afirmativamente. (Era do interesse do ventríloquo sussurrar *sim* para a minha pergunta, uma vez que ele próprio fazia algumas visitas ao bordel. Seu disfarce era impecável, porém. A barba colada quase me enganou.)

Quando esgotamos as perguntas, pedi às garotas um momento de silêncio. Na verdade, eu estava esperando que as velas queimassem. Eu as comprara de um fabricante novo na cidade, que eu jurara nunca mais visitar, pois elas duravam demais. Depois de uma demora maldita, a cera derreteu. Um aroma floral começou a pairar pelo cômodo e a reação no rosto das garotas, e até mesmo de alguns dos meus homens, foi espetacular.

Não resisti a lançar um olhar furtivo para Evie nesse momento. Ela puxara seu caderno e estava tomando notas. Parecia atenta, solene. Aquilo foi um grande incentivo para mim; durante toda a noite, ela havia encenado seu papel com perfeição.

Depois de algumas fotografias e resmungos sem sentido, a reunião mediúnica chegou à sua conclusão. Nós mencionamos o assunto do dinheiro. Não tínhamos dito uma soma antes do evento, sabendo que não importava quanto as garotas pagassem — garantiríamos que elas estivessem em dívida.

Quando elas nos contaram o montante que haviam juntado, alguns membros da Sociedade lamentaram de forma convincente o valor baixo, então sugeriram outra forma de pagamento. Foi bem persuasivo, preciso admitir, e as mulheres concordaram em levar alguns dos homens para o quarto. (Que escolha tinham? Nossos serviços foram realizados, era justo.) Mas primeiro Peter trouxe o conhaque, e o clima se aliviou.

Evie foi até a porta, e eu a segui. Enquanto ela vestia seu casaco, fingi estar examinando o meu, procurando alguma coisa.

— Perfeita — murmurei para ela.

Ela me deu um leve aceno de cabeça, como se mal nos conhecêssemos, e então saiu.

22

LENNA

Londres, domingo, 16 de fevereiro de 1873

No bordel, passos ecoaram nos fundos do edifício e as mulheres se viraram na direção do som. Os homens voltavam de sua reunião do lado de fora e Lenna soube que sua conversa com Mel terminara. Ela conseguira tudo que foi possível naquele dia.

— Beck ainda está ocupado? — perguntou o sr. Morley ao entrar. Ele foi até a escada e apoiou uma bota contra a balaustrada. Enquanto isso, Peter se sentou na sala de visitas com os dois bêbados, que estavam visivelmente mais calmos agora.

Lenna mal conseguia olhar para o sr. Morley. Os comentários de Mel haviam confirmado suas suspeitas. Evie estivera envolvida com o lado fraudulento da Sociedade, participando de uma reunião mediúnica que o próprio sr. Morley liderara.

— Vou esperar na diligência — disse o sr. Morley, afinal. — Srta. D'Allaire, srta. Wickes, por favor me acompanhem. Já passou da hora de voltarmos à Sociedade.

Lenna se despediu de Mel, lamentando em silêncio haver tanta coisa sobre Evie que elas não puderam discutir. Mas como poderiam agora que estavam sob a vigilância do sr. Morley?

Além disso, quanto mais Lenna queria saber? Ela já havia descoberto mais a respeito das verdadeiras atividades da irmã do que esperava. Fora difícil o suficiente sentir a perda de quem ela considerava inocente, para não dizer de espírito livre. Mas, na morte, Evie assumira uma nova persona: uma enganadora, na melhor das hipóteses; uma vilã, na pior. E alguém que andava em péssima companhia.

Alguns minutos depois, acomodado na diligência, o sr. Morley falou em um tom calculado, olhando para Vaudeline:

— Srta. D'Allaire, nós somos amigos, e não pretendo questionar seus métodos nem jogar suspeitas sobre as informações que você recolhe por meio de suas técnicas. Contudo, eu perguntei a Peter, lá fora, se o sr. Volckman de fato veio aqui no dia de sua morte.

Não. Ah, Deus, não. O estômago de Lenna se revirou.

— Ele disse que ele não veio. Nem naquele dia, nem naquela semana. Ele não consegue, na verdade, se lembrar de um dia já ter visto o Volckman aqui. — O sr. Morley olhou desconfiado para Vaudeline. — Existe algo aqui que precisamos resolver entre nós?

O rosto de Vaudeline corou, mas sua voz se manteve firme.

— Ele negar não me surpreende em nada. Com todo esse mistério cercando a morte do sr. Volckman, o senhor realmente acredita que Peter estaria inclinado a admitir que ele esteve aqui horas antes de ser assassinado? Suspeito que ele queira lavar as mãos de qualquer informação a respeito das atividades do sr. Volckman naquele dia. — Ela fez uma pausa, então continuou: — Se me permite dizer, Peter também não me parece ser do tipo confiável.

Considerando o silêncio que se seguiu, essa resposta pegou o sr. Morley de surpresa. Ainda assim, Lenna sabia que Peter contara a verdade e que era Vaudeline quem agora estava inventando histórias. Apesar disso, ela olhou de esguelha para Vaudeline, sentindo vontade de defendê-la e também um afeto enorme por ela. Fora arriscado levar os homens até lá. No entanto, elas tinham descoberto muita coisa sobre eles e seus métodos.

— Muito bem, então — retrucou o sr. Morley, seu tom pouco convencido. — Talvez isso explique. — Ele se virou em seu assento e tocou o cocheiro no ombro, passando a lousa. O policial Beck ainda não tinha saído do bordel. Logo depois, a carruagem começou a se mover. — Beck pode voltar sozinho — disse o sr. Morley. Ele inclinou a cabeça para trás e fechou os olhos.

Enquanto os cavalos trotavam de volta para a sede da Sociedade, Lenna ruminava tudo que acontecera nas últimas vinte e quatro horas. Examinar a lista de presença das palestras, o que provara que Evie havia se infiltrado na Sociedade. Ouvir o relato da viúva e em seguida descobrir que Evie fora cúmplice dos homens. E então o astuto golpe de Vaudeline para levá-las ao bordel onde Mel confirmara o pior: Evie estivera na reunião mediúnica falsa.

— Sr. Morley — chamou Lenna, interrompendo o silêncio dentro da carruagem.

Era o nervosismo que fazia sua voz tremer, ou a forma como a carruagem sacudia nas ruas de paralelepípedos?

— Hum? — resmungou ele, os olhos ainda fechados.

— Eu tenho uma irmã chamada Evie Wickes. — Os olhos do sr. Morley se abriram de súbito e Lenna prosseguiu: — Bem, eu tinha uma irmã. Ela morreu na véspera do Dia de Todos os Santos. Na mesma noite que o sr. Volckman.

Ao seu lado, Vaudeline ficou tensa.

— Lenna — interrompeu ela em tom de cautela.

Mas Lenna a ignorou. Evie já estava morta e não precisava mais ser protegida.

— Minha irmã era apaixonada por fantasmas. Espiritualismo, reuniões mediúnicas. Enquanto o senhor esteve fora, agora há pouco, Mel me contou… — Ela pigarreou. —Ela me contou algo muito preocupante. Mencionou que Evie esteve em uma reunião mediúnica com os homens da Sociedade Mediúnica de Londres no último verão. Eu não tinha nenhum conhecimento do envolvimento dela com a Sociedade. Isso é verdade?

Ele balançou a cabeça rigidamente.

— Não. Céus, não. Isso seria contra nossas regras.

Lenna comprimiu os lábios, sem se deter.

— Interessante, porque a sra. Gray comentou algo parecido. Que havia rumores de que a Sociedade possuía uma cúmplice feminina. Alguém que participava das reuniões mediúnicas com vocês.

O sr. Morley a estudou com cuidado, então inclinou a cabeça de leve. Ela não desconfiava que ele tivesse matado Evie — os dois podiam ser conspiradores, até mesmo amantes, e ela não conseguia lhe atribuir um motivo. Ainda assim, esperava que, ao confrontá-lo, ele pudesse tropeçar e revelar algum detalhe crucial.

— Eu só gostaria de saber se é verdade — disse Lenna, mantendo a calma. — Parece que minha irmã estava escondendo algumas coisas de mim. Ela nunca mencionou circular entre os membros de uma sociedade masculina.

— Você não pretende insinuar que a Sociedade teve algo a ver com a morte dela, pretende? — Ele levou a mão ao peito como se sentisse ofendido.

As mãos de Lenna ficaram pegajosas.

— Não é isso. Eu só queria saber se o que Mel e a sra. Gray disseram é verdade. O senhor conhecia minha irmã? Ela algum dia participou de reuniões mediúnicas da Sociedade?

O sr. Morley passou as mãos pelo banco de madeira ao seu lado, uma expressão pensativa no rosto.

— Não — disse ele por fim. — Não, eu não conhecia sua irmã e ela certamente não tomou parte em assuntos da Sociedade. Como você bem sabe, não é permitido nenhum envolvimento de mulheres com a organização.

Lenna manteve uma expressão de indiferença, embora por dentro estivesse fervendo. As respostas dele eram irritantemente insatisfatórias. Não era o suficiente para ela, ainda não.

—Vi as iniciais de Evie — insistiu ela. — No livro de registros quando o senhor nos deixou vê-lo ontem à noite. Evie esteve na Sociedade. Eu mesma vi.

O sr. Morley estreitou os olhos.

— Iniciais não provam nada. Aposto que poderia atribuir nomes a todas as iniciais do registro, se as examinasse por tempo suficiente.

Lenna rangeu os dentes. Aquele homem era impossível. Ainda assim, ele tinha um ponto. Evie não escrevera seu nome completo no registro, então não era como se ela pudesse apontar um dedo para a página e provar sua acusação. Era quase como se o sr. Morley houvesse instruído Evie, muito tempo antes, a usar as iniciais de seu nome no livro de registros. Impossíveis de verificar.

— Admiro sua natureza investigativa, srta. Wickes, mas não se preocupe com o que ouviu. Parecem simples mexericos de mulher para mim. Uma viúva enlutada, uma garota de bordel? Você não pode confiar nelas. As duas fabricaram essas histórias, a meu ver. Fofoca de salão.

Bela afirmação, vinda dele. Lenna cruzou os braços, lembrando-se de uma última evidência contra ele: a boina que usara nas docas. Mas mencionar isso só traria outra desculpa. *Há mil boinas iguais na cidade,* ele provavelmente diria.

Havia começado a chover e o movimento nas ruas ficou mais intenso quando a diligência se aproximou da St. James's Square. A carruagem ficou parada por longos minutos em um cruzamento. O cocheiro folheou um livro para passar o tempo, anotando e rabiscando em algumas páginas. Enquanto isso, o sr. Morley foi ficando cada vez mais agitado, checando o relógio o tempo todo.

— Se eu não estivesse tão preocupado com você ser vista — disse ele para Vaudeline —, eu sugeriria que caminhássemos.

Lenna gostaria de caminhar. Ela odiava aquela diligência; todas as vezes que iam a algum lugar, o balanço da carruagem a fazia se sentir mal. Mas Vaudeline deu de ombros.

— Com certeza não estamos com pressa de voltar para nosso quartinho de depósito.

— Sim, bem, alguns de nós têm coisas para resolver. — Ele forçou um sorriso tenso, então: — Peço desculpas pelo meu tom. Estou bem cansado hoje. — Ele fechou os olhos e não falou mais durante o restante do trajeto.

Vários minutos depois, a carruagem freou diante do prédio da Sociedade. O sr. Morley saiu primeiro e seguiu até a entrada dos fundos. Vaudeline desceu da carruagem, mas, quando Lenna ia acompanhá-la, sentiu um leve roçar em seu ombro. Virou-se e viu o cocheiro, virado para ela com um braço esticado.

Entre seus dedos, um pequeno pedaço de papel.

Lenna o pegou, fechando-o na palma da mão, e o cocheiro se virou de volta para sua posição. O movimento fora tão rápido que Lenna podia achar que tinha imaginado a cena se o pedaço de papel não estivesse bem apertado em seu punho.

Acomodada de volta no quarto de depósito, ela esperou ansiosa que o eco dos passos do sr. Morley desaparecesse pelo corredor. Em vez disso, houve um som baixo e abafado, como um baú ou uma caixa sendo arrastados pelo corredor. Instantes depois, o barulho cessou.

— Ei — disse Lenna, chamando a atenção de Vaudeline. Ela abriu a mão, revelando o pedacinho de papel.

Vaudeline franziu o cenho.

— O que é isso?

— O cocheiro me passou quando descemos da carruagem.

— Bem, o que diz?

Com dedos trêmulos, Lenna desdobrou o papel. Ela o leu uma vez, duas e, então, uma terceira vez.

— Meu Deus — sussurrou ela. — Eu acho que… — Ela se sentia tonta. — Acho que o cocheiro não é nada surdo.

Vaudeline se aproximou, e as duas leram o bilhete de novo.

Ele mentiu.

Você precisa ficar longe dele.

23

SR. MORLEY

Londres, domingo, 16 de fevereiro de 1873

Q ue dia esse acabou sendo, uma tarefa interminável após a outra. Minha paciência já havia quase se esgotado quando Bennett nos levou de volta do bordel para a Sociedade. Eu não estava a fim de conversar e queria apenas seguir com meu dia, meus planos. Inclinei a cabeça para trás e estava prestes a cochilar...

Foi então que a srta. Wickes decidiu me atormentar com perguntas a respeito da irmã.

Contornei o interrogatório dela o melhor que pude, embora tenha ficado claro para mim que as mulheres descobriram mais do que eu gostaria. Enquanto o coche seguia, ponderei a situação, determinado a não deixar que isso me preocupasse. *Deixe que elas fiquem pensando no envolvimento de Evie com a Sociedade*, refleti, fechando os olhos de novo. *Deixe até que acreditem que a Sociedade está cheia de golpistas. Se isso é o pior que vão descobrir a nosso respeito, então nos saímos bem.*

* * *

Nós nos aproximamos da sede bem quando a chuva começou a cair em cântaros. Ela me lembrou daquele dia de tempestade, em outubro passado, quando meus sentimentos por Evie começaram a mudar.

Estava em minha escrivaninha, meus dedos frios e anestesiados. Acabara de chegar à Sociedade, minha roupa encharcada por conta da caminhada lá fora, onde chovia e ventava terrivelmente. Juntei uma pilha de cartas que precisavam ser lidas e separadas e controlei um arrepio, sentindo-me de mau humor. Tempestades faziam isso comigo, a escuridão e a umidade.

Comecei a abrir os envelopes. Enfim, algo pelo qual eu vinha esperando. Dois pedidos, ambos mencionando o nome da mulher que elogiara tanto a Sociedade Mediúnica de Londres em um funeral recente: srta. Evie Wickes.

Era trabalho, *novos* trabalhos — exatamente o tipo de notícia que Volckman adoraria ouvir. Toda semana, eu examinava os avisos de morte e os obituários de pessoas proeminentes nos jornais, pulando os epitáfios e as palavras de afeto. Em vez disso, examinava os sobrenomes, buscando os mais ricos. Com essa informação, eu dava uma lista a Evie, até mesmo um mapa rascunhado, de locais e datas de funerais.

Agora, aqui estava o fruto dos nossos esforços.

O frio do cômodo passou e eu senti um tremendo orgulho dela naquele momento. Comecei a pensar que era possível que ela e eu pudéssemos reparar sozinhos a reputação maculada da Sociedade.

Poderíamos trazê-la de volta da beira do precipício.

Uma ressurreição.

Exceto que Evie tinha algo muito diferente em mente.

24

LENNA

Londres, domingo, 16 de fevereiro de 1873

Faltando apenas algumas horas até a reunião mediúnica, Lenna não conseguia acalmar seu coração acelerado. Entre os dedos que formigavam, o pedaço de papel de Bennett estava amassado, molhado de suor.

O bilhete a pegara de surpresa. Até então, era no policial Beck que ela não confiava, e chegara a imaginar que ele era um dos maus elementos da Sociedade, assim como Dankworth. Mas o policial Beck não estava na carruagem quando Bennett lhe passou o bilhete, portanto só havia uma pessoa a quem ele poderia estar se referindo. O sr. Morley.

E o bilhete era uma condenação explícita.

Ele mentiu. Essa parte do bilhete era uma acusação, mas nada surpreendente. Quando Lenna perguntou ao sr. Morley se ele conhecia Evie, ou se ela participava de reuniões mediúnicas da Sociedade, ela o estava testando. Já sabia a verdade. Bennett deve ter visto Evie interagindo com os homens. Talvez ela até tivesse estado na diligência uma ou duas vezes.

A mensagem mais sinistra era o que o cocheiro escrevera em seguida: *Você precisa ficar longe dele.*

O que ele sabia? Isso indicava algo que o sr. Morley fizera ou pretendia fazer? Era tão vago que a estava deixando louca.

Depois de tudo que descobriram naquele dia, Lenna acreditava de todo o coração que o envolvimento de Evie com a Sociedade a havia matado, e existia a possibilidade real de que isso se relacionasse com a morte do sr. Volckman, também na véspera do Dia de Todos os Santos. Mas quem desejaria a morte deles? Talvez alguém estivesse tentando desmascarar a Sociedade, sem notar que o sr. Volckman queria livrar sua organização da fraude, e isso o havia levado a Evie também?

Considerando essas questões, Lenna não estava certa se seguiria o conselho do bilhete. E se a resposta — ou parte da resposta — para a morte de Evie pudesse ser vislumbrada na reunião mediúnica para Volckman, dali a poucas horas?

— Suponho que o bilhete de Bennett também possa ser um golpe — refletiu Lenna em voz alta. — Ele trabalha para a Sociedade, afinal, e não temos ideia de em quem confiar dentro dessa organização.

Vaudeline ergueu os olhos ao ouvir isso.

— Estou disposta a confiar mais em Bennett do que no sr. Morley, depois do que descobrimos no bordel. Ele ter liderado a reunião mediúnica, e todos aqueles truques... — Ela fez uma careta. — Eu me pergunto o que mais ele escondeu. A respeito da Sociedade. A respeito de Evie.

Lenna mexia o bilhete entre os dedos.

— Mas se o sr. Morley e Evie eram dois trapaceiros, fazendo parte do mesmo esquema, por que ele a machucaria? Estou convencida de um cenário diferente. Acho que alguém matou o sr. Volckman, uma mulher buscando vingança da Sociedade, quem sabe, e talvez a mesma pessoa tenha matado Evie, sabendo que ela era cúmplice da Sociedade. Ou então... — Ela parou, surpresa por não ter considerado a possibilidade antes. — Bem, nós suspeitamos que o sr. Morley e Evie estavam envolvidos intimamente. E se Evie também estava envolvida com o sr. Volckman e o sr. Morley descobriu? E se tiver sido um crime passional sem nada a ver com as fraudes da Sociedade? — Ao dizer isso, ela fez uma careta, enojada pela ideia de que a irmã pudesse ter levado mais de um homem da Sociedade para a cama.

— Em todo caso — disse Vaudeline —, o sr. Morley fica parecendo bem culpado mais uma vez. Ele pode não ter estado na reunião mediúnica na casa da sra. Gray, mas ainda não consigo ignorar o que está bem na minha frente. Não confio mais nesse homem.

Vaudeline se levantou devagar e cruzou o quarto. Ela se ajoelhou na frente de Lenna e puxou com suavidade a mão dela para longe de seu rosto. Lenna não tinha notado, mas vinha roendo a unha do polegar; a pele estava rosa e ferida, a unha comida quase até o sabugo e úmida de saliva.

Vaudeline beijou a pontinha de seu polegar dolorido.

— Estou ficando louca com você roendo suas unhas.

Lenna exalou com força.

— Eu vou atrás de Bennett — disse ela, decidida. — Não importam os avisos do sr. Morley sobre deixar o quarto. Quero saber o que o cocheiro quis dizer com esse bilhete. — Ela ergueu o pedaço de papel, e, sem esperar pela resposta de Vaudeline, foi até a porta e a empurrou.

A porta, contudo, não se moveu. Ela cedeu um centímetro, mais ou menos, o que significava que não estava trancada ou lacrada, mas em vez disso bloqueada por algo do lado de fora.

Lenna se virou para Vaudeline.

— Que diabo? — Ela empurrou a porta de novo, forçando com o ombro. Ainda assim, ela não cedia. — Ele… — Ela espalmou as mãos, sem querer acreditar. — Ele nos prendeu aqui?

O comentário de Vaudeline pouco antes, *eu não confio mais nesse homem,* de repente parecia preciso até demais.

Vaudeline se levantou, seu rosto sombrio. Ela também tentou empurrar a porta, sem sucesso. Mesmo juntas, seus esforços não deram resultado.

— A estante — disse Lenna, seus braços agora formigando do esforço… e de medo. — Ela estava no corredor esse tempo todo.

E há poucos minutos ouvimos um barulho de algo sendo arrastado do lado de fora.

— Considerando a posição da estante na frente da porta — comentou Vaudeline —, ela deve estar ocupando toda a largura do corredor.

Lenna concordou. Qualquer força exercida na porta apenas empurraria a estante contra a parede oposta do corredor. Uma barricada perfeita, que só podia ser desmontada por alguém no corredor.

— Inacreditável! — exclamou Vaudeline.

— Eu me pergunto se ele achou que abandonaríamos a reunião mediúnica...

— Você lhe dá crédito demais. Eu suspeito de algo pior.

Lenna hesitou. Ela entendia o ceticismo de Vaudeline, mas algo ainda a incomodava.

— Por que, então, ele orquestrou tudo isso? Sua chegada a Londres, sua proteção, este abrigo, a reunião mediúnica. Ele foi bastante prestativo.

— Sim — concordou Vaudeline. — Prestativo demais. — Ela se virou de costas para a porta e cruzou os braços. — Acho que devemos abandonar esse projeto — disse ela, séria.

A respiração de Lenna falhou.

— Como assim?

— Quando chegamos em Londres ontem à noite — começou Vaudeline —, avisei que essa reunião seria perigosa. O dia de hoje, contudo, trouxe à tona verdades horríveis a respeito desses homens. O bilhete ameaçador de Bennett, e agora esta porta bloqueada. Você está certa ao dizer que o sr. Morley arranjou essa reunião mediúnica, mas não sabemos o que mais ele pode ter em mente para esta noite.

Lá estava Vaudeline em seu habitual papel de autoridade, seu tom decisivo. Ainda assim, Lenna sentiu uma pontada de decepção, sabendo que a resposta para a morte de Evie poderia muito bem ser vislumbrada na reunião mediúnica para Volckman.

— Como acha que conseguiremos *abandonar* a reunião mediúnica? — perguntou ela. — Não é como se ele fosse abrir a porta e nos dar *adieu*.

— Não, certamente não vai. Precisamos usar outra coisa contra ele.

Lenna considerou por um momento, mas não tinha energia para os jogos e as intimações de Vaudeline naquela noite.

— O que seria?

— *Desejo.* Até onde sabemos, Evie se infiltrou na Sociedade usando-o ela mesma. E hoje, mais cedo, você viu o mínimo esforço que Bea precisou empreender para levar o policial Beck para o quarto. Eu acharia inacreditável se já não tivesse feito o papel de Evie e Bea.

— Por favor, não me diga que você seduziu o sr. Morley no passado — disse Lenna, esquecendo o bilhete amassado entre seus dedos por um momento.

— Não, claro que não. Mas no início da minha carreira, durante minhas primeiras reuniões mediúnicas, notei rapidamente o benefício da sedução. Para me proteger, eu precisava garantir que as outras pessoas na sala fossem mais frágeis do que eu. Nós já falamos sobre as desvantagens de fatores como alcoolização, juventude, emoção. O desejo é só outra dessas desvantagens. Exceto que essa fraqueza seria *provocada* por mim antes e durante uma reunião mediúnica.

Lenna balançou a cabeça, tentando não pensar em quantas vezes Vaudeline apelou para essa forma de proteção.

— Como isso funciona? — perguntou ela, sua voz fria. — Você parava a reunião, removia algumas peças de roupa e dançava em volta dos homens? — Ela vira fotos desse tipo de coisa em alguns dos panfletos de Evie ao longo dos anos, mulheres seminuas circundando a sala da reunião em uma espécie de transe erótico.

— Esse é o problema com vocês, gente de mente científica — sussurrou Vaudeline, uma pontada de frustração na voz. — Tudo precisa ser tão simples. Uma hipótese, provada ou não provada. Preto no branco. — Ela tentou a porta mais uma vez. — Você não permitiria alguns matizes de cinza na sua vida? Será que existem coisas que você não consegue classificar em uma tabela taxonômica de emoções, caso existisse uma?

Vaudeline não fazia ideia do que estava perguntando, nenhuma ideia do quanto Lenna queria responder: *Existem mil sentimentos que não consigo classificar, todos eles novos desde que te conheci. Todos eles em matizes de cinza.*

— Sim — conseguiu dizer, sua voz estrangulada. Detestava que a atmosfera entre ela e Vaudeline tivesse mudado nos últimos minutos. O calor entre elas diminuído.

— É assim com os homens. Eles não são tão simples quanto você parece acreditar. — Vaudeline se virou de costas. — Os homens querem se sentir perseguidos, mas ainda superiores. Querem se sentir compreendidos, mas não expostos. Querem te controlar, mas também querem acreditar que você é uma tonta e não sabe disso.

Lenna pensou em Bea seduzindo o policial Beck mais cedo. Ela tinha conseguido exatamente o que queria, usando seus atrativos como vantagem. E, embora não tivesse testemunhado, Lenna imaginava que Evie fizera o mesmo para entrar na Sociedade.

— O objetivo da sedução — continuou Vaudeline — é fazer um homem afrouxar sua resistência de forma que não consiga agir sob a voz da razão. É então que ele se torna vulnerável a espíritos perigosos em uma reunião mediúnica, ou a qualquer manobra enfraquecedora, aliás. Será nossa estratégia hoje à noite. Ou, mais precisamente, *minha* estratégia.

Vaudeline se endireitou, uma expressão determinada no rosto.

— *Seducere.* Em latim, significa *desviar.* Então é isso que faremos. O sr. Morley diz que virá nos buscar às onze e, quando o fizer, você estará atrás dessa porta. Eu estarei aqui, bem no campo de visão dele, e quase despida. Ele ficará distraído, por alguns segundos, pelo menos. Você pegará um dos dois castiçais e…

— Um castiçal? — balbuciou Lenna. Sua garganta apertou, embargada com lágrimas. Ela esperava que Vaudeline tivesse uma ideia melhor, algo menos… violento. — Eu nunca feri ninguém. Acho que não sou tão forte assim.

Vaudeline passou um dedo por uma das ondas do seu cabelo, separando-a em duas.

— Vou fingir estar trocando de roupa e o sr. Morley me pegará despida. Vou me aproximar dele e então você vem por trás e… Bem, você entendeu. É só para surpreendê-lo, não matá-lo. Só precisamos de tempo para sair do quarto e prendê-lo aqui dentro, como ele fez conosco. — Ela fechou os olhos. — Esse é o plano, então. A menos que... — Ela pigarreou, parecendo desconfortável.

— A menos que? — perguntou Lenna.

— Bem, a menos que seu golpe não o imobilize como esperamos. Você só terá uma chance, entenda. Se errar ou não feri-lo com força suficiente, ele ficará com raiva. Eu o segurarei o máximo que puder, mas você vai precisar... sair daqui o mais rápido possível e escapar até estar em segurança. Em casa, ou onde considerar mais seguro.

— E te trancar aqui com ele?

Vaudeline não pestanejou.

— Exatamente. — Ela apontou com a cabeça para a porta. — O sr. Morley não é mais forte do que você. Acho que a estante não deve ser muito pesada. É com o posicionamento dela que precisa ter cuidado.

Lenna se lembrava muito bem da sensação nas docas, no dia anterior, quando ela e Vaudeline estavam prestes a se despedir. A mesma melancolia terrível a afligia agora. Não queria ficar longe de Vaudeline. Em especial esta noite. Ela foi até a pequena mesa, ergueu um dos castiçais e sentiu seu peso. Ele era sólido, feito de latão. Ela passou os dedos pelas bordas da base, afiadas como uma pedra.

Lenna baixou o castiçal e piscou algumas vezes. *Casa,* dissera Vaudeline. A ideia de procurar seu pai na Hickway House deveria ser atraente. Significava normalidade, familiaridade. E com certeza era um lugar mais seguro que ali.

Mas ir para casa também significava voltar para a frustração e o mistério que cercavam a morte de Evie. Ela sentia agora que estava mais próxima do que nunca da verdade. Tanta coisa havia vindo à tona naquele dia a respeito do envolvimento da irmã com a Sociedade. E o cocheiro, Bennett, também parecia saber de alguma coisa.

Era certo que Vaudeline estava decidida. E, embora Lenna tivesse considerado argumentar mais, entendeu que escapar do sr. Morley poderia, na verdade, lhe permitir investigar outra coisa. Uma trilha diferente de pistas.

Com isso em mente, talvez a ideia de Vaudeline não fosse tão absurda quanto parecera de início. Talvez ela pudesse erguer o castiçal de latão acima da cabeça e acertar o sr. Morley. Talvez pudesse ferir aquele homem para vingar sua irmãzinha.

Exceto que Vaudeline estava errada a respeito de uma coisa.

Se elas conseguissem sair do quarto em segurança, sua *casa* não era o primeiro lugar aonde Lenna iria.

25

SR. MORLEY

Londres, domingo, 16 de fevereiro de 1873

Com algumas horas até a reunião mediúnica, eu me sentei no meu escritório, um cachimbo pendurado nos lábios. Houve uma batida suave na porta e eu a abri, vendo o policial Beck do outro lado. Ainda estava irritado com ele por ter levado Bea para o quarto. Tinha sido uma atitude imprudente, além de uma perda de tempo.

— Vejo que está de volta — falei, abrindo a porta.
— De fato. — Beck apontou para o sofá. — Posso me sentar?
— Como quiser. — Eu o fiz entrar.
— Sabendo como as reuniões mediúnicas de Vaudeline costumam acontecer, acho que deveríamos perguntar às mulheres o que esperar desta noite — disse ele.

Sentou-se na beirada do sofá, balançando o pé de modo agitado. O policial estivera tão confiante uns dias antes, quando discutimos o risco de uma reunião mediúnica coordenada por ela, mas agora sua expressão, em geral tão calma e impassível, revelava apreensão.

Que conveniente seria se Beck abandonasse a reunião mediúnica; sua deserção seria um golpe de sorte inesperado.

— Se estiver repensando sua presença, eu posso cuidar de tudo sozinho — afirmei.

— Nada disso. Só penso que seria prudente saber de qualquer preparação especial que poderíamos fazer para reduzir as chances de... — Ele fez uma careta e balançou a cabeça como se não pudesse acreditar no que estava dizendo. — Bem, a chance de algo caótico acontecer.

Pisquei algumas vezes, esfregando os dedos distraído. O resíduo de pó negro os deixava oleosos. Notei Beck olhando e enfiei as mãos nos bolsos.

— Imagino que não faça mal — respondi.

Eu precisava me mostrar bem-disposto a partir daqui. Qualquer coisa para evitar suspeitas.

Nós descemos. Enquanto caminhávamos pelos corredores, fiquei de olho nos cômodos por onde passávamos, garantindo que não estávamos chamando atenção desnecessária de outros membros da Sociedade.

Quando chegamos ao quarto de depósito, eu me inclinei para Beck.

— Como você pode ver, coloquei uma estante na frente da porta — falei. — Descobri que elas deram uma volta pelo prédio durante a noite. Não podia arriscar que saíssem em mais uma aventura.

Empurrei a estante com facilidade, afastando-a da porta. Então, bati na porta do quarto de depósito e entrei com Beck.

As mulheres estavam sentadas juntas na cama de Vaudeline, ambas ainda com as roupas que haviam usado de manhã. Elas ergueram os olhos para nós, arregalados de surpresa e... alarme? Cheguei a me perguntar se as pegamos conspirando a respeito de algo.

— Você nos trancou — disse Vaudeline. Sua voz era como gelo.

Levei um instante para me recuperar da surpresa de uma afirmação tão ousada.

— Me senti forçado a isso — expliquei —, considerando a situação com a sala de jogos ontem à noite.

— Você não confia em nós.

Eu cocei a nuca, considerando minha resposta. Não confiava nela e também não confiava em sua assistente.

— Me diga, srta. D'Allaire, como é possível saber que uma porta está trancada ou obstruída, a menos que se tente *abri-la*? — Então ergui as sobrancelhas para ela. Eu a tinha pegado, e ela sabia.

Sua resposta foi pouco mais do que um olhar enraivecido, então fiz um gesto de cabeça para Beck seguir em frente.

— A reunião mediúnica — começou Beck. — Gostaríamos de discutir algumas coisas com antecedência.

— Certamente — murmurou Vaudeline. Ela apontou para a única cadeira do quarto e Beck aceitou sem pestanejar. Eu o olhei com ódio, imaginando de repente como seria enrolar os dedos em volta de seu pescoço áspero.

— Vamos começar com a ordem das coisas — disse Beck, inclinando-se para a frente. — A *sequência,* acredito que é como você chama.

— Certo. Minhas reuniões mediúnicas seguem uma sequência de sete etapas. — Vaudeline ergueu um dedo. — A fase um é o Encantamento Ancestral do Demônio, sem dúvidas a mais importante de todas. Ela protege os que estão na sala dos espíritos errantes, demônios e coisas assim. Não começo uma reunião sem isso.

Beck puxou um caderninho do bolso e rabiscou algumas notas.

— A fase dois é a Invocação — prosseguiu Vaudeline. — É a convocação de todos os espíritos. Aqui, eu chamo todos os espíritos ao redor e os recebo na sala da reunião. É nesse ponto que muitas vezes coisas estranhas começam a acontecer, tremores e luzes piscando.

Beck inclinou a cabeça de lado.

— Deveríamos nos preocupar com isso?

— É bom estarem cientes, com certeza. Durante essa fase, os participantes podem sofrer transes breves, embora voláteis, um fenômeno conhecido como *absorptus.* Pode haver discussões, explosões emocionais, manifestação de feridas. Até mesmo movimentação violenta ou errática de itens na sala. — Ela pigarreou. — Uma vez que o encantamento da Invocação é recitado, os espíritos estarão presentes. De forma simples, a reunião então é iniciada e deve ser levada até o fim.

— Senão? — perguntou ele.

— Se não seguirmos com o resto da sequência? — Ela cruzou as pernas. — Ora, então teremos uma sala cheia de espíritos animados livres para fazer o que quiserem.

Fiquei impressionado com sua atitude casual.

— Qual é a terceira etapa? — perguntei, seguindo em frente.

— A etapa do Isolamento. — Vaudeline observava Beck, que continuava a tomar notas. — Nesse estágio, eu peço a todos os espíritos que partam, exceto o espírito-alvo, aquele que estou tentando invocar, que nesse caso é o sr. Volckman. Essa etapa muitas vezes é um grande alívio para os presentes. Ela limpa a sala, literalmente. Claro, em qualquer ponto da reunião, se espíritos teimosos ou perigosos tentarem possuir os presentes, eu tenho à disposição duas injunções expulsivas... purgativas. A injunção *Expelle,* que expele um espírito para fora de um participante, e a injunção *Transveni,* que transfere um espírito de um participante para o médium.

Os olhos de Beck se arregalaram, e ele deixou a caneta pairando acima do caderno.

— Que interessante, todos esses encantamentos...

— Não há necessidade de anotar as injunções — explicou Vaudeline. — É muito pouco provável que precisemos usá-las. — Ela deu um sorriso e continuou: — A quarta etapa é o Convite. Uma vez que determinei que todos, exceto o espírito-alvo, deixassem a sala, eu recito o encantamento de Convite, que é um chamado para que o espírito-alvo cause meu transe. Esse passo leva menos tempo se consigo juntar a energia latente que o falecido deixou para trás antes de sua morte. É por isso que fomos à casa da viúva e ao bordel. Como eu disse, essas energias latentes são mais fortes nos lugares que o falecido ocupou nas horas antes de sua morte.

Beck e eu trocamos um olhar. Nós do Departamento de Espiritualismo conduzíamos nossas reuniões mediúnicas de forma muito diferente. Líamos algumas passagens, sim, mas toda essa coisa de *invocar* e *manifestar* e *expulsar,* ora — construir uma ilusão era fácil, em comparação. Eu me perguntei se Beck estava pensando a mesma coisa ou se, ao contrário, ele estava impressionado com as técnicas de Vaudeline.

Beck prosseguiu.

— Eu peço desculpas, srta. D'Allaire, por minhas perguntas elementares, mas a forma como conduz suas reuniões mediúnicas é diferente de tudo que já ouvi antes. Dito isso, o espírito pode recusar o convite?

— Uma pergunta curiosa, mas não. O encantamento é bem poderoso. Ao recitá-lo, eu forço o espírito a me causar um transe.

— Então não é um convite — comentei. — É uma ordem.

Ela inclinou a cabeça para o lado.

— Eu não penso nisso em termos tão fortes. Estamos falando de vítimas de assassinato, sr. Morley. Elas esperam ansiosamente pela incorporação… e pela justiça. O que nos leva à quinta etapa, o Transe. Para um médium, o transe é similar a uma existência dupla, uma psique partida. Ele nos permite penetrar nas memórias e nos pensamentos do falecido porque, na realidade, naquele momento ele está dentro de nós, fazendo parte de nossa experiência e existência. O estado de transe é cansativo ao extremo. Já é difícil existir como uma só pessoa, com todos os seus desejos insatisfeitos e segredos guardados. No entanto, é a forma mais eficiente de verificar o que precisamos saber.

— A identidade do assassino. — Beck esfregou as mãos, animado.

— Precisamente. Acessar a memória da vítima nos dá não apenas essa informação, mas muitas vezes revela os últimos momentos do falecido também. Essas lembranças podem ser úteis para guiar a polícia ou os familiares até evidências que podem não ter sido obtidas. Armas escondidas e coisas assim.

Eu cruzei os braços.

— Quanto tempo leva tudo isso? — perguntei.

— Pode ser trinta minutos. Pode ser duas horas.

— Não menos de trinta minutos, porém.

Vaudeline franziu o cenho para mim.

— Não.

— Estou bem animado — disse Beck, o rosto corado agora. Era todo rosa exceto pela cicatriz escura e sinuosa em seu queixo.

— E depois de determinar o assassino? — perguntei.

— As coisas se resolvem rápido. A sexta etapa é o Desenvolvimento, o momento no qual eu determino o assassino e o declaro para a sala. A sétima e última etapa é o Término, um encantamento para expelir todos os espíritos da sala. O que, nesse caso, seria o espírito-alvo que me causou o transe. Sem o encantamento do Término, um espírito pode ficar, digamos assim, *preso* nessa dimensão e incapaz de encontrar seu caminho de volta.

— Seria um pesadelo.

— De fato. — Vaudeline afastou as mãos. — O que mais vocês gostariam de saber?

— Por que precisamos esperar até meia-noite? — perguntou Beck. — Deveríamos ir agora. Poderíamos ter isso resolvido e na frente do comissário em uma hora ou duas.

— Meia-noite foi a hora que combinamos — falei com firmeza. Eu me virei para Vaudeline. — Algo mais que deveríamos saber? Ou preparos que deveríamos fazer?

Ela listou alguns itens. Fingi não ouvir a regra a respeito de evitar vinho antes da reunião, pois não tinha intenção de segui-la. Eu daria alguns goles fortificantes antes de irmos.

Talvez mais do que alguns.

Deus sabia que eu precisaria da coragem.

Tarde naquela noite, depois de minha última tarefa, eu voltei para a Sociedade me sentindo mais relaxado do que em muitos dias. Estava com uma ótima sensação a respeito daquela noite, agora que tinha colocado algumas coisas em ordem.

Segui para meu escritório e me sentei na escrivaninha. Primeiro, puxei minha agenda de endereços de uma gaveta. *Contatos Confidenciais,* dizia. As páginas estavam gastas, uma vez que eu consultava esse caderno ao menos uma vez por semana. Ele continha os nomes e endereços de atores e operadores de palco de vaudevilles, fabricantes de velas e papéis falsos, fotógrafos e químicos, ventríloquos, cenaristas, pirotécnicos, advogados. Havia asteriscos ao lado dos melhores entre os melhores, meus associados preferidos.

Deixei a agenda de lado e fui examinar outro conteúdo da gaveta: algumas folhas de papel em branco, que na verdade não estavam em branco coisa nenhuma. Era um papel caro, projetado especialmente, de três camadas. A do meio possuía uma levíssima quantidade de tinta que escrevia certas palavras ou nomes. O texto se tornava visível apenas quando o papel era umedecido com água.

Coloquei as páginas ao lado da agenda, um esgar no rosto. Esse papel para truques fora um objeto lucrativo por muito tempo.

Continuei passando pelos itens. Vi um caderno, o caderno de Evie, aquele que ela sempre mantinha escondido de mim. Eu o joguei de lado; conhecia seu conteúdo agora e não era nisso em que estava interessado.

O que eu queria era o catálogo.

Ergui o livro encadernado em pergaminho. Nada de letras douradas na frente, nem lombada decorada. Coloquei-o na mesa e o abri, pulando os velhos recortes de jornal e indo direto para as folhas de pergaminho no final, com memorandos escritos à mão para referência futura. Localizei a página na qual escrevera semana passada, a caneta planando acima da entrada que eu fizera.

Rapidamente, mergulhei minha caneta no tinteiro.

E a pressionei contra o papel.

Fiz uma nota breve.

Quando terminei, sequei o excesso de tinta da página e fechei o livro. Então, eu o enfiei de volta em seu lugar na gaveta.

Assim que me levantei, ouvi de novo: lá fora, a toutinegra cantava mais uma de suas canções sombrias. Escutei por apenas um momento, e então a melodia foi abafada pela sinfonia discordante de sinos dobrando por toda a cidade, marcando as onze da noite.

Era hora.

Deixei o escritório, fechei a porta e desci as escadas. Notei, enquanto seguia, que meu passo parecia mais leve do que era em meses.

Por Deus, eu até podia sentir um sorriso surgindo.

26

LENNA

Londres, domingo, 16 de fevereiro de 1873

Enquanto as mulheres esperavam que o tempo passasse, Lenna andava de um lado para o outro do quarto, incapaz de controlar sua inquietação. Lá fora, um pássaro cantava histericamente, irritando ainda mais seus nervos.

— Quanto tempo falta? — resmungou ela.

— Vinte e cinco minutos — respondeu Vaudeline, olhando para o relógio. Até ela estava mordiscando o lábio inferior, um tanto agitada. — Vamos jogar o jogo das palavras. Qualquer coisa para nos distrair. — Ela puxou seu romance, o abriu e se sentou ao lado de Lenna. Folheou algumas páginas, então apontou para uma. — Estou pronta. São duas palavras. Sua pista é... — Ela pensou por um momento. — *Fogo celeste*.

Lenna refletiu por um momento, já satisfeita com a distração. Qualquer coisa era melhor do que pensar no bilhete de Bennett, ou no envolvimento de Evie com os maus elementos da organização, ou no castiçal esperando na mesa do outro lado do quarto. Em vez disso, ela pensou na forma como algumas estrelas piscavam em vermelho ou laranja, como fogo, no céu noturno. Mas a resposta não poderia ser *estrelas* ou *planetas*.

— A resposta são duas palavras, você diz?

— Sim.

— Pode me dar outra pista?

Vaudeline se aproximou, encostando seu ombro no de Lenna. Por um instante o rosto delas estava a apenas um centímetro de distância.

— É algo que muitas pessoas experimentaram — disse ela —, mas ninguém sabe explicar.

Lenna piscou, sua boca seca.

— *Amor* — disse ela. — Ou... *sentir amor?*

— Isso não tem nada a ver com *fogo celeste.*

— Certo. — Lena grunhiu, esfregando as têmporas. — Não consigo pensar direito.

— Nem eu. A resposta é *aurora boreal.* — Ela fechou o livro, acariciando a capa.

— Ah — disse Lenna, sentindo-se um pouco envergonhada por causa de sua resposta. — Eu já vi a aurora boreal.

— Já?

— Sim. Evie e eu fomos vê-la juntas.

E Eloise também, mas Lenna deixou esse detalhe de fora.

Evie sugerira a viagem para o aniversário de Lenna, dois anos antes. As três garotas viajaram para o norte de trem até Sheffield, no auge do inverno. Amontoadas embaixo de um cobertor, passaram a noite acordadas, deitadas de costas, observando a exibição celestial durante horas. A luz dançante da aurora boreal parecia um sonho: largos arcos de verde-azul viridiano, faixas luminescentes de carmim. Foi um dos momentos mais felizes da vida de Lenna. Ela estava aconchegada entre Evie e Eloise, o calor delas ao lado de seu corpo. As duas pessoas que ela mais amava, seguras com ela naquele momento.

Lenna estudara a forma como as faixas de luz se moviam, observando o movimento como uma cientista faria. As ondulações não se pareciam com vapor ou gás, mas a lembravam de tinta brilhante derramada em um recipiente com água. Qualquer que fosse o caso, deveria haver uma explicação lógica para a forma como as cores se difundiam e rearranjavam. Deveria haver minúsculas partículas de algo no ar.

— Do que vocês acham que ela é feita? — perguntara Lena, para nenhuma das garotas em particular. Ao seu lado, escondida embaixo do cobertor, Eloise movia o polegar em círculos lentos contra a palma dela.

— Acho que é um tipo de nuvem — sugeriu Eloise, pensativa. — Uma nuvem noturna. Feita de vapor e neblina.

— Que interessante. Uma nuvem noturna. — Ela apertou a mão de Eloise. — E você, Evie? O que acha?

Evie fez uma pausa e então respondeu:

— Espíritos, é claro. — Acima delas, um cilindro de luz verde brilhante ondulou e tremeluziu. — É quase como se estivessem dançando.

— Eu gosto bastante dessa possiblidade. — disse Eloise. Lenna a olhou de esguelha, observando um raio de luz verde, da cor de limão, girar em seus olhos. Eloise olhou de volta para ela. — O que você acha que é, Lenna?

— Partículas de alguma coisa — respondeu ela. A luz diminuiu de leve acima delas, revelando um conjunto de estrelas, então voltou à vida. — Talvez pó.

— Pó? — perguntou Evie. — Que chatice tremenda. — Porém, ao dizer isso, acomodou a cabeça no espaço entre o pescoço e o ombro de Lenna, aninhando-se nela. — Não importa. Eu ainda te amo, irmã. — Acima delas, uma estrela cadente atravessou o céu verticalmente. — Feliz aniversário — disse ela.

— Sim, feliz aniversário — ecoou Eloise.

Se Lenna pudesse viver de novo um único momento da vida, seria esse — a época em que ela passava seus dias em feliz ignorância, acreditando na bondade da irmã e nos muitos anos que haveria para que as três se aventurassem, explorassem, amassem.

Eram quase onze da noite. O sr. Morley chegaria em questão de minutos. Vaudeline terminara de tirar a roupa e agora estava perto do canto do quarto, tremendo em sua camisola de algodão.

Lenna mantinha os olhos baixos, a realidade do objetivo que se aproximava pesando sobre ela. E se não conseguisse bater no sr. Morley com força suficiente, e se elas acabassem de alguma forma separadas, quando se veriam de novo? E sob quais circunstâncias?

Ela se lembrou de sua resolução de ser mais corajosa, de não cometer os mesmos erros que cometera no passado, como esperar para pedir desculpas. Ou esperar para afirmar, em alto e bom som, o que ela queria. *Quem* ela queria.

Ela pigarreou, erguendo os olhos.

— Vaudeline, preciso te contar uma coisa.

Vaudeline ergueu as sobrancelhas.

— Sim?

— Nas docas, quando chegamos a Londres, você disse que seu afeto por mim não é algo tangível. Temeu que eu não acreditasse na existência dele.

— Sim. — Ela assentiu com a cabeça. — Eu me sinto assim mesmo agora. O afeto e o medo.

Elas estavam em pé, uma de cada lado do quarto, nada além de ar gelado e expectativa entre elas. Como seria fácil terminar a conversa agora, deixar que o lembrete dos sentimentos de Vaudeline fosse o suficiente.

Mas não havia nada de corajoso nisso.

Lenna respirou fundo, então arriscou a verdade.

— Depois disso… — Ela fez um gesto para o quarto. — Depois de *tudo isso,* eu quero explorar o que mais pode haver entre nós. Algo mais do que nosso relacionamento atual como professora e aluna, e amigas. Mesmo que nossas crenças não estejam totalmente alinhadas. Mesmo que eu não consiga ver ou tocar a prova do seu trabalho. — Ela encarou Vaudeline. — Eu consigo ver *você.* Consigo tocar você. E é você que eu quero, afinal. Não seu trabalho ou suas crenças. — Ela prendeu a respiração, perguntando-se que efeito seu discurso teria.

Apesar das circunstâncias — o quarto frio, a escuridão, a chegada iminente do sr. Morley —, Vaudeline baixou a cabeça e soltou uma pequena risada.

— Embora suspeitasse que você se sentisse assim, eu me perguntava se um dia se permitiria falar em voz alta. Estou encantada por você, Lenna Wickes. E sim, de fato temos muito a explorar entre nós.

O estômago de Lenna se revirou, um breve momento de alegria entre tanta aflição.

— Como você disse, no entanto, primeiro precisamos lidar com... — Vaudeline poderia ter terminado sua frase, se não fosse pelo som de algo sendo movido em frente à porta. *A estante.*

Elas se entreolharam e logo assumiram suas posições. Vaudeline ajeitou a camisola e Lenna fechou as mãos com força em volta do castiçal de latão. Em um instante, o metal aqueceu sob seus dedos.

A porta se abriu devagar. Lenna deu um passo silencioso para trás, se enfiando no canto em forma de V que se formava entre a porta e a parede.

O sr. Morley entrou, lâmpada a óleo nas mãos. Ele estava vestido de maneira formal, com um casaco pesado e uma cartola adornada com fita de seda. Estava de costas para Lenna ao entrar e não a vira, ainda não. Então parou de repente. Bem diante dele, Vaudeline estava apenas de camisola fina. Ela tremia mais agora, e, mesmo de onde estava, Lenna conseguia notar o arrepio em seus braços, a rigidez de seus mamilos sob o tecido.

Vaudeline fingiu exclamar de frustração.

— Não consigo abrir o botão aqui debaixo — explicou ela, erguendo um colete de cavalheiro que havia selecionado da pilha de roupas mais cedo. — Deveríamos estar vestidas há um bom tempo, mas... — Ela deixou a frase no ar, mexendo no tecido.

O sr. Morley ficou imóvel. Com certeza se viraria a qualquer momento, notando que Lenna não estava em seu campo de visão no pequeno quarto. Ela tinha apenas segundos para erguer e baixar o castiçal. Seus braços começaram a tremer.

— Poderia me ajudar? — perguntou Vaudeline para ele, a voz densa e rouca. Ela se inclinou para a frente, permitindo que a parte de cima de sua camisola se abrisse parcialmente. *Seducere,* Lenna se lembrou de Vaudeline dizendo. *Desviar.*

A respiração do sr. Morley falhou. A de Lenna talvez também tivesse falhado, se ela não a estivesse prendendo. No momento, ela não era melhor que o sr. Morley. Ambos desejavam Vaudeline.

— Eu ficaria feliz em a-ajudar — gaguejou ele, dando um passo na direção de Vaudeline. Lenna não conseguia ver o rosto dele, mas podia imaginar seu rubor, o martelar do seu coração. Vaudeline lhe passou o colete, deixando que sua mão tocasse a dele. Será que ele pensou que era uma carícia acidental?

— E quanto à srta. Wickes? — indagou ele. — Ela está...

Ele parou, interrompendo a frase no meio, como se seus sentidos tivessem retornado.

Ele sabe, pensou Lenna. *Ele sabe que estou atrás dele.*

Quando ela imaginara esse momento, ele se desenrolara devagar. Um passo ou dois, uma virada lenta. Mas não foi assim. De uma só vez, o sr. Morley se virou como um animal, como uma presa que fareja um predador na floresta. Ao encará-lo, a pele de Lenna formigou, a sensação como milhares de alfinetes dentro dela, lutando para sair.

Ele olhou para as mãos dela.

— Srta. Wickes — cumprimentou ele, notando o castiçal. Ela ainda não o tinha erguido. Ele poderia pensar que ela apenas pretendia acendê-lo, ou poderia ter pressentido seu objetivo sinistro. — Vejo que está pronta para a reunião, pelo menos — disse ele, olhando-a de cima a baixo.

Por cima do ombro dele, Vaudeline estava imóvel, o colete mole nas mãos. Ela deu a Lenna um único e lento aceno de cabeça, um sinal silencioso, comunicado apenas por seus olhos em chamas.

— Eu não participarei da reunião mediúnica, na verdade — respondeu Lenna, sua voz falhando.

O sr. Morley inclinou a cabeça de lado.

— Perdão? — Ele se virou de leve, olhando para Vaudeline em busca de uma explicação.

Lenna aproveitou o momento. Com cada grama de fúria que conseguiu reunir, ela ergueu o braço. Exalou com força — fazia quanto tempo que vinha prendendo a respiração? — e desceu o castiçal em um arco, acertando-o contra a face do sr. Morley e o osso de seu nariz. Quando o golpeou, as palavras de Vaudeline ecoaram em seus ouvidos: *Você só terá uma chance, entenda.*

Algo estalou — osso ou latão? — e então veio um uivo selvagem de indignação e dor, o som mais horroroso que ela já ouvira. Ele fechou os olhos com força, lágrimas escorrendo deles, e caiu no chão com um ganido.

Lenna olhou para a porta enquanto Vaudeline, ainda trêmula e só de camisola, pegou um casaco. Contudo, esse único momento se mostrou longo demais. Deitado no chão, o sr. Morley esticou o braço e agarrou o tornozelo de Vaudeline. Mesmo na meia-luz, Lenna conseguiu notar o branco no nó dos seus dedos, a fúria em seu rosto.

Ele não soltaria Vaudeline, isso estava claro.

Lenna gritou, cobrindo a boca com os dedos. Ela falhara. Não tinha batido nele com força suficiente.

Enquanto tentava chutar a mão do sr. Morley, Vaudeline articulou sem som duas palavras para Lenna. *Vá. Agora.*

Não havia tempo para pensar, não agora. Elas tinham conversado sobre essa exata situação. Lenna saiu correndo do quarto, sem olhar uma última vez para Vaudeline. Ela não conseguiria suportar a expressão inevitável no rosto dela, fosse orgulho, ternura ou pavor. Também não suportaria mais um momento sequer sob o olhar sangrento do sr. Morley.

Ela só precisava escapar, escapar. Saiu correndo do quarto e moveu a estante com facilidade, sabendo que com isso trancava a mulher que mais desejava com um homem em quem ela não podia confiar.

Tudo isso por Evie.

Ainda assim, ela o fez. Comprou tempo e pagou um preço alto por isso, a segurança de Vaudeline sendo o maior deles. Lenna precisava usar essa oportunidade com sabedoria.

Ela correu na direção da porta dos criados, aquela que ela e Vaudeline usavam desde que haviam chegado à Sociedade, sempre acompanhadas do sr. Morley. Abriu alguns centímetros, examinando o beco escuro lá fora. Ele estava vazio, exceto por algumas carroças estacionadas. Lenna saiu de fininho pela porta e se esgueirou pelo muro escuro do prédio, movendo-se com a agilidade e o silêncio de um gato.

Logo depois, alcançou o pesado portão de madeira, a entrada para os estábulos. As cavalariças.

Acima delas, a janela dos aposentos no segundo andar brilhava com a luz de uma lâmpada fraca. *Bennett está acordado,* ela pensou. Ele estava esperando, afinal, para levá-las até a reunião mediúnica. Lenna correu para os estábulos, que cheiravam a feno fresco e couro oleado. Assim que entrou, deu um espirro.

Notou uma escada estreita de madeira que levava para cima, a parede de um lado forrada de bridas e rédeas penduradas. No topo da escada, ela bateu na porta. Esperou, soprando ar quente nas mãos, pensando na condição do sr. Morley... e na de Vaudeline.

A porta se abriu. Se o bilhete não era prova suficiente, isso certamente era. Bennett não podia ser surdo se ouvira a batida na porta.

— Você não é surdo coisa nenhuma — afirmou Lenna, sua respiração fraca.

— Não — disse ele, examinando os degraus vazios atrás dela.

Ela seguiu o olhar dele, então franziu o cenho.

— Por que abriu a porta? Podia ser o sr. Morley.

— Eu te ouvi espirrar.

Muito sensato. Lenna assentiu.

— Me conte o que você sabe — pediu ela.

— Onde está...?

— Por favor — insistiu ela. — Eu só tenho um ou dois minutos. O sr. Morley... sobre o que ele estava mentindo?

Bennett deu um suspiro longo, apoiando seu peso contra o batente da porta.

— Ela e eu éramos amigos — respondeu ele, sua boca rígida.

— *Ela?*

Ele confirmou.

— Evie. — Sua voz estava rouca e embargada, como se não a usasse havia muitos dias.

Lenna o encarou.

— Você conhecia minha irmã?

— Conhecia. Porém, não percebi que ela era sua irmã até hoje, mais cedo, quando você falou com o sr. Morley sobre isso. — Ele passou o peso de um pé para o outro. — Nós nos conhecemos alguns anos atrás. Às vezes eu dirigia o coche do meu pai para ganhar um dinheiro extra e Evie era uma das minhas passageiras. Nós ficamos amigos. Então, no início do ano passado ela me contou que a Sociedade Mediúnica de Londres havia anunciado uma vaga para cocheiro. Por que ela sabia dos anúncios da Sociedade, eu não faço ideia. O pagamento era… é… muito bom. O anúncio dizia que eles tinham se envolvido com uma nova organização de caridade que apoiava os surdos e portanto dariam preferência a candidaturas que contemplassem essa categoria. — Ele afastou as mãos, então as deixou cair. — Não é algo difícil de fingir.

Ela balançou a cabeça, incrédula.

— Você está na companhia certa. Muita coisa na Sociedade é fingimento.

— Sim, bem, depois de algumas semanas trabalhando aqui, Evie começou a me fazer perguntas. Quais membros pegavam a diligência, para onde eles iam, sobre o que falavam. Ela sempre queria saber o que eu tinha ouvido. Às vezes me pagava algumas moedas pelas informações.

Isso era uma surpresa. Lenna entendia os motivos de Evie para querer conhecer as técnicas da Sociedade, mas parecia que sua curiosidade a respeito do funcionamento interno da organização — quem fazia o quê — era mais profunda.

— Ela disse por que queria saber?

— Nunca. Mas também não pressionei. Sempre gostei de Evie e não via por que me intrometer nos assuntos dela.

Lenna olhou de volta para a escada, satisfeita ao vê-la vazia. Ainda assim, Bennett não havia respondido à sua pergunta.

— Seu bilhete disse que o sr. Morley estava mentindo. Sobre o quê?

— O envolvimento de Evie com a Sociedade. Ele disse que ela não participou de nenhuma reunião mediúnica, o que é totalmente falso. Eu a vi, embora ela estivesse disfarçada, na frente da Bow Street, 22 antes da reunião no verão passado. E mais uma ou duas vezes. O sr. Morley e Evie sempre entravam juntos nos eventos. Tenho certeza de que a peguei entrando escondida pela porta dos fundos da Sociedade uma ou duas vezes também.

Isso não era uma informação nova e Lenna controlou uma pontada de impaciência.

— Por que seu bilhete dizia *você precisa ficar longe dele*?

Bennett comprimiu os lábios.

— Sempre me perguntei se alguma coisa aconteceu entre o sr. Morley e Evie na véspera do Dia de Todos os Santos. Evie me disse que pretendia entrar escondida na festa da cripta, à qual eu sabia que muitos membros da Sociedade pretendiam ir. Ela perguntou se eu fazia ideia de quando o sr. Morley chegaria na festa. Eu não tinha certeza de que horas ele me chamaria, mas ela parecia bem preocupada em encontrar com ele quando estivesse lá. Não entendia por que raios ela queria evitá-lo na comemoração, considerando quanto tempo eles passavam juntos.

Lenna não desgrudava os olhos de Bennet.

— O sr. Morley estava estranho naquela noite também — continuou ele. — Eu perguntei quando deveria voltar para buscá-lo na festa. Para meu desgosto, ele me instruiu a deixar a diligência, dizendo que eu precisaria voltar para casa de outra forma. Disse que a festa iria até tarde e ele mesmo conduziria a carruagem para casa. Isso me deixou muito nervoso, porque os cavalos não gostam nada dele, mas a diligência é da Sociedade, os cavalos são da Sociedade. O que eu podia fazer além de concordar?

Bennett deu de ombros de leve, uma expressão de derrota no rosto.

— Todas essas ocorrências estranhas naquela noite, e agora sua irmã, minha amiga, está morta. Tenho certeza de que o sr. Morley sabe de algo — continuou ele. — Depois daquela noite, ele passou dias no escritório. Ouvi os outros membros falando sobre como ele não saía, que estava comendo lá, dormindo lá. — De repente, ele franziu o cenho. — Onde está o sr. Morley, afinal? E a reunião mediúnica ainda...? — Ele checou o relógio. — Deveríamos sair em alguns minutos.

Ela tinha ouvido o suficiente.

— Muito obrigada — sussurrou Lenna. — Eu te desejo... — Ela parou, olhando bem nos olhos de Bennett. — Eu te desejo o melhor.

— Aonde você...?

Lenna não ouviu o resto da pergunta. Em um instante, ela estava ao pé das escadas e havia saído pelo beco, correndo na direção da entrada de serviço da Sociedade de novo.

Ao entrar, ela congelou. Da sua esquerda, do fim do corredor, onde Vaudeline e o sr. Morley estavam trancados no quarto, veio uma batida clamorosa contra a porta, então uma corrente de xingamentos. Era a voz do sr. Morley. Ele estava acordado, vivo e tentando sair. Lenna parou por um momento, com medo de vomitar, esperando ouvir a voz de Vaudeline lá dentro, até mesmo um grito.

Mas ela não ouviu. Nenhum barulho.

Lenna não perdeu mais tempo. Virou à direita, na direção da escada, e subiu os degraus de dois em dois, o que era muito mais fácil de calça do que teria sido de vestido. Ainda assim, tropeçou uma vez, caindo com força de joelhos. Ela se esforçou para levantar, as mãos úmidas com lágrimas que ela não notara que estavam caindo pela face.

Furiosa e determinada, seguiu para a biblioteca. Depois dos comentários de Bennett a respeito do sr. Morley ter passado dias trancado em seu escritório após a véspera do Dia de Todos os Santos, ela precisava dar uma olhada.

Ela não tinha vela, então, no topo das escadas, tateou o corredor. Adiante, uma parede de vidro revelava a biblioteca. Logo no dia anterior, o sr. Morley dissera que seu escritório ficava atrás dela. Era um detalhe que ele tivera a insensatez de compartilhar.

Tempo, pensou ela, enviando as palavras pelas tábuas até o quarto onde Vaudeline e o sr. Morley estavam trancados. *Me consiga tempo, Vaudeline, para dar uma olhada.* Se ela pudesse, claro. Não ouvira nenhum som de Vaudeline e estava ciente de que, em seu estado exaltado, o sr. Morley poderia tê-la ferido com gravidade. Mas se Vaudeline não pudesse conseguir tempo para Lenna, a estante na frente da porta o faria. A barricada que o próprio sr. Morley havia instalado. Ele fazia ideia de que no final ela seria usada contra ele?

A porta da biblioteca estava trancada. Ela parou por um instante. Então, se virou, colocou o braço para trás e golpeou o painel de vidro da porta com o cotovelo. Com um estalo estridente, ele se quebrou. Ela passou a mão através da abertura irregular e girou a tranca.

Dentro da biblioteca, a parede oposta era feita de janelas. Lenna correu para uma delas e afastou as cortinas; a luz que entrou da rua era suficiente para que conseguisse enxergar ali dentro. Pilhas de livros se erguiam ao seu redor. Devia haver mil volumes naquela sala, se não mais. Enquanto seguia pelo corredor central, ela bateu contra um banquinho de madeira, amaldiçoando a dor aguda e repentina no tornozelo. Conseguiu sentir um vergão se formando na mesma hora, mas seguiu em frente, até o fundo da biblioteca: o escritório do sr. Morley.

Haveria algum sinal de Evie lá dentro? Seu caderno ou uma peça de roupa?

Chegou a uma porta fechada, a única porta, pelo que conseguia notar. Devia ser ali. Ela abriu.

Ao entrar, franziu o cenho. O espaço estreito mal poderia ser chamado de escritório. Era mais um armário: sem janelas, com uma pequena escrivaninha, alguns itens emoldurados e um sofá encostado contra uma parede. Pelo menos não levaria muito tempo para revistá-lo.

Ela começou pela escrivaninha. Era um móvel velho de mogno, pesado e todo arranhado. Uma lâmpada a óleo acima dele, com os fósforos ao lado, e Lenna não perdeu tempo em acendê-la. A escrivaninha, agora iluminada, estava coberta de arranhões e batidas. Não fora bem cuidada, mas nada no cômodo parecia ter sido. Péssimo para um vice-presidente.

Ela começou com os papéis em cima da escrivaninha. Recibos, registros, memorandos, cartas. Examinou-os com pressa, sem se dar ao trabalho de pegar as folhas que caíam no chão.

Então passou para a primeira gaveta. Meia dúzia de canetas-tinteiro rolaram e bateram umas nas outras quando ela a abriu. Vários frascos de tinta, azul e preta, foram afastados para o lado. Uma pequena bandeja continha pontas de caneta manchadas e gastas e, ao seu lado, havia um mata-borrão coberto por largos anéis de tinta. Ela tirou a gaveta dos trilhos e a deixou de lado, no tapete. Examinou a abertura na mesa, em busca de algo solto. Nada.

Em seguida, inspecionou a segunda gaveta, mas o conteúdo também era trivial e desinteressante: pilhas grossas de pergaminho em branco, mais velas e fósforos, um lenço, um cantil. Embaixo do cantil havia alguns panfletos obscenos. Ela os examinou rapidamente, sem se importar com as imagens vulgares. Colocou a gaveta no chão, gotas de suor agora brotando na testa.

A terceira e última gaveta não revelara nada além de uma pasta que dizia *Documentos da Propriedade Morley* — registros familiares de algum tipo? — e um livro fino, cuja capa dizia *Mulheres nuas: Um conto de amor curioso e divertido.* Ela descartou o conteúdo, deixando-o de lado.

Então começou a chorar. Não havia sinal de Evie ali e parecia idiota, agora, a ideia de que o sr. Morley fosse manter algum sinal dela em seu escritório. De qualquer forma, Lenna não conseguia aceitar que tudo que elas descobriram a respeito da Sociedade levaria a isso — um lugar sem resultados, sem resolução.

Puxou a terceira gaveta para fora dos trilhos, pronta para examinar atrás dela. Mas, ao removê-la, franziu o cenho. Essa gaveta, apesar de estar vazia, era pesada. Muito mais do que as outras duas.

Pressionou o fundo e uma das bordas se inclinou para baixo de leve. Franzindo a testa, ela pressionou com mais força esse lado do painel.

O lado oposto se ergueu o suficiente para que se deslizasse um dedo por baixo. Com cuidado, ela manobrou o painel para cima e o retirou da gaveta.

Ficou sem ar. O painel no fundo da gaveta não era o fundo coisa nenhuma. Era um painel falso; havia um compartimento escondido por baixo.

Um truque. Como muitas coisas que Lenna descobrira naquele lugar.

Dava para ver dois volumes dentro do compartimento escondido: uma pasta vinho, encapada em velino, e o canto de um caderno que ela reconhecia. Seu coração começou a martelar. Meses antes, após o assassinato da irmã, esse era exatamente o tipo de descoberta que ela esperava fazer ao revirar as coisas da irmã.

Ela puxou o caderno, passando as mãos por sua capa preta brilhante como se fosse uma relíquia. Estivera atrás dele desde a morte de Evie — sua ausência na mesa e na bolsa dela era suspeita — e lá estava ele agora, nas mãos de Lenna.

Ela manuseou o caderno com cuidado, os olhos úmidos com novas lágrimas quando o abriu. Evie nunca a tinha deixado espiá-lo e Lenna não conseguia ignorar a sensação de estar invadindo a privacidade da irmã morta. Ainda assim, folheou algumas páginas, examinando as fartas notas e listas de Evie. Ficou claro, bem rápido, que o caderno continha notas detalhadas a respeito dos golpes e procedimentos utilizados pelos homens da Sociedade Mediúnica de Londres, indicando como e quando ela havia identificado cada técnica.

Em alguns lugares, a caligrafia de Evie era quadrada e grossa, feita com uma mão determinada. Era como ela escrevia quando estava com raiva — Evie havia escrito mais do que algumas cartas para Lenna com uma letra parecida ao longo dos anos, brigas de irmãs.

Lenna afastou o caderno por um momento, sabendo que tinha localizado a pista mais condenatória contra o sr. Morley até o momento. Ali estava um objeto pessoal de Evie, escondido em uma gaveta falsa da escrivaninha dele. Isso provava que ele estivera envolvido, de alguma maneira, com a morte dela. Um crime passional parecia cada vez mais provável.

Lenna virou uma página do caderno, surpresa ao ver um envelope ali dentro. Mas sua surpresa se transformou em alarme quando notou o remetente no envelope e o carimbo do correio.

A carta vinha de Paris, enviada a Evie na segunda semana de outubro, duas semanas antes de sua morte.

E havia sido enviada por ninguém menos que Vaudeline D'Allaire.

Isso era perturbador. Vaudeline nunca dissera nada sobre ter escrito para Evie apenas quinze dias antes de sua morte.

Lenna retirou a carta, sem se importar quando uma das dobras se rasgou entre seus dedos. Ela ergueu o papel para a luz, passando os olhos pelos traços fracos de tinta. A caligrafia era reconhecível, uma vez que ela a tinha visto diversas vezes nos últimos dias, estudando ao lado de Vaudeline.

Quanto à exposição da Sociedade e seus segredos que será compartilhada com o Standard Post *no ano que vem...*

Lenna franziu o cenho. A *exposição?* Isso não fazia sentido. Ela puxou a gola do suéter, que havia começado a arranhar sua pele de forma desconfortável. Estava atordoada, de repente. Atordoada e lendo errado, obviamente.

Olhou para o fim da carta, verificando o remetente — Vaudeline — e então releu a primeira frase. *Quanto à exposição...*

— Eu não entendo — murmurou para si mesma. Suas mãos ficaram dormentes. Sua visão ficou fraca, embaçada. Sob a luz baixa, ela passou os olhos pela carta, que se distorcia e ondulava sob as lágrimas, discernindo apenas fragmentos.

... um trabalho impressionante, seus meses de investigação e sua habilidosa sedução do sr. Morley...

... Você simplesmente precisa encontrar um jeito de furtar a pasta vinho; poderia ser o golpe final, e enviá-lo junto com a exposição...

... eu não posso fazê-lo, estando em Paris como estou...

... vingança por Eloise e para consertar tudo isso...

Lenna começou a tremer tanto que a carta caiu de suas mãos e flutuou até o chão.

Exposição. Vingança. Evie não estava trabalhando com a Sociedade. Ela estava trabalhando *contra* eles.

Lenna pensou nas estranhas idas e vindas de Evie antes de sua morte, na sua pesquisa cuidadosa e nas notas a respeito de táticas questionáveis de espiritualismo, e na presença de Evie em todas as palestras da Sociedade.

Não era fanatismo, como Lenna acreditara a princípio.

Não era um conluio com criminosos, como ela acreditara até horas antes.

Era investigação.

No entanto, embora essa revelação redimisse os motivos de Evie em um instante, passava a culpa para outro lugar: Vaudeline. De acordo com a carta, ela encorajara, até *implorara* a Evie para que assumisse seu lugar investigando a Sociedade depois que ela partira de Londres para Paris. Essa carta era um chamado à ação. *Você simplesmente precisa encontrar um jeito,* ela dizia.

Lenna caiu de joelhos e continuou lendo.

> *… muito próxima ao sr. Volckman, o que significa que fui a muitas das festas na adega organizadas pelo amigo dele, sr. Morley. A mais extravagante e lendária é sua festa na véspera do Dia de Todos os Santos, que eles chamam de baile da cripta. Por que não se disfarçar como você tem feito e entrar escondida na festa?*
>
> *… elas sempre começam às sete. Às nove, o salão estará repleto de bêbados. Entre discretamente nesse momento e siga até a cave de vermute. O sr. Volckman uma vez me revelou que é ali que o sr. Morley guarda seus documentos mais privados. Não posso garantir nada, mas me pergunto se por acaso a pasta estaria lá…*

A mensagem era clara: *Coloque suas mãos na pasta.* Na carta, Vaudeline o chamara de golpe final. Lenna olhou para o segundo item escondido na gaveta. Era, de fato, um volume na cor vinho. Ela o puxou, girando-o nas mãos. Talvez contivesse informações a respeito das estratégias utilizadas pelos calhordas dentro da organização? Evidência condenatória, com certeza.

Qualquer que fosse o caso, era óbvio que Vaudeline usara sua amizade com Volckman e seu conhecimento das festas de Morley para mandar Evie para uma situação perigosa. Ela incentivara Evie a fazer o trabalho sujo. Infiltrar-se. Investigar. Expor a Sociedade, roubar a pasta, entregar tudo para o *Standard Post*.

E esse trabalho sujo havia matado Evie.

— Não, não — sussurrou Lenna, ainda de joelhos no chão.

Ela se inclinou para a frente, achando que ia vomitar, e repassou as últimas semanas, começando com o momento em que chegara à porta de Vaudeline. Ela contara a Vaudeline que sua irmã, Evie Wickes, fora morta. Vaudeline a convidara a ficar, ignorando seu cronograma normal de aulas. Então começara a acelerar o treinamento de Lenna, qualquer coisa para buscar vingança por Evie o mais rápido possível. Ela atribuíra isso à simpatia por uma antiga aluna, talvez tingida de algo a mais, quem sabe uma afinidade por Lenna, mas agora não estava tão certa.

Com ou sem intenção, Vaudeline mandara Evie para um ninho de cobras com aqueles homens. Lenna se lembrou de como Vaudeline começara a chorar ao receber a carta do sr. Morley anunciando a morte de Volckman. Nesse momento, ela devia ter compreendido que, em sua caçada pelos maus elementos da Sociedade, mandara *duas* pessoas para a morte.

Tudo parecia distorcido sob essa nova lente de verdade. Todas as interações que Lenna e Vaudeline tiveram nas últimas semanas — a proximidade delas, a vulnerabilidade, o afeto… Até que ponto isso tinha sido real? Considerou, mais uma vez, a atuação competente de Vaudeline no caminho para o bordel mais cedo. Uma sensação de desconforto havia se instalado em Lenna então, ao ver quão bem Vaudeline tinha enganado os homens. Lenna devia ter prestado atenção nessa sensação.

Quanta coisa Vaudeline mantivera escondida. Lenna teria preferido a verdade a respeito de Evie a um beijo demorado no rosto. Ela teria trocado cada aperto das mãos, cada olhar de expectativa, por ao menos uma gota de honestidade por parte de Vaudeline.

Lenna não conhecia nada de Vaudeline, não sob a luz dessa descoberta. Ela parecia tão mentirosa quanto os homens da Sociedade Mediúnica de Londres. Quem era, de verdade, aquela mulher?

Por um instante, Lenna se esqueceu de onde estava — naquele cômodo sufocante, naquela sociedade de mentiras, naquela cidade onde sua irmã fora morta — e sua visão começou a ficar borrada. Ela se sentiu sozinha, sabendo que sua única aliada, Vaudeline, não era aliada coisa nenhuma. Era, em vez disso, uma estranha. Uma mentirosa cheia de segredos, uma mestre do engano.

Pior, era uma mentirosa para quem Lenna acabara de confessar seus sentimentos. *É você que eu quero,* ela dissera a Vaudeline pouco antes.

Mas não mais, não depois disso. Lenna não queria parte nenhuma de Vaudeline.

Ela deixou a carta e o caderno de Evie de lado. Incapaz de resistir, pegou a pasta, abriu-a e começou a ler o conteúdo que Evie e Vaudeline queriam tanto ter em mãos.

27

 SR. MORLEY

Londres, domingo, 16 de fevereiro de 1873

Eu devia ter notado a ausência de Lenna quando entrei no quarto de depósito, mas, ao ver Vaudeline quase despida, o desejo obliterou meus sentidos.

A dor e o choque do que aconteceu em seguida impediram a formação de qualquer memória. Senti algo atrás de mim, me virei rapidamente e fiz uma pergunta, que não consigo lembrar, para a srta. Wickes.

Quando voltei a mim, minhas mãos estavam sujas com o sangue que escorria do meu nariz. Agarrei o que estava mais perto, o tornozelo de Vaudeline.

Assim que consegui me levantar, eu me joguei na direção da porta, tentando deixá-la aberta, e então parei, estupefato. Lenna havia nos deixado presos ali, da mesma forma que eu fizera.

Joguei o corpo contra a porta de novo, tonto e soltando xingamentos. Ao olhar para minha calça, fiz a aterrorizante descoberta de que havia urinado depois de ser golpeado. Vaudeline continuava com as costas pressionadas na parede oposta, uma expressão tímida no rosto. Parecia estar chorando, talvez.

Pensei ter ouvido um clique da porta que levava para o beco. Se era a srta. Wickes, torci para que ela pretendesse correr de volta para casa, fugir dali. Contudo, eu me perguntei se ela era mais esperta do que isso e fiquei apavorado ao pensar no que poderia estar buscando: a biblioteca, meu escritório.

Chutei a porta com mais força e uma rachadura se formou em volta da maçaneta. Repeti o movimento algumas vezes. Se conseguisse quebrar parte da porta, então passar a mão por ela e afastar a estante...

Por quanto tempo a porta aguentaria? Olhei em volta, desejando encontrar algo para golpeá-la. De repente, um barulho de vidro quebrado veio de algum lugar acima de mim. *A biblioteca,* compreendi, quase gritando.

Corri para a cadeira na lateral do cômodo e a bati com força contra a porta. Fiz isso por alguns minutos, mas foi menos eficiente do que meu próprio ombro, e uma perna da cadeira se partiu ao meio. Eu me joguei contra a porta mais uma vez, ciente de que cada instante que passava permitia à srta. Wickes encontrar o compartimento escondido sob a terceira gaveta da escrivaninha.

Naquela tarde chuvosa de outubro, quando terminei de ler a correspondência, animado com os dois novos interessados que elogiavam o trabalho de Evie, algo chamou minha atenção a alguns metros de distância, embaixo do sofá no qual Evie e eu estivéramos na noite anterior. Parecia bastante com *outro* envelope. Será que tinha caído da minha pilha? Impossível, a menos que ele tivesse voado para o outro lado do cômodo. Soltei a espátula de abrir cartas e fui pegá-lo.

Eu li a frente — o remetente e o destinatário estavam escritos à mão, em letra de forma — e no mesmo instante minhas palmas ficaram pegajosas. A carta estava destinada a Vaudeline D'Allaire e a remetente era ninguém menos que Evie Wickes. Ela estava carimbada, pronta para ser enviada. E o envelope era bem grosso. Em volta da borda havia pequenas ilustrações, pardais e ovos de pássaros.

Contrariado, fiquei olhando para o sofá enquanto relembrava da noite anterior. Evie colocara sua bolsa de couro bem perto de onde eu encontrara a carta. Deve ter caído da bolsa.

Considerei minhas opções: poderia devolver a carta fechada para Evie da próxima vez que ela fizesse uma visita ou poderia deixar a carta no correio, uma vez que eu mesmo teria que enviar as cartas da Sociedade naquele dia.

Mas havia uma terceira opção.

Fui até a porta do meu escritório e a tranquei. Então, enfiei a lâmina da espátula no envelope e o rasguei.

Puxei a missiva lá de dentro, seis páginas ao todo, e comecei a ler.

No primeiro parágrafo eu soube que o conteúdo seria impiedoso.

Como sua antiga aluna, sinto que preciso compartilhar essa informação com você. Eu me vi em posse de informações relacionadas à Sociedade Mediúnica de Londres e determinei que parte das atividades de mediunidade realizadas pela organização não são de forma alguma legítimas, lícitas ou morais. Pelo menos um dos homens de dentro da Sociedade é um ator e golpista abominável, e passei boa parte do ano recolhendo notas para uma exposição longa e anônima que revelará tudo em detalhes, incluindo nomes, datas e locais quando possível.

Minhas dúvidas a respeito da Sociedade se originaram mais de um ano atrás, depois da morte da minha melhor amiga, Eloise Heslop. A Sociedade realizou a reunião mediúnica para ela, e eu a achei suspeita e inútil. Tinha mais alguns palpites a respeito deles também. Eu pretendia entrar escondida na sede da Sociedade uma ou duas vezes e talvez obter alguma informação sobre suas verdadeiras atividades.

O que não imaginei era eu estar envolvida nessas atividades. Mas quanto mais perto chegava do funcionamento interno do lugar, mais entendia quão profundos eram os esquemas. O que começou como frustração e ressentimento após a reunião de

Eloise logo evoluiu para mais. Estou, para colocar de forma simples, horrorizada com o que descobri.

Estou em uma posição única para expor toda a farsa, tendo frequentado (disfarçada) diversas palestras e reuniões mediúnicas organizadas pela Sociedade. Além disso, fui enviada para diversos velórios e funerais nos quais minha tarefa era buscar enlutados ricos e elogiar a reputação da organização. Na verdade, eu não elogiei nada, só me mantive em silêncio, respeitosamente. Então forjei um par de cartas para o vice-presidente da Sociedade que me mandara para esses eventos, fazendo-o acreditar que os enlutados queriam, de fato, contratar os serviços da Sociedade.

Só conseguirei manter essa farsa por algum tempo. Pretendo enviar meu relatório ao Standard Post *no ano novo. A Sociedade maculou a arte do espiritualismo e a corrompeu, mas essa não é sequer a pior parte. Eles abusam dos vulneráveis, especialmente mulheres.*

Ela seguia em frente com uma lista de mais de vinte táticas e técnicas da Sociedade, só isso ocupava mais de metade da carta. Os esquemas eram detalhados e precisos. Eu conhecia todos eles — por Deus, fora eu quem os contara a ela.

Enquanto lia, as palavras diante de mim se embaçaram, tão consumido eu estava pela incredulidade e pelo medo. Eu achava que Evie era gananciosa como eu, pensei que ela desejava sucesso e fortuna, assim como a Sociedade, e trapacearia e falsificaria para chegar lá.

Mas *isso*? Isso significava que ela vinha encenando esse tempo todo. Eu me lembrei do entusiasmo dela com a ideia de ser uma cúmplice remunerada e como ela começara a rir quando entendera o que eu estava oferecendo. Que constrangimento. Devia ter conseguido identificar um igual. A única diferença entre mim e Evie era que, como mulher, ela podia enfiar sua faca no meu calcanhar de Aquiles: meu desejo por ela.

Meu estômago se revirou quando me lembrei de outra coisa. *Eu acho extraordinárias*, ela me disse bem no início, *as maneiras pelas quais você é diferente.* Fui encorajado pela ideia de que nem toda mulher em Londres sentia repulsa pela minha marca de nascença. Mas agora descobri que era uma mentira. Um engodo. Esse golpe contra minha dignidade — eu realmente tinha começado a acreditar que era digno dos desejos de alguém — era tão ruim quanto a carta em si.

Estou em uma posição única para expor toda a farsa, ela escrevera. *Uma posição única,* realmente — se já houve um duplo sentido, era esse. Espiei o canto da minha mesa onde Evie estivera empoleirada muitas vezes, as roupas torcidas e puxadas de lado.

Continuei lendo a carta, e, embora não acreditasse que fosse possível, o conteúdo ficou pior.

> *Eu venho seguindo discretamente um dos membros desde o início do ano, um vice-presidente de departamento, o sr. Morley.*

— Meu Deus! — exclamei, me lembrando do nosso primeiro encontro, quando Evie se vestira como homem e frequentara a palestra sobre ectoplasma.

Naquele dia tive a vaga sensação de que conhecia aquele rosto, de que já o tinha visto uma ou duas vezes pela cidade. Devia ter confiado nesse instinto.

> *Notei que o sr. Morley às vezes carrega consigo uma pequena pasta de cor vinho. Comecei a suspeitar que essa pasta pode conter evidências condenatórias contra a Sociedade, evidência de seus atos mais severos, escritos na própria letra dele.*

Enquanto lia essas palavras, meu estômago afundou.
A pasta. Ela tinha notado.

> *Pretendo continuar atrás do sr. Morley e espero tomar posse da pasta. Uma vez que tiver feito isso, vou enviá-lo com meu relatório. Embora eu mantenha o anonimato, tenho certeza de que ele saberá que sou a autora. Quando tudo vier à tona, precisarei pedir asilo por um tempo, talvez por meses. Espero*

que permita que eu me junte a uma segunda turma, dessa vez em Paris. Seria algo que poderia considerar?

Como uma nota final: sempre me perguntei a respeito de sua partida súbita e discreta de Londres. Imagino que você estivesse seguindo uma trilha parecida? Ainda assim, espero que essa carta seja uma notícia bem-vinda para você. Uma forma de vingança contra homens que manipulam e tiram vantagem de enlutados. Vingança, afinal, é o princípio sobre o qual você construiu toda a sua carreira.

Espero ansiosa pela sua resposta.

Sinceramente, sua amiga e aluna devotada,
Evie R. Wickes

Baixei a carta, gelado. Então olhei para as duas cartas que lera pouco antes, tão encantado. Ela as havia forjado. E agora que olhava mais de perto, conseguia ver que a caligrafia de uma tinha similaridades com a outra. A mesma inclinação da mão. Eu fora um tolo de não notar de imediato.

O que mais Evie tentaria? Esperaria qualquer coisa dela agora.

Minhas roupas, ainda úmidas da chuva, pareciam frias como gelo contra minha pele.

— Eu a deixei passear entre nossos segredos — murmurei para mim mesmo, humilhado.

Apesar das muitas vezes que me despira com a mulher, de repente me sentia mais nu e exposto do que nunca.

Fui até minha escrivaninha, ergui meu pulso no ar e o baixei com força. A pancada reverberou pelo cômodo, sacudindo as paredes finas. A missão da Sociedade, fixada na parede em sua moldura de madeira, se soltou e caiu no chão.

28

LENNA

Londres, domingo, 16 de fevereiro de 1873

Com a pasta nas mãos, Lenna deu alguns passos até o lampião, desviando da pilha de papéis e gavetas que ela deixara de lado. Inclinou o volume, estudando-o mais de perto.

Não havia nada escrito ou qualquer marca do lado de fora; a pasta era suspeita em sua sutileza. No verso, uma pequena anotação: *SLSE Arranjos Especiais.*

Não era um volume impresso, mas uma coleção de recortes de jornais e notas sortidas na frente, seguidas de breves notas manuscritas no final. Lenna começou com os recortes: obituários e avisos de morte e, por mais estranho que fosse, diversos registros de casamentos, heranças e escrituras relacionados a famílias ricas de Londres. Nos obituários, alguém havia sublinhado nomes de viúvas e filhos sobreviventes. Estranho, mas se alinhava com o que ela suspeitava da Sociedade. Eles buscavam os ricos.

Ela foi até as folhas de pergaminho que estavam por baixo de tudo, notando que continham nomes, cada um com um curto parágrafo abaixo.

Lenna parou numa página aleatória, um registro feito mais de um ano antes, e então leu:

Sr. J. Flanders, Berkley Square, 31 anos. Recém-casado com Henrietta, 29, filha única e herdeira de Lorde Stevens. Propriedade em Berkeley foi um presente de casamento de Lorde Stevens, além de considerável pensão anual paga a Henrietta. Sem filhos. Flanders tende a sair tarde do banco às terças-feiras, e às 8 da noite janta no restaurante a oeste da Golden Square.
   Membro jurador candidato: sr. Steele.
   Pagamento anual estimado à Sociedade: £550.
   Caso revisado e acordos assinados em 4 de setembro de 1871.

Lenna franziu o cenho para essa estranha anotação, cujo foco era claramente a esposa, Henrietta, e sua fortuna. Quem fizera essa nota? E por que os detalhes específicos a respeito das idas e vindas do sr. Flanders?

Ela virou algumas páginas e leu mais.

Sir Christopher Blackwell, de Lincolnshire, agora residente de Westminster.

Nessa primeira linha, a respiração de Lenna falhou. Todo mundo em Londres sabia da morte de Sir Christopher Blackwell, tarde da noite, no final de fevereiro. Os jornais a haviam relatado, por conta do renome dele. A polícia determinara que ele fora espancado com algum objeto pesado em seu escritório. O culpado nunca foi pego.

Lenna continuou a leitura.

Blackwell quebrou o quadril há poucos dias e ficará em casa pelo futuro próximo. Passa a maior parte do tempo no escritório, entrada direta pelo lado norte da casa.
   Membro jurador candidato: sr. DeVille.
   Pagamento anual estimado à Sociedade: £830
   Caso revisado e acordos assinados em 18 de fevereiro de 1872.

A pele de Lenna começou a formigar. Algo estava muito errado ali. Um registro a respeito de Blackwell, incluindo uma menção a seu escritório e o caminho até ele, apenas dias antes de o homem ser encontrado morto nesse exato cômodo? Coincidência demais. Um calafrio profundo a percorreu. Voltando a si, Lenna folheou mais algumas páginas.

Sr. Richard Clarence, cocheiro da diligência do departamento. Fez ameaças repetidas de revelar conhecimento interno que adquiriu na Sociedade.

Membro jurador candidato: ——

Pagamento anual estimado à Sociedade: ——

Caso revisado em 8 de março de 1871, sem acordos.

— Meu Deus — sussurrou Lenna para si mesma.

Essas anotações, todas elas, apontavam para uma verdade terrível. Não era surpresa que essa pasta estivesse escondida sob um fundo falso na gaveta do sr. Morley. Era um *livro da morte.*

Lenna não perdeu mais tempo folheando — seguiu direto para as páginas finais, até as anotações de outubro.

Havia outro nome que ela buscava. Não um conde, nem uma herdeira, mas alguém muito mais importante. Alguém que se infiltrara na Sociedade, descobrira alguns de seus segredos e estava no rastro do maior deles.

Remexendo na pasta, ela finalmente achou as anotações feitas em outubro. Veria o nome de Evie, com certeza, a qualquer momento...

Mas então franziu o cenho. Setembro, outubro, mesmo novembro. O nome de Evie não estava em lugar algum. Não fazia sentido. Sabendo que Evie estivera de fato trabalhando contra a Sociedade, o sr. Morley tinha motivo para matá-la. Sem falar que o caderno dela estava escondido na escrivaninha dele. Por que, então, ele não registrara o nome dela?

Ela não tinha tempo de ficar fazendo elucubrações. Levantou-se, e respirou fundo para se firmar. Ela descobrira o verdadeiro segredo da Sociedade. Esse volume era uma evidência poderosa contra o sr. Morley; não era à toa que Evie quisera colocar as mãos em seu conteúdo. *A polícia e os jornais adorariam dar uma olhada nisso,* pensou Lenna. *Evie sabia disso também.*

Ela resolveu roubar a pasta e o caderno de Evie, sair pela porta dos criados e ir direto para casa. Existia a possiblidade de encontrar o sr. Morley na saída, se ele tivesse conseguido abrir caminho pela porta, então ela agarrou uma espátula de abrir cartas que estava em cima da mesa. Estava tão atordoada de fúria e dor que acreditava que seria capaz de enfiar a espátula bem no olho dele, se necessário.

E quanto a Vaudeline, ela estava segura? Viva? Sã e salva? *Não interessa,* disse Lenna a si mesma. *Ela me traiu... e Evie também.* Sentiu um nó na garganta, mas ela decidiu que não se importava com o que acontecesse com Vaudeline naquela noite. Que ela morresse. Devia ter ido atrás da Sociedade ela mesma, não pedido a uma aluna que fizesse seu trabalho sujo.

Lenna olhou de novo para a carta que Vaudeline escrevera para Evie. Ela mencionava *Eloise.* Que estranho. O que Evie teria escrito para Vaudeline a respeito dela? Talvez mencionasse que os homens da Sociedade realizaram uma reunião ridícula depois da morte de Eloise, ou talvez falasse sobre...

Lenna arquejou. O livro da morte. E se Evie suspeitasse *disso*?

Ela voltou rapidamente para as anotações de janeiro de 1870, o mês em que Eloise morreu. Ali, no final da página, estava anotado:

Sr. L. Heslop, interesse financeiro significativo nas indústrias de aço e ferrovias. Caminha toda noite aprox. 19:30, ao longo da borda sudoeste do Regent's Park; entra pelo York Gate e caminha em sentido anti-horário pelo lago.

Membro jurador candidato: Sr. Cleland.

Pagamento anual estimado à Sociedade: £1.000

Caso revisado e acordos assinados em 12 de janeiro de 1870.

Lenna não conseguia acreditar. Começou a soluçar, entre lágrimas, tentada a jogar a pasta contra a parede. O sr. Morley matara o sr.

Heslop. E uma vez que Eloise acompanhava o pai nessa caminhada, ela tinha sido assassinada também.

Durante anos, Lenna e a família e os amigos de Eloise acreditaram que o sr. Heslop morrera tentando resgatar a filha que deslizara no gelo e caíra no lago. Como estavam errados.

Mas havia outro mistério a ser resolvido. Essa anotação mencionava o sr. Cleland, o homem com quem a viúva, a sra. Heslop, se casara em seguida. Sabia-se que ele acumulara significativas dívidas de jogo, e era listado na entrada como *membro jurador candidato,* devendo uma quantia enorme por ano à Sociedade.

Isso só podia significar uma coisa. O sr. Cleland era um peão nesse caro arranjo. Se ele se casasse com uma viúva rica, não apenas pagaria suas dívidas, como também poderia pagar à Sociedade essa extravagante taxa anual. A Sociedade coordenara a coisa toda, pelo visto — e provavelmente colocaram o plano em prática durante a reunião mediúnica para o sr. Heslop. Não fora permitido a ninguém estar lá, além da sra. Heslop.

Essa revelação era tão chocante que Lenna sentiu-se até feliz por Eloise não estar ali para descobrir a verdade sórdida.

O sr. Morley não era apenas um golpista e um manipulador. Ele não era apenas um fabricante de ilusões, um mestre do fingimento. Ele fazia muito mais do que só conduzir reuniões mediúnicas fraudulentas pela cidade enquanto deixava seus homens levarem mulheres para a cama.

Ele tinha um segundo esquema, muito pior: assassinava homens ricos, casava suas viúvas com membros da Sociedade — *juradores,* como os chamava — e coletava uma bela taxa anual do arranjo.

Um modelo de negócios perverso.

Mas como Morley poderia usar uma reunião mediúnica para convencer as viúvas a se casar com os juradores? Era isso que Lenna não entendia.

Ela também tinha pena do sr. Richard Clarence, o cocheiro da diligência que ameaçara revelar os segredos da Sociedade. O sr. Morley não hesitaria em matar seus próprios homens, qualquer um que ameaçasse expor o que sabia. Bennett disse que fora contratado no início do ano passado, então deveria ter sido logo depois que o sr. Clarence foi morto. O sr. Morley havia anunciado a vaga para um cocheiro surdo, sob o pretexto do envolvimento da Sociedade com uma caridade, mas essa era uma afirmação na qual Lenna não acreditava mais. O sr. Morley precisava de um cocheiro que não ameaçasse seus segredos.

Evie, Eloise. O sr. Morley tinha tirado de Lenna tudo que amara. Ela segurou a espátula com mais força.

Era hora de ir, mas então ouviu algo. Um estrondo.

Ela congelou, sua boca seca. Outro estrondo, então um grito. A quebra abrupta do silêncio a assustou, e o volume escapou de suas mãos.

Alguém acabara de passar pela porta da biblioteca, aquela que ela tinha quebrado. Alguém estava se aproximando dela naquele exato momento.

Ela olhou em volta — não havia nenhuma janela, nenhuma saída, exceto pela biblioteca — e então seus olhos pousaram na pasta aos seus pés. Ela caíra aberta na página mais recente.

Até então não tinha notado, mas havia um nome anotado às pressas na página mais recente. Um nome que ela conhecia. Dois nomes, na verdade:

Vaudeline D'Allaire e policial Beck.

E abaixo:

Loc: Reunião mediúnica de Volckman

Lenna perdeu o ar.

Era por isso que o sr. Morley chamara Vaudeline de volta a Londres? Não porque precisava da ajuda dela para resolver o assassinato de Volckman, mas por que pretendia matá-la? Ela era uma ponta solta, afinal. Sabia dos rumores e se correspondia com Evie.

E o Policial Beck... agora, *ele* parecia pouco mais do que um dos peões do sr. Morley. Vaudeline concordara em voltar a Londres, em boa parte, devido à proteção que ele poderia lhe oferecer. Ele fora um instrumento para que o sr. Morley coagisse Vaudeline a voltar para a cidade.

O ar deixou os pulmões de Lenna, e ela levou um instante para absorver tudo que tinha descoberto.

Então, notou o que estava escrito ao lado da anotação. Na margem direita, em tinta fresca, havia três palavras:

E Lenna Wickes.

O sr. Morley deve ter feito essa nota na véspera ou antevéspera. Ela fora uma acompanhante inesperada, afinal. Ele não sabia que teria que lidar com ela, até vê-la nas docas com Vaudeline. Lenna, sem saber, colocara a própria vida em risco. Ela deveria ter se separado de Vaudeline assim que chegou a Londres.

Mas não tinha feito isso. Tinha se envolvido com essa bagunça e com os esquemas do sr. Morley.

E agora ele pretendia matá-la, matar os três, na reunião mediúnica desta noite.

29

LENNA

Londres, domingo, 16 de fevereiro de 1873

Lenna demorou para entender que o odor subitamente almiscarado e salgado no escritório do sr. Morley era o cheiro do próprio suor.

Se o sr. Morley queria Vaudeline e ela mortas, só poderia ser porque elas tinham chegado perto demais da verdade a respeito da morte do sr. Volckman. Ou de Evie. Ou dos dois. Ele pretendia esmagar tudo que elas descobriram até então ou tudo que poderiam descobrir na reunião mediúnica.

Lenna teria passado mais tempo examinando os papéis, se não tivesse ouvido passos se aproximando. Só podia ser o sr. Morley ou Vaudeline.

Vaudeline. A mulher por quem Lenna tinha se apaixonado nos últimos dias. Ainda assim, Vaudeline vinha omitindo informações vitais a respeito de Evie e da Sociedade. Ela não era mais uma amiga. E, embora o nome dela também estivesse no portfólio, Lenna não se importava. *Que ela sofra nas mãos desses homens,* pensou. *Mas eu não. Vou sair daqui, de algum jeito.*

Rapidamente, ela se abaixou para fechar a pasta. Se o sr. Morley visse o que ela descobrira, não deixaria que saísse viva do prédio. Ela a chutou para o lado, de volta para a escrivaninha, como se não tivesse tocado nela, e segurou a espátula com firmeza, aguardando.

A porta do escritório se abriu com tudo, revelando o rosto ferido do sr. Morley. Ele estava sozinho, o corpo inclinado para a frente, como se prestes a entrar em colapso. Lenna deu um grito. Ele parecia meio morto, seu rosto contorcido e inflamado. Sangue seco se colava à gola da sua camisa. Um fedor emanava dele, pungente como urina. Sua face esquerda estava inchada até o dobro do tamanho normal, deixando o olho parcialmente fechado e lacrimejando. Ainda assim, não havia como confundir sua expressão. O olho ainda aberto estava arregalado e temível, cheio de ódio.

Evie conhecera esse olhar? Ela também o tinha visto em seus últimos momentos?

O sr. Morley avançou sobre ela, mas, assim que Lenna ergueu a espátula para se defender, ele parou. Seu olhar foi para o chão, para o caos de papéis e livros por todo lado.

— Que diabo…? — rosnou ele, uma expressão atordoada no rosto.

Examinou a pilha toda desordenada, talvez em busca da pasta, e então seus olhos caíram nela, ao lado da parede oposta. Imediatamente, ele cruzou o cômodo para pegar o livro da morte.

Ele o ergueu.

— Você leu isso?

Lenna agarrava a espátula com tanta força que começou a sentir câimbra nos músculos da mão.

— Não — mentiu ela. — Não vi mais nada depois que encontrei isso. — Ela apontou para o caderno de Evie sobre a mesa. — Você mentiu para mim na diligência hoje mais cedo. Por que está com o caderno da minha irmã?

Ele não pôde responder porque, por trás dele, veio um turbilhão de movimentos quando Vaudeline entrou correndo no cômodo, meio mancando e ainda de camisola, que agora estava ensanguentada e rasgada. Parou ao lado do sr. Morley, seu rosto marcado de lágrimas, faixas de sangue seco por seus braços pálidos. Era sangue dela ou dele? Não deveria importar para Lenna agora; ainda assim, ela deu uma rápida examinada em Vaudeline. Nada parecia quebrado, nenhuma ferida grave.

— Por que você está aqui? — gritou Vaudeline, olhando para Lenna. Apenas então ocorreu a Lenna como essa descoberta era inesperada para Vaudeline. Mais cedo, Lenna lhe disse que depois de escapar do quarto ela pretendia ficar em segurança. Em vez disso, tinha ido à residência de Bennett acima dos estábulos e então voltado ao prédio para arrombar o escritório.

— Eu também gostaria de saber — disse o sr. Morley, aproximando-se com seu passo vacilante. Ele parecia prestes a desmaiar e algumas gostas de suor pingavam de suas bochechas.

— Eu encontrei — repetiu Lenna. — O caderno de Evie, cheio de detalhes a respeito dos esquemas da Sociedade. Sei do relatório que ela planejava enviar. — Seu peito arfava enquanto ela dava inspirações curtas. — A carta de Vaudeline, eu vi isso também. — Lenna se virou de leve, encarando Vaudeline. — Você é tão mentirosa quanto todos eles.

A expressão de espanto e confusão no rosto de Vaudeline era tão verdadeira, tão completa, que Lenna podia ter aplaudido. *Uma atriz perfeita,* pensou.

— *Mentirosa?* — repetiu Vaudeline, engasgada.

Antes que ela pudesse responder, o sr. Morley arrancou a espátula da mão de Lenna em um movimento ágil. A dor foi instantânea. Ela soltou um grito e olhou para sua mão, onde o cabo trabalhado tinha aberto a pele delicada da palma.

O sr. Morley jogou a espátula para o outro lado do aposento. Ela caiu no chão, fora de alcance.

— Sua irmã era um rato — sibilou ele, de olho em uma lixeira ali perto, como se prestes a vomitar. — Com certeza você sabia do plano dela de expor tudo. Ela teria te contado. Ela te contava tudo.

Ele estava errado, mas Lenna guardou isso para si.

Vaudeline deu um passo na direção de Lenna e agarrou sua mão, colocando pressão diretamente na ferida aberta. Lenna fez uma careta, sentindo a ardência da pele salgada no corte.

— Precisamos cobrir isso — observou Vaudeline. — Está sangrando feio.

Ela olhou para o sr. Morley, notando o lenço que escapava de seu bolso. Sem pedir, ela o puxou e prendeu em volta da mão de Lenna. Não se preocupou com suavidade ou delicadeza; amarrou o tecido com firmeza, sem se importar em afrouxá-lo nem quando Lenna fez uma careta.

Lenna odiou como gostou disso, como algo dentro dela despertou com esse afeto rude. Ousou observar Vaudeline trabalhando, estudar o vale de suas clavículas e as bordas de seus lábios, todos os pequenos detalhes que ela desejara conhecer melhor, mas jamais iria. Que conflito sentia nesse momento. Detestava aquela mulher tanto quanto queria sorvê-la, o mais doce dos venenos.

— Pronto — disse Vaudeline, amarrando o nó. Por baixo dos cílios, ela ergueu o olhar para Lenna, como se tentando comunicar algo em silêncio.

Lenna desviou os olhos. Não podia mais confiar nela, não podia mais olhar em seus olhos, aquele lugar profundo onde tanto calor começara a florescer nas últimas semanas.

Ou assim Lenna acreditava.

De repente, ela queria gritar. Queria sacudir os ombros pálidos e macios de Vaudeline, enfiar as mãos naqueles cachos exuberantes. Que charlatã ela era! Uma sedutora, provocadora, uma pessoa sem limites ou moral.

Lenna se virou para a escrivaninha, localizando o caderno de Evie. Dentro dele, ela pegou a carta que Vaudeline escrevera a Evie. Desdobrou o papel, pronta para fazer acusações, quando o sr. Morley deu um passo à frente e puxou o papel da mão dela. Ele enfiou a carta no bolso.

O movimento abrupto pegou Lenna de surpresa. Ela congelou, franzindo o cenho para ele. Era incriminadora, ela compreendeu. A carta e o caderno de Evie não deveriam estar em posse dele.

— Você pegou as coisas dela antes ou depois de matá-la?

Ele riu. O sangramento do nariz havia cessado.

— Você acha que descobriu tudo, não é? — Ele checou o relógio e fez um movimento para a porta. — Estamos atrasados — disse ele. — Beck está esperando.

Ele estava falando da reunião mediúnica, é claro. O sangue de Lenna gelou.

O sr. Morley atravessou o cômodo na direção do sofá. Abaixou-se, tateando a base dele, então puxou um pequeno revólver escondido ali. Ele o sacudiu de leve, exibindo-o para as mulheres, então o enfiou no bolso interno do casaco.

É assim que ele pretende nos matar, pensou Lenna.

Ele seguiu para a porta. No caminho, pegou uma bolsa de lona pendurada em uma parede e então enfiou a pasta lá dentro. Ele se aproximou da escrivaninha e pegou o caderno de Evie e a carta de Vaudeline. Depois de guardá-los na bolsa, ele a passou pelo ombro e fez um gesto para que elas seguissem em frente.

Ainda assim, Vaudeline não fazia ideia do que a aguardava, que o sr. Morley pretendia eliminar as duas, tirá-las do caminho antes que pudessem causar mais problemas. Lenna não podia contar isso a ela, não com o sr. Morley na sala.

Mas mesmo que pudesse contar, ela o faria?

Tentaria salvar a mulher que a traíra?

30

SR. MORLEY

Londres, domingo, 16 de fevereiro de 1873

Peguei uma calça sobressalente no meu escritório e segui as mulheres escada abaixo. Passamos primeiro no banheiro, onde troquei de roupa e joguei água fria no rosto, limpando o máximo de sangue seco que consegui. Vaudeline fez o mesmo, mas ela ainda estava com sua camisola ensanguentada, então voltamos ao quarto de depósito, onde esperei com a srta. Wickes do lado de fora, revólver em mãos, ao passo que Vaudeline vestia algo decente.

Enquanto esperava ali, estudei a porta rachada, que minutos antes eu havia forçado. Foi necessário mais esforço do que imaginei, com certeza. Chutei a madeira até que, finalmente, um pedaço se partiu para fora. Usando as mãos, arranquei o máximo de pedaços que consegui, criando um espaço largo o suficiente para empurrar a estante para o lado.

Saí sem lançar sequer um olhar a Vaudeline. Eu sabia que ela me seguiria. Ela queria proteger a srta. Wickes, ajudá-la como pudesse. Todos aqueles olhares que trocavam — o desejo represado entre elas — eram evidentes. Sabia que para onde a srta. Wickes fosse, Vaudeline não estaria longe.

No segundo andar, a porta da biblioteca estava aberta, o painel de vidro estilhaçado. Por trás das estantes, consegui ver uma luz fraca brilhando lá no fundo. *Meu escritório.* Praguejei, correndo para lá, sem me importar com Vaudeline atrás de mim. Passei a mão por um dos olhos, uma secreção viscosa manchando minha palma. Cedo demais para ser pus, grosso demais para serem lágrimas.

Entrei no meu escritório, que emanava um brilho dourado por conta do lampião que eu mantinha na mesa e que a srta. Wickes devia ter acendido. Por um segundo, meu pior medo se materializou, pois uma pilha de papéis e gavetas quebradas estava largada no chão.

Segurando a espátula de abrir cartas como uma espécie de proteção, Lenna começou a lançar acusações: os golpes, o caderno. Mas então, para minha surpresa, ela se virou para Vaudeline e disse algo a respeito da carta, a que tinha a assinatura de Vaudeline. *Você é tão mentirosa quanto todos eles,* acusou.

Na mesma hora, agarrei a espátula da mão dela.

Qualquer coisa para quebrar o momento, desviar essa linha de discussão.

Em outubro, depois de encontrar a carta comprometedora de Evie para Vaudeline, eu saí do meu escritório, chocado com o que descobrira.

Com passos longos e lentos, segui pelos corredores até o saguão. Passei por algumas salas de reunião, ciente do meu nome sendo chamado uma ou duas vezes. Eu os ignorei, pouco interessado em conversar. Tinha uma tarefa a fazer, urgente, adequada a um vice--presidente com tendência a tomar algumas liberdades.

Assinei minha saída no livro de registros do saguão e parei para estudar as pequenas anotações e os números inclinados na página diante de mim. Pensei em estudar as páginas por alguns minutos, examinar a caligrafia. Talvez até praticar algumas fileiras de texto.

Então segui para a entrada da frente, com a intenção de dar a volta pelos fundos, em busca de Bennett. Mas, quando desci para a calçada, parei e me virei ao ouvir passos apressados.

— Sr. Morley — sussurrou Evie sem fôlego, parando ao meu lado.

Eu estava surpreso? Nem um pouco. Esperava algo assim. Quantas horas ela tinha me aguardado lá fora?

Estávamos na rua, à vista de todos, ela em seu disfarce habitual. Ainda assim, muita coisa havia mudado nela hoje. Seus olhos azuis estavam temerosos, sua testa de porcelana, enrugada de preocupação. Eu sabia o motivo.

— Evie — eu disse, dando um largo sorriso para ela. — O que foi? Você parece muito preocupada.

— Tem a-algo… — Ela gaguejou e enfiou as mãos nos bolsos. — Eu deixei cair uma coisa lá dentro. Não tenho certeza de onde. — Ela lançou um olhar desconfortável para o prédio.

Inclinei a cabeça de lado, como se estivesse falando com uma criança malcriada.

— A carta?

Ela ficou rígida.

— Sim. Uma carta, pronta para ser postada. Você a encontrou?

— Sim. Eu a postei há pouco tempo, junto com outras correspondências da Sociedade. — Eu me arqueei para trás, estalos suaves descendo pela minha espinha enquanto me alongava.

Logo em seguida, as rugas na testa dela diminuíram.

— Ah — disse ela, com um pequeno aceno. — Muito bem, então. Obrigada.

Eu não tinha terminado com ela, ainda não.

— Não pude deixar de notar que a carta era endereçada à srta. D'Allaire. Me perdoe, mas a curiosidade me venceu. Você e Vaudeline se correspondem com frequência? Eu sei que a admira há muito tempo, mas talvez não tenha entendido até que ponto…

Evie deu uma risada nervosa e olhou para seus pés.

— Na verdade, não, mas, tendo treinado com ela um tempo atrás, considerei que era o momento de lhe dar uma atualização a respeito do meu progresso.

— Uma bela atualização, então, a julgar pelo peso da carta.

Ela puxou a barra da manga.

— Sim, acho que sim.

Nós fixamos o olhar um no outro, e eu não deixei de notar: essa era a primeira vez que eu realmente via Evie Rebecca Wickes. A primeira vez que enxergava o que ela realmente era. *Um rato.*

O que dos últimos meses fora real e o que fora ilusão? Cheguei a considerar convidá-la para entrar, mas, quando examinei sua forma pequena e quase masculina, descobri que mal conseguia me sentir atraído por ela. Nada despertou em mim.

Curioso com que rapidez a verdade podia extinguir a afeição.

— Bem, lhe desejo um bom dia — proferi por fim.

Evie hesitou — estaria surpresa por não ser convidada? — e então me desejou o mesmo antes de seguir na direção de onde tinha vindo.

Depois que ela se foi, eu coloquei a mão sobre o peito. Pressionei de leve a carta macia dentro do meu casaco, sorrindo para o monte de papel ali.

A maldita missiva de Evie nunca chegaria ao correio.

Ela nunca cruzaria o Canal da Mancha.

Ela descobriria isso logo mais.

31

LENNA

Londres, domingo, 16 de fevereiro de 1873

Que visão eles deviam ser, entrando na diligência da Sociedade! O sr. Morley, com o rosto roxo e inchado. Lenna com um lenço branco enrolado firme em volta da mão direita. Vaudeline arrastando sua mala com livros e *outils* para a reunião mediúnica, uma pequena mancha de sangue seco na linha do cabelo. Ela devia ter deixado passar quando se limpou no banheiro.

Bennett se sentou na frente, rédeas nas mãos. Não havia necessidade da lousa naquela noite, já que todos conheciam o destino. Quando Lenna se acomodou na carruagem, com sua pequena bolsa de itens pessoais ao lado, Bennett se virou para lhe dar um olhar preocupado e temeroso. Ele se demorou na mão enfaixada; seus lábios se abriram, como se ele quisesse desesperadamente dizer alguma coisa.

Seguiram para o norte e então o oeste, na direção da Grosvenor Square, e então chegaram a uma rua estreita cercada de residências de tijolos. Várias vezes, Lenna olhou de esguelha para o sr. Morley, planejando como poderia atacá-lo, puxar a arma de seu bolso. Mas ele manteve os braços cruzados sobre o peito, e, além disso, o que ela poderia fazer com a arma? Não sabia atirar, nunca havia tocado em uma arma, e jogá-la de lado não lhe garantiria muita coisa. Mesmo que conseguisse se distanciar do sr. Morley, ele sacaria a arma e uma bala poderia cruzar toda essa distância em um segundo.

Finalmente, Bennett freou os cavalos e, pela janela da diligência, Lenna notou um homem parado na calçada próxima. O policial Beck.

Vaudeline se aproximou.

— Você não deveria estar aqui — disse ela, com severidade. — Mas, considerando que ignorou nosso plano, talvez queira saber que a adega para onde estamos indo fica depois daquela passagem, descendo um lance de escadas.

Lenna não se dignou a lhe dar um aceno de cabeça, embora por dentro tivesse apreciado a explicação. Ela tinha esquecido que Vaudeline fora a algumas festas naquele lugar.

O sr. Morley pegou o lampião e uma caixa de fósforos debaixo de um dos assentos da carruagem. Com o caminho iluminado, o grupo foi até o policial Beck, todos de cabeça baixa por causa do frio. Eles percorreram a passagem e então chegaram ao lance de escadas que Vaudeline mencionara. Ao lado delas havia uma rampa, que devia servir para rolar barris para dentro e para fora da adega.

— Meu Deus! — exclamou o policial Beck, seus olhos pousando nos três. Ele estudou a testa ferida do sr. Morley, seu olho inchado. — Seu rosto. Que raios aconteceu?

— Eu poderia lhe fazer a mesma pergunta — retrucou o sr. Morley, apontando para a cicatriz que se destacava no queixo de Beck.

O policial Beck soltou uma risada.

— Eu queria ter uma história melhor. Caí de um pônei quando tinha 16 anos.

Lenna sempre imaginara um motivo mais sinistro por trás da cicatriz do policial. O sr. Morley devia pensar como ela, porque seguiu em frente depressa.

— Lidei com uma… situação — disse o sr. Morley. — Envolvendo essas duas, caso não seja óbvio.

— Isso explica por que trouxe sua arma? — perguntou Beck, apontando com a cabeça para o revólver escapando do casaco do sr. Morley.

250

— Certamente um motivo mais válido do que o seu.

— Você sabe das minhas reservas quanto a esta noite.

A hostilidade entre os homens era palpável, mas a arma no quadril do policial Beck deu a Lenna um pouco de alívio. Apesar de ser um membro da amoral Sociedade, ele era mais um aliado do que o sr. Morley. Beck estava marcado de morte como ela, e isso os colocava no mesmo lado.

O sr. Morley destrancou uma porta de madeira e os levou para dentro. Então caminhou pelo perímetro da adega, acendendo as velas nas arandelas fixadas nas paredes de pedra a pequenos intervalos uma da outra. Em seguida, foi até a lareira, mas Vaudeline o aconselhou a não acendê-la; ela a cobriria com linho preto logo mais, de qualquer forma.

Com o cômodo recém-iluminado, Lenna arregalou os olhos, surpresa. Era uma cripta, mais que qualquer lugar em que ela já tivesse estado. O teto arqueado de pedra dava uma sensação de clausura, como um caixão. A ponta oposta do cômodo estava nas sombras e Lenna conseguia imaginar passagens que levavam para as profundezas da adega. Ainda assim, apesar da impressão agourenta do lugar, havia algo de sensual nele. As velas suavizavam o espaço com um brilho dourado e o ar parecia úmido, como se alguém estivesse por perto.

Lenna estimou que havia cinquenta barris, talvez mais, alinhados na adega. Em algumas prateleiras viam-se garrafas de vidro escuro, gim, uísque, vinho. Alguns dos rótulos indicavam que eles vinham de lugares distantes e exóticos como Spanish Town e o Sião. Não eram baratos, com certeza.

Quando Lenna avançou um passo, sua respiração ficou suspensa. Uma aura vibrante, azul-cobalto, piscou em seu olho esquerdo. Tinham se tornado quase familiares a ela, essas estranhas miragens em sua visão, combinadas com o formigamento nos dedos e o embrulho no estômago. Parada perto de uma das paredes, ela apoiou a mão contra a pedra fria. *É por saber o que o sr. Morley pretende fazer,* pensou ela, *é por saber que estou sozinha. Eu sou a única responsável por me salvar.*

Ela tentou absorver essa ideia, então balançou a cabeça.

Não, tem mais alguma coisa. Algo mais... peculiar.

A aura azul piscou e girou em sua visão. Ela pensou nas outras vezes que a tinha visualizado: na manhã da morte de Evie, durante a reunião mediúnica no castelo, e, mais recentemente, depois de ler o bilhete de Bennett a respeito do sr. Morley. Sempre havia atribuído a sensação ao nervosismo, mas agora não tinha certeza. Ela se lembrou dos comentários de Vaudeline a respeito de sua habilidade natural para a mediunidade, até mesmo a pergunta que ela tinha feito na noite da reunião mediúnica do castelo: *Você sentiu algo estranho nesta noite quando realizou os encantamentos?*

Lenna havia mentido e respondido *não*.

Agora se perguntava se existia algo mais. Talvez a sensação fosse menos nervosismo e mais intuição. Uma consciência inerente, ainda que infundada, de que algo significativo ocorreria.

— Por aqui — disse o sr. Morley, fazendo um sinal para que o grupo o seguisse. Eles caminharam alguns metros, passando sob um arco baixo. O ar ali cheirava a mofo e poeira. Por trás de uma fileira de barris estava uma mesa de madeira circular com diversas velas. — Acendo essas, srta. D'Allaire?

— Não — sussurrou ela. — Eu usarei minhas próprias velas. — Ela se aproximou da mesa de reunião, colocando sua bolsa no chão de pedra. Mas, quando deixou a bolsa, o som foi oco, como se ela tivesse sido solta sobre madeira, não pedra. Franzindo o cenho, Vaudeline bateu o pé no chão. — Há outra sala embaixo de nós, sr. Morley? — perguntou ela.

Ele a olhou desconfiado.

— De fato. Há uma adega inferior onde eu guardo o vermute. É alguns graus mais fria, os destilados envelhecem melhor lá embaixo. É também onde eu encontrei... bem, é onde eu encontrei o corpo do sr. Volckman.

Vaudeline franziu o cenho.

— Por que, então, não fazemos a reunião para ele lá embaixo?

— Mal há espaço para nós quatro ficarmos de pé, muito menos para arranjar uma mesa e cadeiras. Porém, como você acabou de notar, a adega inferior fica logo abaixo de nós.

Vaudeline assentiu, satisfeita com a explicação. Então removeu alguns itens de sua bolsa. Ao mesmo tempo, ela se aproximou, colocando os lábios próximos da orelha de Lenna.

— Por que você me chamou de mentirosa? — sibilou ela.

Lenna nunca tinha ouvido esse gelo na voz dela. Talvez Vaudeline estivesse com raiva por ter sido descoberta, ou talvez tivesse algo a ver com a mudança de planos de Lenna. Depois de acertar o sr. Morley com o castiçal, ela deveria ter escapado. Vaudeline sabia que a reunião seria perigosa e queria protegê-la. Mas Lenna não tinha escapado. Em vez disso, havia se embrenhado mais ainda nas entranhas secretas da Sociedade. Talvez Vaudeline temesse ser responsável pela morte de uma terceira pessoa.

— A ideia do relatório para o jornal foi sua, não foi? — sussurrou Lenna, cheia de ódio. — Eu vi a carta. Você disse a Evie para vir aqui. Você causou a morte dela. — Ela soltou uma respiração trêmula, sabendo que não poderia voltar atrás do que estava prestes a dizer. — Eu te odeio por isso e nunca vou te perdoar. — Ela fechou os olhos para controlar as lágrimas, sem se arrepender de nada.

— Eu nunca escrevi para sua irmã — disse Vaudeline, e fechou os lábios com firmeza.

Lenna estreitou os olhos. Ela era uma mentirosa. Vaudeline nunca admitiria a verdade; a mulher prosperava entre mentiras e fraude, não era melhor que aqueles homens.

O sr. Morley se aproximou delas e as duas cessaram a conversa. Ele foi até a fileira de barris e se demorou por alguns instantes, inspecionando as coisas. Enquanto isso, Lenna manteve os olhos fixos nele, se perguntando se, e quando, ele enfiaria a mão no bolso. O policial Beck parecia estar de olho nele também, embora Lenna não conseguisse entender por que ele estava tão desconfiado de seu colega de Sociedade.

Vaudeline começou a dispor muitos dos itens que tinha na bolsa: seu livro de encantamentos, a caixa de cedro com os *outils*, velas, cristais, plumas e fitas pretas, além de duas canetas, um caderno e um pequeno tinteiro. Lenna se perguntou, por um segundo, se uma das canetas era a mesma que Vaudeline usara para escrever a carta para Evie.

— Onde nos sentamos? — perguntou Lenna a Vaudeline, incapaz de encará-la.

Vaudeline deu uma olhada na mesa, mas o sr. Morley interrompeu antes que ela pudesse responder.

— Acho que vocês duas deveriam ficar aqui — disse ele, apontando para as cadeiras mais perto da fileira de barris ao lado da qual ele estava de pé.

— Como quiser — respondeu Vaudeline.

Lenna tomou seu lugar, então puxou seu caderno da bolsa e o abriu em uma página em branco. Controlou o impulso de escrever um bilhete mordaz para Vaudeline e deslizá-lo até ela. *Você sabia o que Evie estava aprontando desde o primeiro dia. É tão golpista quanto eles. Que outras mentiras escondeu de mim?*

Ao mesmo tempo que seu coração queimava com essas perguntas, seu abdômen inferior, o lugar de seu corpo que alimentava vontade e desejo, também ardia.

A lembrança dos meus dedos na sua cicatriz te afetou, como fez comigo? Todos os olhares, todos os toques, foram uma mentira? Você gostou de me fazer de tonta?

Mas ela não escreveu nada disso.

Vaudeline foi até a lareira e pendurou um pedaço de linho preto por cima dela. Então, esticou outro pedaço de tecido na mesa. Ela o alisou com as mãos, depois acendeu três velas e as colocou a distâncias iguais entre os atendentes.

Todos tomaram seus lugares em volta da mesa.

A vela diante de Lenna tremeluziu. Por conta de suas exalações nervosas, provavelmente. Ela torceu as mãos com força, pensando na última vez que estivera num cenário como aquele: o castelo em Paris.

Aquela noite fora decepcionante em muitos aspectos, mas pelo menos ninguém a queria morta. Ela olhou para o sr. Morley, sustentando o olhar dele, perguntando-se quando ele pegaria o revólver em seu casaco e se ela seria rápida o suficiente para tirá-lo do alcance dele.

Vaudeline inspirou longamente.

A reunião mediúnica havia começado.

32

SR. MORLEY

Londres, segunda-feira, 17 de fevereiro de 1873

Meu arranjo era perfeito: o barril, o pavio de queima lenta, a mesa, as cadeiras nas quais as mulheres estavam agora. A arma aninhada contra meu peito era um engodo para mantê-las na linha.

O fabricante de velas aposentado na Fleet Street me vendera o pavio — uma corda de casca de cipreste e linhaça embebida em salitre —, que queimava a uma velocidade de um metro a cada três horas. Ele mediu com cuidado e cortou no comprimento exato de que eu precisava. Eu confiava nele. Podia ter ficado errático e reumático na velhice, mas já trabalhara com a Sociedade antes e se provara eficiente e correto.

— Trinta e cinco minutos, nem um a mais — avisara ele, me passando a corda. Então: — O que estará na ponta do pavio?

— Um barril de pólvora.

Ele soltou um assobio baixo.

— Qualquer um perto dele será ferido gravemente.

— Sim — afirmei. Esse era meu objetivo.

Eu acendera o pavio de forma rápida e discreta quando entramos na adega, anotando a hora como um minuto após a meia-noite. Isso significava que, quando estivéssemos sentados, o barril, a menos de um metro das mulheres, levaria vinte e oito minutos até explodir. Menos que isso.

Eu daria uma desculpa para sair em vinte minutos, mais ou menos, com a chave da adega em mãos.

Paredes de pedra, apertadas em torno de barris de madeira com uísque, gim e vinho: a explosão seria extraordinária. Eu quase queria estar lá para ver, para me deliciar com a resolução elegante de todos os últimos empecilhos. Que os segredos queimassem, e os intrometidos também, Vaudeline a pior deles.

Ela sempre fora uma ponta solta.

Eu tinha sorte que as reuniões mediúnicas dela tantas vezes saíssem de rumo. Havia tempos os jornais reportavam a respeito da natureza caótica do trabalho de Vaudeline e essa seria mais uma reunião que deu errado. Um incêndio espontâneo, com um sobrevivente sortudo: *eu*.

No entanto, tudo isso seria mais fácil se Beck não tivesse um revólver na cintura e um olhar mal-humorado sobre mim. Ele suspeitava de alguma coisa? Eu não tinha certeza. Por mais tentador que pudesse ser atirar em todos eles assim que entramos na adega — eu poderia escapar e esperar que a explosão escondesse as evidências —, Beck era um atirador melhor que eu. Se eu ousasse puxar minha arma, temia que ele cairia em cima de mim como um cachorro.

Portanto, eu adiaria o ato até o último instante possível.

Agora, enquanto Vaudeline abria seu livro para começar o primeiro encantamento, eu analisava a srta. Wickes do outro lado da mesa. Ela era um verme, tanto quanto a irmã.

Não podia deixar que nenhum deles descobrisse o que ocorrera ali embaixo na véspera do Dia de Todos os Santos, como tudo se desenrolara. Com certeza não podia deixar que levassem essa informação escada acima, para fora da adega. E era por isso que eu queria garantir que nenhum deles deixasse este lugar com vida.

Vaudeline puxou seu livro para perto e inspirou longamente.

Conferi meu relógio com o coração aos pulos.

Vinte e quatro minutos.

33

LENNA

Londres, segunda-feira, 17 de fevereiro de 1873

—*Circum hanc mensam colligimus...*
Vaudeline recitou o primeiro verso do Encantamento Ancestral do Demônio em um latim perfeito enquanto Lenna olhava para seu caderno, na mesa diante dela, acompanhando a tradução em inglês de cada verso.

O Encantamento Ancestral do Demônio tinha sete quadras, com vinte e oito versos no total. Lenna já havia ouvido Vaudeline recitá-lo diversas vezes durante suas sessões de prática e sempre ficava impressionada com o seu controle de respiração impecável. Agora, as palavras saíam em uma melodia constante e ritmada.

Nós nos reunimos em volta desta mesa em um espírito de luto e mistério.

Buscando verdade e luz, nos fortifique contra a malícia e a malevolência.

Defenda-nos contra espíritos perdidos e intenções maldosas...

Lenna fechou os olhos com força, tratando o encantamento como uma oração. No entanto, não eram demônios que ela temia esta noite. Era o homem do outro lado da mesa.

Vaudeline seguiu assim por quase um minuto. Como fizera na sala de visitas transformada em sala de reunião mediúnica do castelo, ela tinha estabelecido um controle silencioso do espaço. Isso era poder, sutil e diferente de qualquer coisa que Lenna já vira uma mulher exercer sobre um homem. Em Londres, havia pouquíssimas maneiras de uma mulher ter esse tipo de influência.

Quando terminou, Vaudeline inspirou longamente e virou a palma das mãos para cima. Umidade brilhava nelas, como pequenos cristais de sal: ela estava suando, corada.

— Nós agora daremos as mãos e nos uniremos ao círculo — disse ela —, e eu recitarei a Invocação, a convocação de todos os espíritos.

Do outro lado da mesa, o policial Beck engoliu em seco.

— É aqui que coisas estranhas podem começar a acontecer, certo?

Vaudeline assentiu e o grupo trocou olhares preocupados. Com relutância, o sr. Morley esticou a mão por cima da mesa. Lenna a olhou como se fosse uma cobra, deixando que ele encostasse os dedos nos dela. Era bom estarem todos de mãos dadas, ela raciocinou — isso manteria as mãos dele longe da arma.

Lenna então pousou sua palma esquerda na de Vaudeline, sentindo a umidade na pele das duas se interligar.

— Nossos amigos que partiram — começou Vaudeline —, *transite limen*. Eu os convido agora a cruzar a barreira que nos separa. Convivam conosco, *intrate...*

A Invocação prosseguiu, fácil e sob controle, mas de repente Lenna se sentiu mal. Uma vertigem tomou conta dela, seguida logo depois por um tinido nos ouvidos, um zumbido como insetos de verão, baixo e constante. Ela fechou os olhos com força, lampejos de branco piscando por trás das pálpebras, ciente de uma estranha sensação de aperto em volta da garganta. Fios de confusão se enrolavam em volta dela. Por instinto, ela puxou as mãos, apertando-as no colo, e abriu os olhos bem quando a adega ficava completamente escura.

Todas as velas no cômodo, arandelas incluídas, tinham se apagado ao mesmo tempo, como se num ato teatral sincronizado. Não havia uma fagulha a ser vista quando o cheiro de enxofre começou a circular. Lenna nunca estivera em uma sala tão escura.

Do outro lado da mesa, vieram xingamentos e palavras resmungadas de um dos homens. Ao lado de Lenna, uma caixinha chacoalhou, então veio o riscar de um fósforo quando Vaudeline acendeu uma das velas outra vez. No brilho suave, Lenna baixou os olhos para a mesa. Diversas marcas de mão, parecendo cerosas e molhadas, eram visíveis sobre a toalha de linho preto, algumas grandes, do tamanho da mão de um homem, e outras pequenas, como se pertencentes a uma criança.

— Espíritos próximos — sussurrou Vaudeline, acendendo uma segunda vela. — Eles estão aqui. E muitos deles. Suspeitei que isso pudesse acontecer, já que estamos muito perto da antiga forca Tyburn.

A forca. Eles falaram disso a caminho da adega: o risco de tantos espíritos, que haviam sido enforcados em Tyburn, entrarem na sala durante a Invocação. Quantos deles estavam ali agora? Quantos mártires e mães e assassinos e ladrões?

— Ninguém é executado na forca há um século. Mais que isso — disse o sr. Morley.

— *C'est sans importance.* — Vaudeline lançou um olhar irritado para ele. — Irrelevante.

Se Lenna precisava de algo tangível, algo para ver, agora ela tinha. Aquilo não era nenhum golpe, nenhuma ilusão. Ela pousou a ponta dos dedos na toalha, onde uma marca de mão acabara de sumir. O linho estava quente, úmido. Ela levou os dedos ao nariz, certa de que sentia um cheiro fétido.

— Cristo — soltou o sr. Morley em uma voz trêmula. — Ouvir os rumores é uma coisa. Outra bem diferente é experimentar em primeira mão. — Uma vela no centro da mesa começou a se erguer. Lenna arquejou e só então viu que ele a havia levantado, aproximando-a de si. Ele puxou seu relógio de bolso e checou as horas.

Ao seu lado, o policial Beck estava imóvel, o rosto petrificado. Sua forma robusta não lhe servia para muito nesta noite, pensou Lenna.

— É bem comum perdermos a luz — disse Vaudeline, riscando outro fósforo para acender a terceira e última vela. Ainda assim, a adega ficou muito escura sem as arandelas acesas. — Vamos seguir em frente.

O grupo deu as mãos de novo e Vaudeline retomou a recitação, suas palavras lentas e arrastadas. Lenna agarrou a mão do sr. Morley de novo.

Alguns instantes se passaram. Através da névoa criada pelas velas, ela olhou para o sr. Morley, estudando seu maxilar. *Como o conheço bem,* pensou. *Como me lembro bem! Quase consigo sentir o gosto da pele dele, o sal e o almíscar.*

Lenna se endireitou na cadeira de repente, chocada pelo que pareceu bastante com uma… lembrança. Contudo, ela nunca sentira o gosto da pele do sr. Morley. Isso só podia significar que ela havia experimentado um momento de *absorptus,* o transe temporário às vezes sofrido por participantes de reuniões mediúnicas. Durante o treinamento, Vaudeline dissera que o transe era marcado por um fluxo intrusivo de pensamentos que não pertenciam ao médium, como lembranças ou o conhecimento de questões técnicas que o médium não poderia ter.

A revelação abalou Lenna. E que estranho, essa memória da pele do sr. Morley! Se o *absorptus* que ela acabara de experimentar se devia ao sr. Volckman, então a relação dele com o sr. Morley talvez tivesse sido de natureza íntima.

De repente, a vertigem começou de novo. Lenna fez uma careta e, logo depois, todo o seu corpo começou a formigar. Em algum lugar distante dentro de si, ela estava ciente de algo que tentava penetrar em seu peito, em seu crânio. Ficou ansiosa para que Vaudeline seguisse em frente com a reunião. A fase do Isolamento cuidaria disso.

Lenna olhou para o sr. Morley de novo. *Ele aparou o bigode recentemente,* pensou. *Eu gosto assim; acentua o contorno natural de seu maxilar. Eu pensaria em me esticar por cima da mesa e tocá-lo como costumava fazer… se eu não o odiasse tanto.*

Lenna mordeu o lábio com força, a dor abafando a memória e trazendo-a de volta a si. Ela se remexeu na cadeira, começando a se sentir tensa e dolorida. Quando Vaudeline passaria para a próxima fase?

Sutilmente, o aroma de tangerina flutuou para dentro do nariz de Lenna. Ela piscou, confusa. *Tangerina?*

Então ficou sem ar. A rigidez em seus ossos sumiu tão rápido quanto havia chegado. De repente, ela se sentiu quente, ágil. *Viva.*

Virou a cabeça e olhou para a mulher sentada ao seu lado. Que grande surpresa... A mulher era Vaudeline D'Allaire. Sua antiga professora. Seu ídolo.

No mesmo momento, Vaudeline se virou para olhá-la.

— Lenna? — perguntou ela, desconfiada, olhando-a bem nos olhos.

Lenna sentiu sua cabeça sacudir de um lado para o outro. *Não.* Ela mordeu o lábio de novo, sentindo gosto de sangue, e tentou se forçar para fora desse transe de *absorptus,* mas descobriu que não conseguia.

O cheiro de tangerina continuava a encher seu nariz.

— Evie — ela se ouviu dizer. — Eu sou Evie, não Lenna.

Algo como alegria, uma felicidade completa, se acendeu dentro dela ao provar a encarnação mais uma vez. Que coisa divertida esse evento estranho!

Nesse breve momento, Evie se maravilhou com as sensações que não experimentava havia três meses. A saliva úmida e salgada sobre a língua. A pressão de seus dedos contra os sapatos. Uma dor bem-vinda no músculo do lado esquerdo do pescoço. Como era bonita a dor agora, sua forma simples de lembrá-la que era esplêndido estar viva.

Ainda assim, Evie não sabia bem por que estavam todos reunidos naquele lugar ou o que exatamente estava acontecendo na mesa. Sabia apenas que tinha sido chamada, convidada a retornar por uma invocação poderosa. À sua volta, na sala, ela sentia a presença de outros benevolentes de seu reino. Dezenas deles, flutuando e esperando.

— *Suum corpus relinque* — ordenou Vaudeline, encarando-a. *Deixe esse corpo.*

Evie não estava mais entusiasmada. De repente se sentiu rejeitada, indesejada.

Ela olhou para as mãos. Mas se antes tinha unhas fortes e longas, agora via apenas unhas roídas e cutículas rosadas e irritadas.

Pareciam as unhas de Lenna, sempre roídas. Um hábito horrível, pelo qual ela sempre criticara a irmã mais velha...

Ela levou a mão ao cabelo, afastando um cacho do rosto. Era longo, cor de mel. O cabelo de Lenna.

— *Suum corpus relinque* — ordenou Vaudeline de novo e, dessa vez, agarrou a mão dela, entrelaçando seus dedos, e Evie não pôde resistir à força invisível de expulsão enviada pelo contato da pele delas. Sentiu um grande impacto, como um golpe contra uma parede, e então estava acima da mesa, olhando para as velas tremeluzentes e a tigela de plumas e a jovem com cabelo claro, sua irmã mais velha, Lenna, seus olhos arregalados de choque e surpresa, como um recém-nascido que via a luz pela primeira vez.

34

SR. MORLEY

Londres, segunda-feira, 17 de fevereiro de 1873

Que estranho, a forma como as coisas se desenrolaram depois que a reunião começou. Primeiro o pedido para dar as mãos à srta. Wickes e ao policial Beck; então cada uma das velas se apagou, e, por fim, o olhar estranho que Lenna me deu, de familiaridade, quase *intimidade*.

Enquanto isso, meu relógio de bolso corria e minha bolsa de lona estava aninhada aos meus pés. Dentro da bolsa: a pasta. O caderno preto de Evie. E aquela carta para Evie, a que trazia o nome e a assinatura de Vaudeline.

Naquele dia de outubro, depois que Evie me perguntara a respeito de sua carta perdida que enviaria a Paris, Bennett me deixou em uma boutique de papelaria, Le Papetier. A loja ficava em Chelsea, entre um rendeiro e uma confeitaria. A tarde estava clara, limpa... promissora.

Eu nunca tinha estado nessa boutique. Preferia comprar os itens de papelaria da Sociedade no empório Hughes, onde obtinha papel branco e mata-borrão barato. Às vezes, eu me aventurava na papelaria especializada na Strand em busca de papel de três camadas. Mas, nessa tarde, eu precisava de algo especialmente na moda. Algo especialmente francês.

Ao entrar na loja, poderia ter imaginado que estava em uma perfumaria. Aromas estranhos giravam a minha volta, todos florais e enjoativos.

Uma jovem recatada se aproximou, me cumprimentando com animação.

— Posso ajudá-lo? — perguntou ela. Suas mãos estavam salpicadas de manchas de tinta, em forte contraste com as janelas arredondadas da loja, que haviam sido polidas à perfeição.

Eu pigarreei.

— Papel — solicitei, olhando em volta. Tinteiros de cerâmica e caixas de borracha estavam arranjadas com elegância em diversas mesas.

— Claro. — Ela me levou até uma parede cheia de compartimentos, cada um contendo uma pilha de folhas de papel. Branco e tingido, de vários tamanhos. Papel de carta com bordas douradas e cartões de luto estavam especialmente indicados.

Eu agradeci, então comecei com os papéis no meio da parede: folhas de tamanho médio com um tingimento leve e nenhum ornamento berrante. Examinei alguns, e enfim escolhi um octavo de borda rosa. Contei dez folhas — para o caso de algum erro.

Então levei minha seleção até o caixa.

— Bem feminino — disse a mulher, sorrindo. — O senhor precisa de envelopes? — Quando fiz que sim, ela me levou até um gabinete próximo e abriu algumas gavetas. — Envelopes com goma estão nesta gaveta e aqui temos cera e lacres. — Ela puxou um envelope com um pequeno botão de flor cor-de-rosa em um canto. — Esse combinaria bem.

Concordei.

— Dez deles também — pedi.

Ela levou tudo para o caixa e me deu um olhar de expectativa.

— Isso é tudo?

Fiz uma pausa, então balancei a cabeça.

— Na verdade, há mais uma coisa.

A jovem pareceu confusa, seus lábios levemente separados.

— Sim?

— Selos franceses. Você teria algum à mão?

— Selos? Ora, o correio pode…

— Não selos ingleses — interrompi. Eu olhei em volta, feliz por não haver outros clientes. De repente ficara nervoso e só queria ir embora. Apesar de todas as ilusões que eu construíra, as fraudes que fabricara, eu nunca pedira por isso. — Como disse, franceses. Pensei que, dada a natureza de sua loja, a senhorita deve ser francesa e…

— Eu sou, sim. — Ela fez uma pausa, olhando para uma bolsa de couro no chão ao seu lado. — Mas não entendo. Se o senhor vai postar a carta em Londres, por que precisa de um selo francês?

Ignorei a pergunta e puxei uma nota do bolso, deslizando-a por cima da mesa. Ela piscou algumas vezes. Imaginei que era mais do que o salário mensal dela.

Pouco depois, saí da Le Papetier. A sineta na porta tilintou quando passei, incrivelmente delicada e frágil. Enfiada sob meu braço estava uma sacola de papel pardo que cheirava a narciso. Dentro dela estavam dez folhas de papel com borda cor-de-rosa, dez envelopes com goma e um único selo. Francês, vermelho sangue.

Eu não consegui me impedir de sussurrar para mim mesmo.

Uma farsa para uma farsante, Evie.

35

LENNA

Londres, segunda-feira, 17 de fevereiro de 1873

Lenna afastou sua cadeira da mesa, com ânsia. Ela colocou a cabeça entre as mãos, deixando que as ondas de náusea rolassem por ela.

Algo extraordinário acabara de acontecer. O fenômeno *absorptus*.

Vaudeline lera o encantamento de Invocação e então tudo ficara escuro, inacreditavelmente escuro. Lenna não desaparecera, não por completo, mas ficara impotente. Ela não estava no controle de seu próprio corpo, seus próprios pensamentos. Pelo menos até Vaudeline recitar aquela estranha injunção *Expelle...*

O que a surpreendera não é que ela tinha experimentado o *absorptus*. Era que o breve transe fora causado por... Evie.

Se Evie não morrera ali perto, como Lenna havia acabado de manifestar parte dela? Era contra os princípios da mediunidade. Evie fora morta no jardim da Hickway House e portanto não podia ser conjurada naquela adega. Como Vaudeline dissera várias vezes, os espíritos nunca iam longe.

Ela ergueu a cabeça de repente. Quando o corpo de Evie foi encontrado no jardim, seu cabelo estava emaranhado e sua pele, machucada e cortada, o que a polícia, e portanto Lenna, acreditou ser o resultado de uma luta no jardim.

Mas e se a luta ocorrera em outro lugar? E se o trauma no corpo dela se devesse, em parte, ao fato de ter sido *movido* depois da morte? Lenna nunca considerara isso, não até o momento.

Como ela queria discutir essa possibilidade com Vaudeline — mas o rosto da médium parecia sofrido, e, do outro lado da mesa, o policial Beck começara a se remexer no lugar, parecendo que também estava se debatendo com algo.

— Sua garganta — gritou o policial Beck de repente. Ele estendeu a mão por cima da mesa, na direção de Lenna, então a puxou de volta. Sua habitual expressão áspera se fora. Agora ele parecia tão tomado pelo medo que Lenna se perguntou se o veria sair correndo da sala.

Ela franziu o cenho — de fato sentia algo estranho no lado esquerdo do pescoço, úmido e sensível, e levou os dedos até lá, retirando-os em seguida com um rastro de sangue vermelho vivo e grudento. Ela apalpou a ferida. Não era dolorida, nem muito funda, mas havia se formado de modo espontâneo no corpo de Lenna. No ponto exato em que Evie fora esfaqueada.

— A-alguém me machucou? — sussurrou ela. Ergueu os olhos para o sr. Morley. Talvez ele tivesse se aproveitado de sua desorientação quando aquela coisa estranha ocorreu. Mas não havia nada de suspeito nele. Nenhuma arma sobre a mesa, nenhum sangue nas mãos. Ele não tinha se movido. Nenhum deles tinha.

Ela fez uma careta, esforçando-se para lembrar o que pudesse da experiência que acabara de ter. Não conseguia formar uma imagem completa, mas podia sentir as impressões deixadas para trás: um sentimento de familiaridade com aquela adega, com o sr. Morley. Uma breve sensação de alegria e liberdade. Por fim, a impressão de que ela havia se intrometido em algo e não era mais desejada...

— Acho que vou passar mal. — Lenna olhou para as escadas que levavam para fora da adega. — Preciso sair daqui, imediatamente...

Um clamor ensurdecedor a interrompeu. Em uma estante a alguns metros de distância, várias garrafas de vinho foram ao chão.

Em meio ao vidro quebrado, poças de vinho tinto escuro se dispersaram, saturando o chão poroso de pedra. Lenna olhou para a poça que corria em sua direção e estremeceu quando um pequeno pedaço de pedra caiu em seu colo.

Ela ergueu os olhos. Uma rachadura fina, de vários metros de comprimento, serpenteava pelo teto de pedra.

— Você não pode — disse Vaudeline, sua voz agitada. Ela apontou com a cabeça para as garrafas de vinho quebradas, para o teto. — Se algum de nós ousar sair, isso vai piorar.

Lenna se lembrou do que Vaudeline explicara mais cedo, quando o grupo discutiu os estágios da reunião mediúnica. Uma vez que a Invocação havia sido lida, a reunião começara e precisava ser levada até o fim.

Vaudeline tossiu com força, soltando a mesa.

— O encantamento de Isolamento — disse ela com a voz fraca. — Preciso da sua ajuda com ele, por favor. Há energia demais aqui, provavelmente por conta da forca, e eu não consigo… — Ela tossiu de novo, então deslizou seu caderno para Lenna e virou uma página. — Leia isso — instruiu ela —, mas especifique o nome do sr. Volckman. Rápido, Lenna. Precisamos tirar todos da sala menos ele. Não quero ter que usar a injunção *Expelle* de novo.

Obediente, Lenna pegou o caderno, enquanto continuava de olho no sr. Morley. Ele ainda não fizera movimento algum na direção dela ou de Vaudeline, e ela começou a se questionar quando ele planejava puxar a arma. Parecia preocupado demais com o relógio, isso estava claro.

Foi então que Lenna se perguntou se o plano dele sequer envolvia uma arma. Ele podia ter outra ideia em mente. Isso a desorientou, a possiblidade de que houvesse interpretado mal o esquema dele.

Ela puxou o caderno e, sem notar, tocou de novo sua ferida. O sangue começara a secar.

— *Omnes sunt cogniti* — leu em voz alta, olhando para a tradução escrita na margem da página. *Nós reconhecemos todos vocês*. Ela continuou a ler o encantamento em latim em voz alta, com certeza pronunciando errado algumas palavras. *Nós reconhecemos sua dor*.

Nós reconhecemos seu desejo de retornar. Em um espírito de justiça, estamos aqui para nos comunicarmos apenas com...

Lenna fez uma pausa. Aqui, o encantamento dizia *unum,* um. Lenna leu isso em voz alta, em silêncio substituiu por: *duos,* dois.

O espírito do sr. Volckman, continuou ela, ao mesmo tempo pensando consigo mesma: *e de Evie Rebecca Wickes.* Era menos um encantamento agora, mais um pedido. Por mais ilógico — e contra a doutrina — que parecesse, Lenna sabia que algo muito estranho havia acontecido pouco antes. Ela acessara Evie de alguma forma incompreensível e inexplicável, e ainda não tinha terminado.

Lenna finalizou a leitura do Isolamento. Em um instante, as arandelas se acenderam, inundando o cômodo com um brilho dourado e suave. Lenna sentiu a ferida no pescoço começar a coçar, como se estivesse sarando.

— Graças a Deus — resmungou o policial Beck, o alívio estampado no rosto. Ele deslizou para a frente de leve, não mais lutando contra o que quer que o estivesse atormentando pouco antes. Parecia prestes a chorar.

Com o encantamento feito, Vaudeline também ficou mais calma. O suor desapareceu de sua testa, como se uma febre tivesse passado.

— Obrigada — disse ela, buscando a mão de Lenna, sem se importar com a mancha de sangue ali. Ela apertou de leve, deixando seus dedos se demorarem, e Lenna se pegou suspensa de novo entre a desconfiança e um desejo avassalador por Vaudeline.

— Agora — prosseguiu Vaudeline —, o Convite. — Era o quarto estágio da sequência. — Me deem algum tempo, por favor. — Ela fechou os olhos, ergueu o rosto para o teto baixo da adega e começou sua lenta recitação.

Lenna não havia memorizado esse encantamento, mas, enquanto Vaudeline dizia as palavras, ela as repetiu em silêncio para si mesma. Fez só uma mudança: em vez de *sr. Volckman,* disse *Evie Rebecca Wickes.*

Quando Vaudeline terminou, Lenna notou um movimento do outro lado da mesa. O sr. Morley colocara a mão dentro do casaco. Aconteceu tão rápido que Lenna mal conseguiu reagir. Ele puxou a mão, algo metálico entre os dedos. Lenna começou a se erguer, pronta para saltar sobre ele...

Mas não era a arma. Era um cantil, enfiado dentro do casaco. Ele o levou à boca e bebeu avidamente. Lenna se sentou de volta na cadeira, fingindo que estava apenas se arrumando. Quando o sr. Morley girou a tampa do cantil para fechá-lo, seus dedos tremiam. Lenna poderia tê-lo criticado por ter quebrado a regra de Vaudeline proibindo bebida, mas parecia uma preocupação menor na atual conjuntura.

Vaudeline pigarreou.

— Seguirei agora com o encantamento do Transe. Estão todos prontos? — perguntou ela ao grupo.

Lenna assentiu. Ela estava tão pronta quanto qualquer um na mesa, ou seja, nem um pouco. A resposta para a morte do sr. Volckman estava a instantes de ser revelada. Na verdade, ela desejou ter seu próprio cantil.

— Isso está indo bem mais rápido do que imaginei — disse o sr. Morley subitamente. — Podemos tirar uns minutos, ter um descanso?

Vaudeline o ignorou e enunciou o próximo encantamento. *Introitus, concessio, veritas.* E, como na última vez, Lenna repetiu as palavras em silêncio, especificando o nome *Evie Rebecca Wickes*.

Duas reuniões mediúnicas estavam sendo realizadas nesta noite, mas Lenna era a única ali que sabia disso. Era irresponsável, ela sabia, e perigoso e desesperado.

Depois que terminou de repetir o encantamento, ela levou os dedos ao pescoço. Onde o sangue secara pouco antes, agora a ferida começou a gotejar de novo, respingando o líquido quente e grudento.

Logo depois, um espasmo passou por ela, uma sensação parecida com uma cunha sendo enfiada entre tábuas.

A mão de Lenna se moveu na direção do sr. Morley. Ela não podia impedi-la, não conseguia retrair seu braço embora o quisesse.

— Olá — sussurrou para ele, sua voz provocadora e cheia de ódio. Ela passou um dedo delicado por cima da mão dele.

— Srta. Wickes — murmurou ele. — O que é isso? O que você...?

Outro espasmo e então os sinais correndo pelo corpo de Lenna — do cérebro para o pulso para os dedos — pegaram fogo, como um pavio embebido em óleo e aceso. Ela puxou o braço, horrorizada. *Evie*, disse silenciosamente. *Evie, você precisa se acalmar.*

Vaudeline dissera várias vezes que o transe era uma espécie de existência dupla, uma psique cindida. Para Lenna, a sensação era mais como uma batalha de vontades travada dentro do corpo. Ela e Evie sempre foram determinadas e teimosas. Era por isso que discutiam tanto e com certeza não resultava numa interação agradável agora.

À sua esquerda, onde Vaudeline estava sentada, Lenna sentiu o ar gelado e um odor acre de algo apodrecido. Teve uma impressão de hostilidade e lembranças ruins, mal resolvidas. Ela olhou para Vaudeline: seus olhos cinzentos, suaves e cheios de nuance tinham sumido. Agora eram esferas negras sem traços.

— Você está b...? — ela começou a perguntar.

A mulher diante dela a interrompeu com um olhar raivoso.

— Evie. Olá outra vez. — Sua voz era grave e seu pulso esquerdo havia assumido uma aparência grotesca, virado em um ângulo desagradável.

Impotente, Lenna ouviu as palavras que deixaram seus próprios lábios:

— Sr. Volckman, boa noite.

No mesmo instante, Lenna — ou a parte dela que estava presente em algum lugar nas profundezas de sua consciência, abafada pela irmã morta — entendeu o que isso significava, mesmo que não soubesse como tinha acontecido.

O sr. Volckman possuíra Vaudeline.

Evie possuíra Lenna.

Havia quatro pessoas agora. E o sr. Volckman e Evie pareciam ter uma história recente.

O sexto estágio, Desenvolvimento, vinha em seguida. Vaudeline, sentada ao lado dela, já estaria trabalhando com as memórias do sr. Volckman, tentando descobrir como ele morrera e quem o tinha matado. Ela podia terminar a qualquer momento, habilidosa como era.

O que significava que Lenna precisava começar a trabalhar também. Ela não entendia como conseguira invocar Evie ali na adega, mas se lembrava do que Vaudeline dissera a respeito de invocações repetidas e de provocar um espírito com a incorporação. *O oposto do amor*, dissera Vaudeline. *Como colocar um pardal em uma floresta verdejante, mas cortar suas asas para que ele não possa voar.* Lenna nunca faria isso com sua irmãzinha. Ela usaria essa única chance da melhor forma que conseguisse.

Véspera do Dia de Todos os Santos, pensou ela, contraindo as sobrancelhas. *Esse lugar. Você deve ter estado aqui, Evie...*

Seu coração saltava no peito enquanto ela esperava para apreender uma memória que não poderia chamar de sua. Era assim que Vaudeline resolvia crimes, afinal, acessando a memória do falecido durante o transe e vendo tudo ela mesma.

Enquanto Lenna examinava a situação — o duplo transe, o sangue escorrendo pelo pescoço, o odor acre de morte —, ela entendeu que era por isso que as reuniões mediúnicas de Vaudeline eram conhecidas como perigosas e imprevisíveis.

Ela não tinha muito tempo. Uma vez que Vaudeline descobrisse a verdade a respeito da morte do sr. Volckman, ela anunciaria seu Desenvolvimento e recitaria o Término. Isso baniria não apenas o espírito do sr. Volckman, como também o de Evie. Parecia impossível que Lenna vislumbrasse a informação de que precisava antes de Vaudeline, mas precisava tentar. Ela fechou os olhos com força.

Véspera do Dia de Todos os Santos, pensou de novo, a noite em que ela andara ao longo do Tâmisa em busca de conchas e moluscos. A noite em que ela tropeçara no cadáver da irmã. A noite em que ela esperara impotente enquanto a polícia declarava sua irmã mais uma vítima do lado sórdido de Londres.

No entanto, assim que Lenna revisitou essas memórias, elas desbotaram e se alteraram. Ela não conseguia lembrar se havia encontrado algum molusco ao longo do rio naquela noite, mas se lembrava de correr pela High Street na direção da Grosvenor Square com uma carta importante no bolso...

Seus olhos se abriram, e ela soltou uma pequena risada, sentindo um aperto do estômago como se tivesse acabado de dar uma cambalhota. Olhou para as mãos de novo, as mesmas unhas feridas e roídas.

Sim, eu tenho certeza, Evie pensou consigo mesma. *Na Véspera do Dia de Todos os Santos eu estava aqui. Não perto do Tâmisa. Eu me vestira com roupas escuras de homem para evitar atrair qualquer atenção. A carta de Vaudeline estava enfiada no meu casaco. Eu tinha mandado uma carta no meio de outubro, revelando o que descobrira a respeito da Sociedade. Ela quase foi interceptada pelo sr. Morley, mas ele disse que a enviou por mim. Eu fiquei feliz de receber a resposta de Vaudeline, postada de Paris no dia 19 de outubro.* Elas sempre começam às sete, *a carta dizia.* Às nove, o salão estará repleto de bêbados. Entre discretamente nesse momento e siga até a cave de vermute. O sr. Volckman uma vez me revelou que é ali que o sr. Morley guarda seus documentos mais privados. Não posso garantir nada, mas me pergunto se por acaso a pasta estaria lá…

A referência a uma cave separada me pegou de surpresa. Fui imediatamente atrás de Bennett, perguntando se ele sabia de algo do tipo. Talvez tivesse ouvido o sr. Morley se referir a ela em alguma viagem.

De fato, confirmou Bennett, há uma cave inferior onde Morley envelhece vermute. Ele imaginava que fosse acessível por uma porta nos fundos da adega principal…

Um odor estranho, de enxofre e madeira, penetrou a lembrança. Lenna não sabia que o transe podia ser tão delicado, tão fácil de ser interrompido. Frustrada, ela abriu os olhos, esperando ver que uma das velas da mesa se apagara de novo. Mas, para sua surpresa, as três seguiam acesas.

Ela olhou para Vaudeline; seus olhos se abriram também. O odor havia perturbado o transe dela igualmente.

— Sua carta a mandou direto para a morte — disse Lenna então. — Você disse a Evie precisamente aonde ir, a que horas.

Vaudeline pressionou o osso do nariz.

— Que *carta*? — respondeu ela, impaciência na voz. Será que estivera perto do Desenvolvimento? — Eu não faço a menor ideia do que você está falando.

— Não tente escapar com mentiras — retrucou Lenna. Ela recuperou a lembrança de Evie que acabara de acessar. — Postada de Paris em 19 de outubro. Você disse a ela para ir à cave de vermute às nove horas. Reconhece?

Do outro lado da mesa, o sr. Morley se ergueu da cadeira.

— Hum... — começou ele.

Fraca, Vaudeline ergueu um braço. A parte de dentro de seu pulso assumira um tom desbotado e manchado de azul. Ela estalou um dedo, olhando feio para ele.

— Sente-se — ordenou, apontando para a rachadura no teto. — Senão todo o cômodo vai desabar. Não seria a primeira vez que acontece.

O sr. Morley obedeceu e Vaudeline se virou na cadeira para encarar Lenna.

— Até alguns minutos atrás, eu nem sequer sabia que essa adega possuía uma cave para vermute. — Então ela contraiu as sobrancelhas. — E 19 de outubro? Eu passei a maior parte do mês realizando reuniões mediúnicas na vila medieval de Lisieux. Nem ao menos estava em Paris nessa data. Como posso ter mandado uma carta da cidade? — De repente ela se inclinou para a frente, tossindo, seus olhos escurecendo de novo.

Lenna piscou, considerando o que isso significava. *Ela quase foi interceptada pelo sr. Morley,* Evie revelara em sua memória. *Mas ele disse que a enviou por mim.* Muito devagar, Lenna olhou para o sr. Morley do outro lado da mesa.

— Você não postou a carta de Evie, postou? — Ela colocou as mãos em cada lado da testa. — Você forjou a resposta — cuspiu ela — e a atraiu até aqui. — Assim como ele atraíra Vaudeline a Londres.

— C-como... — gaguejou ele, então balançou a cabeça. — Que acusação absurda.

Lenna se virou para Vaudeline, arrependida, mas não podia pedir desculpas. Os olhos da outra mulher estavam fechados como se ela tivesse se afundado de volta em seu transe, querendo ou não.

Lenna a chamara de mentirosa, fervendo de ódio. Mas como parecia óbvio agora! Após todos os truques do sr. Morley, ela deveria ter questionado a autenticidade da carta no momento em que a encontrara no escritório dele. Deveria ter confiado na mulher que passara a conhecer. Ela se pegou recuando, tentando se livrar da hostilidade em relação a Vaudeline que ela se permitira sentir no início da noite enquanto lia a carta no escritório do sr. Morley. A carta não era real, agora ela estava convencida. Era tão verdadeira quanto um objeto teatral.

Em seguida, Lenna fechou os olhos, tentando afundar de volta nas lembranças de Evie. Quão longe Vaudeline estaria na memória do sr. Volckman daquela noite? Ela já sabia o que acontecera com ele? Mas, enquanto tentava se concentrar, o fedor sulfúrico da sala ficou mais intenso.

— Vocês estão sentindo esse cheiro? — perguntou ela, abrindo os olhos de novo, olhando para os dois lados.

O policial Beck assentiu.

— Estou sentindo, sim. — Ele ergueu as mãos, incrédulo. — Mas que raios está acontecendo aqui? Quem diabos é *Evie*?

Lenna só conseguia imaginar como o homem devia estar confuso. O nome de Evie havia sido mencionado várias vezes a essa altura.

Antes que alguém pudesse responder, o sr. Morley apontou para uma arandela na parede atrás delas.

— O odor — disse ele — está vindo daquela vela, lambendo a viga de madeira. Deus nos livre desse lugar pegar fogo… — Ele se ergueu da mesa, pegando um castiçal para guiar seu caminho. Em seu transe, Vaudeline não pôde impedi-lo dessa vez. Ele contornou os barris até parar atrás de Lenna e Vaudeline. Enquanto caminhava, tinha as sobrancelhas franzidas de preocupação.

Ele já teria atirado em nós, pensou Lenna consigo mesma. Ela se virou de leve na cadeira, seguindo-o com os olhos. *Tenho certeza agora: ele tem outro plano em mente.*

36

SR. MORLEY

Londres, segunda-feira, 17 de fevereiro de 1873

O maldito pavio tinha se apagado. Soube disso assim que senti o cheiro de enxofre na sala.

Eu poderia ter socado a parede de pedra. Essa reunião mediúnica não podia ter erros.

O fabricante me prometera trinta e cinco minutos. Nem um minuto a mais, nem um a menos. Eu tinha marcado no relógio. Com o maldito pavio agora apagado, eu precisaria reacendê-lo e estimar quanto tempo restara. A ideia de uma aproximação me deixava enjoado. Era um barril transbordando de pólvora, pelo amor de Deus.

Ainda assim, sustentei a encenação. Eu me aproximei da arandela, que não era uma ameaça para nenhuma viga de madeira, e no caminho espiei o pavio de queima lenta, irado. O meio da corda havia inexplicavelmente se apagado.

Soprei a arandela. Quando me virei para voltar, fingi bater a canela contra um dos barris. Dei um gemido falso de dor quando me abaixei, então ergui meu castiçal perto do pavio apagado e com cuidado o reacendi.

O sibilo lento e baixo recomeçou.

A contagem havia voltado. Eu precisava sair dali — e logo.

37

LENNA

Londres, segunda-feira, 17 de fevereiro, 1873

Quando o sr. Morley se curvou de dor, Lenna notou algo estranho. Enquanto os outros barris da fileira tinham um carimbo azul forte com a data de envase impressa de um dos lados, o barril perto do qual o sr. Morley estava agora não tinha nenhuma data. Na verdade, não havia nenhuma marca nele.

Que estranho, pensou ela. Mas antes que pudesse chegar a alguma conclusão, implorou a Evie que trouxesse a memória de volta e começasse de novo.

Assim que fechou os olhos, a lembrança recomeçou, vibrante e instrutiva.

Antes do baile da cripta, eu me disfarcei novamente, com algumas peças de roupa mais largas do papai, para parecer mais pesada do que sou. Caso eu e o sr. Morley nos cruzássemos na festa, eu esperava que isso me fizesse passar despercebida. Não podia arriscar vê-lo com meu traje habitual.

Perto das oito e meia, segui até a adega perto da Grosvenor Square. Eu me escondi atrás de alguns arbustos, observando a porta. Estava muito escuro, uma noite de lua nova. Sabia que era perigoso estar na rua à noite, na véspera do Dia de Todos os Santos — uma lua nova prometia um aumento de mortes —, mas também sabia o perigo de deixar esses homens continuarem sua destruição pela cidade.

O número de convidados excedia minha expectativa. Em dez minutos observei duas dezenas, talvez mais, chegarem e descerem pelas escadas, seguindo para a adega. Alguns usavam fantasias simples, asas de morcego em corpetes ou rabos falsos presos à calça, mas a maioria usava vestidos de festa e ternos, roupa habitual de gala. Havia uma rampa ao lado das escadas, para facilitar o movimento dos barris, imaginei, e um homem, obviamente inebriado, ignorou as escadas e optou pela rampa como uma espécie de escorregador até a festa.

Quando os sinos da igreja tocaram as nove horas, eu me movi. Um coche deixou um grupo de cinco convidados e, enquanto eles desciam os degraus, eu entrei atrás deles, fingindo ser parte do grupo. O barulho e a comoção eram tais que ninguém me deu atenção quando atravessei a porta da adega. Um trio de músicos estava no canto, tocando violas e um violoncelo. Quando entrei, um menino me passou uma taça de vinho quente, que eu fiquei feliz em aceitar. Outro me ofereceu nozes confeitadas. Examinei o espaço rapidamente e não vi o sr. Morley. Abaixei o rosto, decidida a ser discreta.

A carta me dissera para seguir para a cave de vermute nos fundos. Quando contornei a borda do espaço, duas mulheres me olharam de um jeito esquisito. Preocupada que meu bigode falso não estivesse tão convincente quanto eu esperava, avancei rápido, tentando manter a taça de vinho quente perto do rosto.

Eu me apertei contra a multidão de convidados. Um cavalheiro embaralhava cartas com seus colegas. Ao lado deles, um grupo animado pescava uvas-passas de uma tigela de conhaque flambado. Por toda parte, cartas de adivinhação estavam jogadas no chão. Eu me encantei com a diversão geral, pensando que, em qualquer outra noite, esse era exatamente o tipo de festa de que eu teria gostado.

A multidão diminuía mais para o fundo da adega. Passei por um casal se beijando encostado em uma parede e então, mais à frente, notei a porta, escondida atrás de algumas caixas de madeira. Com um olhar rápido para trás a fim de garantir que não havia ninguém *observando, abri a porta e deslizei por ela, passando para a adega inferior. A cave.*

Os degraus não eram muito firmes e xinguei ao quase tropeçar. Várias velas estavam acesas, colocadas a alguns passos umas das outras. Enquanto descia, meu coração martelava no peito. Essa aventura era muito mais perigosa do que qualquer coisa que eu já tivesse feito na Sociedade Mediúnica de Londres. Eu acreditava que o maior segredo da Sociedade estivesse em algum lugar desta modesta adega inferior. E suspeitava que o sr. Morley fosse mais do que um mentiroso.

Eu tinha um palpite de que ele pudesse ser um assassino.

Tudo havia começado com a morte por afogamento da minha querida amiga Eloise Heslop e seu pai. A reunião mediúnica realizada para Eloise foi risível, sim, mas o que me preocupava mais foi o casamento apressado da mãe de Eloise com o falido sr. Cleland, um novo membro da organização. A forma como tudo acontecera parecia... coincidência demais.

Ainda assim, eu precisava me aproximar mais do funcionamento interno da Sociedade para determinar se minhas suspeitas podiam ser verdadeiras.

Passando mais tempo com o sr. Morley, notei que ele às vezes carregava consigo uma pasta cor de vinho. Ele a escondia em um bolso interno do casaco, mas tirou o casaco perto de mim muitas vezes e eu podia vê-la escapando dali, tão próxima e tão inacessível. Ainda assim, ele parecia cuidar muito bem dela e eu não pude deixar de perguntar se continha bilhetes a respeito de um lado mais sinistro da Sociedade. Se fosse verdade, eu queria muito colocar as mãos nela.

Ele nem sempre trazia a pasta consigo. Eu suspeitava que a guardasse em algum lugar seguro quando não precisava dela, mas não fazia ideia de onde poderia ser. A carta de Vaudeline me ajudou muito com isso. Ela afirmava que ele mantinha seus documentos mais particulares nessa adega inferior. Era a peça que faltava.

Eu mal podia esperar para dar uma olhada.

Enquanto a festa transcorria no andar de cima, examinei a cave, intrigada. Onde ele escondia suas coisas? Não havia armários, nem gabinetes, nem gavetas de nenhum tipo. Apenas prateleiras abertas e garrafas de vidro.

Então lembrei que esse homem era um mestre do disfarce. Se ele tinha algo a esconder, ora, certamente não faria isso em um lugar tão óbvio quanto um armário ou uma escrivaninha. Poderia muito bem estar escondido a plena vista, então comecei a tatear a parede, buscando uma pedra solta com os dedos.

— Perdão, o senhor se perdeu?

Eu engasguei e levantei a cabeça. No topo dos degraus de pedra estava um homem nas sombras, sua silhueta iluminada pela luz vinda de trás.

— Acabei de chegar, mas certamente ainda não ficamos sem vermute — acrescentou em uma voz alegre.

Ele desceu os primeiros degraus, falando sobre alguma outra festa, algum compromisso familiar que ele deixara mais cedo.

Então entrou no meu campo de visão, iluminado pelas velas colocadas nos degraus.

Sr. Volckman.

Quando ele viu mais de perto o que eu estava fazendo, procurando algo nas paredes, seus olhos se estreitaram.

Ele desceu os degraus e parou bem diante de mim. Nós estávamos cara a cara. Quando eu estava prestes a falar — engrossei a voz, por mais inútil que fosse —, ele esticou a mão e arrancou o chapéu da minha cabeça. Mechas de cabelo escuro caíram em volta das minhas orelhas e meu bigode falso se soltou.

— Quem é você? — perguntou ele.

Eu só o encarei. Pouco antes, poderia ter contado a ele a verdade a respeito da sua organização, tudo que eu descobrira sobre seu vice-presidente delinquente. Mas agora, sob o calor dos seus olhos, eu o temi por instinto.

Eu mencionaria o nome de Vaudeline, eu decidira. Eles eram próximos, eu vira ilustrações dos dois lado a lado na revista O Espiritualista várias vezes. Se contasse ao sr. Volckman que eu treinara com ela, talvez ele perdoasse minha invasão.

— Meu nome é Evie — eu disse. — Fui aluna de Vaudeline, dois anos atrás.

Ele ficou desconfiado.

— Vaudeline — repetiu ele.

— Sim. Sua associada, sua... amiga.

Ele jogou a cabeça para trás e riu. Então se aproximou e arrancou o bigode solto da minha pele.

Dei um gritinho, meu lábio superior subitamente pegando fogo.

— Ela foi uma amiga — sibilou ele. — Até começar a se intrometer.

38

SR. MORLEY

Londres, segunda-feira, 17 de fevereiro de 1873

A acusação de Lenna — *Você forjou a resposta. Você a atraiu até aqui* — não me incomodou em nada. Ela estaria morta em questão de minutos. Logo, toda essa bagunça seria resolvida.

Enquanto o tempo corria, eu mal conseguia conter o alívio que brotava dentro de mim. Mantive a cabeça baixa, com medo de que alguém na mesa notasse meu sorriso. Esta noite seria um fim adequado para o dilema departamental que começara mais de um ano antes. Em janeiro de 1872, antes que Vaudeline deixasse a cidade. Antes que Evie entrasse escondida na palestra sobre ectoplasma. Antes que Volckman ameaçasse me demitir.

Fora uma época em que a diversão ainda era muito boa.

Mas tudo isso acabou com uma batida na porta do meu escritório, naquela terça-feira tão distante.

Estava sentado na minha escrivaninha. Ao ouvir a batida, conferi o relógio. Deveria ser Volckman, pronto para discutir números. Era uma reunião recorrente, a primeira terça-feira de cada mês às onze da manhã.

— Entre — convidei, limpando minha mesa. Ele teria uma pilha de papéis consigo e iria querer espalhá-los.

Mas ele entrou de mãos vazias e o rosto pálido e abalado. Foi até o sofá e suspirou enquanto se afundava nele.

— Acabei de ter uma conversa muito desconfortável — disse ele, juntando as mãos.

Eu me inclinei para a frente, preocupado.

— Com quem? E sobre o quê?

— Vaudeline D'Allaire — respondeu ele. — Ela tem... ouvido coisas. Pela cidade. Você sabe que ela presta atenção ao que acontece por aqui.

Eu pigarreei.

— Que tipo de coisa ela tem ouvido?

Ele inspirou longamente, inclinando a cabeça de lado.

— Você fez um bom trabalho com o departamento, Morley. Eu te deixei fazer coisas que nunca teria deixado nas mãos de Shaw. Nem sempre entendo seus métodos, suas farsas e seus golpes, mas você sabe que minha maior preocupação é com a *reputação*, não com a verdade. São duas coisas bem diferentes. — Ele fez uma pausa, deixando que eu absorvesse as palavras. — Segundo Vaudeline, as pessoas estão notando as farsas. Os instrumentos, as vozes, a escrita automática. Imagino que você tenha ficado exuberante demais, o que é exacerbado pelo fato de que os membros do seu departamento que frequentam essas reuniões têm uma tendência a, como posso dizer... — Ele estalou os dedos. — Coagir as mulheres a ir para a cama com eles. — Ele balançou a cabeça. — Elas têm falado. Essas mulheres estão falando. Preciso que você dê um jeito nisso.

Foi como um soco no estômago. Não pela reprimenda, mas pela notícia de que as pessoas vinham falando tanto assim. Eu não fazia ideia, não até o momento. Claro, para sempre em dívida com o sr. Volckman, eu levaria suas preocupações muito a sério.

— E quanto a Vaudeline? Você acha que ela vem incentivando os rumores?

— Incentivando? Não. Mas ela está interferindo, fazendo perguntas, tentando me ajudar com a questão. Não posso deixar que ela se envolva. Ela não pode descobrir sobre... — Ele parou de falar, balançando a cabeça.

Não havia necessidade de terminar. Estava se referindo ao mais lucrativo — e sinistro — dos nossos esquemas.

Havia o Departamento de Clarividência, a fachada respeitável da Sociedade, comandada por Shaw. Então havia minha unidade, o Departamento de Espiritualismo, que existia com base em truques e trapaças.

Mas a alusão que Volckman acabara de fazer? Esse era o mais cruel de nossos empreendimentos.

— Vaudeline e minha esposa são amigas — disse Volckman. — Me deixa desconfortável pensar no que ela poderia descobrir ou compartilhar. Preciso dela fora daqui.

— Fora de Londres.

— Fora de Londres, sim, e fora dos nossos negócios. — Ele encostou a cabeça contra a parede. — Rumores a respeito do que você faz é uma coisa. Rumores a respeito do que eu faço é outra história. Tenho sido impecavelmente cuidadoso, cobri todos os meus rastros. Mas Vaudeline me deixa nervoso. Ela é muito perspicaz. Prometi a ela que investigaria, que faria perguntas. Logo, contarei a ela que encontrei áreas preocupantes dentro da organização, alguns membros de caráter duvidoso causando problemas. Mas vou contar a ela que o esquema deles é maior do que eu temia e que esses canalhas sabem que ela vem investigando. Eu a aconselharei a ir embora, para sua segurança.

— Sorte que ela confia em você.

— Sorte que sim. — Ele se levantou do sofá e se aproximou da minha mesa. Com uma rápida olhada para a porta, baixou a voz. — Algum novo arranjo para que eu revise?

Eu fiz que sim, puxando a pasta de seu esconderijo na gaveta falsa.

— Algumas ideias no final. Sir Christopher Blackwell, por exemplo.

Ele ergueu as sobrancelhas.

— Ambicioso.

Concordei.

— Quebrou o quadril. Preso em casa. — Ele pegou a pasta da minha mão e a enfiou embaixo do braço.

Como sempre, fiquei feliz de não ser responsável por nada além de fraude.

Que ele cuidasse dos assassinatos.

39

LENNA

Londres, segunda-feira, 17 de fevereiro de 1873

Na adega, Lenna se inclinou para a frente na cadeira, ofegante. A inundação de memórias de Evie continuava, incessante e em cores vivas.

Tinha certeza de que havia entendido mal o sr. Volckman quando ele comentou a respeito de Vaudeline. Eles eram amigos, até ela começar a se intrometer, ele dissera.

E os olhos dele agora estavam tão escuros e raivosos.

— O que você está procurando? — perguntou ele, se aproximando. Seus dentes estavam amarelados e seu hálito, fedido.

— N-nada — gaguejei.

— Mentira. Você estava tateando as paredes em busca de alguma coisa.

Fora a carta de Vaudeline que me levara até lá, mas eu não podia dizer isso. Vi a oportunidade de desviar a frustração de Volckman dela, e de mim, na direção de outra pessoa.

— O sr. Morley, os documentos que ele guarda aqui, eu sei deles — falei.

Ele soltou uma risada.

— Não há nada aqui além de vermute.

— Você nem ao menos sabe no que ele está envolvido? Que segredos da Sociedade ele me contou?

Ele colocou os dedos grossos em volta do meu pulso, apertando com força demais.

— Impossível.

Dei um sorriso malicioso. No mínimo, eu gostava da expressão de preocupação que ele tinha agora.

— Não é impossível com um pouco de disfarce e algumas trocas no momento certo. — Olhei para os degraus, considerando como sair do alcance dele. — Ele é insaciável. Revelará qualquer segredo pelo preço certo.

Ele semicerrou os olhos.

— Por que você está atrás de nós?

Hesitei, considerando a melhor forma de responder à pergunta. Não estava fazendo isso pela arte do espiritualismo ou pelo dano que esses homens haviam causado nos salões de Londres. Não era por causa de suas taxas exorbitantes e o que era dado em retorno — propostas indecentes, salpicadas de algumas batidas na parede em momentos ruins.

Estava fazendo isso por Eloise.

— Eloise Heslop — falei. — Ele a matou junto com o pai, não foi?

Ele riu.

— O sr. Morley é um covarde. Nunca matou ninguém. Ele planeja muito bem, no entanto.

— Então é... você.

— Ninguém nunca imaginaria que um homem respeitável é um assassino, não é? Especialmente um homem tão preocupado com a reputação de sua organização — ironizou ele.

Acima de nós, a música ficou mais alta. Percebi, considerando o que ele acabara de revelar, que ele não tinha a menor intenção de me deixar sair viva desta adega. Estava à mercê de algum milagre ou virada de sorte. Eu estava em um beco sem saída, mas essa situação me tornou imprudente nos questionamentos.

— Você mata pessoas desde o início? Desde que a Sociedade foi fundada?

— Mais ou menos — respondeu ele. — O Departamento de Clarividência sempre foi nossa fachada. Os homens desse departamento são bons no que fazem, mas oráculos e jogos de carta não rendem muito dinheiro. O lucro é maior no Departamento de Espiritualismo. Enlutados ricos pagam qualquer coisa. Vendem as próprias terras, pelo amor de Deus, por algumas últimas palavras com os mortos. E Morley dominou essas manobras bem rápido. — Ele fez uma pausa, apertando meu pulso com mais força. — Mas o verdadeiro dinheiro está em...

— Casar certos membros da Sociedade com viúvas ricas — afirmei.

Ele ergueu as sobrancelhas. Se eu não soubesse que não era o caso, acharia que ele ficou impressionado.

— O sr. Cleland — continuei. — Todo mundo sabia que ele era viciado em apostas e tinha muitas dívidas. Ele se juntou à Sociedade mais ou menos na mesma época em que o pai de minha amiga Eloise se afogou, e então, só alguns meses depois, o sr. Cleland e a mãe de Eloise se casaram. — Tentei me soltar dele de novo, sem sucesso. — Não me permitiram estar na reunião para o sr. Heslop. Ninguém pôde participar, exceto a viúva. Foi um golpe, não foi? Um plano para convencer a sra. Heslop a se casar com o sr. Cleland...

Ele estreitou os olhos.

— Você é boa.

— Me diga como você faz. Como convence as viúvas a se casar com seus homens?

— Papel falso. Três camadas. Texto na camada central, visível apenas quando umedecido com água. Imagine uma viúva enlutada e sem rumo em uma reunião mediúnica. Há uma folha branca de papel diante dela, mas então palavras do falecido marido começam a ganhar forma diante dos seus olhos. Uma carta encorajando-a a amar de novo e até sugerindo o nome do pretendente que ele deseja para ela...

Eu não estava certa se uma carta me convenceria, mas isso era porque eu não confiava na Sociedade. Conhecia, graças ao sr. Morley, a extensão dos golpes deles.

Mas a maior parte de Londres confiava na organização. Até recentemente, pelo menos.

— E então você cobrou do sr. Cleland uma boa taxa? — perguntei.

Ele inclinou a cabeça para o lado.

— Uma taxa anual pelo resto da vida, sim.

Era mais lucrativo do que eu imaginara.

— Tudo isso teria continuado muito bem — disse o sr. Volckman —, se não fosse a intromissão da srta. D'Allaire.

— Você sabia que ela chegaria à verdade — falei. — O que deixaria suas reuniões fraudulentas expostas e acabaria com sua reputação. Nada disso poderia acontecer se você esperava continuar casando seus homens com viúvas.

— Precisamente — confirmou ele. — Mandei Vaudeline embora sem intenção de convidá-la a voltar. — Ele fez uma careta. — Que farsa, toda a ideia de verdade. A verdade não dá dinheiro.

De repente, ele se lançou para cima de mim, enrolando os dedos em volta do meu pescoço. Ele me pressionou contra a parede, os dedos apertados na minha garganta. Eu me debati com toda a força que tinha. Então enfiei o joelho bem na virilha dele. Lenna uma vez me ensinou como fazer isso, caso eu me visse em uma situação assim.

Ele então me soltou. Aproveitei a oportunidade, empurrando-o com força para o centro da cave. Ele perdeu o equilíbrio e caiu no chão. Ouvi um estalo rápido, então um grito de dor. O sr. Volckman ergueu a mão esquerda com os olhos arregalados. Ele quebrara o pulso na queda.

Corri para os degraus, determinada a sair do alcance dele, mas me movi um pouco tarde demais. Ele agarrou meu tornozelo com a mão boa e me puxou para o chão, ao seu lado, então ficou de joelhos e enfiou a mão dentro do casaco. Ciente de que ele havia puxado alguma coisa — eu não conseguia ver o quê —, peguei a única coisa que tinha por perto: uma garrafa de vermute no pé das escadas, pronta para ser consumida pelos inocentes festeiros na adega acima de nós.

Golpeei a garrafa cor de âmbar na direção dele. Com um estalo horrível, o fundo de vidro da garrafa se quebrou na cabeça dele. Consegui me levantar de novo, enquanto o sr. Volckman caía para trás, uma expressão vazia no rosto. Parei com o gargalo quebrado da garrafa ainda em mãos. A bebida formava uma poça aos meus pés, mas estava misturada a uma substância mais grossa e escura. Sangue.

*Estranho, pois o sr. Volckman não parecia estar sangrando. Só
então percebi a faca enfiada de um lado do pescoço e senti a umidade
na garganta, a tontura por trás dos olhos. Ergui os dedos para tocar
a pele acima da minha clavícula. Quando os retirei, eles estavam
carmim. O sr. Volckman tinha me acertado com a faca e eu estava
sangrando sem parar.*

*Ele estava quase desmaiado no chão, fazendo esforços inúteis para
se arrastar na minha direção. Vários grunhidos, como de um animal
em sofrimento, deixavam seus lábios. O gargalo quebrado da garrafa
continuava na minha mão. Eu só tinha forças para um último golpe.
Baixei a garrafa âmbar fraturada, rasgando a lateral do rosto de
Volckman. Sua maçã do rosto afundou e suas íris giraram para trás,
deixando órbitas brancas no lugar.*

*Caí de joelhos, sentindo-me muito quente, muito relaxada. Quando
meu coração enfraqueceu, o mesmo aconteceu com o desespero de
deixar minha família e qualquer preocupação com o desconhecido. No
seu lugar, veio a curiosidade. A morte sempre fora a coisa conhecida,
a coisa entendida: olhos que se fecham, um fim da dor. Mas o que
havia além dela? O que havia depois dela?*

*Sabia que havia alguma coisa. Sabia que não estava desapare-
cendo, não de verdade. Apenas ia para outro lugar. E Eloise estaria
esperando.*

*Os segredos da vida após a morte eram o que eu sempre desejara.
Estava tão ansiosa para ver as verdades escondidas atrás do véu entre
a vida e a morte que poderia ficar sem respirar de tanta ansiedade.*

*Exceto que eu não tinha mais respiração. Havia só essa, a última
entrada de ar nos meus pulmões.*

*Antes de fechar os olhos, uma sombra. Ergui os olhos para a porta
da cave.*

*O sr. Morley estava ali, olhando para nossos dois corpos ensan-
guentados, ambos à beira da morte. Ele desceu as escadas e, quando
se aproximou, notei uma carta escapando de seu bolso: minha carta
para Vaudeline. Reconheci o pardal e os ovos de pássaro que eu desenhara no exterior do envelope.*

Ele não a tinha enviado coisa nenhuma.

O que só podia significar uma coisa: a carta que me mandara para cá essa noite não fora de Vaudeline. Fora uma falsificação. Falsificação de Morley.

Ele me atraíra até aqui. A história da cave não era nada além de uma isca. Não havia nada escondido aqui.

Dei ao sr. Morley um sorriso fraco — queria que ele visse, que ele entendesse que sua armadilha levara a isso, ao fim do presidente da Sociedade. Então me entreguei e ergui o véu.

A lembrança se afrouxou e foi embora. Na mesa, os olhos de Lenna se abriram.

O sr. Volckman era o organizador de tudo. O pior dos vilões desde o início. E ele e Evie mataram um ao outro. Ali, na adega inferior. Ela acabara de ver, reviver, a memória da irmã.

Ela estivera olhando errado para a situação, perguntando-se quem poderia ter matado os dois. Agora ela sabia o que de fato acontecera.

E o motivo para ele ter matado Evie, o motivo para ter encontrado com ela? Era por conta das suspeitas de Evie a respeito da Sociedade depois da morte de Eloise. Ela buscara vingança e exposição, tudo por sua devoção à mediunidade, a versão *real* da arte, sem ilusões. Ela fora fiel à sua amiga, à sua arte. Disposta até mesmo a arriscar a vida por isso. Uma mártir.

Isso também significava que a pasta que Lenna encontrara mais cedo naquela noite não era apenas do sr. Morley. Ele deixara bilhetes a respeito de possibilidades e alvos, mas os assassinatos em si? O sr. Volckman era responsável por eles.

Depois da morte do sr. Volckman, o sr. Morley devia ter pegado a pasta para mantê-la em segurança e então acrescentado alguns alvos ele mesmo: as três pessoas sentadas agora em volta da mesa.

De fato, o sr. Volckman parecia ser a fonte do comportamento mau-caráter dos membros da Sociedade. Era uma mudança completa do que ela e Vaudeline haviam pensado até então. Achavam que ele era um homem honrado. Lenna se lembrou da visita que ela e Vaudeline fizeram à casa da sra. Gray, quando a viúva contou do instrumento magnético usado pelo sr. Dankworth antes de ele tentar tirar proveito dela. Segundo a sra. Gray, o sr. Volckman subira para ver o que estava acontecendo. *O sr. Dankworth num instante se afastou de mim,* dissera a sra. Gray. *Quando o sr. Volckman passou pela porta, ele e o sr. Dankworth trocaram um olhar. Eu me pergunto agora se o sr. Volckman suspeitava que algo estava errado.*

Com a verdade exposta, Lenna suspeitava que o sr. Volckman não estava preocupado com o bem-estar da sra. Gray coisa nenhuma. Talvez suas intenções fossem piores — talvez ele quisesse ver como o trabalho do sr. Dankworth, financeiro ou não, estava indo.

Lenna ainda conseguia sentir os pensamentos de Evie interligados aos seus. Não eram tão potentes quanto as lembranças que ela acabara de acessar, mas ainda eram uma fonte de barulho, uma distração. Seguiria assim, com Evie suspensa na consciência de Lenna, até que alguém recitasse o encantamento de Término.

— Você matou Evie — afirmou Lenna a Vaudeline, mas estava falando com o sr. Volckman, o homem ali dentro. Queria estrangulá-lo.

Se um homem pudesse morrer duas vezes.

Vaudeline se inclinou para a frente, um aroma estranho em seu hálito, como tabaco e uísque. *Ela ainda está no transe,* notou Lenna. Quaisquer palavras que deixassem a boca da médium não eram dela.

— E Evie *me* matou — disse Vaudeline.

— Você pode culpar Evie o quanto quiser, mas... — Lenna apontou o dedo para o outro lado da mesa. — Ele é o motivo para tudo isso. Morley atraiu Evie para cá.

— Não — disse o sr. Morley, balançando a cabeça como uma criança. Ele olhou para Vaudeline. — Volckman deveria estar com a família naquela noite, não aqui na festa. — Ele olhou para Vaudeline, implorando com os olhos. — Eu ia consertar isso, tudo isso... — Ele parou de repente, olhou para o relógio, e ofegou. — Preciso sair para tomar um ar. — Ele afastou a cadeira, mas Beck agarrou seu braço, mantendo-o no lugar.

— Espere — ordenou Lenna. Ela se lembrou do que Bennett dissera no início da noite, nos estábulos. Ele contara que, na noite da véspera do Dia de Todos os Santos, o sr. Morley pedira a Bennett para deixar a diligência depois de levá-lo à festa. Ele disse a Bennett para ir sozinho para casa.

— Você moveu o corpo dela — continuou ela, ainda apontando para o sr. Morley. Todas as peças do quebra-cabeça estavam se encaixando, incluindo o mistério de onde Evie realmente morrera. — Quando entendeu que sua amante tinha matado o presidente da Sociedade, você escondeu a evidência, não foi?

— Que ideia ridícula — rebateu o sr. Morley.

— Ela está certa, eu vi — disse Vaudeline, ou Volckman, o hálito ainda fedendo a álcool. — Eu te vi puxando-a pelas escadas e enfiando-a em um barril vazio.

Lenna girou na cadeira.

— O quê?

Vaudeline assentiu, esfregando seu pulso — o pulso de Volckman —, quebrado e desfigurado.

— Evie acreditava que eu estava morto. Mal sabia a meretriz que eu fiquei vivo por alguns minutos depois que ela me acertou com a garrafa, me engasgando lentamente com meu próprio sangue.

— Então você levou o corpo dela para a Hickway House — continuou Lenna, o olhar fixo no sr. Morley. Ela cobriu a boca com a mão, pensando na diligência, como todas as viagens nela a faziam se sentir mal. Atribuíra isso ao movimento da carruagem, mas agora sabia que era outra coisa: sua intuição, aquela consciência invisível que acordava nos momentos mais estranhos, incluindo quando ela estava no coche, perto de onde o cadáver de Evie estivera.

O sr. Morley continuou em silêncio, toda a verdade se descortinando.

Lenna prosseguiu:

— Depois que levou o corpo dela para lá, você a deixou no jardim lateral para que eu o encontrasse.

Ele fizera a morte de Evie parecer casual, acidental. Sempre o ilusionista.

— Pretendia matá-la você mesmo naquela noite, não é? — perguntou Lenna. — Mal sabia que o sr. Volckman faria isso por você.

— Essa Evie era sua amante? — perguntou o policial Beck, boquiaberto, para Morley.

Lenna só conseguia imaginar como o homem estava confuso com toda essa história vindo à tona.

— Amante dele e minha irmã mais nova — disse ela.

O policial Beck manteve os olhos no sr. Morley.

— O presidente da Sociedade, derrotado por uma mulher com quem você tinha encontros libertinos... Se pretendia evitar a vergonha, Morley, fez um péssimo trabalho. A polícia vai te arruinar quando descobrir que você sabia a verdade o tempo todo.

Todos estavam voltados contra o sr. Morley agora, ao que parecia. Todas as pessoas na sala, vivas e mortas, tinham algo a acertar com aquele homem. Ele corou.

— A Sociedade Mediúnica de Londres já enfrenta calúnia suficiente. Você precisa entender, Beck: eu tirei o corpo dela daqui para proteger a honra da Sociedade. Ela estava atrás dos nossos segredos...

O policial Beck franziu o cenho.

— Você achou que valia a pena matar alguém porque ela descobriu que nossas reuniões mediúnicas eram falsas?

— Não, não. É muito pior que isso. Existem outros segredos que você nem sequer sabe e... — O sr. Morley parou, sem fôlego.

Ele falava dos assassinatos, é claro. Lenna quase abriu a boca para falar a verdade, mas isso seria arriscado. Os dois homens estavam armados. Escalar a tensão agora poderia acabar com todos mortos.

— É meu maior dever, minha maior promessa, proteger a Sociedade — disse o sr. Morley. Ele tentou puxar o braço do aperto do policial Beck, mas foi incapaz. Uma expressão de exasperação e algo mais, medo, talvez, brilhou em seus olhos. — Melhor do que você fez pela polícia. Aceitando propinas, agredindo colegas.

Beck recuou.

— Erros antigos, Morley. Abandonei o gim e as más influências. Não cometi nenhuma infração desde então. — Ele apertou com mais força. — Eu não tenho um passado perfeito. Nenhum de nós tem. Todos fizemos coisas das quais nos arrependemos.

Pela primeira vez desde que conhecera o policial Beck, Lenna se perguntou se o havia julgado mal. Fora fácil presumir coisas por conta de sua atitude grosseira, e ela também dera importância demais às fofocas da sra. Volckman a respeito dos erros passados de Beck. Agora se lembrava de como Beck recusara o conhaque no bordel, bebendo água em vez disso. Ele aprendera que álcool era seu vício, então. Bom para ele, ter se emendado.

Além disso, Beck estava certo quando dissera *todos fizemos coisas das quais nos arrependemos*. Lenna tinha seus próprios arrependimentos, incluindo rasgar apressadamente certo desenho que pertencia a Evie.

De trás de Lenna, perto do barril sem marcações, veio outro odor estranho, algo metálico. Ela olhou para os outros — eles também sentiam? —, mas, para seu horror, viu que os lábios de Vaudeline estavam manchados de sangue. Ela parecia estar tendo dificuldades para respirar.

Lentamente engasgando com meu próprio sangue, disse Vaudeline — o sr. Volckman — momentos antes. O que significava que o que Vaudeline estava experimentando agora era apenas mais um ferimento causado pela reunião mediúnica. Por que Vaudeline não começara a recitar o encantamento de Término, para colocar um fim em tudo isso?

Atrás de Lenna, o cheiro metálico ficou mais forte. Enquanto o policial Beck e o sr. Morley continuavam a lançar palavras duras um para o outro, ela moveu o braço na direção da caneta ao seu lado. Fingiu fazer um movimento rápido e inocente e então jogou a caneta para fora da mesa. Ela caiu no chão, rolando para trás dela, bem próxima do barril sem marcações que ela notara antes.

Lenna se ergueu da cadeira. Ao pegar a caneta, ela espiou o barril.

E cobriu a boca com a mão para não gritar.

Uma corda grossa corria pela base do barril. A dois terços do fim da corda, algo queimava com um brilho vermelho vivo. Lenna o reconheceu como um pavio, lembrando-se de um festival na Hickway House anos antes. Ela ajudara o pai a organizar várias exibições de luz do lado de fora; os pavios de queima lenta se acendiam periodicamente ao longo da noite, surpreendendo e encantando os presentes.

Agora a brasa do pavio avançava lentamente na direção do barril, o calor correndo paralelo à estrutura de metal que mantinha o barril no lugar. Isso explicava o odor.

E se era um pavio, só podia significar que algo explosivo estava lá dentro.

Era esse o plano, então.

Fazia sentido, considerando o cheiro sulfúrico que o sr. Morley insistira em inspecionar um pouco antes. Não só isso, mas ele estivera preocupado demais com a duração da reunião mediúnica, checando seu relógio e comentando sobre a progressão das coisas. Sem contar suas várias tentativas de deixar a adega para "tomar um ar".

Lenna olhou para o pavio de novo. Se o sr. Morley o acendera quando eles chegaram à adega, a brasa se movera muito devagar pela corda. Ela estimou dez minutos, talvez mais, até que ele chegasse ao fim. Agarrou a caneta e voltou para seu lugar. Não podia revelar em voz alta o que vira; se o fizesse, o sr. Morley poderia usar o revólver, afinal.

Ao seu lado, Vaudeline ficara pálida e um fio de sangue escorria de seu lábio inferior. Embora sua respiração fosse curta, pelo menos ela estava respirando e consciente. *Ela está fraca demais para recitar o encantamento de Término*, compreendeu Lenna. *Estou sozinha nisso.*

Mas, assim que pensou nisso, ela se deu conta de uma coisa. Na verdade, não estava sozinha. Ainda estava possuída por Evie, capaz de se comunicar com ela. E os espíritos, ela agora sabia, eram capazes de mais do que fazer mal.

Eles podiam causar uma devastação total.

Até mesmo a morte.

40

SR. MORLEY

É a verdade: eu nunca matei ninguém.

Sim, às vezes eu acessava a pasta e deixava bilhetes ou recortes de jornal dentro dela. Mas ela pertencia a Volckman. Uma coleção organizada de arranjos e planos: tabelas de linhagem, artigos a respeito de posses de terra, notas sobre alvos potenciais. Quem, onde e quando.

Volckman sempre fora o mais corajoso. Não havia ilusões em assassinatos, nenhum disfarce atrás do qual se esconder. Quando era para ser feito, assim era. E um homem de família é o assassino perfeito. Ninguém suspeita de um bom marido, um pai atencioso.

Volckman também era mais firme do que eu. Velas falsas e clara de ovo eram meu jogo, mas ele não se importava em erguer um cassetete e acertar a vítima sob a cobertura do crepúsculo.

Mas na noite da véspera do Dia de Todos os Santos? Não era para ele saber, não deveria nem estar na minha festa. Era para estar em uma pequena reunião familiar com a mulher e os filhos. Pudins e jogos de salão. Era a oportunidade perfeita para que eu cuidasse do problema do meu departamento, problema que eu mesmo tinha levado para dentro da Sociedade.

Seria meu primeiro assassinato e Volckman nunca ficaria sabendo. O nome dela nunca entraria na pasta.

Naturalmente, planejei um engodo. Eu dominava o assunto, mas a tarefa era difícil. A imaginação não me fazia favores nesse caso, já que recriar a caligrafia de outra pessoa requer determinação e exame atento. Estudei alguns documentos antigos escritos pela própria srta. D'Allaire — ela trocara correspondência com Volckman em anos anteriores — e analisei seu uso de tinta, como ela deveria angular a mão.

Durante o processo, cometi alguns erros, mas me planejei para isso. Por isso as folhas extras de papel rosa da Le Papetier.

Minha carta falsificada para Evie a instruía a chegar ao baile da cripta às nove da noite. Imaginei que ela pudesse chegar antes, mas com certeza não muito; ela precisava da multidão para passar despercebida. Não havia nada escondido na cave, de qualquer forma. Ela podia procurar pelo tempo que quisesse.

Cheguei às nove em ponto. Uma vez na festa, mandei Bennett embora. Eu precisava da carruagem, mas não dos serviços dele.

No fundo da diligência havia um barril vazio. Em meio aos convidados, rolei o barril pela rampa e contornei por uma entrada específica, através da qual movemos os barris. Uma vez lá dentro, posicionei o barril bem perto da entrada da cave.

A festa, para meu alívio, estava de fato agitada. Ninguém conseguiria nos ouvir na cave e quaisquer berros ou gritos seriam abafados pelas violas e os gemidos de devassidão no andar de cima.

Eu me aproximei da porta, pronto para abri-la, sabendo que ela estaria ali, em busca de algo que não encontraria. Em um dos bolsos eu tinha a missiva que ela escrevera para Vaudeline. Mal podia esperar para mostrá-la, para ver sua expressão quando eu revelasse tudo o que sabia. Talvez eu lesse algumas passagens em voz alta, só para vê-la sofrer.

Assim que abri a porta, olhei para o curto lance de escadas.

E fiquei horrorizado com a visão que encontrei.

Ali estava ela, prostrada no chão, sangrando. A bolsa de couro jogada de lado, seu caderno à vista.

E ela não estava sozinha.

Ao ver os dois corpos — moribundos ou já mortos? —, soltei um grito. Corri escada abaixo, fechando a porta atrás de mim. Errei o último degrau e caí com força no chão, minha mão roçando numa faca ensanguentada que reconheci como sendo de Volckman.

— *Volckman?* — gritei.

Eu não compreendia. Por que ele estava ali?

Logo ficou claro o que havia acontecido. Alívio e remorso lutaram dentro de mim. Evie se fora. Porém, ela o tinha levado junto.

Eu queria mantê-los separados. Pretendia lidar com Evie naquela noite, naquele exato momento, e livrar a Sociedade da ameaça que ela representava.

Contudo, inimigos se farejam.

Fui primeiro até Volckman. Ele não estava morto, ainda não. As suas mãos tremiam e, por baixo do osso amassado que saltava de uma bochecha, seu olho se agitava na órbita. Um som fraco de gorgolejo vinha de sua garganta. Eu lhe dei um tapinha patético no braço, sentindo-me inútil.

Eu me lembrei, com muita facilidade, das muitas advertências que ele me dera no último ano. *Precisamos descobrir o que está causando esses rumores.* Durante a mesma conversa, ele ameaçara me demitir. *Resolva, Morley,* ele dissera. *Os números, a falação, tudo isso.*

Ele não estava falando dos homens do meu departamento ou de algum mau elemento. Os maus elementos foram inventados por ele, para tirar Vaudeline da cidade. Quando ele disse *resolva,* estava falando de *mim.* Dos meus métodos. Eu precisava pôr ordem nas coisas.

Agora, ajoelhado por cima de seu corpo quase morto, eu sabia que devia me desculpar. Ele me salvara, financeira e socialmente, e veja como eu retribuíra.

Porém, um pedido de desculpas não era a principal coisa na minha cabeça. Em vez disso, minha mente já estava trabalhando em me livrar dessa situação.

Ao lado de Volckman jazia Evie. O rosto dela não estava tão grotesco. Ela podia ter um rasgo sangrento no pescoço, mas sua expressão era... alegre. Seus olhos estavam fechados, seus lábios virados de leve para cima.

Ela sempre fora enamorada da vida após a morte. Maldição, acho que ela estava feliz de finalmente encontrá-la.

Tinha que me livrar do corpo de Evie e de seu caderno, que depois encontrei repleto de detalhes incriminadores. Ela era a assassina de Volckman, o que resultaria em uma investigação profunda. Quem era ela? Por que tinha feito isso? O que ela queria? Tudo isso levaria a polícia a mim, aos segredos da Sociedade. Revelaria que eu tinha violado as regras. Que eu tivera um papel na morte de seu presidente.

A sobrevivência da Sociedade era mais importante que a verdade. Era o que Volckman teria desejado, não? Minha posição era mais importante também. Portanto, raciocinei que a escolha correta era colocar o corpo dela no barril e levá-lo embora. Melhor deixar o assassino de Volckman na obscuridade.

Agarrei o caderno de Evie e o enfiei no casaco, junto da carta de Vaudeline que eu forjara dias antes. Levaria tudo de volta para a sede assim que possível, então guardaria em segurança na minha gaveta escondida. A pasta já estava lá, Volckman me entregara na semana anterior e eu fizera algumas boas notas desde então, memorandos a respeito de alvos futuros. A morte dele foi um golpe de sorte para essas vítimas em potencial, mesmo que elas nunca viessem a saber.

Depois que puxei o corpo de Evie escada acima e o manobrei para o barril vazio ainda cheirando a carvalho e caramelo, desci para me despedir uma última vez do sr. Volckman. O gorgolejo, o estremecimento, a agitação, tudo havia cessado. Ele expirara ali, no chão de pedra, e eu fiquei feliz por seu sofrimento não ter se prolongado.

Finalmente, eu saí e rolei o barril para a diligência à espera, feliz pela lua nova e o manto da noite. Ergui o barril pela rampa, então montei na boleia e estalei as rédeas.

Malditos cavalos — eles não se moviam. Ficaram ali, desafiadores, as bestas obstinadas. Estavam brincando com seu novo cocheiro ou sentiram algo estranho na carga?

Enfiei a mão embaixo do assento, em busca do chicote do cocheiro. O couro era duro, impecável. Eu suspeitava que Bennett nunca tivesse precisado usá-lo. Bati com o chicote, violento e rápido. Os flancos se contraíram no mesmo instante e um dos cavalos virou a cabeça, orelhas para trás e olhos furiosos.

Ainda assim, deu certo. Rédeas nas mãos, guiei os cavalos para a Hickway House, pensando no sangue de Volckman se acumulando no chão de pedra em volta dele.

A escuridão é uma amiga leal e havia pouco movimento em torno do hotel. Não levei muito tempo para rolar o barril até o jardim lateral. Despejei o corpo do barril e o rolei até um beco cheio de sujeira e caixas descartadas. Embora não tivesse um lampião para confirmar, suspeitei que poderia haver sangue no fundo, então joguei algumas sobras de comida dentro dele, coisas podres que encontrei às cegas em meio ao lixo. Uma mistura de restos.

Em seguida, eu me preparei para voltar ao baile. Enquanto conduzia os cavalos para oeste, tentei esquecer o que acontecera. Tentei limpar a lousa da minha memória, reimaginar a noite para fazer melhor o papel de ignorante quando a polícia me interrogasse. Seria eu quem encontraria o corpo, afinal. Eles teriam muitas perguntas.

A julgar pela simpatia com que me cumprimentaram ao voltar, ficou claro que ninguém havia notado minha ausência. Caminhei pela multidão de convidados, fingindo um sorriso, dizendo a algumas pessoas que estava descendo para pegar mais vermute.

Fui para a cave.

Abri a porta e soltei um grito.

Se me permite dizer, acho que foi uma das minhas melhores atuações.

Infelizmente, não posso mais me safar com esses golpes.
Não agora.
Não aqui.

41

LENNA

Londres, segunda-feira, 17 de fevereiro de 1873

Lentamente, de forma quase imperceptível, Lenna virou algumas páginas de seu caderno. Ela passou pelos encantamentos para as sete etapas da reunião mediúnica, ainda não interessada no Término. Ele não resolveria todos os seus problemas, afinal. Expulsaria os espíritos do sr. Volckman e de Evie, sim, mas isso ainda deixava o sr. Morley vivo e bem. Ela precisava lidar com ele primeiro. Então ela, Vaudeline e o policial Beck teriam que sair, antes que o pavio explodisse.

Lenna chegou à página de injunções expulsivas, aquelas usadas apenas em circunstâncias especiais. Poderia ter se esquecido delas se não as tivesse revisado ontem, durante a noite insone. Vaudeline a ajudara com algumas correções e as regras de enunciação estavam frescas em sua mente. Entre elas, a injunção *Trasveni*, que tinha o objetivo de deslocar um transe e passar um espírito de um participante para outro, quase sempre de um atendente para um médium. Mas, nesse caso, Lenna precisava conseguir o oposto. Precisava que Evie a deixasse e possuísse um dos atendentes: o sr. Morley.

Pouco tempo atrás, pensou Lenna, *eu nem sequer acreditava na vida após a morte. Agora estou torcendo para que o fantasma da minha irmã salve minha vida.*

Ela sabia que isso seria um adeus. Quando Evie a deixasse, ela não a invocaria de novo. Nunca mais a teria de volta. Não na vida, não na morte.

Lenna parou, os dedos flutuando acima da página do caderno. Então ela se lembrou.

Rapidamente, enfiou a mão na bolsa e puxou um pequeno saco de papel. Dentro dele havia uma pena de rouxinol, o aporte que ela comprara para Evie meses antes.

Lenna colocou a pena na mesa diante de si, pedindo em silêncio que Evie a perdoasse por muitas coisas: anos de descrença no mundo espiritual. As incontáveis discussões teimosas e triviais que ela começara. As provocações por causa de meninos e o comportamento libertino dela. O ato de rasgar o desenho do hexágono que Evie fizera. As acusações de que a irmã mexia em suas coisas particulares. Nunca se desculpara por nada disso.

Sentiu algo úmido e quente nas faces. Tocou o rosto com os dedos; eles ficaram molhados de lágrimas. Ela não notara que tinha começado a chorar. Eram lágrimas dela ou de Evie? Das duas, talvez.

Depois de pedir desculpas, Lenna começou a ler a curta injunção *Transveni*. Eram duas estrofes, oito versos ao todo. Ela os leu silenciosa e rapidamente, orientando Evie a mudar de curso, a sair de seu corpo e entrar no do sr. Morley.

A respiração de Vaudeline continuava lenta e curta. Quando Lenna chegou ao fim do encantamento, percebeu que seus olhos estavam embaçados e não conseguia ler as últimas linhas.

Contudo, ela não estava mais chorando.

Era Evie, sem dúvida, teimosa e recusando o fim do encantamento.

Minha vida está em jogo, Evie, pensou Lenna. *Você não terá morrido em vão. Eu vou garantir isso.* Então, como um último adeus, declarou: *Eu te amo, irmãzinha.*

Com os dedos molhados de lágrimas, ela tocou a ferida em seu pescoço. A pele começou a se unir neste exato momento, sarando sob seu toque.

Evie estava obedecendo. Evie estava indo embora.

Lenna terminou de ler os versos que faltavam, chegando ao fim da segunda estrofe. Logo depois, a injunção *Transveni* estava completa.

Do outro lado da mesa, o policial Beck ofegou, apontando um dedo trêmulo para o pescoço do sr. Morley. Na luz baixa, Lenna notou que enquanto sua ferida começava a sarar, um corte sangrento se formara no pescoço do homem.

O sr. Morley ergueu os olhos, terror em seu rosto. Ele tocou a ferida, inspecionou-a com os dedos. Mas, quando abriu a boca para falar, sua voz foi abafada por um barulho ensurdecedor. Soava como mil punhos batendo contra as paredes de pedra. Entretanto, não havia nada, nem ninguém, para causar o som. *São os espíritos batendo,* pensou Lenna. Ela cobriu as orelhas com as mãos, um sorriso nos lábios.

Em seguida, as arandelas se apagaram, acenderam, apagaram, acenderam. Como se por vontade própria, de modo espontâneo e sincronizado.

Então veio o aroma potente do perfume de Evie. Tangerina, pungente e floral.

Ela estava brincando com os sentidos deles.

O rosto do sr. Morley exibia uma expressão horrorizada.

— Evie — disse ele, engasgado. Ele se virou para olhar para atrás e não encontrou nada além de uma parede. Virou a cabeça para os dois lados, mas Evie não estava em lugar nenhum. — Velas falsas — exalou então, falando apenas consigo mesmo.

Lenna balançou a cabeça, apontando para a mesa.

— Sem velas falsas aqui — retrucou ela.

Finalmente, as vozes começaram.

Das paredes, do teto e do ar em volta deles vieram as vozes vazias e urgentes de homens, mulheres e crianças. Seriam necessários cem ventríloquos para imitar esses sons. Todos eles entoando a mesma palavra, sem parar: *Evie. Evie. Evie.*

O sr. Morley se levantou da cadeira, mas logo foi empurrado para trás por alguma força invisível e caiu contra a parede. Ele começou a respirar ofegante, seu rosto vermelho e a ferida em seu pescoço sangrando mais. Ele esticou as pernas, pressionou a cabeça contra a pedra, então deu um grito que poderia ser de dor ou paixão. Suas costas se arquearam quando ele foi vítima de alguma pressão que Lenna não podia ver. Ela só conseguia imaginar como Evie o estava provocando.

As batidas. As chamas. O perfume. As vozes. E agora o desejo. Todas as táticas fraudulentas que ele usara contra as mulheres enlutadas de Londres, Evie agora usava contra o sr. Morley, enchendo-o de medo e apreensão.

Lenna levou a mão ao pescoço uma última vez. A ferida estava curada, ela não sentia nem um traço de dor. Evie a deixara. Era hora de ler o encantamento de Término.

Ela virou rapidamente as páginas do caderno e leu a passagem tão rápido quanto seus olhos podiam correr pela página, sabendo que, uma vez que ela fosse completada, o sr. Volckman e Evie desapareceriam, libertos daquela meia-vida. Ela não queria isso para o sr. Volckman — ficaria satisfeita em condená-lo ao sofrimento pela eternidade —, mas tal era a natureza daquela reunião mediúnica. Havia dois espíritos, um mau e um bom, e qualquer encantamento se aplicaria aos dois. Lenna não condenaria sua irmã a esse lugar para sempre.

Além disso, mesmo que fosse cruel, espíritos *podiam* ser compelidos a aparecer várias vezes. Talvez ela pudesse...

Subitamente, o sr. Morley gritou, agora passando por algo terrível. Ele parecia semimorto, como se amarrado por cordas invisíveis.

Assim que terminou o último verso do Término, ela se levantou da mesa e agarrou a bolsa que o sr. Morley trouxera consigo da Sociedade. Ela continha a maldita pasta e o caderno. Então, agarrou a mão de Vaudeline, a mesma que estivera curvada em um ângulo estranho pouco antes. Ela tinha sarado — se endireitara e não estava mais inchada.

— Vamos — disse ela, sabendo que o pavio explodiria em questão de minutos.

Lenna deixaria que o sr. Morley morresse por seus próprios meios.

Nem o policial Beck, nem Vaudeline resistiram. Pareciam fracos e pálidos, mas livres da influência dos espíritos, não mais invadidos por algo ou alguém sinistro. Ainda assim, Lenna manteve distância do policial Beck. Embora ele até então não soubesse dos assassinatos cometidos pelo sr. Morley e pelo sr. Volckman, isso não o inocentava de tudo. Ele ainda tomara parte naquela organização enganadora e manipuladora. Ela podia ter mudado de opinião a respeito dele naquela noite, mas ainda se manteria cautelosa.

Enquanto seguiam para a saída, Lenna se virou uma última vez. Onde ela deixara a pena na mesa para Evie, agora havia algo pequeno e cor de mel.

Lenna franziu o cenho. Correu de volta para a mesa uma última vez, soltando um grito. A pena que ela deixara para Evie desaparecera e em seu lugar estava uma pequenina pedra de âmbar. A resina estava livre de ranhuras, mais bonita do que qualquer outra na coleção de Lenna. Quase como se o espécime não fosse desse mundo.

Uma pena por um âmbar. Daqui para lá. A troca, Lenna sabia, significava perdão. Amor.

Lenna guardou a pedra no bolso. Eles deixaram a adega, fecharam a porta pesada e saíram do prédio. Quando estavam a uma distância segura, Lenna olhou para trás. Nenhuma sombra, nenhuma forma. Nada nem ninguém os seguira. Ao seu lado, Vaudeline se virara para olhar também. Seus olhos tinham se arregalado, vigilantes e alertas. A cor voltara ao seu rosto.

— Precisamos ficar longe do prédio — disse Lenna. Vaudeline e Beck se viraram para ela, confusos. — Ele acendeu um pavio na adega, estava logo atrás da mesa. Vai explodir a qualquer momento. Eu não sei o que está no barril, mas...

— Pólvora — interveio o policial Beck rapidamente, os olhos arregalados. — Eu vi nas mãos de Morley hoje mais cedo. É por isso que fiquei de olho nele. Nunca confiei naquele homem, desde que o conheci. — Ele olhou na direção da rua. — Vamos imediatamente até a polícia contar a verdade a respeito da morte de Volckman.

— Sim — disse Lenna —, e o resto da história também.

— Perdão?

— O pior esquema de todos. Era disso que o sr. Morley estava falando na adega, quando se referiu ao pior dos segredos da Sociedade. Ele e o sr. Volckman mantinham anotações de nomes, homens ricos que assassinaram. Depois desses assassinatos, eles coagiam as viúvas endinheiradas a se casarem com certos membros da Sociedade que chamavam de *juradores*. Esses juradores então pagavam à Sociedade uma elevada taxa anual.

— Impossível — exalou o policial Beck.

Lenna olhou para a bolsa do sr. Morley, a pasta ali dentro.

— A prova está bem aqui — disse ela. — De tudo.

Sem dizer mais uma palavra, o policial Beck saiu andando apressando na direção de Bennett e da diligência.

Lenna fez Vaudeline seguir em frente por mais alguns metros, então parou e se virou. Foi pegar a mão de Vaudeline e percebeu que ela estava próxima. Vaudeline estivera buscando a dela também, no mesmo momento.

Elas olharam uma para outra, seus corpos a apenas centímetros de distância.

— Como você fez? — perguntou Vaudeline. — Como a invocou?

Lenna engoliu em seco.

— Eu recitei os encantamentos em silêncio. Eu… mudei algumas palavras.

— *Teméraire*. Que imprudente da sua parte. Poderia ter comprometido toda a reunião mediúnica. — Vaudeline não parecia feliz. Ainda assim, ela deu um pequeno passo à frente. Uma mecha de seu cabelo voou com a brisa, grudando no rosto de Lenna.

— Você nem conseguiu realizar a reunião mediúnica — lembrou Lenna. — Eu precisei recitar o encantamento de Isolamento para você. O Término também.

— Qualquer bom aluno teria feito o mesmo. A forca... eu não esperava tanta energia.

— Culpe o que quiser. Mas você não pode dizer que comprometi alguma coisa.

Elas estavam valsando com palavras. Vaudeline a encarou como se considerando outra resposta.

Chega disso, Lenna decidiu finalmente. Antes que Vaudeline pudesse dizer qualquer coisa, ela soltou sua mão e segurou o pescoço de Vaudeline. Então se inclinou para a frente e colocou seus lábios com firmeza sobre os dela.

Vaudeline poderia ter protestado, ou recuado, mas em vez disso colocou a mão na cintura de Lenna, puxando-a para perto. Parecia que ela vinha esperando por isso, talvez até provocando com a pequena discussão instantes antes.

Elas ficaram assim por um bom tempo, Lenna se maravilhando com os lábios macios e perfeitos daquela mulher. Não era nada parecido com beijar Stephen, nem mesmo Eloise. Com Eloise, havia uma resistência entre elas — um sentimento de recato, mesmo por trás de portas fechadas.

Lenna não seria vítima disso de novo. Ela pegou o lábio inferior de Vaudeline entre os dentes, esquecendo completamente onde estavam e o que havia acontecido naquela noite...

De repente, a adega atrás delas explodiu com uma força enorme. Pedra e poeira se ergueram do prédio como um cogumelo. Lenna interrompeu o beijo, cobrindo as orelhas com as mãos. Enquanto a poeira começava a chover em volta delas, as chamas emergiram das paredes do prédio.

Ninguém teria sobrevivido a uma explosão assim.

Lenna se lembrou do que pretendia fazer. Ela tomara a decisão enquanto ainda estava na adega, perto do final da reunião mediúnica.

Ela se virou, aproximando-se do prédio mais uma vez. O policial Beck não estava em lugar nenhum, devia já estar na diligência quando a explosão aconteceu.

— O que está fazendo? — gritou Vaudeline, sua mão pairando no lugar onde a cintura de Lenna estivera pouco antes.

Pegando seu caderno mais uma vez, Lenna se aproximou do prédio o máximo que as chamas e o calor permitiam. Ali, sob a luz ofuscante que atraía o suor para fora de seus poros, ela recomeçou.

A segunda e última reunião mediúnica da noite.

42
SR. MORLEY

Antes da explosão, enquanto agonizava no chão de pedra, eu acreditava que não havia um crime maior, nenhum mal maior, do que aquilo que Evie fizera comigo.

Então a irmã dela fez pior.

Nunca teria imaginado o que aconteceu: a realização de uma segunda reunião mediúnica em que eu seria um dos dois espíritos invocados e que a srta. Wickes não completaria a sétima etapa.

Depois de recitar as primeiras seis etapas da sequência, ela recitou a injunção *Expelle* para nos expulsar dela, mas não recitou o encantamento de Término — não libertou o meu espírito, nem o do sr. Volckman, da pilha fumegante de destroços.

Agora estamos aqui, suspensos nesse reino vazio, e eu preferia estar apodrecendo na prisão. Seria melhor que isso.

Flutuo por sobre o lugar onde a adega costumava ficar e consigo vê-los do outro lado: uma legião de espíritos. Algo viscoso e impenetrável nos separa, uma substância que não consigo identificar, já que nada assim existia no lugar de onde vim. Entre os espíritos há mulheres, homens, crianças, bebês, seres não nascidos e todo tipo de besta imaginável. Flora também, além de cores que não reconheço.

Em volta de todos eles existe um sentimento de comunidade e compaixão. Nenhum deles sente dor. Eles não desejam nada. Não parecem ouvir o que eu ouço, o som estridente e incessante de uma toutinegra, nem parecem assombrados por lembranças e remorso. Aqueles que matamos parecem especialmente exultantes, como se de alguma forma sentissem que estamos aqui e nunca estaremos lá, com eles.

Observo todos eles, com inveja. Está claro que não conseguem me ver.

Amaldiçoo as ilusões que passei a vida criando. Todo aquele fingimento e trapaça a respeito da vida após a morte. Como ela é real para mim agora. E me atormenta, um homem já morto.

A menos que o perdão toque o coração da srta. Wickes ou da srta. D'Allaire, a menos que uma delas opte por retornar ao lugar onde a adega ficava para recitar o último encantamento, o sr. Volckman e eu seremos para sempre torturados.

Que a misericórdia esteja com o homem que se vir inimigo de uma médium vingativa.

EPÍLOGO

LENNA

Paris, março de 1873

Na sala de visitas da hospedaria de Vaudeline no centro de Paris, Lenna estava sentada diante da pequena escrivaninha de nogueira perto da janela. Era início de março. Ela olhou para fora, notando os botões cor-de-rosa na jovem macieira. Devia haver mil deles. Uma abelha flutuava ali perto; ela não precisaria esperar muito mais, pois os botões pareciam prontos para florescer a qualquer momento.

Voltou sua atenção para o volume a respeito de mediunidade medieval à sua frente. Perto do meio do livro havia um pedaço de papel, um marcador de página, fixado logo acima de uma lista de fenômenos sobrenaturais observados no início do século XV. Lenna colocara o marcador ali várias semanas antes, precedendo a reunião mediúnica no castelo. Esperava voltar ao livro em um ou dois dias, retomando seus estudos naquela sala.

Em vez disso, ela e Vaudeline viajaram para Londres.

Desmascararam os crimes de uma Sociedade de cavalheiros.

Resolveram o assassinato de Evie e o do sr. Volckman.

E então Lenna havia, sozinha, condenado o sr. Morley e o sr. Volckman a uma existência de sofrimento eterno.

Uma realização e tanto para uma aluna, pensou agora. Chamar dois espíritos ao mesmo tempo depois da explosão fora não apenas perigoso, mas cansativo ao extremo. Ainda assim, ela seguiu em frente, reunindo toda a força de vontade e o foco possível. Até tinha conseguido controlar o fôlego com sucesso durante os encantamentos.

Agora, lápis na mão, ela voltou ao marcador de página e recomeçou de onde tinha parado.

Depois da reunião mediúnica para Volckman, Vaudeline e Lenna passaram uma noite longa e parte da manhã seguinte dando depoimentos para a polícia. O policial Beck se provou um aliado verdadeiro e honesto, confirmando tudo que as mulheres disseram, embora estivesse claro que certas confissões — especialmente os dois assassinos dentro da Sociedade — sem dúvida resultariam no desmonte da organização.

Não fora uma tarefa fácil para Lenna informar à polícia que o assassino do sr. Volckman era, na verdade, sua irmã. Mas ela buscava a verdade, então a verdade era o que ela daria.

Além disso, o *por que* era tão importante quanto o *quem.*

O policial que anotava os depoimentos não acreditara nela de início, mas Lenna deu a eles o conteúdo da bolsa do sr. Morley. Ali estavam a pasta com o nome de todos que o sr. Morley e o sr. Volckman haviam assassinado, incluindo o sr. Heslop; o caderno de segredos de Evie, que detalhava os muitos esquemas da Sociedade; a carta de Evie para Vaudeline, que o sr. Morley não tinha enviado; e até mesmo a resposta falsificada do sr. Morley.

Evie era uma heroína, Lenna contou à polícia. Corajosa até demais, sim, e não morrera em vão.

Com a resposta para a morte de Evie revelada, a mãe de Lenna deixou o campo e voltou para Londres. Lenna ficou feliz com isso, principalmente pelo pai. Levaria tempo para que a família se curasse, mas cada dia mostrava um vislumbre de progresso.

Com o tempo, a polícia devolveu algumas das coisas que Lenna lhes dera: o caderno de Evie e a carta que ela escrevera para Vaudeline.

Lenna ficou feliz de ter os documentos de volta e pretendia fazer ótimo uso daquelas informações.

A notícia de que Vaudeline voltara a Londres, ainda que por pouco tempo, se espalhou com rapidez. Não mais sob ameaça da Sociedade — sendo que o tempo todo a ameaça mais grave havia sido o sr. Volckman e o sr. Morley —, ela recebeu atenção entusiasmada de repórteres e fãs. Descobriu-se que, por ora, a srta. D'Allaire estava morando na Hickway House, e dezenas de cartas começaram a chegar todos os dias de residentes enlutados de toda Londres pedindo reuniões mediúnicas.

Ela não tinha tempo de atender aos pedidos, mas abriu a agenda para duas sessões em particular: uma para a viúva sra. Gray e outra para Mel e Bea, na Bow Street, 22. Enquanto estava no bordel, Vaudeline deu a Bea dinheiro mais do que suficiente para cobrir os medicamentos de sua mãe doente. Grata, Bea caiu em lágrimas.

Embora Vaudeline não estivesse mais sob nenhuma ameaça na cidade, levaria um bom tempo para o ar ficar mais limpo, e ela não estava ansiosa para retornar ao lugar que, alguns dias antes, havia lhe causado tanta preocupação. Ela não queria ficar em Londres. Paris era seu lar, e ela tornou público que, em questão de dias, quando a polícia tivesse reunido o que precisavam para a investigação, voltaria à França.

Lenna não tinha dúvidas. Ela iria com Vaudeline.

Primeiro, pretendia continuar seus estudos de mediunidade.

Mas havia também a promessa que ela fizera horas antes da reunião mediúnica de Volckman: *Depois de tudo isso*, ela dissera a Vaudeline, *eu quero explorar o que mais pode haver entre nós.*

— Se você tiver alguma dúvida, agora é a hora de mudar de ideia — dissera Vaudeline na manhã em que voltaram a Paris. Duas semanas haviam se passado desde a reunião mediúnica de Volckman. As mulheres estavam sentadas lado a lado em um banco na estação de trem. O trem que as levaria de Londres para Dover chegaria em vinte minutos.

— Não vou mudar de ideia — disse Lenna, aproximando-se dela.

— Apesar de Stephen ter implorado? — Vaudeline deu uma piscadela. Ela estivera lá, na noite anterior, quando Lenna contara sua decisão a Stephen. Ao dizer que voltaria a Paris no dia seguinte, a rejeição no rosto dele ficara evidente. Lenna detestava ter que dar essa notícia, especialmente depois de tudo que acontecera nos últimos dias — o fato de que o pai e sua irmã gêmea não tinham se afogado, mas sido assassinados, e que sua mãe fora um peão em um intrincado esquema envolvendo seu segundo marido, o sr. Cleland.

Era preciso admitir que Stephen dera a Lenna uma boa razão para ficar. O museu abrira diversas vagas para iniciantes no laboratório de geologia. Os superiores de Stephen no museu gostavam dele e sua recomendação quase garantiria uma posição para Lenna, o que a tornaria uma das pouquíssimas mulheres na equipe.

Mesmo que ele não tivesse dito com clareza, o significado dessa oferta era evidente: ele queria mantê-la em Londres para continuar cortejando-a. Mas Lenna não estava interessada nele e nunca estaria. Podia até parecer simples. Eles tinham idade e interesses parecidos. Teriam muito em comum se o relacionamento avançasse. Esses eram os motivos pelos quais Lenna tentara conjurar sentimentos por ele no passado. Que organizado seria tudo, se os sentimentos dele por Lenna fossem recíprocos.

Mas agora Lenna entendia: o desejo não exigia nenhum tipo de *tentativa*. O desejo não precisava ser conquistado. Ao contrário, tendia a ganhar vida sozinho, chamado ou não. O desejo certamente ganhara vida em Lenna: o beijo que ela e Vaudeline haviam trocado depois da reunião mediúnica era prova disso. Ela sabia, sem sombra de dúvidas, que queria beijar essa mulher de novo e de novo. Não queria parar de beijá-la nunca mais.

A explosão da adega havia quebrado o momento. Mas a força da explosão, o calor do fogo, a destruição — tudo isso era representativo, em diversos aspectos, de como Lenna se sentia em relação à sua vida nos últimos tempos. Para começar, sua velha opinião a respeito da ciência fora destruída. Ela entendia agora que as coisas não precisavam ser observadas ou tocadas para serem reais. Ademais, descobrira que o assim chamado comportamento apropriado de corte, estimulado pela sociedade londrina — um cavalheiro em busca de uma esposa —, não era para ela. Por ela, as convenções podiam explodir.

Mas beijar Vaudeline? Isso *era* para ela. E esse era mais um motivo pelo qual mal podia esperar para embarcar no trem que a levaria a Paris. Ela queria estar longe de Londres e de volta à privacidade da hospedaria de Vaudeline. Talvez, até, em seu quarto.

Com o trem prestes a chegar, as duas se levantaram e juntaram suas coisas. Vaudeline guardou um romance de volta na bolsa enquanto Lenna trancou uma pequena caixa de pedras e espécimes de âmbar que pretendia levar a Paris. A caixa continha suas favoritas, incluindo a pedra que Evie deixara para ela depois da reunião mediúnica — o aporte. Lenna continuava a se maravilhar com sua clareza, a falta de ranhuras. O âmbar era mais um lembrete de que o palpável podia coexistir com o invisível. Lenna podia girar a resina cor de mel nas mãos, mas não podia explicar de onde a pedra tinha vindo ou como Evie a enviara. Também não conseguia explicar como Evie levara a pena de rouxinol da mesa.

Mas aconteceu. Os dois objetos tinham trocado de lugar, daqui para lá, onde quer que *lá* fosse.

Lenna não conseguia dar uma explicação lógica ao ocorrido, mas havia algo de libertador nisso. Ela resolveu parar de vez com seus esforços teimosos de encontrar lógica em tudo.

Vaudeline entrou na sala de visitas, sentando-se ao lado de Lenna na escrivaninha de nogueira. Ela também olhou para a macieira.

— Vai florescer a qualquer dia — comentou, passando o dedo distraída pela linha do maxilar.

Lenna se inclinou para a frente, beijando o ponto que Vaudeline acabara de tocar. Quão deliciosamente familiar tudo tinha se tornado: o frescor da pele de Vaudeline em seus lábios, as pequenas sardas na depressão de sua clavícula.

Na noite anterior, as duas haviam levado uma vela e uma garrafa de vinho para a cama. Mal deram um gole antes de entrarem debaixo da coberta branca. Essa tinha sido a rotina noturna delas desde que voltaram a Paris, mas Lenna ainda apreciava cada noite que passavam juntas. Emaranhar-se em Vaudeline, o gosto e o cheiro dela, a forma como Vaudeline gemia e abandonava o controle de si mesma... Era inebriante.

Assim como a habilidade delas de compartilhar, sem hesitação, sua afeição uma pela outra — sem nenhuma restrição em sua intimidade, nenhum bilhete ambíguo dobrado em forma de hexágono.

Lenna afastou o texto que vinha estudando e puxou uma pasta com notas.

— Pronta para terminar isso?

— Mal posso esperar, *ma chérie* — disse Vaudeline.

Evie não tinha começado a escrever seu relatório — pelo menos, Lenna não encontrara qualquer indício disso em Londres —, mas, ainda assim, havia uma abundância de evidências.

Depois de voltarem a Paris, com o caderno de Evie à mão, Lenna e Vaudeline começaram a trabalhar: horas e horas resumindo esquemas, desvendando planos. Sempre que possível, elas incluíam os nomes das vítimas, de associados da Sociedade ou conspiradores, além das datas dos assassinatos e das encenações. Qualquer coisa que pudesse ser vislumbrada pelas notas de Evie ou pela experiência de Lenna e Vaudeline na Sociedade entrou no relatório. Tudo isso, junto das informações que a polícia prometera revelar logo a respeito das vítimas assassinadas pela Sociedade, seria o fim da organização.

Estava quase pronto. As duas mulheres trabalhavam cuidadosamente para transcrever várias cópias, anotando palavra por palavra. Caso algo acontecesse com a cópia que pretendiam enviar no dia seguinte ao *Standard Post*, elas tinham várias outras prontas.

Enquanto lia as páginas uma última vez, Lenna não conseguiu se impedir de fazer uma careta aqui e ali. Redação não era sua melhor habilidade. Em alguns trechos, as palavras saíram secas e indiferentes, uma mera listagem de fatos. Em outros, sua caligrafia estava aquém do ideal. Mas, apesar dessas imperfeições, ela se confortava em saber que cada palavra era verdadeira. E isso era mais do que o sr. Morley, antigo vice-presidente da Sociedade, poderia dizer.

No final do relatório, ela deixou uma nota pessoal para os repórteres do *Standard Post*.

Esse relatório foi em sua maior parte compilado pela finada srta. Evie Rebecca Wickes, de Londres, com material suplementar e autoria da srta. Lenna Wickes, aluna de espiritualismo, e com o apoio da médium internacionalmente conhecida, srta. Vaudeline D'Allaire, de Paris.

Depois de um período de estudo, a srta. Wickes e a srta. D'Allaire iniciarão uma turnê internacional. Elas começarão por Londres, onde realizarão uma série de reuniões mediúnicas gratuitas para aqueles que, sem saber, contrataram as reuniões fraudulentas da Sociedade Mediúnica de Londres e ainda desejam se comunicar com seus entes queridos falecidos.

Sem as contribuições das três autoras listadas aqui, é muito provável que a conduta ilegal da Sociedade tivesse continuado sem obstáculos. Por quanto tempo, podemos apenas especular.

Está autorizada a reprodução e a divulgação desse relatório em outros veículos, e as contribuidoras pretendem publicá-lo em importantes revistas de espiritualismo por todo o mundo.

A srta. Lenna Wickes dedica a publicação internacional desse relatório à sua finada irmã, Evie, que em sua última carta expressou determinação em derrotar a Sociedade Mediúnica de Londres.

Cavalheiros, sua farsa chegou ao fim.

Assinado,
A finada srta. Evie Wickes
Srta. Lenna Wickes
Srta. Vaudeline D'Allaire

Nota da autora

No final da era vitoriana, o movimento espiritualista — que tinha como cerne a comunicação com os mortos, sobretudo através de médiuns — estava em seu auge. Os vitorianos eram fascinados por qualquer coisa sobrenatural ou oculta. Reuniões mediúnicas em residências ocorriam com frequência, assim como exibições públicas e teatrais de mediunidade e poderes psíquicos.

Na época, as médiuns mais conhecidas eram mulheres. O espiritualismo era uma das únicas profissões em que as mulheres eram mais respeitadas que os homens. Isso estava relacionado à crença de que a passividade, a feminilidade e a intuição de uma mulher lhe permitiam ter acesso a reinos sobrenaturais com mais facilidade do que um homem, considerado menos apto a se submeter a um espírito que tomasse controle de sua psique.

A era vitoriana foi uma época de grande prudência e repressão sexual, especialmente para as mulheres. Contudo, eventos de mediunidade muitas vezes se desenrolavam de formas sutilmente eróticas e sugestivas. Uma reunião mediúnica era uma oportunidade para que uma mulher exercesse domínio de uma forma que não poderia fora dali. Busquei explorar essa dinâmica e considerá-la em conjunto com a abundância de clubes exclusivos para cavalheiros na Londres do século XIX, principalmente no afluente West End. Existiam clubes para homens interessados em política, viagens, literatura e, claro, fantasmas. A Sociedade Mediúnica do meu romance é levemente baseada no The Ghost Club [Clube dos Fantasmas], que foi fundado em Londres em 1862 e contava com Charles Dickens e Arthur Conan Doyle como membros. O clube existe até hoje e continua a investigar assombrações e outros fenômenos espirituais.

Na "clubelândia" vitoriana, as taxas eram caras, os estatutos, rígidos, e as listas de espera para associação, longas. Uma espera de quinze ou vinte anos para se juntar a um clube de prestígio especial não era rara. Considerando que esses clubes favoreciam o anonimato e a discrição, juramentos de segredo entre membros eram comuns. Mulheres não eram aceitas como membros e, em muitos casos, eram completamente banidas das premissas do clube.

Quando este livro estava sendo escrito, um dos clubes mais prestigiosos do West End — o Garrick Club, fundado em 1831 — ainda não admitia mulheres entre seus membros.

A sequência de sete etapas de uma reunião mediúnica discutida neste livro foi totalmente invenção minha, assim como os encantamentos e as injunções.

O antigo ciclo metônico, ou *enneadecaeteris,* é de fato real. A cada dezenove anos, uma certa fase lunar se repete na mesma época do ano. Esse fenômeno foi descoberto por um astrônomo grego em 432 a.C. Tomei, entretanto, algumas liberdades com o ciclo. No geral, não há evidências de que uma lua nova na véspera do Dia de Todos os Santos resulte em um número maior de mortes do que em qualquer outra noite. Além disso, no outono de 1872, a lua nova não caiu na véspera do Dia de Todos os Santos, mas um dia depois, em 1º de novembro.

Costumes de luto vitorianos

Os vitorianos eram bastante supersticiosos. Logo após a morte de uma pessoa que ocorresse dentro de uma casa, as janelas eram fechadas e permaneciam assim até depois do funeral. Espelhos eram cobertos com tecido preto para que a alma do falecido não ficasse presa dentro deles. Relógios eram parados na hora da morte e fotografias do morto eram viradas para baixo para evitar que outros fossem possuídos.

No inverno, os funerais aconteciam dentro de uma semana. No verão, até menos do que isso. Uma vez que os detalhes do funeral eram confirmados, era costume que a família enviasse cartões memoriais com o nome do falecido, idade, data da morte e onde seria enterrado — com um número para identificação do túmulo de forma que aqueles que desejassem prestar homenagem pudessem fazê-lo.

O corpo do falecido era monitorado até o enterro. Muitas famílias realizavam velórios (vigílias) de muitos dias para o caso de a pessoa querida não estar morta, apenas em coma. Flores eram levadas durante esse período para mascarar o odor do corpo e caixões muitas vezes eram colocados em uma tábua resfriada para retardar o apodrecimento. Os corpos não eram embalsamados. Por fim, o morto era carregado para fora da casa, os pés levados na frente, para que não olhasse de volta para o interior da casa e chamasse consigo outra pessoa desafortunada.

Guirlandas e laços pretos eram pendurados nas portas para notificar aos passantes que uma morte ocorrera. Cavalos acostumados a procissões funerárias eram famosos por notar o tecido negro em certas portas e — sem o comando do cocheiro — automaticamente parar diante da casa correta.

Trajes de luto fechado eram usados por viúvas e parentes próximos por um ano. Depois disso, o traje de "meio-luto" era usado por mais seis a doze meses. Durante o luto fechado, as viúvas não saíam de casa, exceto para frequentar a igreja. Nesse período era comum usar papéis de carta e envelopes com bordas negras.

Como muitas famílias tinham poucas roupas para luto, muitos empórios (armazéns) empregavam costureiras e chapeleiras que iam até a casa para fazer peças sob medida para os enlutados.

Para roupas de luto fechado feminino, tecidos pretos eram o padrão, muitas vezes com barras de crepe. Luvas pretas e um véu eram comuns. O uso de joias era mínimo e muitas vezes elas traziam pedras negras, como azeviche e ônix. No meio-luto, tecidos cinza ou lavanda eram aceitáveis. Depois da morte de seu marido, o príncipe Albert, a rainha Vitória usou trajes de luto até sua própria morte, quarenta anos depois.

Para roupas de luto masculino, ternos, luvas e chapéus pretos eram o padrão. A largura da faixa no chapéu era proporcional ao relacionamento do homem com o falecido. Viúvos podiam usar uma faixa de até 18 cm de largura, enquanto membros da família estendida poderiam optar por faixas com apenas alguns centímetros.

Não se esperava que as crianças seguissem as ordens de luto.

Fotografias após a morte eram comuns. Para muitos vitorianos, a única fotografia tirada deles seria após a morte. Muitas vezes, os cadáveres nessas fotos eram sustentados com cavaletes de metal ou por familiares. Por pedido da família, os fotógrafos as vezes manipulavam as fotos para fazer o sujeito parecer vivo (por exemplo, pintando olhos nas imagens).

Alguns familiares, preocupados que seus entes queridos pudessem se levantar depois de serem enterrados, colocavam uma corda dentro da cova e ligavam a um sino na superfície. Caso o falecido acordasse, eles poderiam puxar a corda e tocar o sino, chamando ajuda.

BANQUETES FUNERÁRIOS VITORIANOS

Nos funerais da era vitoriana, era comum servir vinho ou ponche e dar aos convidados uma lembrança para levarem para casa: vários biscoitos doces enrolados em papel de cera e selados com uma gota de cera preta. O papel de cera, ou os biscoitos em si, muitas vezes eram estampados com imagens: caixão, cruz, coração, pá, caveira etc. Os biscoitos eram parecidos em consistência a biscoitos amanteigados e muitas vezes feitos com melado e gengibre.

Abaixo estão duas receitas, adaptadas de livros de receitas vitorianos bem conhecidos.

BISCOITO DE FUNERAL VITORIANO

Adaptado da terceira edição de
Miss Beecher's Domestic Receipt-Book,
publicado em 1862.

1/2 XÍCARA DE AÇÚCAR
1/2 XÍCARA DE MANTEIGA COM SAL, AMOLECIDA
1 XÍCARA DE MELADO
1/2 XÍCARA DE ÁGUA MORNA
2 COLHERES DE SOPA DE GENGIBRE MOÍDO
2 1/4 XÍCARAS DE FARINHA
1/2 COLHER DE CHÁ DE BICARBONATO DE SÓDIO

Em uma tigela grande, use uma batedeira elétrica para bater o açúcar e a manteiga até um ponto leve e fofo, cerca de um minuto. Acrescente o melado, a água e o gengibre e bata até ficar homogêneo.

Em uma tigela separada, misture a farinha e o bicarbonato de sódio. Acrescente a farinha à mistura de melado e use a batedeira elétrica para misturar bem. A massa ficará rígida.

Divida a massa em duas bolas. Sove cada bola de massa muitas vezes para remover qualquer bolha de ar. Enrole a massa em dois cilindros lisos com aproximadamente 20 centímetros de comprimento. Embrulhe-os em filme plástico com firmeza. Refrigere por muitas horas, até ficarem firmes.

Preaqueça o forno a 180°C. Forre duas assadeiras com papel--manteiga. Corte cada cilindro de massa em círculos de meio centímetro e coloque-os a dois centímetros de distância nas assadeiras. Cada cilindro de massa rende cerca de 25 biscoitos. Se desejar, use uma faca ou carimbo para gravar uma imagem nos biscoitos.

Asse por 20 minutos. Deixe esfriar completamente (os biscoitos devem ser crocantes). Embrulhe vários biscoitos em papel de cera e lacre com cera preta ou um barbante preto.

PONCHE QUENTE VITORIANO

Adaptado de
Mrs Beeton's Book of Household Management,
publicado em 1861.

1/2 XÍCARA DE AÇÚCAR
SUCO DE 1 LIMÃO
500 ML DE ÁGUA FERVENTE
250 ML DE RUM
250 ML DE CONHAQUE
1/2 COLHER DE CHÁ DE NOZ-MOSCADA

Misture açúcar e suco de limão. Acrescente água fervente e mexa bem. Acrescente rum, conhaque e noz-moscada. Misture bem e sirva quente ou com gelo. Serve quatro pessoas.

FAÇA VOCÊ MESMO:
VELA FALSA DE TRÊS CAMADAS

Por favor, acesse o link www.sarahpenner.com/bookclubs para ver fotos de cada passo explicado abaixo, assim como orientações para um bilhete de amor hexagonal feito à mão.

MATERIAIS:

1 PAVIO DE VELA
1 JARRO DE VIDRO (CAPACIDADE PARA 250 ML)
2 PALITOS (PARA SEGURAR O PAVIO NO LUGAR)
2 ELÁSTICOS (PARA MANTER OS PALITOS NO LUGAR)
2 1/4 XÍCARAS DE FLOCOS DE CERA DE SOJA
TERMÔMETRO DE COZINHA
3 FRAGRÂNCIAS (ÓLEOS ESSENCIAIS OU PERFUMES)
TINTURA PARA VELA OU CERA COLORIDA (OPCIONAL)
PALITOS DE DENTE

Nota: uma verdadeira "vela falsa" tem apenas uma cor e só a fragrância muda conforme a vela queima. Se você não quer dar nenhum golpe, sinta-se à vontade para acrescentar uma cor diferente a cada camada da sua vela!

Coloque o pavio no centro da jarra. Mantenha-o no lugar colocando um palito em cada lado do pavio (os palitos devem ficar na horizontal, no topo da jarra). Mantenha os palitos próximos com os elásticos.

Para fazer a primeira camada da sua vela: em banho-maria ou no micro-ondas, derreta 3/4 de xícara de flocos de cera de soja em uma pequena tigela. Derreta até a vela chegar a 70°C (não aqueça demais!). Acrescente 5-10 gotas da fragrância escolhida, então adicione a cor desejada de acordo com as instruções do pacote. Se você for usar várias cores na sua vela, sugiro começar com a cor mais escura primeiro (que será a camada de baixo). Mexa bem com o palito de dente. Com cuidado, derrame a cera preparada na jarra de vidro, sem passar de um terço.

Deixe esfriar completamente, pelo menos uma hora na geladeira. Repita o processo para a segunda e a terceira camadas da sua vela.

Ao finalizar, deixe as velas descansarem durante a noite para endurecerem. Corte o pavio. Divirta-se!

Leituras adicionais

Black, Barbara. *A Room of His Own: A Literary-Cultural Study of Victorian Clubland* [*Um quarto só dele: um estudo literário-cultural da região boêmia vitoriana*]. Athens: Ohio University Press, 2012.

Braude, Ann. *Radical Spirits: Spiritualism and Women's Rights in Nineteenth-Century America* [*Espíritos radicais: espiritualismo e os direitos das mulheres na América do século XIX*]. Bloomington: Indiana University Press, 1989.

Cassel Ltd. *Cassell's Household Guide* [*Guia doméstico de Cassell*]. Edição nova e revisada, 4 volumes, por volta de 1880.

Doyle, Arthur Conan. *The History of Spiritualism* [*A história do espiritualismo*]. 2 volumes. Cambridge: Cambridge University Press, 1926.

Flanders, Judith. *The Victorian City: Everyday Life in Dickens' London* [*A cidade vitoriana: o dia a dia da Londres de Dickens*]. Nova York: Thomas Dunne Books, 2012.

Goodman, Ruth. *How to Be a Victorian: A Dawn-to-Dusk Guide to Victorian Life* [*Como ser vitoriano: um guia completo para a vida vitoriana*]. Londres: Penguin, 2013.

HARRISON, William Henry. *The Spiritualist*. ed. 1869-1882. Londres: E.W. Allen. Arquivos disponíveis em: http://iapsop.com/archive.

OWEN, Alex. *The Darkened Room: Women, Power, and Spiritualism in Late Victorian England* [*O quarto escurecido: mulheres, poder e espiritualismo no fim da era vitoriana na Inglaterra*]. Chicago: University of Chicago Press, 1989.

WOODYARD, Chris. *The Victorian Book of the Dead* [*O livro vitoriano dos mortos*]. Ottawa: Kestrel, 2014.

AGRADECIMENTOS

Eu conto minhas estrelas da sorte com frequência, e três delas brilham com mais força: Stefanie Lieberman, Molly Steinblatt e Adam Hobbins. Durante anos, essa equipe na Janklow & Nesbit esteve comigo, defendendo meus interesses com honestidade e gentileza. Não consigo imaginar fazer isso com mais ninguém. Obrigada para todo o sempre. Tem sido loucamente divertido.

Agradeço a Erika Imranyi, minha editora na Park Row. Esse mercado é intimidador, mas você se manteve como uma aliada calorosa e encorajadora desde o primeiro dia. Obrigada por me pegar pela mão e me convidar a seguir em frente.

Sou grata a Natalie Hallak, a primeira a defender esse livro e que me ajudou a pensar no rascunho inicial. Conto com sua amizade para sempre.

Muito obrigada, Emer Flounders, Justine Sha, Kathleen Carter e Heather Connor, minha fabulosa equipe de imprensa e divulgação. Apesar da quantidade de e-mails (em pânico) fora do expediente que mandei, vocês ainda parecem gostar de mim. Obrigada por sua flexibilidade, paciência e atenção aos detalhes.

Randy Chan, você talvez seja a melhor pessoa que já conheci. Estou tão feliz por continuarmos trabalhando juntos! Para Rachel Haller, Lindsey Reeder e Eden Church: o trabalho que vocês fazem é muito importante. Obrigada por jogar luz em bons livros por toda parte. Para Reka Rubin, Christine Tsai, Nora Rahn, Emily Martin e Daphne Portelli: obrigada por trabalhar tanto para levar meus livros até as mãos (e ouvidos!) de leitores de todo o mundo.

Kathleen Oudit e Elita Sidiropoulou, vocês que pegam palavras e as esculpem em impressionantes capas de livros: seu talento fez mais de um comprador olhar duas vezes para uma obra e temos muita sorte de contar com vocês.

Um enorme agradecimento a toda a equipe da Legenda Press, minha editora no Reino Unido. Não consigo imaginar uma equipe mais dedicada: Tom Chalmers, Lauren Parsons, Cari Rosen, Liza Paderes, Olivia Le Maistre e Sarah Nicholson. E devo um agradecimento especial a Lauren por ter revisado o manuscrito em busca de americanismos.

Obrigada à minha preparadora, Vanessa Wells, que além de pegar meus erros de digitação e redundâncias também me aconselhou no latim e no francês. Seu olho afiado para os detalhes me salvou de muitos erros. Obrigada a Patrick Callahan, doutorando em letras clássicas na UCLA, que me ajudou com as traduções do latim. E a Judy Callahan, da equipe da minha antiga escola de ensino médio, que fez a conexão. Aquelas aulas de latim não foram totalmente inúteis, afinal!

Obrigada a Laurie Albanese e Fiona Davis — aprecio nossas chamadas de Zoom espontâneas. Vamos continuar trocando histórias, conselhos, ideias de títulos e o palavrão ocasional. Para Heather Webb: garota, você é minha mentora desde o primeiro dia e uma alma gêmea. Obrigada por ser minha amiga. Agradeço também a Nancy Johnson e Julie Carrick-Dalton, cujos caminhos editoriais seguiram paralelos aos meus. Vocês duas significam tanto para mim, e eu amo suas checagens. Obrigada por seu apoio nos últimos anos. E a Susan Stokes-Chapman, com quem eu compartilho um antigo amor por Londres. Engraçado como o universo nos aproximou. Obrigada por sua amizade.

Aos bookstagrammers, blogueiros de livros e leitores superfãs que espalham o amor com seus posts criativos e imagens épicas: nós autores adoramos vocês. Por favor, nunca parem de fazer o que fazem. Obrigada a Jamie (@booksbrewandbooze), Christine (@theuncorkedlibrarian), Jeremy (@darkthrillsandchills), Jess (@just_reading_jess), Lisa (@mrs._lauras_lit), Barbi (@dreams-ofmanderley) e Amanda (@girl_loves_dogs_books_wine), para citar só alguns. E uma menção especial à bookstagrammer Melissa Teakell (que por acaso é minha adorada cunhada!). Sigam-na no IG: @reading.while.procrastinating.

A Pamela Klinger-Horn e Robin Kall, obrigada por tudo que vocês fazem para apoiar e conectar autores, leitores, editores e livrarias independentes. Vocês são uma joia. E a Anissa Joy Armstrong, que não apenas apoia todos os autores em todos os lugares, mas teve a coragem de me dizer que eu vinha pronunciando errado o nome dela havia meses (é a-NI-sa, para quem estiver se perguntando).

A bibliotecários de todo o mundo, que são incansáveis em conectar leitores a livros e autores a materiais de arquivo: vocês são inestimáveis. Obrigada.

Livreiros independentes, vocês são nossos pés no chão. Agradecimentos especiais a Laura Taylor, na Oxford Exchange, em Tampa, Flórida, assim como a Litchfield Books, Tombolo Books, M.Judson Books, Watermark Books & Café, Portkey Books, Book + Bottle e Monkey & Dog Books.

Ao meu círculo de mulheres fortes: Aimee, Rachel, Megan, Laurel, Lauren, Roxy e Mallory. Eu me sinto constantemente apoiada e amada por cada uma de vocês. Que presente inestimável ter amigas tão honestas, devotadas e inspiradoras na minha órbita. Obrigada.

Às mulheres escondidas nessas páginas, vocês sabem quem são. Obrigada. Especialmente a Taylor Ambrose, *ma chérie*.

À minha irmã mais velha, Kellie: muito do carinho entre Evie e Lenna foi inspirado na minha adoração por você. Você é um dos meus maiores presentes. Obrigada.

Ao meu marido, Marc: escrevi dois livros e nenhum deles foi dedicado a você, apesar de você ser minha pessoa mais querida neste planeta. Mas dedicatórias de livros são uma coisa estranha e paradoxal. Você entende isso e é exatamente por esse motivo que eu te amo.